W0277085

ULTIMES RITUELS

Yrsa Sigurdardóttir

ULTIMES RITUELS

Traduit de l'anglais par
Marie de Prémonville

ÉDITIONS FRANCE LOISIRS

Titre original : THRIDJA TÁKNID (LAST RITUALS)

Édition du Club France Loisirs,
avec l'autorisation des Éditions Anne Carrière.

Éditions France Loisirs,
123, boulevard de Grenelle, Paris.
www.franceloisirs.com

Le Code de la propriété intellectuelle n'autorisant, aux termes des paragraphes 2 et 3 de l'article L. 122-5, d'une part, que les « copies ou reproductions strictement réservées à l'usage privé du copiste et non destinées à une utilisation collective » et, d'autre part, sous réserve du nom de l'auteur et de la source, que les « analyses et les courtes citations justifiées par le caractère critique, polémique, pédagogique, scientifique ou d'information », toute représentation ou reproduction intégrale ou partielle, faite sans le consentement de l'auteur ou de ses ayants droit ou ayants cause, est illicite (article L. 122-4). Cette représentation ou reproduction, par quelque procédé que ce soit, constituerait donc une contrefaçon sanctionnée par les articles L. 335-2 et suivants du Code de la propriété intellectuelle.

© Yrsa Sigurdardóttir, 2005 (tous droits réservés)
© S. N. Éditions Anne Carrière, Paris, 2011, pour la traduction française.

ISBN : 978-2-298-04997-8

Ce livre est dédié à mon cher Óli.
Tous mes remerciemens à Harald Schmidt,
qui m'a prêté son nom – et m'a laissée le tuer.
Yrsa

31 octobre 2005

Prologue

Tryggvi, le concierge, rêvassait près de la cafetière électrique. Le bouillonnement de l'eau s'écoulant dans la machine était la seule perturbation sonore dans le bâtiment vide, qui abritait le département d'histoire de l'université. Bientôt les femmes de ménage affairées arriveraient en bavardant et en gloussant, elles iraient chercher leur matériel, puis il les entendrait sortir du cagibi en traînant leurs chariots et leurs aspirateurs dans le couloir. Tryggvi se délectait du silence et de l'arôme du café en train de passer. Il travaillait pour l'université depuis plus de trente ans et il en avait vu, des transformations. Dont l'une, et pas des moindres, était le changement radical dans les nationalités, chez les femmes de ménage sous ses ordres. À l'époque où il avait été embauché, elles étaient islandaises, et elles comprenaient ce qu'il leur disait ; aujourd'hui, les échanges avec ses subordonnées consistaient en une série de gestes et d'ordres rudimentaires, prononcés d'une voix forte. Toutes étaient des travailleuses immigrées, récemment débarquées d'Asie du Sud-Est, à l'exception d'une femme d'origine africaine. Pendant les premières heures de la matinée, jusqu'à l'arrivée des enseignants et des étudiants, il aurait pu se croire à Bangkok.

Sa tasse fumante à la main, Tryggvi s'approcha de la fenêtre. Il releva les stores et regarda dehors en savourant la première gorgée de café bien fort. Le campus était recouvert de neige. Du fait de la température anormalement basse, la couche blanche scintillait comme si on l'avait saupoudrée de paillettes argentées pendant la nuit. La neige créait une atmosphère ouatée qui renforçait le sentiment d'immobilité absolue. Tryggvi se rappela soudain que Noël approchait et en fut étrangement satisfait. Il vit une voiture pénétrer dans le parking. *Au placard, l'esprit de Noël,* songea-t-il. Le conducteur mena prudemment le véhicule jusqu'à une place libre – avec une prudence un peu suspecte, même, étant donné qu'il n'y avait personne sur le parking et aucune raison de prendre tant de précautions. Tryggvi continua à observer la scène, et vit le chauffeur descendre de voiture et claquer la portière. À travers la vitre, le concierge entendit le *bip* étouffé de la fermeture à distance, puis le verrouillage s'enclencher. L'homme se dirigea vers le bâtiment.

Tryggvi baissa les stores et termina son café. Il entendit la porte des employés s'ouvrir et l'homme pénétrer dans les locaux. De tous les membres du personnel auxquels il avait affaire – professeurs, chargés de cours, secrétaires et autres –, ce Gunnar était de loin le plus déplaisant. C'était un nerveux, qui passait son temps à se plaindre de l'intendance et se donnait des airs de supériorité qui humiliaient Tryggvi et le mettaient mal à l'aise. Au début du semestre, il avait accusé les femmes de ménage d'avoir volé un article qu'il avait écrit, sur les moines irlandais en Islande avant la colonisation par les Vikings. Heureusement, le papier en question avait refait surface et l'affaire avait été classée. Depuis cette histoire, non seulement Tryggvi ne l'appréciait pas, mais il en était même arrivé à le détester. Pourquoi diable des femmes de ménage asiatiques qui ne savaient pas lire leur propre nom en islandais auraient-elles été tentées de voler un article prétentieux sur des moines irlandais ? Pour lui, il s'agissait d'une attaque minable contre des gens qui n'avaient pas les moyens de se défendre.

Il avait été consterné lorsque Gunnar avait été nommé à la tête du département. Gunnar avait déjà évoqué devant lui les améliorations qu'il comptait apporter, dont l'une consistait à interdire aux femmes de ménage de parler pendant leur service. Tryggvi avait eu envie de répliquer que leurs bavardages ne dérangeaient personne, vu que l'essentiel de leur travail s'effectuait avant l'arrivée ou après le départ des autres employés du bâtiment. À l'exception de Gunnar, bien sûr. Pourquoi fallait-il que le bonhomme débarque chaque matin avant même que les bus fonctionnent ? Voilà qui dépassait l'entendement.

Des voix excitées annoncèrent l'arrivée des femmes. Elles se réunirent dans la petite salle de pause et lui dirent bonjour à l'unisson, avec leurs accents marqués, cet accueil étant suivi comme toujours de gloussements. Tryggvi ne put s'empêcher de sourire. Soudain, au milieu de ce remue-ménage bruyant, il perçut un son étrange, quelque part dans le bâtiment. Un gémissement guttural qui gagnait en intensité tout en montant dans les aigus. Tryggvi fit signe aux femmes de se taire pour écouter. Elles entendirent à leur tour la plainte, et leurs yeux s'écarquillèrent. Deux d'entre elles se signèrent. Tryggvi posa sa tasse de café et se précipita hors de la pièce, les femmes sur ses talons.

Une fois dans le couloir, Tryggvi se rendit compte que le geignement s'était transformé en hurlement. Il n'aurait su dire s'il s'agissait d'une voix d'homme ou de femme ; il n'était même pas certain qu'elle fût humaine. Un animal avait-il pu pénétrer dans le bâtiment, et trouver le moyen de se blesser ? À ce cri primal se joignit le fracas d'une chute ; quelque chose s'était brisé au sol. Dans le couloir, Tryggvi accéléra l'allure. Le bruit semblait provenir de l'étage au-dessus et le gardien grimpa les marches deux à deux. Les femmes suivaient toujours et, au grand dam de Tryggvi, elles aussi s'étaient maintenant mises à hurler.

L'escalier le mena à l'étage des bureaux du département. Malgré les cris derrière lui, Tryggvi réussit à identifier la provenance du hurlement : c'était bien dans les parages. Il se mit à courir, imité par les femmes de ménage. Il ouvrit la porte anti-incendie du couloir distribuant les bureaux et s'immobilisa si brusquement que les employées mugissantes le percutèrent par-derrière.

Ce n'est pas la bibliothèque renversée, ou le directeur du département, hystérique, rampant à quatre pattes au milieu des livres qui s'étaient répandus dans le couloir, que Tryggvi contemplait, comme hypnotisé. C'était le corps gisant sur le dos dans la pièce, au pied de l'alcôve qui hébergeait l'imprimante de l'étage. Tryggvi sentit son estomac bondir. Pour l'amour du ciel, qu'est-ce qu'il faisait avec des bouts de tissu sur les yeux? Et ses mains, qu'est-ce qu'elles avaient qui clochait? Les femmes passèrent la tête par-dessus l'épaule de Tryggvi, et leurs cris redoublèrent d'intensité. Tryggvi sentit qu'elles tiraient nerveusement sur sa chemise, qui finit par sortir de son pantalon. Il essaya de se dégager en se tortillant, mais en vain. Le directeur du département leva les mains, suppliant qu'on lui vienne en aide, cherchant désespérément à échapper à la scène répugnante derrière lui. Tryggvi rassembla tout son courage et réprima une furieuse envie d'attraper les femmes et de s'enfuir en courant. Il fit un pas en avant et les malheureuses laissèrent échapper un nouveau hurlement perçant, en chœur. Elles tentèrent de tirer Tryggvi en arrière, mais cette fois il réussit à se libérer. Il s'approcha de Gunnar, qui sanglotait à terre.

Des marmonnements incohérents s'échappaient de la bouche dégoulinante de bave du professeur. Tryggvi eut l'intuition que le cadavre – c'était forcément un cadavre, car aucune créature vivante ne pouvait avoir cette apparence – était tombé sur Gunnar au moment où il avait ouvert la porte de l'alcôve où se trouvait la machine. Le gardien sentit son regard irrésistiblement attiré vers le spectacle épouvantable de ces restes humains. Les morceaux de tissu posés sur les yeux n'étaient pas du tout des morceaux de tissu. Le ventre de Tryggvi se vrilla. Bonté divine.

Au creux de son estomac, le nœud se resserra un peu plus, et Tryggvi vomit.

6 décembre 2005

1

Thóra Gudmundsdóttir épousseta précipitamment un Cheerio égaré sur son pantalon et reprit une contenance avant de pénétrer dans le cabinet d'avocats. Elle ne s'en tirait pas si mal. Le marathon matinal consistant à déposer à l'école et à l'heure sa fille de six ans et son fils de seize s'était déroulé sans trop de dégâts. Sa fille avait brusquement décrété qu'elle ne porterait plus de rose, ce qui n'aurait pas été un problème si la quasi-totalité de sa garde-robe n'avait été de cette couleur. Son fils, quant à lui, aurait volontiers porté les mêmes haillons toute l'année, pourvu qu'il y ait une tête de mort dessus. Son exploit consistait déjà à réussir à se réveiller le matin. Thóra soupira rien que d'y penser. Pas facile d'élever seule deux enfants. Mais ce n'était pas facile non plus quand elle était mariée. La seule différence était que, à l'époque, aux corvées du matin s'ajoutaient des prises de bec permanentes avec son mari. L'idée que tout cela était désormais derrière elle lui remonta le moral, et un sourire se dessina sur ses lèvres au moment où elle ouvrait la porte.

« Bonjour », lança-t-elle d'un ton guilleret.

Plutôt que de lui retourner son bonjour, la secrétaire fit la grimace. Elle ne leva pas les yeux de son ordinateur et continua à cliquer avec sa souris. *Toujours aussi joviale,* pensa Thóra. Ce maudit problème de secrétariat avait coûté cher à leur société. Même en réfléchissant bien, Thóra n'aurait pas pu nommer un seul client qui ne se soit pas plaint de cette fille. Non seulement elle se montrait grossière, mais elle était incroyablement peu séduisante. Le problème principal n'était pas tant qu'elle puisse boxer dans la catégorie « poids super-lourds » que le laisser-aller général de son apparence. Pour couronner le tout, elle était continuellement de mauvaise humeur contre tout et tout le monde. Et, comble de l'ironie – ou était-ce par pur dépit ? –, ses parents avaient eu la bonne idée de l'appeler Bella. Si seulement elle pouvait démissionner de sa propre initiative. Elle n'avait vraiment pas l'air d'être heureuse avec eux, et on ne pouvait pas dire qu'elle s'épanouissait. Cela dit, Thóra avait du mal à imaginer un emploi capable de la dérider. En tout état de cause, il était impossible de la virer.

Lorsque Thóra et son associé Bragi – avocat senior et plus expérimenté – avaient uni leurs talents pour ouvrir un cabinet juridique, ils avaient été tellement emballés par les locaux qu'ils avaient laissé le propriétaire poser une clause restrictive au contrat de location, à savoir que sa fille soit employée comme secrétaire. À leur décharge, Thóra et Bragi n'avaient eu aucun moyen de deviner dans quoi ils s'embarquaient. La fille avait présenté une lettre de recommandation dithyrambique des précédents occupants, des agents immobiliers. Thóra était désormais convaincue que les derniers locataires avaient déménagé de cet emplacement idéal sur Skólavördustígur dans le simple but de se débarrasser de la Secrétaire de l'enfer. Et elle les imaginait très bien en train de se tordre de rire, encore aujourd'hui, en se remémorant la crédulité de Thóra et de Bragi. Thóra était tout aussi convaincue qu'en portant l'affaire devant les tribunaux ils pourraient obtenir l'annulation de la clause restrictive du fait du caractère douteux de ces références. Mais l'opération coûterait au cabinet la réputation qu'ils avaient tous deux réussi à se forger. Qui viendrait consulter une équipe juridique spécialisée en droit du travail qui se mélangerait les pinceaux dans ses propres contrats ? Et quand bien même ils réussiraient à se débarrasser de Bella, on ne pouvait pas dire que les bonnes secrétaires se bousculaient au portillon.

« Quelqu'un a téléphoné », marmonna Bella, scotchée à son écran d'ordinateur.

Thóra accrocha son anorak au portemanteau, puis se retourna, l'air surpris.

« Ah oui ? » Et elle ajouta, dans un fol espoir : « Et vous avez une idée de qui c'était ?

— Nan. Il parlait allemand, je crois bien. De toute manière, je ne comprenais pas un mot de ce qu'il disait.

— Et il avait l'intention de rappeler, peut-être ?

— Je n'en sais rien. Je lui ai raccroché au nez. Sans faire exprès.

— Dans l'hypothèse peu probable où il rappellerait, bien que vous lui ayez raccroché au nez, auriez-vous l'obligeance de me passer l'appel ? J'ai fait une partie de mes études en Allemagne, et il se trouve que je parle allemand.

— Hmpf, grogna Bella, avant de hausser les épaules. Finalement je ne suis pas sûre que c'était de l'allemand. Ça pouvait être du russe. Et c'était une femme. Je crois. Ou un homme.

— Bella, s'il y a un appel – que ce soit une femme de Russie, un homme d'Allemagne ou même un chien de Grèce qui parle une langue inconnue –, passez-le-moi dans mon bureau. D'accord ? »

Thóra n'attendit pas la réponse – d'ailleurs il était peu probable qu'elle en reçoive une – et se rendit directement dans son modeste bureau.

Elle s'installa et alluma son ordinateur. Sa table n'était pas dans un état aussi chaotique que d'habitude. La veille, elle avait passé une heure à trier les papiers qui s'étaient empilés au cours du mois. Elle releva ses mails, commençant par jeter tous les courriers indésirables et les blagues d'amis et de connaissances. Il ne lui resta plus que trois messages provenant de clients, un de son amie Laufey avec pour objet *Et si on allait se saouler la gueule ce week-end* et un dernier de la banque. À tous les coups, elle avait dépassé le plafond de débit de sa carte de crédit. Et elle devait frôler le découvert. Par mesure de sécurité, elle décida de ne pas ouvrir le message.

Son téléphone se mit à sonner.

« Central Avocats, que puis-je faire pour vous ?

— *Guten Tag. Frau Gudmundsdóttir ?*

— *Guten Tag.* »

Thóra se mit en quête d'un papier et d'un crayon. De l'allemand formel. Elle nota intérieurement de ne pas oublier d'employer le *Sie* de courtoisie.

Elle ferma fort les yeux en espérant pouvoir compter sur les bases d'allemand qu'elle avait acquises au cours de sa maîtrise en droit à l'université de Berlin. Elle s'appliqua pour produire sa plus belle prononciation.

« En quoi puis-je vous aider ?

— Mon nom est Amelia Guntlieb. C'est le professeur Anderheiss qui m'a donné votre nom.

— Oui, j'ai suivi ses cours à Berlin. » Thóra espérait que ses tournures de phrases étaient correctes. Elle sentait bien que sa prononciation s'était rouillée, au fil des ans. En Islande, les occasions de pratiquer l'allemand étaient plutôt rares.

« Oui. » Après un silence embarrassé, la femme ajouta : « Mon fils a été assassiné. Mon mari et moi avons besoin d'aide. »

Thóra s'efforça de réfléchir vite. Guntlieb ? Est-ce que ce n'était pas le nom de cet étudiant retrouvé mort sur le campus ?

« Allô ? » Son interlocutrice semblait se demander si Thóra était toujours au bout du fil.

« Oui, s'empressa-t-elle de répondre. Désolée. Votre fils. C'est arrivé ici, en Islande ?

— Oui.

— Je crois connaître l'affaire à laquelle vous faites référence, mais je dois avouer que j'en ai seulement entendu parler aux informations. Vous êtes certaine de vous adresser à la bonne personne ?

— Je l'espère. Nous ne sommes pas satisfaits de la manière dont la police mène cette enquête.

— Ah oui ? » Thóra ne cacha pas sa surprise. Elle avait cru comprendre que la police avait résolu cette affaire de manière admirable. Le meurtrier avait été arrêté dans les trois jours qui avaient suivi ce crime atroce. « J'imagine que vous savez qu'ils ont un suspect en garde à vue ?

— Nous en avons bien conscience, oui. Mais nous ne sommes pas convaincus qu'il s'agisse du coupable.

— Et pourquoi cela ? demanda Thóra d'un ton sceptique.

— Nous ne sommes pas convaincus, voilà tout. Cela ne va pas plus loin. » La femme s'éclaircit poliment la voix. « Nous souhaitons qu'une autre personne, quelqu'un d'impartial, prenne en charge cette affaire. Quelqu'un qui parle allemand. » Silence. « Vous devez certainement comprendre combien tout cela est difficile pour nous. » Nouveau silence. « Harald était notre fils. »

Thóra tenta de faire passer sa compassion en répondant lentement, à voix plus basse.

« Oui, je comprends bien. J'ai moi-même un fils. Il m'est impossible d'imaginer le chagrin que vous ressentez, mais je vous présente mes condoléances les plus sincères. Néanmoins, je ne suis pas certaine de pouvoir vous être utile.

— Je vous remercie de ces aimables paroles, répondit la femme d'une voix glaciale. Le professeur Anderheiss affirme que vous possédez les qualités que nous recherchons. Il a dit que vous étiez obstinée, ferme et tenace. » Thóra sourit en devinant que son ancien professeur n'avait pas osé aller jusqu'à dire « tyrannique ». La femme reprit : « Mais il vous dit aussi capable de compassion. C'est un proche ami de la famille, et nous lui faisons toute confiance. Êtes-vous disposée à prendre cette affaire ? Nous saurons vous récompenser avec largesse. » Pour appuyer ses propos, elle mentionna un chiffre.

Cela représentait une somme faramineuse, avec ou sans TVA. Plus de deux fois le tarif horaire que Thóra demandait habituellement. En plus de cela, la femme offrait un bonus, dans le cas où l'enquête mènerait à l'arrestation d'un autre individu que celui actuellement en garde à vue. Ce bonus représentait plus d'un an de son salaire. « Qu'espérez-vous obtenir, en échange de cet argent ? Je ne suis pas détective privé.

— Nous cherchons quelqu'un qui puisse réexaminer tout le dossier, passer les preuves au peigne fin et évaluer les informations réunies par la police. » La femme marqua une nouvelle pause, avant de reprendre. « La police refuse de répondre à nos questions. Cela nous porte sur les nerfs. »

Leur fils a été sauvagement assassiné et communiquer avec la police leur porte sur les nerfs ? ironisa intérieurement Thóra.

« Je vais y réfléchir. Vous avez un numéro où je puisse vous rappeler ?

— Oui. » La femme récita les chiffres. « Je dois vous demander de ne pas prendre trop de temps pour considérer cette offre. Si je n'ai pas de vos nouvelles dans la journée, je devrai chercher ailleurs.

— Soyez sans crainte. Je vous recontacte rapidement.

— Une dernière chose, Frau Gudmundsdóttir.

— Oui ?

— Nous posons une condition à cet arrangement.

— À savoir ? »

Son interlocutrice se racla la gorge.

« Nous tenons à être les premiers informés de toutes les découvertes que vous ferez, fussent-elles mineures.

— Voyons tout d'abord si je peux vous aider, avant de discuter des détails. »

Elles se dirent au revoir, et Thóra raccrocha. Belle manière de commencer la journée, de se faire traiter comme une bonniche. Sans parler de l'interdiction de sa carte bancaire. Et de son découvert. Le téléphone sonna de nouveau, et Thóra s'empara du combiné.

« Bonjour, j'appelle du garage. Écoutez, ça semble plus grave que ce qu'on pensait.

— Quel est le pronostic ? Est-ce que ma voiture s'en sortira ? » aboya Thóra en réponse.

La veille, alors qu'elle s'apprêtait à aller faire des courses pendant sa pause-déjeuner, l'engin avait refusé de démarrer. Elle s'était échinée sur le contact, sans succès. Elle avait fini par baisser les bras et par faire remorquer la voiture jusqu'au garage. Le garagiste l'avait prise en pitié et lui avait prêté sa vieille guimbarde pendant le temps de la réparation. C'était un tas de ferraille couvert de logos « Garage de Bibbi » et, derrière les sièges, le sol était jonché de détritus, essentiellement des emballages de pièces détachées et des canettes de Coca vides. Thóra était bien obligée de faire avec, impossible de s'en sortir sans voiture.

« C'est pas gagné, répondit le garagiste d'un ton totalement froid. Et ça va coûter bonbon. » S'ensuivit un laïus truffé de terminologie garagière dont Thóra ne comprit pas un traître mot. Le prix, quant à lui, était parfaitement clair.

« Merci. Faites la réparation, c'est tout. »

Après avoir raccroché, Thóra fixa le téléphone pendant plusieurs minutes, perdue dans ses pensées. Noël approchait, avec tous ses frais : décorations, dépenses, cadeaux, dépenses, dîners, dépenses, réunions de famille, dépenses, et – surprise, surprise ! – encore d'autres dépenses. On ne pouvait pas dire que le cabinet croulait sous le travail. Si elle prenait cette affaire allemande, au moins aurait-elle de quoi s'occuper. Cela résoudrait ses problèmes d'argent, et bien plus. Elle pourrait même emmener les enfants en vacances. Il devait bien exister des endroits où emmener une fillette de six ans, un adolescent de seize, et une femme de trente-six. Elle était même prête à inviter un homme de vingt-six, pour équilibrer les âges et les sexes. Elle décrocha de nouveau le téléphone.

Ce ne fut pas Frau Guntlieb qui décrocha, mais un majordome. Thóra demanda à parler à la maîtresse de maison, et elle entendit bientôt des bruits de pas, sans doute sur du marbre. Une voix huppée répondit, et Thóra se présenta.

« Bonjour, Frau Guntlieb. Thóra Gudmundsdóttir, d'Islande, à l'appareil.

— Oui. » Il y eut un silence, et il apparut rapidement à Thóra que la femme n'ajouterait rien pour l'instant.

« J'ai décidé d'essayer de vous aider.

— Bien.

— Quand voulez-vous que je commence ?

— Immédiatement. J'ai réservé une table pour le déjeuner, afin que vous puissiez discuter de l'affaire avec Matthew Reich. Il travaille pour mon mari.

Il est actuellement en Islande et possède les compétences qui vous font défaut, en matière d'investigation. Il pourra vous renseigner plus en détail sur le dossier. »

À entendre le ton accusateur avec lequel la femme avait accentué le terme « défaut », on aurait pu croire que Thóra s'était pointée ivre morte en plein goûter d'anniversaire à l'école maternelle. Elle préféra l'ignorer.

« Oui, je comprends. Mais je voudrais souligner que je ne suis pas certaine de pouvoir réellement vous être utile.

— Nous verrons cela. Matthew aura rédigé un contrat à vous faire signer. Prenez tout le temps de le lire. »

Thóra fut brusquement saisie d'une irrésistible envie de dire à cette femme d'aller au diable. Elle détestait ce ton hautain et cette arrogance. Mais, en repensant aux vacances avec ses enfants et le bel inconnu imaginaire de vingt-six ans, elle ravala sa fierté et marmonna un vague assentiment.

« Soyez à midi à l'hôtel Borg. Matthew pourra vous révéler un grand nombre de choses qui n'ont pas filtré dans les journaux. Certaines sont impropres à la publication. »

En écoutant la voix de cette femme, Thóra ne put s'empêcher de frissonner. Elle était rude et dénuée d'émotion, et pourtant elle avait quelque chose de brisé. C'est sans doute ce qui se produisait, dans ce genre de circonstances. Elle ne répondit rien.

« Vous avez retenu le rendez-vous ? Vous connaissez cet hôtel ? »

Thóra dut se retenir de rire. Le Borg était l'hôtel

le plus ancien de Reykjavík, l'un des monuments phares du centre-ville. « Oui, il me semble bien. Je devrais pouvoir y être. » Elle avait beau essayer de préserver sa fierté en feignant l'incertitude, Thóra savait pertinemment qu'elle serait à l'hôtel Borg à midi pile. Aucun doute là-dessus.

2

Thóra jeta un coup d'œil à la pendule et reposa les documents liés à l'affaire sur laquelle elle était en train de travailler. Encore un client qui refusait de voir la réalité en face, c'est-à-dire que son affaire était perdue d'avance. Elle se félicitait d'avoir réussi à boucler quelques sujets mineurs pour dégager le temps nécessaire à son entrevue avec Herr Matthew Reich. Elle appela Bella par le numéro du standard.

« Je me rends en rendez-vous à l'extérieur. Je ne sais pas combien de temps ça prendra, mais ne m'attendez pas avant 14 heures. » Un grognement résonna à l'autre bout du fil, et Thóra décida de le prendre pour un acquiescement. Bon sang, c'était donc si difficile d'articuler un simple « oui » ?

Elle attrapa son sac à main et glissa un bloc-notes dans sa serviette. Tout ce qu'elle savait de cette affaire, elle l'avait appris par les médias, et elle ne l'avait pas suivi avec un intérêt particulier. Si sa mémoire était bonne, le scénario était simple : un étudiant d'origine étrangère avait été assassiné, son corps avait été mutilé (on ne donnait aucun détail là-dessus) et un dealer, qui clamait son innocence, avait été arrêté. Autant dire que les informations étaient minces.

Tout en enfilant son manteau, Thóra se contempla dans le grand miroir. Elle savait combien il était important de faire bonne impression lors de la première rencontre, surtout si le client était aisé. L'habit fait le moine, disent ceux qui peuvent s'offrir le meilleur. Montre-moi tes chaussures, je te dirai qui tu es. Elle n'avait jamais compris cette théorie et avait tendance à juger les gens plutôt sur leur caractère que sur leurs souliers. Heureusement, ses chaussures étaient tout à fait présentables, et sa tenue de bal collait à l'image de l'avocat respectable. Elle passa la main dans sa longue chevelure blonde.

Elle se mit à fouiller dans son sac à main, finit par y trouver son rouge à lèvres et s'en tapota la bouche à la hâte. En général, elle ne se maquillait pas, se contentant de crème hydratante et d'une touche de mascara, le matin. Elle ne gardait un tube de rouge à lèvres à portée de main que pour des événements inattendus de ce genre. Cela lui allait bien et lui donnait de l'assurance. Elle avait la chance de tenir de sa mère et non de son père, à qui l'on avait demandé un jour de servir de doublure à Winston Churchill, dans une publicité. On ne pouvait pas la qualifier de belle ou de magnétique, mais avec ses pommettes hautes et ses yeux bleus en amande, elle était assurément jolie. Dans sa grande bienveillance, la nature lui avait aussi donné le gabarit de sa mère, et elle était restée mince.

Thóra salua ses collègues en sortant, et Bragi lui lança un « Bonne chance ». Elle lui avait parlé de sa conversation téléphonique avec Frau Guntlieb, ainsi que du rendez-vous arrangé avec son porte-parole. Bragi trouvait l'histoire très excitante ; pour lui, se faire contacter depuis l'étranger était le signe flagrant que leur cabinet était sur la voie du succès. Il avait même suggéré d'ajouter *International* ou *Groupe* à leur modeste enseigne. Thóra espérait que c'était une blague, mais elle n'en était pas tout à fait certaine.

Dehors, le vent lui rafraîchit la peau. Le mois de novembre avait été étonnamment froid, ce qui annonçait un hiver long et rigoureux. Sans doute le prix à payer pour un été incroyablement clément, même si on ne pouvait pas considérer des températures autour de vingt degrés comme la canicule, hors d'Islande. Thóra ne savait pas si c'était dû aux cycles naturels ou à l'effet de serre, mais elle sentait le climat changer. Pour l'avenir de ses enfants, elle espérait que la première explication était la bonne, même si au fond d'elle-même elle savait bien que non. Elle rabattit la capuche de son anorak contre ses joues pour ne pas débarquer à son rendez-vous avec les oreilles congelées. L'hôtel Borg était si proche de son bureau qu'il était inutile d'y aller avec la voiture du garage. Dieu seul savait ce que cet Allemand penserait en la voyant garer ce tas de ferraille devant l'entrée. Ce qui était sûr, c'est que ses chaussures ne pèseraient pas lourd dans la balance, pour rattraper le coup. De plus, les places étaient rares, dans le centre-ville, et elle passerait sans doute deux fois plus de temps à tourner en espérant qu'un espace se libère qu'en y allant à pied. Et puis, en marchant, elle avait l'impression d'ajouter sa petite pierre à l'édifice, en matière de lutte contre le réchauffement climatique. Un trajet aussi court ne faisait pas d'elle une éco-guerrière, surtout dans un pays où tout le monde prenait sa voiture dès qu'il avait plus de dix mètres à parcourir, mais c'était mieux que rien.

Moins de six minutes après avoir quitté son bureau, Thóra poussa la porte à tambour de l'hôtel.

Elle scruta l'élégant restaurant du regard. L'intérieur Art déco avait été rénové dix ans plus tôt, retrouvant ainsi sa splendeur première. Le résultat était une atmosphère plutôt bourgeoise qui évoquait instantanément des femmes avec les cheveux coupés au carré, des robes Charleston et des sautoirs de perles, et qui agitaient de longs fume-cigarette en ivoire. Depuis sa construction dans les années folles, c'était le lieu le plus grandiose de toute l'Islande, grouillant perpétuellement de petites jeunettes pétillantes et de membres du gouvernement voulant épater des dignitaires étrangers. Après sa rénovation, le côté clinquant avait été mis en sourdine, constata Thóra en balayant du regard la salle à manger raffinée. Elle se rendit compte que, hormis les vastes fenêtres donnant sur le Parlement et sur la place Austurvöllur, il ne restait pas grand-chose de ces années où elle passait tous ses samedis soir à l'hôtel Borg, avec ses amis – et où ils finissaient invariablement ivres morts. À l'époque, elle ne connaissait aucun tracas, sauf peut-être de savoir si la tenue qu'elle avait choisie ce soir-là mettait ses fesses en valeur. L'effet de serre aurait été le cadet de ses soucis, sauf s'il s'était agi d'un groupe de rock.

L'Allemand paraissait âgé d'une quarantaine d'années. Il se tenait droit comme un I sur sa chaise rembourrée, et ses larges épaules recouvraient complètement le motif sophistiqué du dossier. Sa chevelure commençait à grisonner, ce qui lui conférait une certaine dignité. Il avait un air guindé et coincé, dans son costume gris avec cravate assortie – ce qui n'offrait pas un spectacle franchement coloré. Thóra décida de sourire, espérant que cela lui donnerait un air aimable et intéressé, et non totalement stupide. L'homme se leva et retira la serviette placée sur ses genoux pour la poser sur la table.

« Frau Gudmundsdóttir ? » Prononciation dure et froide.

Ils se serrèrent la main.

« Herr Reich, marmonna Thóra avec le meilleur accent allemand possible. Et appelez-moi Thóra, s'il vous plaît. En plus, c'est plus facile à prononcer.

— Asseyez-vous, je vous en prie, l'invita l'homme en en faisant autant. Dans ce cas, appelez-moi Matthew. »

Thóra prit soin de s'installer le dos bien droit et se demanda ce que les autres clients du restaurant pouvaient bien penser de leur duo compassé. Sans doute qu'ils avaient rendez-vous afin de fonder un club pour les gens équipés de prothèses vertébrales en métal.

« Je peux vous offrir quelque chose à boire ? » proposa poliment l'homme, en allemand. Visiblement, le serveur comprenait sa langue, puisqu'il se tourna vers Thóra, dans l'attente de sa réponse.

« De l'eau, s'il vous plaît. De l'eau minérale gazeuse », demanda-t-elle en se rappelant combien les Allemands raffolaient de l'eau minérale. Pour tout dire, le phénomène avait même gagné l'Islande – dix ans plus tôt, personne de sensé n'aurait songé à payer l'eau au restaurant alors qu'elle coulait gratuitement du robinet. Acheter de l'eau pétillante paraissait plus acceptable.

« Je suppose que vous avez parlé avec mon employeur, ou plutôt avec son épouse, Frau Guntlieb, lança Matthew Reich, une fois le serveur reparti.

— Oui. Elle m'a dit que j'obtiendrais plus de détails auprès de vous. »

Il hésita et but une gorgée de liquide transparent. À voir les bulles, il était clair qu'il avait commandé la même chose qu'elle. « J'ai réuni pour vous un dossier de documents. Vous pourrez l'emporter pour le consulter plus tard, mais il y a un certain nombre de points que je voudrais régler avec vous dès maintenant, si vous n'y voyez pas d'inconvénient.

— Certainement », répondit Thóra avec assurance. Sans lui donner la moindre chance de répliquer, elle s'empressa d'ajouter : « Mais j'aimerais tout de même en savoir un peu plus sur ces gens pour lesquels je vais travailler. Peut-être que cela ne fait aucune différence en ce qui concerne l'enquête même, mais c'est important pour moi. La proposition d'honoraires de Frau Guntlieb était très alléchante. Je n'ai aucune envie de profiter du chagrin d'une famille si elle ne peut assumer une telle somme.

— Ils peuvent l'assumer, croyez-moi, répondit-il avec un sourire. Herr Guntlieb est le président et principal actionnaire de la Anlagenbestand Bank de Bavière. Ce n'est pas une grosse banque, mais sa clientèle est constituée de sociétés commerciales et de riches particuliers. N'ayez crainte. Les Guntlieb sont très, très à l'aise.

— Je vois », répondit Thóra. Voilà qui expliquait le majordome qui lui avait répondu au téléphone.

« Toutefois, les Guntlieb ont eu moins de chance avec leurs enfants. Ils en ont eu quatre, deux fils et deux filles. Le fils aîné est mort il y a dix ans, dans un accident de voiture, et la première de leurs filles est née avec un handicap lourd. Elle est morte de complications liées à son état, il y a quelques années. À présent, leur fils Harald s'est fait assassiner et leur plus jeune fille, Elisa, est tout ce qui leur reste. Tout cela est extrêmement éprouvant pour eux, comme vous pouvez l'imaginer. »

Thóra acquiesça, avant de demander, d'une voix hésitante : « Qu'est-ce qu'Harald faisait en Islande ? Je croyais qu'il y avait un tas d'universités, en Allemagne, avec de bons départements d'histoire. »

À en juger par l'expression de perplexité sur le visage naturellement impassible de Matthew, c'était une question ardue.

« Je n'en sais vraiment rien. Il s'intéressait au XVIIe siècle et, d'après ce qu'on m'a dit, il menait des recherches comparatives entre l'Europe continentale et l'Islande. Il est venu dans le cadre d'un programme d'échange entre l'université de Munich et celle d'Islande.

— Quel type de recherches comparatives ? Est-ce que c'était politique, ou quelque chose dans le genre ?

— Non, cela touchait davantage au domaine de la religion, précisa-t-il en reprenant une gorgée d'eau minérale. Peut-être devrions-nous commander, avant d'aller plus loin. » Il fit signe au serveur, qui revint vers leur table avec deux cartes.

Thóra eut le sentiment que son empressement n'était pas dû à une brusque fringale, qu'il cachait quelque chose.

« La religion, vous dites, reprit-elle en consultant le menu. Vous pourriez être plus explicite ? »

Il posa la carte ouverte sur la table.

« Ce n'est pas vraiment le sujet approprié, au moment du repas, même si je m'attends à devoir l'aborder tôt ou tard. Mais je ne suis pas certain que ses centres d'intérêt dans les études aient quoi que ce soit à voir avec ce meurtre. »

Thóra fronça les sourcils.

« Etait-ce lié à la peste ? » C'était la seule idée qui lui était venue pouvant correspondre à la fois à l'époque et à l'aspect déplaisant.

« Non, pas à la peste. » Il la regarda droit dans les yeux. « À la chasse aux sorcières. À la torture et aux exécutions. Pas franchement ragoûtant. Malheureusement, Harald se passionnait pour la question. Pour tout dire, c'est de famille. »

Thóra hocha la tête.

« Je comprends. » Ce qui était un mensonge éhonté, parce qu'elle ne comprenait absolument rien. « Peut-être devrions-nous attendre la fin du repas pour avoir cette discussion.

— Ce ne sera pas nécessaire. L'essentiel est dans le dossier que vous emporterez. » Il reprit la carte. « Plus tard, vous recevrez également des cartons contenant les affaires que la police nous aura rendues. Il y a des documents liés à sa maîtrise qui vous éclaireront. Nous attendons aussi de récupérer son ordinateur et d'autres éléments qui pourraient offrir des pistes. »

Ils examinèrent la liste des plats en silence.

« Du poisson, dit Matthew sans lever les yeux. Vous mangez beaucoup de poisson par ici.

— En effet. » Thóra ne vit pas quoi répondre d'autre. « Après tout, nous sommes une nation de pêcheurs. Sans doute la seule à avoir réussi à réguler durablement la pêche. » Elle se força à sourire. « En fait, le poisson n'est plus le fer de lance de notre économie.

— Je n'aime pas le poisson, répondit-il.

— C'est vrai ? s'étonna Thóra en refermant la carte. Moi si, et d'ailleurs je suis très tentée par le carrelet frit. »

Il finit par opter pour une tourte à la viande. Une fois le serveur reparti, Thóra demanda pour quelle raison la famille de la victime doutait que la police eût arrêté le bon suspect.

« Il y a plusieurs raisons à cela. Tout d'abord, Harald n'aurait pas perdu son temps à se chamailler avec un petit revendeur de drogue. » Il planta son regard dans celui de Thóra. « Il était consommateur occasionnel ; ce n'était pas un secret. Il buvait aussi de l'alcool. Il était jeune. Mais il n'était pas plus drogué qu'alcoolique.

— Bien sûr, tout dépend de ce qu'on entend par ces termes, objecta Thóra. En ce qui me concerne, je considère que la consommation répétée de drogue est une addiction.

— Je sais de quoi je parle, en matière de consommation de stupéfiants. » Il marqua une pause, puis s'empressa de préciser : « Pas par expérience personnelle, mais professionnellement. Harald n'était pas toxicomane – il était sans nul doute en voie de le devenir, mais ce n'était pas encore le cas, au moment où il a été assassiné. »

Thóra se rendit brusquement compte qu'elle n'avait aucune idée de la raison pour laquelle on avait envoyé ce type en Islande. Sûrement pas avec pour seule mission de l'inviter à déjeuner et de se plaindre du poisson local.

« Quel est votre rôle exact, auprès de cette famille ? Frau Guntlieb a dit que vous travailliez pour son mari.

— Je suis responsable de la sécurité, à la banque. Ce qui implique d'enquêter sur le passé des candidats à l'embauche, de diriger les procédures de sécurité dans la société, ainsi que le transport de fonds.

— Pas beaucoup de contact direct avec la drogue, je me trompe ?

— Non. Je faisais référence à mon ancien emploi. J'ai passé douze ans à la PJ de Munich. » Il la fixa de nouveau dans les yeux. « Je connais deux ou trois choses, en matière de meurtre, et ce que je peux vous dire, c'est que l'enquête sur celui d'Harald a été totalement bâclée. Je n'ai pas eu besoin de passer beaucoup de temps avec l'inspecteur pour constater qu'il n'avait pas la moindre idée de la conduite à adopter.

— Comment s'appelle-t-il ? »

Thóra comprit de qui il parlait, en dépit de sa prononciation maladroite. Árni Bjarnason. Elle poussa un soupir.

« Je l'ai déjà vu à l'œuvre sur d'autres affaires.

C'est un imbécile. C'est vraiment un coup de malchance qu'il ait été assigné à cette enquête.

— Ce n'est pas la seule raison qui fasse penser à la famille que cette atrocité n'a rien à voir avec un marchandage de drogue qui aurait mal tourné. »

Thóra releva les yeux.

« Mais encore ?

— Juste avant sa mort, Harald a prélevé une grosse somme d'argent sur un fonds à son nom. Il est pour l'heure impossible d'établir où est allé cet argent. C'est beaucoup plus que ce qu'il aurait fallu à Harald pour s'acheter de la drogue. Même s'il avait pour projet de rester défoncé pendant des années.

— Est-ce que la drogue n'était pas tout simplement un investissement ? » demanda Thóra, avant d'ajouter : « Financer l'importation, par exemple ? »

Matthew émit un grognement.

« Hors de question. Harald n'avait pas besoin d'argent. Il avait de gros moyens et était autonome. Il avait hérité une véritable fortune de son grand-père.

— Je comprends. » Thóra ne voulait pas avoir l'air d'insister sur ce point, mais elle se demandait si Harald ne pouvait pas avoir une autre raison de se retrouver impliqué dans le trafic de drogue ; peut-être pour la montée d'adrénaline, ou par pure stupidité.

« La police n'a pas établi si oui ou non le dealer avait pris l'argent. Le seul lien qu'ils aient trouvé entre Harald et cette histoire de drogue, c'est qu'il en consommait de temps à autre. »

Leurs plats arrivèrent et ils se mirent à manger, sans un mot. Thóra se sentait un peu gênée. Ce n'était clairement pas le genre de type avec qui on pouvait partager tranquillement un moment de silence. Néanmoins, elle n'avait jamais été douée pour discuter de la pluie et du beau temps, même lorsque le silence devenait oppressant ; elle décida donc de s'abstenir.

Ils commandèrent des cafés et les deux tasses brûlantes se matérialisèrent sur leur table, accompagnées d'un sucrier et d'un pot à lait en argent.

« C'est un pays très étrange, n'est-ce pas ? dit brusquement Matthew, en suivant du regard le serveur qui s'éclipsait.

— Eh bien, non. Pas vraiment, répondit Thóra, prête à voler au secours de sa chère patrie. C'est un petit pays, voilà tout. Nous ne sommes que trois cent mille habitants. En quoi trouvez-vous l'Islande étrange ? »

Matthew haussa les épaules.

« Oh, je ne sais pas. C'est peut-être dû à la propreté de cette ville, ou bien à l'impression d'être entouré de maisons de poupées... Mais je pense que c'est plus lié aux gens eux-mêmes. La plupart des Islandais avec lesquels j'ai parlé ont l'air d'avoir une logique de vie très différente de celle à laquelle je suis habitué. Par exemple, ils répondent aux questions par d'autres questions. C'est peut-être une simple histoire de langue. » Il se tut et son regard glissa sur une femme qui traversait la place en courant, dehors.

Thóra sirota son café, puis se décida à rompre le silence : « Vous avez apporté un contrat pour que je l'examine ? »

L'homme tendit le bras vers la mallette posée à

côté de sa chaise et en tira une fine pochette, qu'il tendit à Thóra par-dessus la table.

« Emportez-le. Demain nous pourrons passer en revue les points que vous désirez faire modifier, et j'en informerai les Guntlieb. C'est un marché équitable, et je doute que vous y trouviez beaucoup d'objections. » Il se pencha de nouveau, attrapa une chemise plus épaisse et la posa sur la table, entre eux. « Prenez aussi ça. C'est le dossier dont je vous ai parlé tout à l'heure. Je préférerais que vous le consultiez, avant de vous décider. Il contient des éléments tragiques et révoltants liés à cette affaire dont je tiens à ce que vous soyez informée avant d'aller plus loin.

— Vous ne me croyez pas capable de faire face ? riposta Thóra, se sentant presque insultée.

— Pour dire la vérité, je n'en sais rien. C'est pourquoi je vous demande de vous pencher sur ce dossier. Vous y trouverez des clichés de la scène du crime qui ne sont pas franchement plaisants à regarder, ainsi que toutes sortes de renseignements qui ne valent guère mieux. J'ai réussi à obtenir certains documents de l'enquête, grâce au concours d'un homme dont je souhaite garder l'identité secrète. » Il posa la main sur la chemise en carton. « Il contient également des éléments sur la vie d'Harald. Ils ne sont pas de notoriété publique, et pas pour les natures sensibles. Je compte sur vous, si vous décidiez de vous retirer de cet arrangement, pour respecter la confidentialité de ces informations. La famille ne tient pas à les voir diffuser. » Il retira la main et fixa Thóra droit dans les yeux. « Je ne souhaite pas ajouter à la tragédie qui les frappe.

— Je comprends. Je peux vous assurer que je n'ai pas pour habitude de cancaner sur mon travail. » À son tour, elle planta son regard dans celui de l'homme, avant d'asséner d'une voix ferme : « Jamais.

— Bien.

— Mais puisque vous avez réuni tous ces documents, en quoi avez-vous besoin de moi ? Vous avez l'air tout à fait capable de vous procurer des informations auxquelles je ne suis pas certaine d'avoir accès moi-même.

— Vous voulez savoir ce que nous attendons de vous ?

— Il me semble que c'est ce que je viens de dire, oui. »

L'homme inspira brièvement par le nez.

« Je vais vous dire pourquoi nous faisons appel à vous. Je suis un étranger dans ce pays et, qui plus est, un Allemand. Nous avons besoin de nous entretenir avec des interlocuteurs qui ne me révéleront jamais aucune information importante d'eux-mêmes. Je n'ai fait que gratter le vernis, et j'ai seulement réuni l'essentiel des faits concernant la vie d'Harald en Allemagne. Je ne suis pas le genre de personne avec qui les gens trouvent agréable de discuter de sujets gênants ou difficiles.

— Je m'en suis rendu compte. » C'était sorti tout seul.

Pour la première fois, l'homme laissa échapper un sourire. Thóra fut surprise de constater que c'était un beau sourire authentique, même s'il avait les dents anormalement blanches et alignées.

Elle ne put s'empêcher de lui sourire en retour,

puis ajouta, embarrassée : « Quels sont ces sujets difficiles dont je suis censée discuter avec ces gens ? »

Le visage de Matthew se ferma aussi rapidement qu'il s'était éclairé. « L'asphyxie érotique, le masochisme, la sorcellerie, l'automutilation et différentes sortes de comportements pervers pratiqués par des individus gravement dérangés. »

Thóra le dévisagea, éberluée.

« Je ne suis pas certaine de mesurer ce que tout cela implique. » Par exemple, elle n'avait jamais entendu parler d'asphyxie érotique. Si cela signifiait avoir des rapports sexuels tout en s'étouffant, elle se dit qu'elle préférait carrément sa vie actuelle : pas de relations sexuelles, mais au moins une respiration normale.

Lorsqu'il sourit de nouveau, c'était avec moins de chaleur que la première fois. « Oh, ne vous inquiétez pas. Vous le saurez bien assez tôt. »

Ils terminèrent leur café en silence. Ensuite Thóra ramassa les deux dossiers et s'apprêta à reprendre le chemin de son bureau. Ils tombèrent d'accord pour se revoir le lendemain, puis Thóra prit congé.

Alors qu'elle quittait la table, il lui posa la main sur l'épaule.

« Une dernière chose, Frau Gudmundsdóttir. »

Elle se retourna.

« J'ai oublié de vous dire pourquoi moi, je suis convaincu que cet homme en garde à vue n'est pas le meurtrier.

— Pourquoi ?

— Il n'avait pas les yeux d'Harald en sa possession. Et ils ont été arrachés. »

3

En général, Thóra n'avait pas peur des voleurs, mais sur le trajet du retour, après avoir quitté Matthew, elle prit grand soin de serrer sa serviette contre elle. Elle ne supportait pas l'idée d'avoir à appeler cet homme pour lui annoncer qu'elle s'était fait voler les documents. C'est donc avec un immense soulagement qu'elle pénétra dans le cabinet juridique.

Elle fut accueillie par la puanteur de la fumée de cigarette.

« Bella, vous savez qu'il est interdit de fumer ici. »

Bella jeta précipitamment quelque chose dehors et sauta du rebord de la fenêtre sur lequel elle était assise.

« Je n'étais pas en train de fumer. » Une mince volute s'éleva du coin de sa bouche.

Thóra grogna intérieurement.

« Oh ! Dans ce cas, votre bouche prend feu. » Elle ajouta : « Fermez cette fenêtre et allez fumer dans la salle de pause. Vous y serez plus à l'aise que suspendue au-dessus du vide.

— Je n'étais pas en train de fumer, je chassais les

pigeons qui viennent se poser sur le rebord », riposta Bella d'un air indigné.

D'expérience, Thóra savait qu'il était parfaitement inutile d'argumenter avec cette fille. Elle entra dans son bureau et referma la porte derrière elle.

Le dossier que lui avait remis Matthew était plein à craquer, bien que ce fût la plus grande taille de chemise. De couleur noire, ce qui s'accordait à son contenu. Il n'y avait pas d'étiquette sur le dos; trouver un titre approprié avait dû être difficile. « Harald Guntlieb, sa vie, sa mort », murmura Thóra en ouvrant le dossier pour consulter la table des matières impeccable. Les documents étaient répartis en sept sections avec intercalaires, apparemment par ordre chronologique : Allemagne, Service militaire, Université de Munich, Université d'Islande, Comptes bancaires, Enquête policière. La septième et dernière section s'intitulait « Autopsie ». Thóra décida d'attaquer le dossier dans l'ordre dans lequel il se présentait. Elle consulta sa montre : presque 14 heures. Elle n'aurait pas le temps de le lire dans les détails avant de devoir aller chercher sa fille Sóley à la garderie – à moins de se presser. Thóra régla l'alarme de son téléphone portable sur 16h45. Elle était bien décidée à avoir passé en revue la majeure partie des documents, d'ici là. Elle préférait ne pas avoir à emporter de papiers professionnels chez elle, même si ce n'était pas rare, quand elle avait beaucoup de travail. Mais ce que contenait ce dossier-là n'était pas à laisser à la portée d'enfants. Elle fit basculer le premier intercalaire et entama sa lecture.

La première page était une photocopie certifiée conforme d'un certificat de naissance, indiquant que le 18 juin 1978, à Munich, Frau Amelia Guntlieb avait donné naissance à un garçon en pleine santé. Le nom du père était Herr Johannes Guntlieb, directeur de banque. Thóra ne reconnut pas la clinique. À en juger par son nom, ce n'était pas un grand complexe hospitalier public, et elle supposa qu'il s'agissait d'un de ces établissements privés aux tarifs exorbitants, réservés à une élite sociale. Dans la case « Religion », il était mentionné : « Catholique ». Si sa mémoire ne la trompait pas, Thóra croyait se rappeler qu'un Allemand sur trois était de confession catholique, avec une concentration plus élevée dans le Sud. Alors qu'elle était étudiante en Allemagne, Thóra avait été surprise du nombre de catholiques que comptait le pays. Elle avait toujours associé les Allemands au luthéranisme et pensait qu'on trouvait surtout des catholiques plus au sud de l'Europe, par exemple en Italie et en Espagne, sans parler de la France.

Thóra poursuivit sa lecture.

Les pages suivantes étaient des pochettes en plastique divisées en quatre fenêtres. Toutes contenaient des clichés, essentiellement des Guntlieb en diverses occasions. Chacun d'eux était accompagné d'une bandelette de papier blanc mentionnant les noms des protagonistes. Elle parcourut rapidement les photographies du regard et constata qu'Harald apparaissait sur toutes. En plus des scènes familiales, elle trouva des photos d'école de lui à des âges divers, la mèche bien peignée sur le côté. Thóra se demanda ce que ces souvenirs faisaient dans le dossier. Le seul but logique était de rappeler au lecteur que la victime de ce meurtre était autrefois une personne vivante. L'effet était garanti.

Les premiers clichés, les plus anciens, montraient un petit garçon potelé, ou bien avec son frère – qui paraissait de deux ou trois ans plus âgé que lui –, ou bien avec sa mère. Thóra fut frappée par la beauté d'Amelia Guntlieb. Certains clichés avaient beau avoir du grain, il était impossible de se méprendre sur l'allure de cette femme, son élégance naturelle. Thóra se retrouva notamment fascinée par une scène où la mère était en train d'apprendre à marcher à son fils. Ils se trouvaient dehors, dans le jardin, et Frau Guntlieb tenait la main d'Harald tandis qu'il tentait d'avancer, avec cette démarche maladroite d'un enfant d'un an, un pied en l'air, le genou bien plié. Frau Guntlieb souriait à l'appareil et son beau visage irradiait de joie. Difficile d'associer la voix glaciale que Thóra avait entendue au téléphone à cette expression de bonheur. Les joues rebondies de l'enfant, son nez en boule et ses jambes replètes indiquaient qu'il était encore à un âge où les traits n'étaient pas clairement dessinés, mais la ressemblance entre la mère et le fils était visible.

Les clichés suivants montraient Harald âgé de deux ou trois ans. La ressemblance avec sa mère était encore plus frappante, même s'il avait bien l'air d'un garçon. Sa mère apparaissait elle aussi dans le décor, d'abord enceinte, puis souriante, portant un nourrisson enroulé dans une épaisse couverture. Sur cette photo, Harald se tenait derrière la chaise où elle était assise, le cou tendu comme s'il cherchait à mieux voir le bébé dans ses langes, sa sœur. Sa mère lui entourait les épaules d'un bras. Sur l'étiquette collée en dessous, Thóra lut que la petite se nommait Amelia, comme sa mère, et que son second prénom était Maria. C'était elle qui avait péri des suites d'une affection congénitale. À en juger par ce cliché, la famille ne s'était pas tout de suite rendu compte qu'elle était malade. La mère, du moins, arborait un air d'extase et d'insouciance. Dans les scènes suivantes, néanmoins, quelque chose avait changé. Alors qu'elle apparaissait souriante sur toutes les photos précédentes, Frau Guntlieb était désormais triste et distante. Dans l'une des poses, elle affichait un sourire de pure convenance, qui ne touchait pas son regard. On ne notait plus aucun contact physique entre elle et Harald, contrairement aux premiers clichés. Le petit garçon semblait lui aussi abattu et perdu. Plus aucun signe du bébé.

Une partie de l'histoire familiale avait manifestement été omise, car la série suivante propulsa Thóra au moins cinq ans plus tard. Elle s'ouvrait sur une photo de famille posée, la première où apparaissait Herr Guntlieb. C'était un homme à l'allure respectable, à l'évidence nettement plus âgé que son épouse. Tous les personnages étaient habillés avec élégance, et un bébé avait rejoint le groupe, dans les bras de sa mère. Il devait s'agir de leur plus jeune enfant, le seul encore en vie aujourd'hui. La petite fille malade était de retour, cette fois-ci dans un fauteuil roulant. Il n'était pas nécessaire d'avoir une formation médicale pour mesurer qu'elle était gravement handicapée, ligotée dans son fauteuil, la tête basculée en arrière et la bouche ouverte. Sa mâchoire inférieure pendait sur le côté, ce qui suggérait qu'elle ne la contrôlait pas. Ce qui paraissait être également le cas de ses membres : un de ses bras était plié au coude, la main anormalement près du corps. Les doigts en étaient repliés comme des griffes. L'autre main reposait sur ses cuisses, apparemment inerte. Derrière le fauteuil se tenait Harald, qui devait avoir dans les huit ans. Son expression ne rappelait à Thóra aucune de celles qu'elle avait vues sur le visage de son fils, à cet âge ; l'enfant paraissait dévasté. Même si les autres membres de la famille – Herr et Frau Guntlieb, et le frère aîné d'Harald – ne respiraient pas franchement la joie, lui arborait un air tellement malheureux qu'il en devenait tragique. Il s'était à l'évidence passé quelque chose, et Thóra se demanda si un si jeune enfant pouvait être à ce point affligé par la maladie de sa sœur. Peut-être avait-il simplement des problèmes psychologiques, ce qui n'était pas rare, chez les petits. Peut-être avait-il été un enfant dépressif, qui n'avait pas pu supporter la compétition avec ses frère et sœurs pour obtenir l'attention des parents. Si tel était le cas, il était évident dans les clichés suivants que ses parents n'avaient pas su comment réagir. Aucun des deux n'offrait la moindre preuve d'affection physique au garçon, qui se tenait toujours à l'écart de la famille, sauf lors des rares occasions où son frère aîné était près de lui. On aurait dit que sa mère l'avait tout bonnement oublié, ou bien qu'elle l'ignorait ostensiblement. Thóra se rappela qu'elle ne devait pas tirer de conclusions hâtives de ces photographies. Elles n'avaient capturé que des instants de la vie de ces gens et ne pouvaient en aucun cas donner une image fidèle de leurs actions ou de leurs pensées.

Elle entendit frapper à la porte, et Bragi passa la tête dans son bureau. « Tu as une minute ? »

Thóra fit oui de la tête, et Bragi pénétra dans la pièce. Il approchait les soixante ans, et c'était un homme robuste et costaud, le genre non seulement grand, mais franchement gigantesque. Pour Thóra, la meilleure façon de le décrire était de dire qu'il était deux tailles trop grand, aussi bien dans les doigts, les oreilles, le nez, que tout le reste. Il s'affala dans la chaise disposée en face du bureau de Thóra et tira vers lui le dossier qu'elle examinait.

« Comment ça s'est passé ?

— Le rendez-vous ? Bien, il me semble, répondit Thóra en observant Bragi, qui feuilletait avec désinvolture les photos de famille qu'elle venait de parcourir elle-même.

— Ce petit gars a l'air atrocement morose, commenta-t-il en désignant un portrait d'Harald. C'est celui qui s'est fait assassiner ?

— Oui. Elles sont plutôt étranges, ces photos.

— Oh, je ne sais pas. Tu verrais mes photos d'enfance. Gamin, j'étais un cas désespéré. Tout le temps malheureux, un vrai perdant. Comme le montrent clairement les photos de cette époque. »

Thóra ne sut quoi répondre. Elle était habituée à toutes sortes de remarques farfelues, de la part de Bragi. Il avait une tendance naturelle à exagérer, ce qui devait être le cas quand il se décrivait comme un vrai perdant. Il en allait de même quand il racontait qu'il avait dû travailler comme un esclave pour payer ses études de droit, comme veilleur de nuit, ou en pesant le poisson au port et sur un bateau de pêche pendant les week-ends. Mais elle l'aimait bien. Il s'était toujours montré charmant avec elle, depuis le premier jour, trois ans plus tôt, quand il l'avait invitée à le rejoindre dans ce cabinet d'avocats – ce qu'elle avait accepté avec gratitude. À l'époque, elle travaillait pour une firme de taille moyenne, dont elle avait été heureuse de partir. Elle n'avait pas regretté les conversations sur la pêche au saumon et la couleur des cravates, autour de la machine à café.

Bragi repoussa le dossier vers Thóra.

« Tu vas la prendre, cette affaire ?

— Oui, je pense. Ça change un peu. C'est toujours amusant de s'attaquer à quelque chose de nouveau. »

Bragi émit un grognement.

« Ce n'est pas toujours le cas, tu peux me croire. Je n'ai pas trouvé particulièrement excitant d'avoir affaire à un cancer du côlon, il y a trois ans, même si c'était tout nouveau pour moi. »

Ne souhaitant pas s'aventurer sur ce terrain, Thóra s'empressa de répondre : « Tu vois ce que je veux dire.

— Oui, bien sûr, répondit-il en se levant. Je voulais juste te prévenir de ne pas en attendre trop. » Il se dirigea vers la porte, puis se retourna pour ajouter : « Dis-moi, tu penses que tu pourras te servir de Thór, sur ce coup, ou pas du tout ? »

Thór venait juste d'avoir son diplôme et travaillait pour eux depuis à peine six mois. C'était un solitaire, asocial, mais son travail était exemplaire, et Thóra ne voyait aucun inconvénient à profiter de son aide si elle en avait besoin.

« Je pensais plutôt le mettre à contribution en le chargeant de tous les autres dossiers dont je n'aurai plus le temps de m'occuper, afin de pouvoir me concentrer sur celui-ci. J'ai beaucoup de projets en cours qu'il pourrait facilement maintenir à flot.

— Pas de problème. Fais au mieux. »

Thóra reprit le dossier et passa rapidement en revue les dernières photos, au fil desquelles Harald devenait un beau jeune homme, doté du teint clair de sa mère. Son père était beaucoup plus mat, avec un visage plutôt commun. Sur la dernière page, elle ne trouva que deux clichés. L'un représentant une cérémonie de remise de diplômes, sans doute à l'université de Munich, et l'autre, le début ou la fin de son service militaire – du moins, Harald portait l'uniforme de l'armée allemande. Thóra n'était pas assez experte en la matière pour pouvoir dire à quel régiment il appartenait. Elle imaginait que ce point serait révélé dans le chapitre correspondant, annoncé dans la table des matières.

Les pages suivantes contenaient les photocopies des certificats obtenus à divers stades de ses études, et il apparaissait clairement qu'il était un élève exceptionnellement brillant. Il avait toujours récolté les meilleures notes, et Thóra était bien placée pour savoir que ce n'était pas chose facile, dans le système scolaire allemand. Le dernier certificat, édité par l'université de Munich où Harald avait préparé une licence d'histoire, était dans la même veine. Son mémoire avait reçu une mention. La chronologie des documents révélait qu'Harald avait pris une année sabbatique avant de s'inscrire à l'université. Cela était sans doute lié à son service militaire. Thóra était surprise que ce jeune homme ait choisi de rejoindre l'armée, compte tenu de son dossier scolaire exceptionnel. L'Allemagne appliquait la règle du service national, mais il était facile d'y échapper. Et avoir des parents aussi riches aurait vraisemblablement joué en sa faveur. Ils auraient facilement pu lui éviter de s'acquitter de ce devoir.

Thóra passa à la partie du classeur intitulée « Service militaire ». Cette section n'était pas très fournie, avec seulement quelques pages. La première contenait une photocopie de l'intégration d'Harald Guntlieb dans la Bundeswehr, en 1999. Apparemment, il s'était engagé dans la Deutsche Heer, l'armée régulière. Elle fut surprise qu'il n'ait pas choisi l'armée de l'air ou la marine. Avec l'influence de son père, elle était certaine qu'il avait eu tout le choix possible. À la page suivante, un document officiel annonçait l'envoi du régiment d'Harald au Kosovo, et la dernière page était son ordre de retour à la vie civile, daté de sept mois plus tard. Aucune explication n'était fournie, hormis un griffonnage à peine lisible qui invoquait des *medizinische Gründe* – des raisons médicales. Dans la marge de la photocopie, un point d'interrogation apparaissait nettement. Thóra supposa qu'il s'agissait de l'écriture de Matthew; pour autant qu'elle sache, il avait recueilli ces informations tout seul. Thóra griffonna un Post-it pour se rappeler d'éclaircir les raisons de la démobilisation d'Harald. Elle passa à la rubrique suivante.

Tout comme le chapitre sur le service militaire, celui-ci s'ouvrait sur une photocopie, cette fois-ci d'une inscription à l'université de Munich. Thóra constata qu'elle était datée d'un mois seulement après son départ de l'armée. Harald semblait s'être rapidement remis, si la maladie était bien la raison de cette interruption soudaine. Thóra tomba ensuite sur une série de pages dont elle ne parvint pas à percer le sens. L'une était la photocopie de l'acte de fondation d'une société historique du nom de Malleus Maleficarum. La deuxième était une lettre de recommandation de la part d'un certain professeur Chamiel, qui chantait les louanges d'Harald, et les documents restants ressemblaient à des programmes de cours d'histoire concernant les XVe, XVIe et XVIIe siècles. Thóra n'était pas certaine de ce qu'elle était censée tirer de cette information.

À la fin de cette rubrique se trouvaient des coupures de journaux allemands décrivant la mort de plusieurs jeunes hommes à la suite d'actes sexuels particuliers. En les lisant, Thóra en déduisit que cette pratique consistait à entraver la respiration avec un nœud coulant pendant la masturbation. Il devait s'agir de l'asphyxie érotique mentionnée par Matthew. Si on se fiait à ces articles, ce n'était pas un phénomène isolé, chez les personnes souffrant de difficultés à atteindre l'orgasme du fait de l'usage de stupéfiants, d'alcool ou d'autres substances. Il n'y avait aucun autre document reliant ces informations au cas d'Harald, hormis le fait que l'une des victimes étudiait dans la même université que lui. Le nom de cet étudiant n'était pas mentionné, pas plus que la date. Il devait toutefois y avoir un lien, puisque l'article figurait dans le dossier. Thóra retourna à la photo de remise de diplômes, à la fin de la première section. En regardant attentivement, elle aperçut une marque rouge dans le cou du jeune homme, juste au-dessus de son col de chemise. Elle sortit le cliché de sa pochette pour l'examiner de plus près. Une fois la photo extraite du plastique, le grain de la peau était un peu mieux défini, mais pas assez pour pouvoir affirmer qu'il s'agissait bien d'un bleu. Thóra nota qu'il lui faudrait demander plus d'informations à Matthew, à ce sujet.

La dernière page de cet étrange collage concernant les années de fac d'Harald à Munich était la page de titre de son mémoire. Le sujet en était la chasse aux sorcières en Allemagne, avec un intérêt particulier pour les exécutions d'enfants suspectés de pratiquer la sorcellerie. Un frisson parcourut l'échine de Thóra. Elle avait bien sûr entendu parler de chasse aux sorcières à l'école, en cours d'histoire, mais elle n'avait pas de souvenirs de procès impliquant des enfants. Elle s'en serait à coup sûr souvenue, même si l'histoire l'ennuyait à mourir, à l'époque. Comme aucun autre document n'était fourni que la page de titre, Thóra essaya de se consoler avec l'espoir qu'il n'avait trouvé aucune preuve d'exécutions d'enfants sur le bûcher. Tout au fond d'elle-même, néanmoins, elle savait que cet espoir était vain. Elle entama la lecture du chapitre concernant l'université d'Islande.

Il contenait une lettre informant Harald que son dossier de candidature pour une maîtrise d'histoire avait été retenu, et qu'il serait le bienvenu à l'université à la rentrée d'octobre 2004. Suivait un relevé de ses notes dans les cours qu'il avait choisis. D'après la date inscrite, Thóra vit que ce document avait été imprimé après sa mort. Sans doute était-ce Matthew qui l'avait obtenu. Harald avait beau ne pas avoir validé tout son cursus dans l'année qu'il avait passée à l'université, ses notes n'en étaient pas moins très élevées. Thóra pensa qu'il avait dû recevoir l'autorisation de passer les examens en anglais, puisque, à sa connaissance, il ne parlait pas islandais. Il apparaissait qu'il ne lui restait que dix unités de valeur à valider, ainsi que son mémoire de maîtrise.

La page suivante offrait une liste de cinq noms. Tous islandais, suivis d'une discipline universitaire et de ce qui pouvait être leur année de naissance. Puisque rien d'autre n'était mentionné, Thóra supposa qu'il s'agissait des amis d'Harald. Ils avaient tous quasiment le même âge : Marta Mist Eyjólfsdóttir, étude sociologique de la différence sexuelle, n. 1981 ; Brjánn Karlsson, histoire, n. 1981 ; Halldór Kristinsson, médecine, n. 1982 ; Andri Thórsson, chimie, n. 1979 ; et Bríet Einarsdóttir, histoire, n. 1983. Thóra chercha d'autres informations concernant ces étudiants, mais en vain ; la page d'après était un plan du campus et de ses locaux administratifs. Des cercles désignaient le département d'histoire et l'Institut des manuscrits, ainsi que le bâtiment principal. Une fois encore, Thóra supposa qu'il s'agissait là d'un ajout de Matthew. Elle trouva également l'impression d'une page du site Internet de l'université. Elle parcourut le texte, rédigé en anglais, qui décrivait le département d'histoire. Une autre page sur le même principe expliquait les conditions d'accueil et d'étude pour les étudiants étrangers. Elle n'en tira aucune conclusion supplémentaire.

Le dernier document de cette partie était un message électronique envoyé par hguntlieb@hi.is, sans aucun doute l'adresse d'Harald à l'université. Il s'adressait à son père et était daté de l'automne 2004, peu après la rentrée universitaire d'Harald. À la lecture de cet e-mail, Thóra fut frappée par le ton froid employé, sachant qu'il s'agissait d'un fils écrivant à son père. Il disait en substance combien il était heureux en Islande, qu'il avait trouvé un endroit où loger, et ainsi de suite. Harald terminait en nommant le professeur qui allait diriger ses travaux, Thorbjörn Ólafsson. D'après ce qu'il disait, il comptait dans son mémoire comparer l'exécution au bûcher des sorcières en Islande et en Allemagne, sachant que la majorité des sorciers condamnés en Islande étaient des hommes, contrairement à ce qui s'était produit en Allemagne. Le message se terminait de manière formelle, mais Thóra fut émue par le post-scriptum, sous la signature : « Si vous désirez prendre contact, vous avez désormais mon adresse électronique. » Elle ne sentait pas beaucoup d'affection dans tout cela. Peut-être son départ de l'armée avait-il un lien avec le manque de profondeur de leur relation. À dire vrai, d'après les photographies, le père d'Harald ne paraissait pas du genre très compréhensif, et il avait sans doute souffert que son fils ne se montre pas à la hauteur de ses attentes.

La page suivante offrait la réponse cassante du père, elle aussi par voie électronique. « Cher Harald, Je suggère que tu te détournes de ce sujet de mémoire. Il est fort malvenu et peu propice à te construire une réputation. Prends soin de ton argent. Cordialement. » Suivi d'une signature électronique automatique avec le nom complet de son père, sa situation professionnelle et ses coordonnées. *Eh bien, eh bien,* songea Thóra, *quel vieux salopard!* Pas un mot pour se réjouir d'avoir des nouvelles de son fils ou lui dire qu'il lui manquait, sans parler de signer « papa », ou un surnom dans ce registre. À l'évidence, leur relation était distante, pour ne pas dire glaciale. Il paraissait également étrange à Thóra qu'aucun des deux ne fît mention de la mère, ou de la jeune sœur. Thóra ne trouva dans le dossier aucun autre échange entre le père et le fils.

Le dernier document de cette rubrique était une liste des sociétés et publications des étudiants, dans divers départements. Thóra passa la liste en revue et ne remarqua rien d'intéressant avant d'atteindre le bas de la page, où elle lut : Malleus Maleficarum – Société d'histoire et de folklore. Elle leva les yeux du dossier. C'était le même nom que sur la photocopie de l'acte de fondation datant du cursus d'Harald à Munich. Elle revint aux pages précédentes, pour vérifier. Sous le nom de la société, dans la liste islandaise, quelqu'un avait ajouté au crayon *errichtet 2004* – fondée en 2004. C'était après l'inscription d'Harald à l'université en Islande. Pouvait-il être à l'origine de cette société ? Ce n'était pas improbable, à moins que le Malleus Maleficarum ne fût particulièrement incontournable, dans le domaine de l'histoire et du folklore. Bien sûr, cela pouvait signifier à peu près n'importe quoi : Thóra n'y connaissait pratiquement rien, en latin. Elle passa à la cinquième section, consacrée à ses comptes en banque.

Elle trouva une épaisse pile de relevés en provenance d'un compte étranger. Harald Guntlieb en était nommé comme le titulaire et, à première vue, ses mouvements de fonds paraissaient énormes, même s'il ne restait pas grand-chose à la fin du dernier mois. Plusieurs entrées avaient été surlignées au marqueur, rose pour les retraits importants, jaune pour les dépôts élevés. Thóra remarqua rapidement que les entrées jaune étaient toujours du même montant, versé au début de chaque mois. C'était une somme considérable, représentant pour elle plus de six mois de salaire – les bonnes années, qui plus est. Il devait s'agir de paiements effectués par le fonds dont Matthew avait dit qu'Harald avait hérité de son grand-père. Il semblait probable que cet héritage lui était remis sous la forme de règlements réguliers, plutôt qu'en une somme globale. C'était l'arrangement le plus courant, quand le bénéficiaire était jeune, et ce jusqu'à un âge fixé, qui dépendait de son sérieux. À l'évidence, on n'avait pas considéré Harald Guntlieb comme très responsable, puisque d'après les calculs de Thóra, il était mort à vingt-sept ans et n'avait pas encore touché l'intégralité de la somme. Néanmoins, des montants colossaux s'étaient accumulés sur son compte en banque, et le train de vie d'Harald était bien en dessous de ce qu'il touchait mensuellement.

Les retraits soulignés étaient une tout autre histoire. Ils variaient en montants et étaient faits à intervalles irréguliers, dans ce qu'en voyait Thóra. Des notes avaient été ajoutées dans la marge en face des chiffres et, comme il n'y en avait qu'un petit nombre, Thóra les parcourut. Certaines remarques étaient parfaitement compréhensibles, comme le « BMW » griffonné à côté d'un très gros retrait effectué en août 2004, date à laquelle elle supposa qu'Harald avait acheté une voiture en Islande. D'autres, en revanche, demeuraient pour elle opaques, comme ce *Urteil G.G.,* en face d'une grosse somme prélevée à l'époque où Harald était encore à Munich. Sachant qu'*Urteil* signifiait « jugement », sa première intuition fut que c'était la somme qu'Harald avait eu à payer à quelqu'un pour camoufler les raisons de son renvoi de l'armée. Pourtant, la date ne correspondait pas, et elle n'avait aucune idée de ce que *G.G.* signifiait. Plus bas, elle releva un *Schädel,* « crâne », puis un *Gestell,* qui la laissa perplexe. Elle trouva d'autres retraits sans explication, et décida de ne pas perdre son temps là-dessus.

Deux chiffres retinrent toutefois son attention. Le premier retrait, datant de plusieurs années et s'élevant à 42 000 euros, portait une nouvelle fois la mention Malleus Maleficarum, tandis que le plus récent était suivi d'un point d'interrogation au crayon. Sans doute était-ce la somme dont Matthew avait rapporté la disparition, un peu plus de 310 000 euros. Ce qui d'après ses calculs représentait plus de 25 millions de krónur, les couronnes islandaises. Pas étonnant que Matthew ait du mal à croire qu'une telle somme ait pu passer dans de la drogue. Dans ce cas-là, ce pauvre Harald aurait eu du mal à en venir à bout, même avec l'aide de Keith Richards. Et à en juger par les relevés de compte, il apparaissait également qu'Harald ne manquait pas d'argent, en dépit de retraits aussi énormes.

Elle tourna la page, et découvrit les achats qu'Harald avait payés par carte bleue au cours des mois ayant précédé sa mort. En les parcourant, elle constata que la plupart des dépenses avaient été faites dans des restaurants et des bars, parfois dans des boutiques de vêtements. Tous les restaurants cités entraient dans la catégorie que son amie Laufey appelait les « lieux branchés ». Il y avait d'ailleurs très peu d'achats d'alimentation. Une grosse somme dépensée à l'hôtel Rangá à la mi-septembre attira son attention, ainsi qu'une autre réglée à une école d'aviation. Elle nota également un montant bien inférieur pour le zoo familial de Reykjavík – qui l'eût cru –, à la fin septembre. Suivait une série de petites dépenses dans une animalerie, en banlieue de la capitale. Peut-être Harald était-il un ami des bêtes, ou bien avait-il tenté d'impressionner une mère célibataire en amadouant ses enfants. Encore un point à éclaircir auprès de Matthew. Ainsi s'achevait la rubrique finances. Thóra consulta sa montre et constata qu'elle avait bien travaillé.

Elle décida de laisser un peu reposer le dossier, se tourna vers son ordinateur et tapa « Malleus Maleficarum » dans la fenêtre Google. Plus de 55 000 résultats s'affichèrent. Elle découvrit rapidement celui qui paraissait le plus prometteur, avec une page de description expliquant que cela signifiait « Marteau des sorcières » et que c'était le titre d'un ouvrage datant de 1486. Thóra cliqua sur le lien et la page d'accueil d'un site en anglais apparut. La seule illustration était un dessin ancien représentant une femme en robe à capuche, apparemment attachée à une échelle. Deux hommes s'acharnaient à soulever l'échelle pour la faire basculer, avec la femme dessus, dans un grand brasier. À l'évidence, on la brûlait vive. La femme tournait le visage vers le ciel, bouche bée, et Thóra ne savait si l'artiste avait voulu la montrer implorant Dieu ou le maudissant. Mais son désespoir crevait les yeux. Thóra imprima la page et alla la chercher avant que Bella prenne la liberté de la retirer elle-même de l'imprimante. Cette fille était capable de tout.

4

C'est non pas une, mais cinq pages que Thóra récupéra sur la machine. Ce site Internet contenait bien plus d'informations qu'elle ne l'aurait cru, et elle en entama la lecture en retournant à son bureau.

Le bref paragraphe d'introduction annonçait que *Malleus Maleficarum* était sans doute l'un des livres les plus célèbres jamais écrits. Publié pour la première fois en 1486, c'était un manuel à l'intention des inquisiteurs, leur enseignant comment reconnaître, poursuivre et exécuter les sorcières. Il signalait que la magie et diverses pratiques répandues dans le peuple étaient désormais considérées comme blasphématoires, ce qui à l'époque était passible de mort – les fautifs étaient brûlés sur le bûcher. L'article expliquait que le livre comptait trois parties. La première avait pour but de faire comprendre au lecteur que la magie et la sorcellerie étaient des phénomènes réels, et aussi qu'il fallait les considérer comme mauvais et contre nature. Il était précisé que le simple fait de croire à l'existence des sciences occultes était un blasphème, ce qui était nouveau. La deuxième partie était un abrégé de récits atroces de pratiques de sorcières, dominées par les relations sexuelles avec des êtres démoniaques. La troisième et dernière partie détaillait les fondements de la persécution. Elle soulignait que la torture était un moyen acceptable d'arracher des confessions, et n'importe qui était autorisé à témoigner contre ceux accusés de ces crimes, indépendamment de sa réputation, ou d'autres circonstances susceptibles de le discréditer comme témoin partial ou inapte.

Les auteurs de ce texte étaient deux frères dominicains : Jakob Sprenger, à l'époque président de l'université de Cologne, et Heinrich Kramer, professeur de théologie à l'université de Salzbourg et Grand Inquisiteur au Tyrol. Ce dernier était plus habilité comme auteur de l'ouvrage, ayant été activement impliqué dans la persécution de sorcières depuis 1476. Le livre avait censément été commandé par le pape Innocent VIII, qui ne paraissait pas être un personnage particulièrement attirant, à en croire l'article. C'est lui qui avait initié la chasse aux sorcières en Europe, par l'émission de la bulle papale du 5 décembre 1484, intitulée *Summus desiderantes affectibus,* qui autorisait l'Inquisition à poursuivre les sorcières et qualifiait la sorcellerie de blasphème.

L'article énumérait en outre les tentatives de ce pape, dans sa vieillesse, d'échapper à la mort en buvant le lait de femmes enceintes et en se faisant transfuser du sang de jeunes enfants. Si ces mesures ne lui assurèrent pas l'immortalité, elles coûtèrent en revanche la vie à trois jeunes garçons de dix ans, par hémorragie.

Thóra apprit que le livre avait été largement diffusé avec l'apparition de l'imprimerie, et également parce que ses auteurs étaient des érudits connus et respectés. Catholiques et protestants confondus s'en étaient inspirés dans leur lutte contre la sorcellerie. Une partie du livre s'était frayé un chemin jusque dans le Saint Empire romain germanique – correspondant à l'Allemagne, l'Autriche, la République tchèque, la Suisse, l'est de la France, les Pays-Bas et une partie de l'Italie. Thóra fut sidérée d'apprendre que l'ouvrage était régulièrement réimprimé.

Elle laissa de côté l'article. Aussi intéressant fût-il, un livre vieux de près de six cents ans n'apportait pas un grand éclairage sur la mort d'Harald Guntlieb. Elle consulta sa montre et vit qu'il lui restait à peine une heure. Elle réunit les pages, les poussa sur un coin de son bureau et revint au dossier concernant Harald. Elle se rendit à la sixième rubrique, celle de l'enquête policière.

À première vue, d'après l'épaisseur de ce chapitre, il ne contenait vraisemblablement pas l'intégralité des pièces ; peut-être Matthew avait-il seulement réussi à s'en procurer quelques-unes. En fait, Thóra était même stupéfaite qu'il ait pu en obtenir ne serait-ce qu'une seule sans un mandat en bonne et due forme. Elle parcourut rapidement les documents, qui se révélèrent être des photocopies du procès-verbal d'interrogatoire ; le cachet indiquait qu'il datait de quinze jours plus tôt. Thóra se trouvait en terrain connu. Le rapport était rédigé en islandais, annoté d'une écriture désordonnée, sans doute parce que Matthew avait peiné à y comprendre quoi que ce soit. Dans le coin supérieur droit de la plupart des dépositions, il avait rédigé une brève note récapitulant qui était entendu, ainsi que son lien avec

Harald. Il s'agissait dans presque tous les cas d'Hugi Thórisson, qui était toujours en détention, en attendant d'être inculpé. Thóra constata avec intérêt que tout au long des interrogatoires, il avait eu le statut de suspect, et non de témoin – un indice de sa culpabilité avait vraisemblablement été découvert très tôt dans l'enquête. Contrairement à un témoin, il n'était donc pas contraint de dire la vérité, toute la vérité, rien que la vérité. Aussi pouvait-il en théorie raconter tout ce qu'il voulait, même si ce genre de tactique ne lui serait d'aucun secours au tribunal – les juges avaient tendance à se montrer bougons, lorsque les accusés commençaient à raconter qu'ils étaient sortis dîner avec Donald Duck, où ce genre d'alibi improbable, à l'heure du crime.

Thóra comprit brusquement comment Matthew avait obtenu tous ces documents. L'avocat désigné pour défendre un suspect avait automatiquement un droit d'accès aux rapports de police. L'avocat d'Hugi Thórisson avait donc eu connaissance de tous ceux concernant son client. Thóra feuilleta rapidement les documents, cherchant l'interrogatoire en présence de l'avocat d'Hugi, afin de connaître son nom. Au cours des premières entrevues, Hugi était seul. Il fallait évidemment s'y attendre ; généralement les gens ne réclament pas la présence d'un avocat au tout début de l'enquête, sans doute parce qu'ils croient que cela leur donne l'air suspect. Mais lorsque l'étau se resserre, ils commencent à hésiter, et la plupart du temps refusent de parler sans la présence d'un conseil. C'est à l'évidence ce qui s'était passé pour Hugi, car à la toute fin de l'enquête, Thóra vit qu'il avait enfin eu le bon sens de demander un avocat.

C'est Finnur Bogason qui avait été nommé. Thóra reconnut son nom. Finnur faisait partie des avocats désignés d'office à la défense. En d'autres termes, impossible de les approcher de son propre chef. Thóra était convaincue que, à condition que Matthew y ait mis le prix, Finnur avait accepté de lui remettre ces documents. Enchantée par ses pouvoirs de déduction, elle entreprit de lire les comptes rendus dans le détail.

Les interrogatoires n'étaient pas classés chronologiquement, mais par personne entendue. Plusieurs des témoins n'avaient été convoqués qu'une seule fois. Parmi eux, le concierge de l'université, les femmes de ménage, la propriétaire de l'appartement d'Harald, un chauffeur de taxi qui avait embarqué Harald et Hugi lors de cette soirée fatale, et plusieurs étudiants et professeurs. Le directeur du département d'histoire, qui avait découvert le corps, avait été entendu deux fois, car il se trouvait dans un tel état de choc que la première fois il avait été incapable de prononcer deux paroles sensées. Thóra avait pitié du pauvre homme ; ç'avait dû être pour lui une expérience traumatisante et l'horreur qu'il avait ressentie en recevant ce cadavre mutilé dans les bras transpirait à chaque ligne de sa déposition.

Venaient ensuite les suspects, même temporaires. Parmi eux, bien sûr, se trouvait Hugi Thórisson, qui ne cessait de clamer son innocence. Thóra parcourut sommairement son témoignage. Hugi prétendait avoir retrouvé Harald le soir en question dans une fête, à Skerjafjördur. Ils s'étaient absentés quelque temps puis s'étaient séparés quand Harald avait voulu y retourner, alors qu'Hugi préférait se rendre dans le centre-ville. Dans ses premières dépositions, Hugi ne racontait pas grand-chose de ce qu'ils avaient fait ensemble et ne faisait que vaguement allusion à une promenade dans le cimetière. Plus tard, lorsqu'il avait compris qu'il allait être inculpé de meurtre, il avait dit être retourné à son appartement, sur Hringbraut, pour y prendre de la drogue qu'Harald voulait lui acheter. Il avait juré aveuglément ne pas avoir revu Harald ensuite ; qu'il n'avait pas eu envie de ressortir, et qu'il était resté chez lui. Il avait été incapable d'indiquer une heure précise pour aucun de ces événements, affirmant qu'il était saoul et défoncé. Vu le nombre de fois que les inspecteurs l'avaient exhorté à être plus précis sur ce qu'il faisait vers 1 heure du matin, le dimanche 30 octobre, Thóra était convaincue que c'était l'heure que l'autopsie avait révélée comme celle de la mort. On lui demandait ensuite inlassablement pourquoi il avait prélevé les yeux d'Harald, et ce qu'il en avait fait. Hugi répondait avec la même constance qu'il ne lui avait pas pris ses yeux. Qu'il n'avait pas d'yeux, en dehors des siens, bien entendu. Si le pauvre garçon disait la vérité, alors Thóra le plaignait. Elle avait l'intuition qu'il ne mentait pas. Elle n'avait fait que feuilleter le dossier, pourtant elle trouvait d'ores et déjà hautement improbable qu'une personne aussi faible que semblait l'être Hugi ait pu dire autre chose que la vérité, après un isolement aussi long et des interrogatoires aussi pressants.

Les amis et connaissances d'Harald ayant participé à la fête à Skerjafjördur avaient tout d'abord été suspectés, puis entendus comme simples témoins. Ils étaient dix en tout, dont quatre des cinq noms que

Thóra avait remarqués au début du dossier. Le seul manquant était l'étudiant en médecine, Halldór Kristinsson.

Ils faisaient tous le même récit de la soirée. La fête avait commencé vers 21 heures et s'était terminée à 2 heures du matin, heure à laquelle ils s'étaient rendus en ville. Harald était parti vers minuit en compagnie d'Hugi, mais personne ne savait pour quelle raison. Ils avaient simplement dit qu'ils allaient faire un tour, avant de prendre un taxi qu'avait appelé Hugi. Deux heures plus tard, lassés de les attendre, les autres avaient décidé de faire la tournée des bars. Quand on leur avait demandé s'ils n'avaient pas essayé de joindre Harald ou Hugi par téléphone, ils avaient tous donné la même réponse : la batterie d'Harald avait lâché plus tôt dans la soirée et Hugi n'avait pas répondu à leurs nombreux appels, ni sur son portable, ni chez lui. Personne n'avait non plus répondu sur la ligne fixe d'Harald. On leur demandait ensuite quand ils avaient fini par rentrer chez eux, mais étant donné l'heure de la mort, c'était surtout pour la forme. Il se trouvait que le groupe s'était dispersé à différents horaires, jusqu'à 5 heures du matin pour les plus résistants. Les amis étudiants d'Harald avaient été les derniers à partir, et entre-temps le cinquième de la bande, Halldór, l'étudiant en médecine, les avait rejoints en ville. Thóra continua sa lecture, dans l'espoir qu'il ait lui aussi fait une déposition. Il semblait être le seul absent de la fête au moment du meurtre. Où était-il ?

La réponse se trouvait à la fin de cette rubrique. Halldór avait bien été interrogé et il avait apparemment travaillé jusqu'à minuit à l'hôpital de la ville, où il avait un poste à temps partiel, parallèlement à ses études. C'est pourquoi il ne s'était pas joint à la fête. Halldór avait expliqué qu'il n'avait que quelques gardes par mois ; il venait en renfort lorsque quelqu'un était malade ou absent. Ce soir-là, il avait emporté de quoi se changer et, après s'être douché et préparé à l'hôpital, il avait pris le bus jusqu'au centre-ville. Selon ses dires, sa voiture était en panne ; il avait donné le nom du garage chargé de la réparer. Halldór précisait qu'il avait d'abord eu l'intention de prendre une correspondance pour Skerjafjördur, mais qu'il avait raté de peu la dernière et avait donc décidé de se rendre en ville et d'attendre les autres dans un café, plutôt que de dépenser une fortune en taxi ou d'avoir à aller jusque là-bas à pied. Il prétendait les avoir appelés, et qu'ils lui avaient alors répondu être en route. Il était autour de 1 heure du matin lorsqu'il était arrivé dans un bar du nom de Kaffibrennslan, où il avait pris une bière en les attendant. Vers 2 heures, il avait fini par retrouver ceux qui venaient de la fête, arrivés en taxi.

Thóra nota ensuite une série de dépositions de témoins, des interrogatoires de professeurs du département d'histoire. On leur demandait en substance s'ils connaissaient bien Harald, et ils faisaient tous la même réponse : ils ne le fréquentaient pas en dehors de l'université et n'avaient pas grand-chose à dire à son sujet. Un autre point d'interrogation au crayon apparaissait à côté de la mention d'une réunion dans les locaux de l'université, le soir où Harald avait été assassiné. Le motif était de fêter un projet de coopération avec une université norvégienne, qui leur avait valu une grosse bourse Erasmus. En lisant entre les lignes, Thóra en déduisit que cette « réunion » devait en fait être un cocktail qui s'était poursuivi tard dans la soirée. Le dernier invité en était reparti vers minuit. Aucun nom cité n'était familier à Thóra, hormis ceux de Gunnar, le directeur du département, et de Thorbjörn Ólafsson, qui supervisait le mémoire d'Harald.

Les dernières dépositions étaient celles d'un barman du Kaffibrennslan et du chauffeur de bus qui avait conduit Halldór de l'hôpital jusqu'au centre-ville.

Le serveur, qui s'appelait Björn Jónsson, rapportait avoir servi son premier verre à Halldór vers 1 heure du matin, puis plusieurs fois dans l'heure qui avait suivi, puis de nouveau quand ses amis l'avaient rejoint, vers 2 heures. Il disait très bien se rappeler Halldór, car ce soir-là il buvait comme un forcené.

Le chauffeur de bus se le rappelait lui aussi, car il l'avait embarqué dans le dernier voyage de son service. Il y avait très peu de passagers dans le véhicule, et ils avaient engagé une conversation sur l'état du système de santé et les mauvaises conditions dans lesquelles les gens étaient soignés. Pour Thóra, cet Halldór avait un alibi en béton armé, comme tous les autres amis d'Harald, à l'exception d'Hugi.

Elle trouva ensuite une série de photocopies de clichés pris sur les lieux du crime. Bien que floues et en noir et blanc, les photos étaient assez claires pour donner une idée précise de l'horreur de la scène. Tout à coup, Thóra comprenait mieux le choc de l'homme qui avait découvert le corps, et elle doutait qu'il puisse jamais s'en remettre.

L'alarme de son portable lui rappela qu'il était déjà 16 h 45. Elle feuilleta rapidement la dernière partie du dossier, qui concernait l'autopsie. *Comme c'est étrange,* songea-t-elle avant de se lever. Il n'y avait rien derrière le dernier intercalaire. La dernière rubrique du dossier était vide.

5

Thóra arriva à l'heure à la garderie. Sur le parking, elle croisa la mère d'une des camarades de classe de sa fille. La femme prit le temps de contempler sa voiture recouverte du logo du garage avant de lui adresser un large sourire, visiblement persuadée que Thóra sortait depuis peu avec un mécanicien. Elle eut la tentation de la rattraper pour lui expliquer que c'était une relation strictement professionnelle, mais elle se ravisa et traversa la cour de l'école. Sóley était élève à la Mírarhúsaskóli à Seltjarnarnes, pas très loin du bureau de Thóra, sur Skólavördustígur – à moins de dix minutes en voiture. Lorsque Hannes et elle avaient divorcé, un peu plus de deux ans auparavant, elle avait tenu bon pour garder leur maison à Seltjarnarnes, même si elle avait beaucoup de mal à racheter la moitié de son ex-mari.

Seltjarnarnes était une petite ville située sur une péninsule, au large de la côte ouest de Reykjavík. Le fait d'être entourée par la mer était son atout le plus remarquable, et cette atmosphère maritime donnait même aux habitants l'impression de vivre au milieu de la nature, en dépit de la proximité du centre urbain. C'était l'endroit parfait pour des familles avec enfants, aussi les maisons y étaient-elles très recherchées. Thóra se félicitait que la leur ait été estimée avant le début de la flambée de l'immobilier. Si elle divorçait aujourd'hui, elle n'aurait aucune chance de pouvoir la garder. Évidemment, la situation était extrêmement irritante pour Hannes, qui faisait des cauchemars en comptant combien elle avait gagné, dans l'affaire. Thóra avait beau considérer cette maison comme un foyer et non comme un investissement, elle était heureuse du bénéfice que lui avait d'ores et déjà rapporté l'opération, principalement parce que son ex était furieux. Ils n'avaient pas exactement divorcé en bons termes, même s'ils avaient essayé de rester polis, pour le bien de leurs enfants. Leur relation était comparable aux échanges entre l'Inde et le Pakistan – la Cocotte-Minute tremblait toujours, même si elle explosait rarement.

Thóra pénétra dans les locaux et jeta un coup d'œil dans l'entrée. Visiblement, la plupart des enfants étaient déjà rentrés chez eux. Elle n'en fut pas surprise, et elle eut de nouveau la sensation culpabilisante de ne pas être une bonne mère. Elle avait suivi la tradition islandaise : on accouche, on prend six mois de repos, et on retourne dans la cage aux lions. Thóra savait que de nos jours plus personne ne restait chez soi pour élever ses enfants, et qu'elle n'était pas pire que les autres. Cette certitude ne l'empêchait pas de s'en vouloir de temps en temps. Mère, femme, jeune fille : ce vers tiré d'un vieux poème lui traversa l'esprit, jusqu'au moment où elle se rendit compte que le terme « femme » ne s'appliquait plus vraiment à elle. Elle n'avait plus vu un homme de près depuis deux ans, depuis son divorce. Elle fut soudain prise d'une envie urgente de faire l'amour avec un homme. Elle se secoua gentiment : on ne pouvait pas imaginer lieu plus incongru pour laisser surgir pareil fantasme. Mais qu'est-ce qui lui prenait ?

« Sóley ! appela la surveillante en apercevant Thóra. Ta mère est là. »

La petite fille, qui était assise par terre, dos à sa mère, leva la tête du collier qu'elle était en train de confectionner. Elle lui offrit un sourire las et écarta une boucle blonde de ses yeux.

« Salut, maman. Regarde, j'ai fait un cœur en perles. »

Thóra sentit un pincement au cœur et se promit de venir chercher sa fille plus tôt le lendemain.

Après une courte halte au supermarché, la mère et la fille arrivèrent enfin à la maison. À l'évidence, Gylfi, le fils de Thóra, était rentré. Des baskets traînaient au milieu de l'entrée et un blouson avait glissé au pied du portemanteau où il avait dû être négligemment accroché.

« Gylfi ! » brailla Thóra en se baissant pour remettre les chaussures dans leur casier, et raccrocher le blouson. « Combien de fois faut-il que je te dise de ranger correctement tes chaussures et ton manteau ?

— Je t'entends pas », cria une voix en réponse, quelque part dans la maison.

Thóra leva les yeux au ciel. Évidemment, qu'il n'entendait pas ; les créatures barbares de son jeu vidéo poussaient des hurlements. « Eh bien, éteins-moi ce truc ! hurla-t-elle. Tu vas te rendre sourd !

— Viens là, je t'entends pas ! tonitrua de nouveau son fils.

— Oh, mon Dieu », marmonna Thóra en accrochant son manteau à son tour.

Sa fille disposa proprement ses chaussures et son anorak, et Thóra fut une nouvelle fois stupéfaite de constater combien ses enfants étaient différents. Sóley était un modèle d'ordre, même bébé elle ne bavait pas, alors que son fils aurait rêvé de vivre au milieu d'un tas de linge sale qui lui aurait fait office de lit et sur lequel il se serait affalé le soir. Mais ils avaient une chose en commun : ils étaient tous deux incroyablement sérieux à l'école et faisaient consciencieusement leurs devoirs. Ce qui était en accord avec le caractère de Sóley, mais paraissait toujours surprenant, concernant Gylfi : malgré ses cheveux longs en bataille et ses vêtements décorés de squelettes, il suffisait qu'il ait oublié son cahier d'exercices au collège pour virer hystérique.

Thóra s'immobilisa sur le palier, à la porte de la chambre de son fils. Gylfi était assis à son bureau, le nez collé à son écran d'ordinateur, à cliquer furieusement sur sa souris.

« Pour l'amour du ciel, Gylfi, éteins ça. » Elle avait beau être plantée juste à côté de son fils, elle dut hausser la voix. « Je ne m'entends plus penser, avec tout ce bruit. »

Sans même détourner le regard de l'écran ou ralentir ses clics frénétiques, son fils tendit la main gauche pour baisser le son d'une des enceintes.

« C'est mieux ? demanda-t-il, toujours sans daigner la regarder.

— Oui, c'est mieux. Maintenant, coupe-moi ça et viens dîner. J'ai acheté des pâtes, ça prend une minute à préparer.

— Laisse-moi juste finir ce niveau, il y en a pour deux minutes.

— Seulement deux, alors, dit Thóra en se retournant. Et je te rappelle que ça marche dans cet ordre : un, et puis deux. Pas un, trois, quatre, cinq, six, deux.

— OK, OK », répliqua Gylfi d'un ton irrité, tout en continuant à jouer.

Environ un quart d'heure plus tard, alors que le dîner était servi, il apparut et s'avachit sur sa chaise habituelle. Sóley était déjà installée et bâillait devant son assiette. Thóra n'eut pas le courage de commencer le repas en reprochant à Gylfi d'avoir pris largement plus de deux minutes pour « finir son niveau ». Elle était sur le point de lui rappeler combien le repas était un moment important pour la famille quand son portable se mit à sonner. Elle se leva pour répondre. « Commencez à manger, vous deux. Et ne vous battez pas. Vous êtes beaucoup plus à votre avantage quand vous êtes copains. »

Elle attrapa son téléphone sur le comptoir de la cuisine pour vérifier ce qui s'affichait et lut « appel anonyme ». Elle sortit de la cuisine en appuyant sur la touche « répondre ».

« Thóra à l'appareil.

— *Guten Abend, Frau Gudmundsdóttir,* répondit la voix sèche de Matthew, avant de demander s'il la dérangeait.

— Non, c'est bon », mentit-elle. Elle pensa que

Matthew serait ennuyé de connaître la vérité, à savoir qu'elle était précisément à table, en plein dîner familial. Il fallait reconnaître qu'il avait l'air d'un homme poli.

« Avez-vous eu le temps de consulter les documents que je vous ai donnés ?

— Oui, mais pas dans les détails. En fait, j'ai tout de suite remarqué que les documents liés à l'enquête policière n'étaient pas complets. Je suggère de demander un mandat, pour les obtenir. N'en avoir qu'une partie est un désavantage majeur.

— Absolument. » Un silence gêné s'ensuivit.

Au moment où Thóra allait ajouter quelque chose, c'est Matthew qui reprit la parole.

« Alors, vous avez pris une décision ?

— Concernant cette affaire, vous voulez dire ?

— Oui, répliqua-t-il sèchement. Allez-vous signer ce contrat ? »

Thóra hésita une seconde avant d'acquiescer. Elle avait à peine prononcé son « oui » qu'elle crut entendre Matthew pousser un soupir de soulagement.

« *Sehr gut* », répondit-il sur un ton exceptionnellement guilleret.

« Pour tout dire, il faut encore que j'étudie le contrat. Je l'ai emporté, pour le lire chez moi ce soir. S'il est bien "équitable et dans les règles", je ne vois pas d'inconvénient au fait de le signer demain.

— Parfait.

— Écoutez, il y a une chose qui a suscité ma curiosité : pourquoi la rubrique sur l'autopsie était-elle vide ? » Thóra savait bien que cette question pouvait attendre jusqu'au lendemain matin, mais elle voulait sa réponse maintenant.

« Nous avons dû faire une demande particulière pour obtenir les documents liés à cette enquête, et je ne les ai pas tous eus – je n'ai eu droit qu'aux lignes principales. J'ai pensé que c'était un peu chiche, et j'ai donc insisté pour voir l'intégralité du rapport », expliqua Matthew. Après quelques secondes de silence, il ajouta, comme pour se justifier : « Le fait de ne pas être un membre de la famille mais seulement leur représentant a un peu compliqué les choses, mais heureusement la situation s'est arrangée. En fait, c'est la raison pour laquelle je vous appelle ce soir, plutôt que d'attendre de vos nouvelles demain, comme nous en étions convenus.

— Pardon ? demanda Thóra, ne comprenant pas le sous-entendu.

— J'ai rendez-vous à 9 heures demain matin avec le médecin légiste qui s'est chargé de l'autopsie d'Harald. Il doit me présenter les documents et répondre à mes interrogations sur divers points. J'aimerais que vous veniez avec moi.

— Eh bien, répondit Thóra, surprise. D'accord, ça me va. Je suis de la partie.

— Parfait. Dans ce cas, je passerai vous prendre à votre bureau à 8 h 30. »

Thóra se mordit la langue pour ne pas répondre qu'en général elle n'arrivait pas si tôt sur les lieux.

« 8 h 30. J'y serai.

— Frau Gudmundsdóttir... ?

— Appelez-moi Thóra, je vous en prie », l'interrompit-elle. Quand il prononçait son nom de famille, elle avait l'impression d'être une vieille veuve de quatre-vingt-dix ans.

« OK, Thóra. Un petit détail avant de raccrocher.

— Quoi ?

— Si j'étais vous, je résisterais à la tentation de prendre un petit déjeuner consistant. Ce ne sera pas un spectacle des plus appétissants. »

7 décembre 2005

6

Trouver une place pour se garer aux environs de l'hôpital national n'était pas une tâche des plus aisées. Ayant débarqué tôt à son bureau, Thóra avait pu rédiger une lettre à l'intention de la police, demandant l'accès aux documents de l'enquête, en tant que représentant de la famille. La lettre était sous enveloppe et attendait dans le panier de Bella ; avec un peu de chance, elle serait postée dans la journée, mais Thóra avait décidé de forcer un peu le sort, en ajoutant au crayon : « À ne *surtout pas* poster avant la semaine prochaine. » Elle avait aussi appelé l'école d'aviation pour s'enquérir du débit sur le compte d'Harald, en septembre. On lui avait répondu qu'il avait loué un petit avion privé avec pilote pour faire l'aller et retour jusqu'à Hólmavík, le tout dans la journée. En cherchant sur Internet des renseignements sur Hólmavík, Thóra avait rapidement compris ce qui avait pu attirer Harald là-bas : son musée de la sorcellerie et des savoirs occultes. Elle avait aussi appelé l'hôtel Rangá pour en savoir plus sur la présence d'Harald chez eux, et on lui avait appris qu'il avait réservé et payé deux chambres pour deux nuits – les noms apparaissant sur le registre étaient Harald Guntlieb et Harry Potter. Comme pseudonyme, voilà qui manquait singulièrement d'imagination. Thóra raconta à Matthew l'histoire du faux nom et de la virée à Hólmavík, pendant qu'ils tournaient autour de l'hôpital.

« Enfin », soupira-t-il en faisant glisser sa voiture de location dans une place qui venait de se libérer, à une certaine distance du service de pathologie.

Ils se dirigèrent à pied vers le laboratoire, qui se situait à l'arrière du bâtiment principal. Il avait neigé pendant la nuit et Matthew s'engagea devant sur le tapis neigeux déjà piétiné. C'était un temps de tempête et le vent vivifiant du nord s'engouffrait dans la chevelure de Thóra. Ce matin, elle avait décidé de porter ses cheveux lâchés, décision qu'elle regretta instantanément en constatant que le vent les faisait voler dans tous les sens. *Le temps d'arriver à l'intérieur, j'aurai vraiment l'air malin,* pensa-t-elle. Elle s'immobilisa quelques instants, se tourna dos au vent et tenta de protéger ses cheveux en s'enroulant un foulard autour de la tête. Côté mode, c'était un échec total, mais au moins ses cheveux y gagnaient-ils un peu de répit. Une fois cette cérémonie terminée, elle rattrapa Matthew au pas de course.

Lorsqu'ils atteignirent le bâtiment, il la chercha du regard pour la première fois depuis qu'ils étaient descendus de voiture. Il fixa ostensiblement le foulard autour de sa tête. Elle imaginait sans peine combien elle devait être élégante, ce que Matthew confirma en levant un sourcil et en commentant : « Il doit y avoir des toilettes quelque part, si vous voulez vous rafraîchir. »

Thóra eut furieusement envie de lui aboyer à la figure, mais elle s'abstint. Elle se contenta de lui adresser un sourire guindé, avant d'ouvrir la porte à la volée. Elle se dirigea vers une femme qui poussait un chariot métallique vide et lui demanda où ils pouvaient trouver le médecin dont Matthew lui avait donné le nom. La femme vérifia qu'ils avaient bien rendez-vous, puis désigna un bureau situé au bout de l'un des couloirs. Elle leur annonça qu'ils devraient attendre à la porte, car le docteur n'était pas rentré de sa réunion du matin.

Thóra et Matthew prirent place sur deux chaises fatiguées, près de la fenêtre du couloir.

« Je ne voulais pas vous offenser. Désolé », lui dit Matthew, sans la regarder.

Thóra ignora la remarque, n'ayant pas particulièrement envie de discuter de son apparence physique. Avec toute la dignité dont elle était capable, elle dénoua le foulard et le posa sur ses genoux. Puis elle se pencha vers la pile de magazines périmés posés sur une petite table, entre leurs chaises.

« Qui peut bien être intéressé par ce genre de lecture ? murmura-t-elle en passant la pile en revue.

— Je ne pense pas que les gens viennent ici pour trouver de quoi lire », répondit Matthew. Il se tenait raide sur sa chaise et regardait droit devant lui.

Irritée, Thóra reposa les magazines. « Non, vous avez peut-être raison. » Elle consulta sa montre. « Mais qu'est-ce qu'il fiche ?

— Il va venir, répliqua Matthew d'un ton cassant. Vous savez, je commence à regretter l'idée de ce rendez-vous.

— Comment ça ? demanda-t-elle d'un ton penaud.

— Je crains que le choc ne soit trop violent pour vous, lança-t-il en se tournant enfin vers elle. Vous n'avez aucune expérience de ce genre de situation, et je ne suis pas sûr que ce soit une bonne idée. Il serait préférable que je vous raconte simplement ce qu'il aura dit. »

Thóra lui lança un regard noir.

« J'ai mis au monde deux enfants, avec ce que ça implique en termes de douleur, de sang, de placenta, de bouchon muqueux, et j'en passe. Je survivrai. » Elle croisa les bras et se détourna. « Maintenant je vous écoute : qu'est-ce que vous avez vu, vous, en matière de spectacle répugnant ? »

Matthew n'eut pas l'air impressionné par l'expérience de Thóra.

« Des tas de choses. Mais, par charité, je vous épargne les détails. Contrairement à vous, je n'éprouve pas le besoin de me frapper la poitrine. »

Thóra leva les yeux au ciel. Cet Allemand n'était pas exactement un rigolo. Plutôt que d'essayer de soutenir une conversation avec lui, elle décida de voir ce que la revue *La Tour de garde* avait à raconter. Elle avait parcouru la moitié d'un article sur la mauvaise influence exercée par la télévision sur la jeunesse de ce bas monde lorsqu'elle aperçut un homme en blouse blanche qui remontait le couloir vers eux au pas de charge. Il devait avoir dans les soixante ans, avec des favoris grisonnants et un bronzage très travaillé. Ses yeux disparaissaient au milieu des rides d'expression, et Thóra en déduisit qu'il avait dû passer un long moment au soleil. Il s'immobilisa en face d'eux, et Thóra et Matthew se levèrent.

« Bonjour, dit l'homme en leur tendant la main. Thraínn Hafsteinsson. »

Thóra et Matthew le saluèrent à leur tour, puis se présentèrent.

« Entrez, je vous en prie », leur proposa le médecin en anglais, afin que Matthew puisse comprendre, tout en ouvrant la porte de son bureau. « Excusez mon retard », ajouta-t-il en islandais, en s'adressant à Thóra.

« Pas de problème. Vous avez de la lecture tellement passionnante que j'aurais même préféré attendre un peu plus. » Elle lui lança un grand sourire.

Le médecin la dévisagea d'un air surpris. « Oui, tout à fait. »

Ils pénétrèrent dans le bureau, tellement plein à craquer qu'il ne restait pas un seul espace vide. Les murs étaient recouverts d'étagères croulant sous les ouvrages scientifiques et les revues de tous formats et de tous genres, et on apercevait çà et là un placard encastré entre les livres. Le médecin se dirigea vers un grand bureau bien rangé derrière lequel il s'assit, en invitant ses deux visiteurs à faire de même.

« Bon, très bien », dit-il en guise d'introduction, en posant les deux mains sur le rebord de son bureau, comme pour indiquer le début de l'entretien à proprement parler. « J'imagine que le mieux sera de parler anglais. »

Thóra et Matthew acquiescèrent.

« Ce ne sera pas un problème, poursuivit le médecin. J'ai fait mon doctorat aux États-Unis. En revanche, je n'ai plus dit un mot d'allemand depuis l'oral du bac, et je préfère vous épargner l'expérience.

— Comme je vous le disais au téléphone, en anglais ce sera parfait », confirma Matthew, et Thóra ne put s'empêcher de sourire en entendant son accent allemand.

« Bien. » L'homme en blouse blanche attrapa une pochette en plastique jaune au sommet d'une pile de papiers. Il la posa devant lui, et fit mine de l'ouvrir. « Je devrais d'abord m'excuser du temps qu'il a fallu pour obtenir l'autorisation de vous montrer les documents relatifs à l'autopsie dans toute leur splendeur, annonça-t-il avec un sourire d'excuse. Dans ce genre d'affaires, il y a beaucoup trop de paperasse. Et la marche à suivre n'est pas toujours évidente, dans des cas aussi inhabituels que celui-ci.

— Inhabituel ? répéta Thóra.

— Oui. Dans le sens où la famille a choisi d'engager un tiers pour éplucher les résultats d'autopsie, et aussi parce qu'un individu de nationalité étrangère est impliqué. C'en est arrivé à un point où j'ai cru qu'il nous faudrait la signature du défunt, pour obtenir cette autorisation des autorités. »

Thóra lui adressa un sourire courtois, mais du coin de l'œil elle aperçut le visage de Matthew, aussi impassible qu'un fossile.

Le médecin détourna le regard et continua : « Quoi qu'il en soit, l'aspect bureaucratique n'est pas le seul en cause. Cette affaire est particulière à plus d'un titre, et je pense qu'il est important que vous le compreniez bien, avant que nous commencions. » Il tenta de nouveau un sourire. « C'est de loin l'autopsie la plus étrange et la plus hors du commun qu'il m'ait été donné de faire dans toute ma carrière, et je peux vous dire que j'en ai vu, pendant mes études, à l'étranger. »

Thóra et Matthew ne dirent mot, s'attendant à ce qu'il poursuive son récit. Thóra paraissait nettement plus excitée que son voisin, qu'on aurait tout à fait pu croire changé en statue.

Le médecin finit par s'éclaircir la voix et par ouvrir la pochette.

« Commençons par les éléments que l'on pourrait qualifier de conventionnels.

— Mais certainement », grogna Matthew.

Thóra tenta de camoufler sa déception : ce qu'elle voulait entendre, c'était la partie bizarre.

« Eh bien, la cause de la mort est l'asphyxie par strangulation, annonça le médecin en tapotant la pochette. Lorsque nous en aurons terminé, je vous donnerai une copie du rapport d'autopsie, afin que vous puissiez le consulter plus en détail, si vous le désirez. Pour ce qui est de la cause de la mort, la question principale est de savoir de quelle manière la victime a été étranglée. Nous pensons qu'une ceinture a été utilisée, mais qui n'était pas en cuir. La personne qui s'en est servie a mis beaucoup de force dans son geste ; des marques profondes sont visibles sur le cou. Et il est probable que la pression a été maintenue bien plus longtemps qu'il n'était nécessaire pour le tuer, pour une raison inconnue – sans doute dans un accès de fureur ou de brutalité inouïe.

— Comment le savez-vous ? » demanda Thóra.

Le médecin fouilla dans la pochette et en tira deux photographies, qu'il posa sur le bureau, puis retourna pour que Thóra et Matthew puissent les voir dans le bon sens. Elles révélaient les lésions sévères qu'Harald avait au cou.

« Vous voyez qu'au bord de la blessure la peau a été perforée à plusieurs endroits et qu'elle a été brûlée par la friction. Ce qui suggère que la surface de la ceinture n'était pas uniforme. Notez aussi qu'elle n'avait pas une forme régulière – elle n'était pas de la même largeur tout le long, à en juger par la différence de dimensions de la blessure, selon les endroits. » Le médecin marqua une pause pour désigner un des clichés. « Autre point intéressant, vous verrez ici, à la base du cou, les traces de lésions plus anciennes, pas aussi graves, mais tout de même significatives. » Il leva les yeux vers eux. « Vous avez connaissance de ces blessures ? »

Matthew répondit le premier.

« Non, pas du tout. »

Thóra dut se contenir, car elle soupçonnait la cause de ces plaies.

« Je suis certain qu'elles n'ont rien à voir avec le meurtre. Même si, bien sûr, on ne sait jamais. »

Le médecin parut se satisfaire de la réponse de Matthew ; du moins, il n'insista pas. Il s'intéressa à l'autre cliché, qui exposait lui aussi le cou d'Harald, mais très agrandi.

« Cette photo-ci est très intéressante, elle permet d'établir qu'un morceau de métal – une boucle de ceinture gravée ou quelque autre objet inconnu sur la sangle qui a été utilisée – s'est planté dans la peau du défunt. En regardant de près, vous constaterez que cela ressemble à un petit poignard – mais ce pourrait être tout à fait autre chose. Bien sûr, le cliché n'a pas la précision d'un moulage. »

Thóra et Matthew se penchèrent en avant pour mieux voir. Le médecin disait vrai. Une marque laissée par un objet indéterminé était clairement visible au milieu du cou. Une échelle au bas du cliché révélait que la cicatrice mesurait en tout huit à dix centimètres de long. La forme perforée ressemblait fortement à un petit poignard, ou à une croix.

« Qu'est-ce que c'est ? demanda Matthew en montrant des abrasions des deux côtés de la marque.

— Il semble qu'un matériau à bord pointu se soit trouvé derrière le petit objet et ait percé la peau alors qu'elle était tendue. Je n'ai pas de conclusion plus précise.

— Qu'est-il arrivé à la ceinture, ou à ce qui a servi à l'étrangler ? demanda Matthew. A-t-elle été retrouvée ?

— Non. L'agresseur s'en est vraisemblablement débarrassé. Il a dû craindre que nous en tirions un échantillon d'ADN.

— Et il avait raison ? » demanda Thóra.

Le médecin haussa les épaules.

« Qui sait ? Mais si on la retrouvait maintenant, si longtemps après l'incident, les échantillons ne seraient pas fiables. » Il se racla la gorge. « Et puis, il y a l'heure estimée de la mort. C'est un problème nettement plus technique. » Il feuilleta les documents et préleva plusieurs pages. « Je ne sais pas si vous êtes familiers de ces procédures, de la manière dont on évalue l'heure du décès ? » Il leva les yeux vers ses deux interlocuteurs.

« Pour ma part, je n'en ai aucune idée », répondit Thóra. Elle vit bien que cette réponse agaçait

Matthew, même s'il ne prononça pas un mot. Elle décida de s'en moquer.

« J'imagine qu'il serait utile que je vous explique brièvement de quoi il s'agit, afin que vous compreniez bien que les résultats auxquels nous arrivons ne sont ni des tours de magie, ni des faits irréfutables. Ils ne sont que l'expression d'une probabilité, car la précision du résultat dépend de la fiabilité de diverses informations ou preuves qui doivent être prélevées sur les lieux.

— Prélevées ? souligna Thóra.

— Oui. Pour nous livrer à ce genre d'estimation, nous nous appuyons sur des preuves trouvées sur le cadavre ou à proximité et, plus largement, dans son environnement. Nous utilisons également des éléments tirés de la vie du défunt, par exemple la dernière fois qu'il a été vu avant sa mort, à quelle heure il a mangé, ses habitudes, et ainsi de suite. C'est tout particulièrement important dans les cas de mort violente, comme ici.

— Bien sûr, répliqua Thóra avec un sourire.

— Ces renseignements ou ces preuves sont ensuite traités selon différents procédés, afin d'en tirer une estimation la plus précise possible de l'heure de la mort.

— Comment ? » voulut savoir Thóra.

Visiblement ravi de l'intérêt qu'elle manifestait, le médecin se pencha en avant sur sa chaise.

« Il y a deux méthodes. La première est fondée sur la mesure des changements physiologiques qui se produisent dans des délais connus, comme la rigidité cadavérique, la température du corps et la décomposition. L'autre méthode implique la comparaison d'informations dont on connaît les horaires : quand le défunt a mangé pour la dernière fois, comment cette nourriture a été digérée, *et cœtera.*

— Quand est-il mort ? s'enquit Matthew, plus direct.

— C'est la grande question, répondit le médecin en souriant. Pour reprendre les choses là où je les ai laissées, je devrais d'abord vous révéler quelles informations nous avons utilisées pour estimer l'heure du décès. Je ne sais plus si j'ai mentionné ce détail, mais plus le corps est découvert tôt, plus les preuves que nous prélevons sont fiables. Dans ce cas, l'intervalle a été d'un jour et demi, ce qui n'est pas si mal. Et, surtout, le cadavre se trouvait à l'intérieur ; la température ambiante est donc une donnée connue. » Il ouvrit le dossier jaune et jeta un coup d'œil à l'une des pages. « D'après ce que dit l'enquête de la police, Harald a été vu vivant par un témoin impartial pour la dernière fois à 23 h 42 le samedi soir, lorsqu'il a payé un chauffeur de taxi et est descendu de son véhicule sur Hringbraut. On peut désigner cet horaire comme le *terminus a quo* pour l'heure possible de la mort. Le *terminus ad quem* étant bien sûr le moment de la découverte du corps, à 7 h 20 du matin, le lundi 31 octobre. »

Il marqua une pause et leva les yeux vers eux. Thóra hocha la tête pour montrer qu'elle suivait et qu'il pouvait continuer. Matthew se tenait toujours aussi immobile qu'une statue.

« Lorsque la police est arrivée sur les lieux après la découverte du cadavre, la température du corps a été mesurée immédiatement et elle s'est trouvée être la même que celle de la pièce. Ce qui indiquait sans erreur possible qu'il s'était écoulé un certain laps de temps depuis le décès. Le taux exact dépend de divers facteurs, par exemple le refroidissement est plus rapide chez un sujet mince que chez un sujet gras, dont la surface de rayonnement thermique est proportionnellement plus importante. » Il se mit à gesticuler. « Cela dépend aussi de l'habillement et de l'état du corps, de sa position par rapport aux courants d'air, de l'humidité, et de différents autres paramètres. Des informations de ce type constituent en partie les preuves que j'ai mentionnées tout à l'heure.

— Et qu'avez-vous pu tirer de tout cela ? demanda Matthew.

— Rien de bien concluant. Cela nous a seulement permis de réduire un peu le créneau des possibilités. Comprenez bien que cette méthode ne peut nous fournir des indications sur l'heure du décès que si la température du corps est différente de celle de la pièce, ajouta-t-il avec un soupir. Une fois que la température corporelle a rejoint la température ambiante, elle n'en bouge plus, bien sûr. Mais nous pouvons calculer le temps qu'il a fallu au corps pour atteindre cette température, et en déduire un délai minimum depuis le moment de la mort. » Il baissa de nouveau les yeux vers la page. « Voici ce que nous avons : dans ce cas, l'analyse a ramené le *terminus ad quem* à plus de vingt-quatre heures de l'heure du décès.

— Tout cela est très intéressant, je vous l'accorde, intervint Matthew. Mais ce que j'aurais voulu savoir, c'est l'heure à laquelle Harald a été tué, et ce qui s'est passé. » Il n'adressa pas un regard à Thóra.

« Oui, bien sûr, désolé. La rigidité cadavérique indiquait que la mort s'était produite au moins vingt-quatre heures avant la découverte du corps, ce qui raccourcit encore le créneau. » Il se tourna vers Matthew, puis vers Thóra. « Vous voulez que j'entre dans les détails, concernant la rigidité cadavérique ? Je peux vous donner une brève explication, si vous le désirez.

— Je vous en prie, faites donc », l'encouragea Thóra, au moment exact où Matthew répliquait : « Non, ce ne sera pas utile.

— La courtoisie ne veut-elle pas que ce soit la dame qui décide ? » suggéra le médecin, avec un sourire à l'intention de Thóra. Elle le lui rendit au centuple. Matthew lui lança un regard de biais, dans le genre bougon. Elle l'ignora une nouvelle fois.

« Comme le révèle son nom, la rigidité cadavérique est la raideur qui affecte le corps après le décès. Cette condition est causée par des modifications chimiques des protéines musculaires, suivies d'une réduction de l'acidité de leurs cellules après la mort. Plus d'oxygène, plus de glucose, et le pH des cellules s'effondre. Puis, lorsque le niveau de nucléotide ATP descend en dessous du seuil critique, la rigidité cadavérique s'installe, car l'ATP empêche le glissement de l'actine sur la myosine. »

Thóra était sur le point de l'interroger sur cette interaction passionnante entre l'actine et la myosine, mais elle se ravisa lorsque Matthew lui écrasa vivement le pied. Elle se contenta de répondre « Je comprends », ce qui était bien sûr on ne peut plus loin de la vérité. Du coin de l'œil, elle vit Matthew la statue sourire pour la première fois de la matinée.

Le médecin poursuivit : « La rigidité cadavérique commence par les muscles les plus utilisés et s'étend progressivement au reste. Lorsqu'elle atteint son apogée, le corps est raide, dans la position dans laquelle il se trouvait au moment où le phénomène est devenu dominant. Cet état ne se prolonge pas, car la rigidité cadavérique finit par se dissiper, et le corps se relâche de nouveau. Dans des conditions normales, la rigidité est à son maximum douze heures après la mort, puis elle disparaît au bout de trente-six à quarante-huit heures. Dans un cas comme celui d'Harald, où la cause de la mort est l'asphyxie, le processus s'engage un peu plus tard. » Il consulta ses papiers et sortit de la pile une photo, qu'il leur montra. « Comme vous pouvez le voir, le cadavre d'Harald était complètement raide lorsqu'il a été trouvé. »

Matthew prit Thóra de vitesse et lui vola sous le nez le cliché format A4. Il le contempla sans une once d'émotion, puis le lui tendit, en précisant : « C'est plutôt dégoûtant. »

« Dégoûtant » était loin d'être assez fort pour décrire ce que Thóra découvrit. La photo représentait le jeune Harald Guntlieb, qu'elle n'avait découvert qu'à travers un album de famille, allongé par terre dans une position étrange, qu'elle reconnut d'après les clichés du dossier de police. Mais ceux qu'elle avait vus avaient beaucoup de grain et étaient tellement peu précis qu'ils auraient pu figurer dans une émission pour enfants, en comparaison de ce qu'elle avait sous les yeux en cet instant. L'un des bras d'Harald était dressé à angle droit du coude, comme s'il pointait vers le plafond. Il n'y avait rien pour soutenir le bras ou le maintenir dans cette position. Néanmoins, il était clair à travers ce cliché qu'Harald Guntlieb était bien mort. Il avait le visage enflé, bouffi et d'une couleur bizarre, et Thóra était certaine qu'il ne s'agissait pas d'une erreur survenue au développement. Pourtant, ce qui la perturbait le plus, c'étaient les yeux, ou plutôt les orbites. Elle rendit précipitamment la photo à Matthew.

« Comme vous le voyez, le corps devait être appuyé contre quelque chose, et la main s'est retrouvée coincée dans cette position. Vous devez déjà savoir que le meurtre n'a pas été commis dans ce couloir. Le cadavre est tombé d'une alcôve, lorsque l'un des professeurs en a ouvert la porte, le lundi matin. À en juger par son récit, le corps avait été dissimulé là, et soit il avait glissé contre la porte, soit il avait été disposé pour tomber dès l'ouverture. Comme le montre la photo, la porte de cette alcôve ouvre dans le couloir. »

Matthew scruta le cliché, puis hocha la tête sans un mot. Thóra se contenta de ce qu'elle avait vu ; elle n'avait aucune envie de s'attarder sur cette vision.

« Mais vous ne nous avez toujours pas dit quand vous pensiez qu'il était mort, intervint Matthew en rendant la photo au médecin.

— En effet, excusez-moi », répondit-il en feuilletant ses documents. Il se redressa sur sa chaise en découvrant ce qu'il cherchait. « Si l'on prend en compte le contenu de l'estomac et l'absorption d'amphétamines dans le sang, l'heure du décès se situe entre 1 heure et 1 h 30 du matin. » Il releva la tête pour s'expliquer plus en détail. « L'heure d'ingestion de la nourriture et de la drogue est connue. Il avait mangé une pizza autour de 21 heures ce soir-là et avait sniffé des amphétamines juste avant de quitter la soirée, vers 23 h 30. » Il sélectionna une autre photo dans la pile et la tendit à Matthew. « La digestion de la pizza est un phénomène relativement bien documenté. »

Matthew détailla la photo, le visage toujours impassible. Puis il releva la tête et tendit la feuille à Thóra. Pour la deuxième fois de la matinée, il sourit, puis proposa : « Une petite pizza ? »

Thóra prit le cliché, qui présentait le contenu de l'estomac d'Harald. Il lui faudrait un certain temps avant de recommander une pizza. Tout en essayant de garder contenance, elle rendit la photo à Matthew.

« L'analyse des amphétamines a été réalisée par l'Institut de pharmacologie. Vous recevrez une copie de leur rapport avec les résultats de l'autopsie. En fait, un cachet d'ecstasy a aussi été retrouvé dans son estomac, à demi digéré, mais nous ne savons pas quand il l'a pris, aussi n'était-ce pas un élément utile dans la détermination de l'heure de la mort.

— Bien », commenta Matthew.

Le médecin reprit : « Je devrais également mentionner que l'autopsie a révélé que le corps avait été déplacé après la mort, quelques heures plus tard. On peut le constater grâce aux bleus qui se forment dans la partie inférieure du corps, dès que la circulation sanguine s'interrompt. Le sang s'accumule alors en flaques, du fait de la gravité. Nous avons remarqué des bleus incompatibles avec la station debout, plus précisément dans le dos, sur les fesses et à l'arrière des mollets, mais aussi sur la plante des pieds, les doigts et le menton. Le phénomène était moins prononcé aux premiers emplacements, ce qui semblerait indiquer que le corps était d'abord sur le dos, puis qu'il a été redressé quelque temps après. En outre, ses chaussures montrent des signes de frottements qui suggèrent que le corps a été traîné ; sans doute l'assassin l'a-t-il tiré sous les aisselles, et les pieds ont raclé le sol. Pourquoi a-t-il fait cela, nous ne le savons pas avec certitude. Selon moi, l'explication la plus plausible est que le meurtrier a tué Harald chez lui mais n'a pas été en mesure de se débarrasser immédiatement du corps, sans doute du fait de son état d'ébriété. Pourquoi a-t-il choisi de remmener le cadavre dans le bâtiment de l'université ? Voilà un autre mystère. Ce n'est pas franchement le premier lieu auquel on pourrait penser, en de telles circonstances.

— Et les yeux ? » demanda Matthew.

Le docteur Hafsteinsson se racla la gorge.

« Les yeux. Encore une énigme que je ne saurais expliquer. Comme la famille le sait déjà, ils ont été prélevés après la mort d'Harald, ce qui à mon sens doit être un certain réconfort pour eux. Mais je suis incapable de dire quel était le but de cet acte.

— D'ailleurs, comment fait-on pour retirer les yeux d'un cadavre ? » Thóra regretta instantanément sa question.

« Il doit y avoir un tas de moyens. Il semble que notre meurtrier ait utilisé un objet lisse. Tous les signes, ou plutôt l'absence de signes, pointent dans cette direction. » Il se remit à feuilleter son dossier.

Thóra s'empressa de l'interrompre.

« Nous vous croyons sur parole. Pas besoin de nous montrer d'autres photos. »

Matthew lui adressa un rictus narquois. Il s'amusait visiblement de son dégoût, après leur échange dans le couloir. Cela irrita Thóra, aussi décida-t-elle de lui montrer de quel bois elle se chauffait.

« Vous nous avez dit tout à l'heure que l'autopsie était étrange et hors du commun. Que vouliez-vous dire par là ? »

Le médecin se pencha en avant et son visage s'illumina. Visiblement, il n'attendait qu'une chose, c'était de pouvoir en discuter.

« Je ne sais pas quels étaient vos liens avec Harald Guntlieb, peut-être êtes-vous déjà au courant de tout cela. » Il chercha dans son dossier et en sortit de nouveau plusieurs clichés. « Voilà ce que je voulais dire », annonça-t-il en les faisant glisser sur la table devant Thóra et Matthew.

Il fallut quelques secondes à Thóra pour comprendre ce qu'elle était en train de contempler, mais lorsqu'elle le mesura, elle fut prise d'un frisson.

« Pouac ! laissa-t-elle échapper. Mais qu'est-ce que c'est que ça ?

— Que vous vous posiez la question ne me surprend pas. Harald Guntlieb s'était de toute évidence livré à des modifications corporelles, comme on les appelle dans les pays où cette coutume s'est développée. Au départ, nous pensions que l'état de sa langue était lié aux mutilations du cadavre, mais nous avons alors remarqué que la blessure avait en partie cicatrisé et donc qu'elle remontait à un temps plus ancien – en termes de perversité corporelle, je peux vous dire qu'on joue dans une catégorie supérieure à celle des malheureux piercings. »

Thóra examina les images révoltantes l'une après l'autre. Prise de nausées, elle se leva.

« Excusez-moi », marmonna-t-elle, les dents serrées, avant de se précipiter vers la porte. En pénétrant dans le couloir, elle entendit Matthew dire au médecin, en feignant la surprise : « Étonnant... Elle a pourtant mis deux enfants au monde... »

7

Il n'y avait pas foule, au Centre interculturel. Thóra avait choisi ce lieu particulier car il était possible d'y discuter dans le calme et le silence, ce qui n'était pas le cas de la plupart des cafés du centre-ville. Matthew et elle pouvaient parler sans crainte d'être entendus par les clients des tables voisines. Ils étaient seuls dans la petite salle. Le dossier jaune contenant les documents de l'autopsie était posé devant eux sur la table en mosaïque.

« Vous vous sentirez mieux après avoir pris un café, suggéra maladroitement Matthew en regardant en direction de la porte par laquelle venait de s'éclipser la serveuse, après avoir pris leur commande.

— Je vais bien », aboya Thóra. En fait, c'était la vérité. La nausée qui l'avait prise dans le bureau du médecin s'était dissipée. Elle avait trouvé des toilettes un peu plus loin dans le couloir, et elle avait réussi à se rafraîchir en s'aspergeant le visage d'eau froide. Elle avait toujours eu l'estomac sensible et elle se rappelait combien elle était affectée lorsqu'elle tombait sur les manuels que son ex-mari laissait traîner ouverts, quand il était en médecine. Mais les photos qu'ils contenaient étaient très loin de pouvoir rivaliser avec ce qu'elle avait vu ce matin ; peut-être parce que dans ces manuels les illustrations étaient plus impersonnelles. Elle ajouta sur un ton plus doux : « Je ne sais pas ce qui m'a pris. J'espère ne pas avoir vexé le légiste.

— Ces photos n'étaient pas particulièrement plaisantes, répondit Matthew. La plupart des gens réagiraient exactement de la même manière que vous. Ne vous inquiétez pas pour ce médecin. Je lui ai dit que vous sortiez d'une intoxication alimentaire et que vous n'étiez pas au mieux de votre forme pour assister à ce genre de spectacle. »

Thóra acquiesça.

« Mais qu'est-ce que c'était que ça ? Je crois que j'ai réussi à cerner l'essentiel, sur le coup, mais avec le recul je ne suis pas certaine d'avoir bien vu.

— Après votre départ précipité, nous avons repassé ces photos en revue une à une. Il semble qu'Harald ait pratiqué sur son corps toutes sortes de mutilations volontaires. Selon le légiste, les plus anciennes remontaient à plusieurs années, mais les plus récentes n'avaient qu'un ou deux mois.

— Pourquoi faisait-il ça ? » Thóra ne comprenait tout simplement pas ce qui pouvait pousser un jeune homme à s'automutiler.

« Dieu seul le sait. Harald ne s'est jamais comporté comme les gens normaux. D'aussi loin que j'aie connu la famille, il a toujours traîné avec des marginaux. Un coup c'étaient les écologistes, puis pendant un temps un groupe de protestation anti-G8. Quand il a fini par s'absorber dans l'histoire, j'ai pensé qu'il avait enfin pris ses marques. » Matthew tapota le dossier jaune du bout du doigt. « La raison pour laquelle il s'est mis à faire ça me dépasse totalement. »

Thóra réfléchit en silence à ces clichés, et à la douleur qu'Harald s'était infligée.

« Mais qu'est-ce que c'était, exactement ? Je promets de ne pas être malade », s'empressa-t-elle d'ajouter.

À cet instant, la serveuse revint avec les cafés et les en-cas qu'ils avaient commandés. Après l'avoir remerciée, Matthew attendit qu'elle soit partie pour répondre.

« Ce que vous avez vu est le résultat de toutes sortes d'opérations bizarres. Ce qui m'a le plus frappé, c'est la langue. J'imagine que vous avez compris que l'une de ces photos représentait la langue d'Harald ? » Voyant que Thóra hochait la tête, Matthew poursuivit : « Il l'a fait couper en deux, dans le sens de la longueur. L'idée devait être qu'elle ressemble à une langue de serpent, et je dois avouer que c'était plutôt réussi.

— Pouvait-il parler correctement, après ça ? demanda Thóra.

— Selon le médecin, il devait très vraisemblablement zézayer, mais il n'en était pas certain. Il a aussi dit qu'il avait déjà eu vent de ce genre d'opérations. Elles restent bien sûr très rares, mais Harald n'était pas un pionnier, en la matière.

— De toute évidence, il ne l'a pas fait lui-même. Qui se charge de telles interventions ?

— Hafsteinsson pensait que c'était récent, car la cicatrisation n'était pas complète. Il n'avait aucune idée de l'identité du chirurgien, mais il a précisé que n'importe qui disposant d'anesthésiques, de pinces et d'un couteau chirurgical pouvait le faire immédiatement. N'importe quel médecin, une infirmière de salle d'opération ou même un dentiste, par exemple. Et il a ajouté que cette même personne avait pu lui prescrire des antibiotiques et des calmants, ou du moins lui en assurer l'accès.

— Doux Jésus, je ne sais vraiment pas quoi dire, soupira Thóra. Et tous ces autres trucs, les piercings, les cicatrices, les cornes et Dieu sait quoi d'autre ?

— Toujours selon le légiste, Harald s'est fait implanter des objets sous la peau afin qu'on en voie la forme en relief. Y compris ces petites cornes ou ces pointes qui saillaient de ses épaules. Le médecin a dit avoir retiré trente-deux autres objets, en comptant les petits clous que vous avez vus sur son appareil génital. » Matthew adressa un regard gêné à Thóra. Elle avala une gorgée de café et sourit, pour lui indiquer qu'elle ne trouvait pas la situation embarrassante. Il reprit : « Et puis, il y avait des symboles ; il se trouve qu'ils étaient tous liés à la magie noire et au culte satanique. On peut dire qu'Harald n'a pas chômé – il n'était pas facile de dénicher un seul endroit de son corps qui n'ait pas été orné d'une manière ou d'une autre. » Matthew interrompit un instant son explication pour manger une fine tranche de pain. « Apparemment, il n'aimait pas les tatouages traditionnels. Il avait des cicatrices.

— Des cicatrices ? s'étonna Thóra. Est-ce qu'il s'est fait retirer des tatouages ?

— Non, non. Ces cicatrices *étaient* des tatouages. La peau avait été coupée ou prélevée, pour dessiner une forme ou un symbole. On peut dire qu'il s'agit d'une décision radicale, de se faire faire ce genre de scarifications. J'ai compris d'après ce que disait le médecin qu'on ne pouvait pas se débarrasser de ces cicatrices, à moins de recevoir une greffe de peau, qui laisserait elle-même une cicatrice plus grande encore. »

Thóra n'en revenait pas. Elle mesura combien les choses avaient changé. Quand elle était jeune, se faire percer trois trous dans le lobe de l'oreille vous condamnait automatiquement à la délinquance.

« Hafsteinsson a dit aussi que l'une des coupures sur le corps d'Harald datait d'après sa mort. Ils ont d'abord pensé qu'il s'agissait juste d'un tatouage récent, mais en y regardant de plus près, ils ont constaté que non. Ça ressemblait à un symbole magique, gravé sur sa poitrine. » Matthew sortit un stylo de sa poche et attrapa une serviette en papier blanche. Il dessina le symbole et fit pivoter la serviette vers Thóra. « La signification de ce signe est inconnue, à en croire le médecin. La police n'a pas réussi à la déchiffrer, aussi peut-être le meurtrier l'a-t-il inventé sur le coup. Une autre théorie serait que le meurtrier ait été perturbé par les circonstances, et qu'il n'ait pas réussi à donner à son œuvre l'apparence qu'il voulait. Graver la peau n'est pas chose facile. »

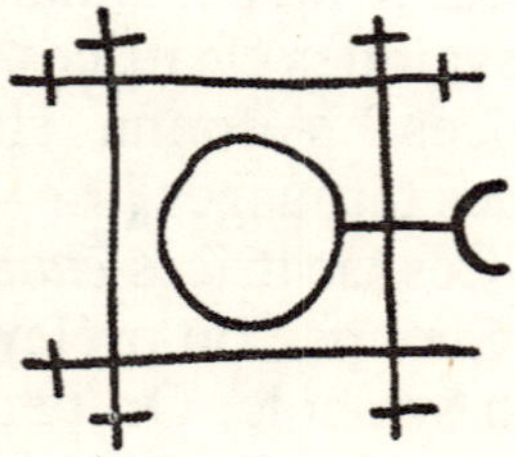

Thóra prit la serviette pour observer le dessin de plus près. Il était composé de quatre lignes formant une boîte, comme dans un jeu de morpion. À l'extérieur de la boîte, l'extrémité des lignes était barrée et à l'intérieur se trouvait un cercle. De ce cercle partait un segment avec un croissant au bout.

Thóra rendit la serviette à Matthew.

« Malheureusement, je ne sais rien des symboles magiques. J'ai eu un collier runique, autrefois, mais je ne me rappelle pas ce qu'il était censé représenter.

— Nous devons en discuter avec quelqu'un qui s'y connaisse. Qui sait ? Peut-être la police n'a-t-elle pas fait les recherches appropriées. Peut-être son sens nous mènera-t-il à la résolution de cette affaire. » Matthew déchira la serviette en quatre. « Quoi qu'il en soit, le meurtrier devait bien avoir quelque chose en tête, pour en arriver à de telles extrémités. Après avoir commis un meurtre, la plupart des gens pensent avant tout à s'enfuir le plus loin possible.

— Peut-être que le meurtrier est un psychopathe. Graver des runes sur un cadavre et lui arracher les yeux n'est pas un signe de grande santé mentale. » Thóra frissonna. « Ou bien il était tellement shooté qu'il ne se rendait plus compte de rien. Ce qui en fait s'appliquerait bien au suspect actuellement en garde à vue.

— Peut-être que oui », répondit Matthew en haussant les épaules. Il but une gorgée de café. « Mais peut-être que non. D'ailleurs, il faut que nous lui rendions visite en prison le plus tôt possible.

— Je contacterai son avocat. Il devrait être capable de mesurer le bénéfice qu'il y aura pour lui à coopérer avec nous, et pouvoir arranger une entrevue. C'est dans notre intérêt mutuel. Si nous réussissons à trouver le meurtrier que la police a laissé passer, nous blanchissons du même coup son client. J'ai aussi envoyé à la police une demande officielle afin de voir les documents de l'enquête. C'est tout à fait courant et, pour autant que je sache, en général on les communique à la famille sans délai, sauf dans les cas exceptionnels. »

Matthew reprit une tranche de pain et consulta la pendule au mur.

« Si on faisait un tour à l'appartement d'Harald, qu'est-ce que vous en pensez ? J'ai les clefs, et la police a déjà rapporté une partie de ce qu'elle avait pris sur les lieux. On pourrait y jeter un œil, histoire de voir si on peut en tirer quelque chose. »

Thóra trouva l'idée bonne. Elle envoya un texto à son fils pour qu'il passe chercher sa sœur à la garderie, juste après l'école. Thóra se sentait mieux à l'idée que Sóley rentre à la maison, et il lui arrivait de demander à son fils de la prendre tôt. Elle essayait de ne pas profiter de la bonne nature de Gylfi, car il répondait en général favorablement. Thóra avait à peine appuyé sur la touche « envoyer » lorsque la réponse de son fils arriva. Elle ouvrit le message : « OK tu rentr kan ? » Thóra répondit immédiatement qu'elle serait là vers 18 heures, et se demanda si elle se faisait des idées ou si, depuis peu, Gylfi s'intéressait de très près à ses horaires de retour à la maison. Peut-être souhaitait-il simplement pouvoir jouer aux jeux vidéo en paix... Toujours est-il que la fréquence de cette question avait nettement augmenté, ces derniers temps.

Avant de ranger son portable, Thóra appela le bureau pour prévenir qu'elle ne rentrerait pas tout de suite. Personne ne prit l'appel et le répondeur se déclencha à la cinquième sonnerie. Thóra annonça son absence et raccrocha. L'une des tâches principales de Bella consistait à répondre au téléphone, mais dans les rares occasions où Thóra avait besoin d'appeler le bureau, elle n'entendait une voix humaine qu'une fois sur deux. Elle soupira, sachant combien il était inutile de débattre une énième fois du sujet avec ce qui leur servait de secrétaire.

« Très bien, je suis prête », annonça-t-elle à Matthew, qui avait profité de ce temps pour liquider ce qui restait sur la table. Thóra termina son café, puis se leva et enfila son manteau.

Avant de quitter les lieux, ils se rendirent au bar et Matthew régla l'addition. Il précisa que c'était aux frais des Guntlieb et Thóra se demanda s'il le faisait pour qu'elle ne croie pas qu'il s'agissait d'une invitation galante de sa part, ou simplement par conscience professionnelle. Elle hocha la tête et le remercia.

Ils sortirent dans le froid et se dirigèrent vers l'énorme parking à étages où ils avaient laissé la voiture de location. L'appartement d'Harald se situait sur Bergstadastraeti, non loin de Hverfisgata. Depuis qu'elle travaillait sur Skólavördustígur, Thóra s'était familiarisée avec le quartier central de Thingholt, et elle put guider Matthew sans difficulté – les étrangers avaient souvent du mal à s'y retrouver, dans les petites rues étroites et à sens unique. Ils se garèrent devant un bâtiment chic en béton blanc sur Bergstadastraeti, à l'adresse indiquée par Matthew. C'était l'une des plus belles propriétés du secteur, visiblement bien entretenue, et Thóra n'osait imaginer le prix des locations. Voilà qui expliquait au moins le loyer astronomique qu'elle avait noté sur le bail d'Harald.

« Vous êtes déjà venu ? » demanda-t-elle en approchant d'une entrée latérale. La porte donnant sur la rue appartenait à un autre appartement au rez-de-chaussée, et Matthew précisa que c'était là que vivaient les propriétaires.

« Oui, deux ou trois fois, en fait. Mais c'est seulement la deuxième fois que je viens pour mes affaires, si j'ose dire. Auparavant, j'accompagnais la police. Ils avaient besoin d'un témoin, au moment d'emporter des papiers et des objets dans le cadre de l'enquête, et de nouveau quand ils les ont rapportés. Je suis certain que nous serons beaucoup plus minutieux qu'eux dans l'inspection des lieux. Ils avaient déjà décidé qu'Hugi était l'assassin, et la fouille de l'appartement n'a été qu'une pure formalité.

— L'appartement est-il aussi étrange que l'était son occupant ?

— Non, il est très ordinaire », répondit Matthew en insérant une des deux clefs dans la serrure de la porte d'entrée. Le porte-clefs représentait un petit drapeau islandais et Thóra en déduisit qu'il l'avait acheté spécialement pour ce trousseau dans une boutique pour touristes. Elle imaginait mal Harald se livrer à ce genre d'excursion, au royaume des gros pulls jacquard et des perroquets de mer en peluche. « Après vous », proposa Matthew en ouvrant la porte.

Avant que Thóra ait pu faire un pas, une jeune femme apparut au coin de la bâtisse et les interpella en bon anglais.

« Excusez-moi, dit-elle en resserrant son gilet pour se protéger du froid, vous êtes bien le représentant de la famille d'Harald ? »

Comme elle ne portait pas de manteau, Thóra supposa qu'elle sortait juste de l'autre appartement. Matthew tendit la main à la femme et lui répondit en anglais : « Oui. Nous nous sommes rencontrés lorsque je vous ai demandé les clefs. Matthew.

— C'est bien ce qui me semblait », répondit-elle en prenant la main de Matthew avec un sourire. Elle était mince et élégante, le visage et la chevelure soignés – de toute évidence aisée. Lorsqu'elle sourit, Thóra se fit la réflexion qu'elle n'était peut-être pas aussi jeune qu'il y paraissait au premier abord, car des rides profondes se dessinèrent au coin des yeux et des lèvres. Elle tendit la main à Thóra. « Bonjour, je m'appelle Gudrún. Mon mari et moi étions les propriétaires d'Harald. »

Thóra dit son nom et lui rendit son sourire.

« Nous nous apprêtions à jeter un coup d'œil. Je ne sais pas combien de temps cela nous prendra.

— Oh, c'est parfait, s'empressa de répondre la femme. Je venais juste vous demander si vous aviez des nouvelles de la date à laquelle l'appartement pourrait être libéré. » Elle sourit de nouveau, d'un air contrit. « Nous avons eu des demandes, vous comprenez. »

Pour tout dire, Thóra ne comprenait pas. D'après ce qu'elle savait, les Guntlieb payaient toujours le loyer et ce devait être un bon arrangement pour un propriétaire, de louer un appartement dans cette partie de la ville sans pâtir des désagréments liés à la présence d'un locataire. Elle se tourna vers Matthew, dans l'espoir qu'il fournirait une réponse.

« Malheureusement, ce ne sera pas pour tout de suite, lâcha-t-il d'une voix cassante. Le bail court toujours, si je me rappelle bien notre dernière discussion. »

La femme s'excusa précipitamment.

« Oh oui, ne vous méprenez pas, je vous en prie – bien sûr que le bail est toujours valable. Nous désirerions seulement savoir quand la famille compte y mettre un terme. C'est une propriété coûteuse, et c'est toujours agréable de trouver des locataires prêts à payer le prix que nous demandons. » Elle adressa un regard maladroit à Thóra. « Voyez-vous, nous avons reçu une offre d'une compagnie d'investissements, une offre difficile à refuser. Ils ont besoin de l'appartement dans deux mois, aussi tout dépend de vos projets. Vous voyez ce que je veux dire. »

Matthew hocha la tête.

« Je comprends que vous soyez dans une situation fâcheuse, mais je ne peux rien vous promettre pour le moment. Tout dépend de ce que nous découvririons en examinant les affaires d'Harald. Je veux être certain que rien qui pourrait être important n'a été négligé. »

La propriétaire, qui commençait à frissonner dans le froid, acquiesça avec ferveur.

« Si je peux faire quoi que ce soit pour accélérer les choses, surtout n'hésitez pas à me le dire. » Elle leur tendit une carte de visite professionnelle, d'une agence d'import-export qui ne disait rien à Thóra. Y figuraient son nom et ses numéros de téléphone, portable compris.

Thóra sortit sa propre carte de son portefeuille et la lui donna en échange.

« Prenez aussi la mienne, et appelez si vous ou votre mari vous rappelez quoi que ce soit qui pourrait nous aider. Nous essayons de découvrir qui a assassiné Harald. »

La femme ouvrit de grands yeux.

« Et cet homme qu'ils détiennent ?

— Nous avons des raisons de douter qu'il soit réellement le meurtrier », commenta simplement Thóra. Elle nota que la nouvelle semblait troubler la propriétaire. « Mais vous n'avez aucune raison de vous inquiéter, s'empressa-t-elle d'ajouter. Celui ou celle qui a fait ça ne reviendra vraisemblablement pas rôder dans les parages.

— Non, ce n'est pas ce qui m'inquiète, bafouilla la femme. Simplement, je croyais que c'était terminé. »

Ils se saluèrent, puis Thóra et Matthew se réfugièrent au chaud. Dans l'entrée, un escalier blanc verni menait à l'appartement du dessus. Matthew désigna également une porte comme étant celle de la buanderie commune. Une fois arrivé sur le palier du premier, il ouvrit la porte avec l'autre clef de son trousseau.

La première chose qui frappa Thóra lorsqu'elle pénétra dans les lieux, c'est que Matthew devait avoir une définition bien à lui de l'expression « très ordinaire ». Elle contempla le décor qui l'entourait, médusée.

8

Gunnar Gestvík, directeur du département d'histoire de l'université d'Islande, s'engagea dans le couloir dans lequel se situait le bureau de la directrice de l'Institut des manuscrits ; en chemin, il adressa un signe de tête distrait à un jeune chercheur, en le croisant. Le jeune homme lui renvoya un sourire embarrassé qui ne fit que rappeler à Gunnar les raisons de sa toute nouvelle notoriété, au sein de l'université et de ses services. Personne ne voulait oublier que c'était dans ses bras que le cadavre d'Harald Guntlieb s'était effondré, sans parler de la dépression nerveuse que Gunnar avait récoltée par la suite. Jamais il n'avait été aussi populaire, si tel était bien le terme, car aucun des curieux qui désormais faisaient un détour pour venir lui parler ne faisait partie de ses amis. Bien sûr, toute cette histoire finirait bien par se calmer, mais Dieu seul savait combien il était las d'avoir à répondre à toutes ces questions stupides concernant l'incident, des questions qui n'étaient motivées que par une curiosité malsaine. Il était révolté par l'expression qu'il lisait invariablement sur la figure de ces gens, quand ils trouvaient le courage de venir l'interroger. C'était censé être un mélange de tristesse causée par la mort prématurée de ce jeune homme et de compassion à l'égard de Gunnar ; mais dans la majorité des cas le résultat était tout autre. Leurs visages n'irradiaient que la fascination morbide et le soulagement qu'une horreur pareille ne leur soit pas arrivée à eux. Gunnar devrait-il suivre le conseil du président de l'université et prendre deux mois de congé ? Il n'arrivait pas à se décider. Le temps qu'il revienne, les gens auraient perdu tout intérêt pour l'affaire, mais il serait ravivé par l'ouverture du procès. Se retirer ne servirait donc qu'à repousser l'inévitable. En outre, cela ne manquerait pas de susciter les rumeurs les plus folles à son sujet – une dépression nerveuse dans une maison de santé, la déchéance dans l'alcoolisme, barricadé chez lui... voire pire. Non, c'était la bonne décision de refuser ce congé et de laisser l'orage passer. Les gens finiraient par se lasser du sujet et se remettraient bientôt à l'éviter dans les couloirs.

Gunnar frappa à la porte du bureau de María Einarsdóttir, directrice de l'Institut – plus par politesse qu'autre chose, car il ouvrit immédiatement la porte, sans qu'on l'y eût invité. Elle était au téléphone, mais fit signe à Gunnar de s'asseoir. Il attendit impatiemment qu'elle eût conclu son appel, qui concernait apparemment une cartouche d'imprimante qui n'avait pas été livrée.

Gunnar tenta de dissimuler son irritation croissante. Lorsque María l'avait appelé, quelques minutes plus tôt, elle avait évoqué un problème urgent et avait exigé qu'il se présente sur-le-champ dans son bureau. Il avait mis de côté le projet auquel il travaillait, un dossier de candidature en vue de l'obtention d'une subvention de programme Erasmus pour le département d'histoire, en collaboration avec l'université de Bergen. Le dossier devait être rédigé en anglais et Gunnar venait tout juste de s'y mettre quand María l'avait interrompu. Si son problème urgent concernait une cartouche d'imprimante, elle allait en entendre parler. Il commençait déjà à répéter quelques répliques bien senties lorsqu'elle raccrocha et se décida enfin à s'intéresser à lui.

Avant de prendre la parole, elle dévisagea Gunnar d'un air songeur, comme si elle aussi choisissait ses mots avec soin. Les doigts de sa main droite tambourinèrent sur le bureau, et elle poussa un profond soupir. « Bon sang de bonsoir », finit-elle par dire, en anglais.

Visiblement, elle ne s'était pas cassé la tête pour trouver une citation pertinente, se dit Gunnar en essayant de ne pas montrer combien il trouvait déplacé pour la directrice de l'Institut des manuscrits d'employer une expression pareille. Certes, les mœurs avaient changé depuis la jeunesse de Gunnar, quarante ans plus tôt. À l'époque, on s'enorgueillissait d'une expression raffinée – ce qui aujourd'hui paraissait ringard ou prétentieux. Même une femme telle que María, qui avait une certaine éducation et n'était plus dans sa prime jeunesse, utilisait l'argot et une grammaire approximative. Gunnar se racla la gorge.

« De quoi s'agit-il, María ?

— Bon sang de bonsoir », répéta-t-elle en passant les deux mains dans sa chevelure courte. Elle commençait à peine à grisonner et quelques mèches argentées brillèrent furtivement. Puis elle secoua la tête et en vint au but. « Une des lettres anciennes a disparu. » Elle marqua une courte pause, puis reprit : « Elle a été volée. »

Sous l'effet de la surprise et de la désapprobation, Gunnar recula instinctivement la tête.

« Comment ça, volée ? Pendant l'exposition ? »

María grogna.

« Non. Pas à l'exposition. Ici. Dans la maison. »

Gunnar resta planté sur sa chaise, bouche bée. Dans la maison ?

« Comment cela a-t-il pu se produire ?

— C'est une bonne question. D'après ce que je sais, c'est la première fois qu'un incident de ce genre arrive ici. » Elle ajouta, d'un ton plus cassant : « Qui sait, il en manque peut-être plus d'une. Comme vous le savez pertinemment, six cents manuscrits et fragments de la grande collection d'Árni Magnússon sont préservés ici, avec les lettres anciennes qu'il a amassées et cent cinquante manuscrits de la Bibliothèque royale du Danemark. Ah, et il y a aussi soixante-dix autres lettres et manuscrits de provenances diverses. » Elle s'interrompit pour fixer Gunnar droit dans les yeux. « Vous vous doutez bien que nous passerons au peigne fin le moindre petit bout de papier qui se trouve ici afin de découvrir s'il manque quoi que ce soit d'autre. Mais je voulais vous parler en personne, avant de rendre l'affaire publique. Dès que j'ordonnerai un inventaire, la raison en sera vite révélée.

— Pourquoi vouliez-vous me consulter ? » demanda Gunnar, surpris et légèrement agacé. En tant que directeur de département, il n'avait pas beaucoup de contacts avec l'Institut, et aucune fonction particulière en son sein. « Vous ne m'accusez pas d'avoir pris cette lettre ?

— Pour l'amour du ciel, Gunnar. Je ferais mieux de vous expliquer la situation avant que vous me demandiez si je soupçonne le président de ce vol. » Elle fit glisser une lettre sur la table. « Vous vous rappelez les documents qui nous avaient été prêtés par les Archives nationales danoises ? »

Gunnar secoua la tête. L'Institut faisait souvent l'objet de prêts de collections étrangères, en lien plus ou moins direct avec ses propres activités. En règle générale, Gunnar avait vent de ces transactions mais ne s'en préoccupait guère, sauf si les documents touchaient son domaine de recherche précis. La collection danoise n'entrait clairement pas dans cette catégorie. Gunnar parcourut rapidement la lettre, écrite par Karsten Josephsen, chef du département des Archives nationales danoises. Elle était rédigée en danois et rappelait que la date limite de restitution des documents approchait. Il rendit la lettre à María.

« Je n'y comprends strictement rien. »

Elle reprit le document et le replaça devant d'elle.

« Ça ne m'étonne pas. C'était une collection de lettres adressées à l'archidiacre de la cathédrale de Roskilde. Elles dataient toutes de la période 1500-1550. J'ai cru comprendre qu'elles n'avaient pas soulevé un engouement de masse chez nos chercheurs, même si celles remontant à la Réforme danoise de 1536 étaient intéressantes en soi. Mais celle qui manque n'en faisait pas partie.

— De quoi parlait cette lettre ? demanda Gunnar,

ne voyant toujours pas en quoi toute cette affaire le concernait.

— Naturellement, je n'en connais pas le contenu exact, vu qu'elle est perdue – mais je sais en revanche qu'elle date de 1510 et qu'elle était écrite par Stefán Jónsson, alors évêque de Skálholt, à l'archidiacre de la cathédrale de Roskilde. Je tiens ces renseignements du registre envoyé avec la collection. En fait, c'est de cette manière que j'ai découvert la disparition de la lettre : j'ai utilisé le registre comme inventaire pour faire emballer la collection, avant de la renvoyer au Danemark.

— Serait-il possible qu'elle ne soit jamais arrivée ici – et qu'elle ait tout simplement toujours manqué à la liste ? hasarda Gunnar avec une lueur d'espoir.

— C'est hors de question. J'étais présente lorsque la collection a été déballée l'année dernière, et nous avons pris grand soin de tout comparer au registre qui y était joint. Tout était parfaitement en ordre, et chaque chose à sa place.

— Dans ce cas, est-ce que la lettre ne s'est pas tout simplement égarée ? N'a-t-elle pu atterrir accidentellement au milieu d'autres documents ?

— Vous savez, s'il n'y avait pas d'autres pistes possibles, ce pourrait bien être la solution. » María marqua une pause afin de donner plus de poids à ce qui allait suivre. « Lorsque j'ai découvert la disparition, je suis allée directement consulter notre base de données informatisée, pour examiner la lettre – vous savez sans doute que nous scannons chaque document présent ici, les nôtres mais aussi ceux que nous empruntons ? » Voyant que Gunnar acquiesçait, María poursuivit : « Eh bien, devinez quoi ? Le fichier avait été effacé. Pile celui de cette lettre. »

Gunnar y réfléchit quelques instants.

« Attendez une minute. Est-ce que cela ne suggère pas que la lettre n'était pas répertoriée dès le départ ? Les lettres n'ont-elles pas toutes été scannées dès leur déballage ?

— Si, cette opération a commencé dès le lendemain. Mais la lettre était là et elle a bien été scannée. Je le sais grâce au système de numérotation des fichiers numériques. La collection portait un nom précis et chaque document était classé suivant un numéro de série d'après son âge, en commençant par les plus anciens. » Elle se passa une nouvelle fois la main dans les cheveux. « Il manque un numéro dans la séquence, et c'est là qu'aurait dû se trouver la lettre.

— Et le système de sauvegarde de l'ordinateur ? On n'arrête pas de nous rabâcher combien nous sommes protégés contre la perte de données. Ne pouvez-vous trouver le fichier sur l'une des bandes de sauvegarde ? »

María sourit faiblement.

« J'ai cherché de ce côté-là. Selon notre administrateur système, on ne retrouve le fichier sur aucune des bandes de sauvegarde journalières ou mensuelles. Il dit que l'enregistrement écrase chaque semaine le précédent ; il y a une bande séparée pour le lundi, une pour le mardi, et ainsi de suite. Aussi n'y a-t-il jamais rien sur ces bandes d'enregistrement datant de plus d'une semaine. Il en va de même pour les sauvegardes mensuelles, la nouvelle remplace la précédente, et donc la plus ancienne que nous ayons date d'un mois. Ce fichier a été effacé il y a plus d'un mois. En fait, il y a une sauvegarde à six mois, conservée dans le coffre de l'Institut. Je ne l'ai pas encore fait examiner, car je n'avais pas mesuré l'importance de cette affaire, jusqu'à aujourd'hui.

— Vous ne m'avez toujours pas dit ce que je viens faire là-dedans. » Gunnar ne trouva rien d'autre à dire. Toutes ces histoires d'ordinateurs et de bases de données n'étaient vraiment pas sa tasse de thé.

« J'ai bien sûr vérifié qui travaillait sur cette collection. Comme vous le savez, tout cela est documenté, et de plusieurs manières. Selon le registre, la dernière personne à y avoir eu accès est un étudiant de votre département. » L'expression de María se durcit. « Harald Guntlieb. »

Gunnar porta la main à son front et ferma les yeux. Qu'allait-il encore lui tomber dessus ? Cela ne finirait-il donc jamais ? Il inspira profondément et fit un gros effort pour parler d'une voix calme et posée, sans perdre le contrôle de ses nerfs.

« D'autres gens ont dû consulter cette collection. Comment pouvez-vous être sûre que c'est Harald qui a pris la lettre, et pas quelqu'un avant lui ? Nous avons quinze chercheurs à temps plein, sans compter les innombrables visiteurs et les étudiants qui font des recherches.

— Oh, je suis certaine de ce que j'avance, confirma María d'une voix déterminée. La dernière personne à avoir consulté la collection avant lui, c'était moi, ni plus ni moins, et alors tout était en place. De plus, un morceau de papier avait été inséré dans le dossier, sans doute pour ne pas avoir à le rendre vide, ce qui aurait attiré l'attention. Ce papier balaie tous les doutes possibles. » D'un geste irrité, elle plaqua une feuille sur le bureau. « J'espère que vous mesurez que les étudiants en histoire ont accès à nos ressources, à nos manuscrits et à nos documents sous la responsabilité du département. En tant que directeur de ce département, vous ne pouvez vous dérober à cette responsabilité. Notre institut ne peut tout simplement pas assumer de perdre sa réputation pour avoir égaré un document ancien de grande valeur. L'essentiel de notre travail est fondé sur les bonnes relations avec les structures équivalentes en Scandinavie et je ne supporterais pas l'idée de devoir mettre tout cela en péril à cause de la malhonnêteté de vos étudiants. »

Gunnar déglutit bruyamment, tout en contemplant la feuille que María lui avait tendue. Il aurait donné cher pour pouvoir envoyer tout balader et sortir en trombe de ce bureau. C'était un relevé de notes et d'emploi du temps issu du registre des étudiants, portant le nom d'Harald Guntlieb dans la partie supérieure. Gunnar posa le papier sur ses genoux.

« Si Harald a volé cette lettre pour la remplacer par cette feuille, c'est l'un des voleurs les plus stupides que la terre ait portés. Il a bien dû se douter qu'il serait repéré », argumenta Gunnar en secouant la feuille.

María haussa les épaules.

« Comment pourrais-je savoir ce qu'il avait en tête ? J'imagine qu'il avait l'intention de la rendre. S'il y a quelqu'un qui sait pourquoi il n'a pas pu le faire, c'est bien vous – il n'a eu accès à la collection qu'un peu plus d'un mois avant de tomber de ce placard dans vos bras. Il avait sans doute vu dans le registre que personne n'avait touché à la collection depuis deux mois. Tous ceux qui voulaient se pencher dessus avaient largement eu le temps de le faire. Il a supposé, et à raison, qu'il avait un peu de temps devant lui avant d'être découvert et qu'il trouverait sans doute une occasion de remettre le document en place. Quant à ce qu'il comptait faire de cette lettre entre-temps, voilà qui demeure un mystère pour moi. Mais il n'a pas vécu assez longtemps pour la rapporter. C'est la meilleure explication que je puisse fournir.

— Qu'attendez-vous de moi ? demanda Gunnar d'une voix penaude.

— Ce que j'attends de vous ? répéta María d'un ton sarcastique. Je ne vous ai pas fait venir dans l'espoir d'un soutien moral. Je veux que vous retrouviez cette lettre. » Elle se mit à agiter les bras. « Fouillez son casier, ou tout autre endroit où il aurait pu la cacher. Vous savez mieux que moi où chercher. C'était votre étudiant, après tout. »

Gunnar serra les dents et maudit intérieurement le jour où Harald avait été admis dans le département d'histoire ; il se rappela qu'il avait été le seul à s'opposer à cette intégration. Il avait immédiatement eu un pressentiment malsain, surtout en voyant que son mémoire portait sur la chasse aux sorcières en Allemagne. Il avait su dans l'instant que ce jeune homme lui attirerait des ennuis. En infériorité face au vote démocratique du département, il se retrouvait maintenant à devoir se débrouiller du foutoir que cet étudiant avait laissé derrière lui.

« Qui est au courant ?

— Moi. Vous. Je n'en ai parlé à personne hormis l'administrateur système, et il ne connaît pas toute l'histoire. Il pense que seul le document électronique est impliqué. » Elle hésita. « J'ai aussi approché Bogi. Il a travaillé sur la collection au moment de son arrivée, et j'ai cherché à découvrir ce qu'il savait. Il se doute que quelque chose cloche. Je pense qu'il croit que la lettre s'est égarée. Je ne lui ai pas fait part de mes soupçons de vol. »

Bogi était l'un des chercheurs de l'institut. Gunnar songea qu'un homme au tempérament aussi arrangeant que lui n'était pas susceptible de faire trop de vagues.

« Quand la collection doit-elle rentrer au Danemark ? De combien de temps vais-je disposer pour retrouver cette lettre ?

— Je peux repousser la date d'une semaine au plus. Si la lettre n'a pas été retrouvée dans ce délai, je n'aurai d'autre choix que de les informer de sa disparition. Je précise que votre nom sera mentionné. Je ferai tout ce qui est en mon pouvoir pour que ce soit vous qui portiez l'humiliation, et pas nous. D'ailleurs, mon petit doigt m'a dit que ce n'était pas la première fois que votre département était mêlé à une histoire de document disparu. » Elle le dévisagea d'un air interrogateur.

Gunnar se leva, écarlate.

« Je vois. » À ce stade, il ne se sentait pas assez en confiance pour ajouter quoi que ce soit. Une fois à la porte, il se retourna néanmoins pour poser l'ultime question qui le torturait – même si son seul désir était de quitter les lieux en claquant la porte : « Vous n'avez aucune idée du contenu de cette lettre ? Vous disiez que la collection avait été examinée en détail – quelqu'un doit bien se rappeler. »

María secoua la tête.

« Bogi avait un vague souvenir. Il faisait des recherches sur la création du diocèse de Zélande au Danemark et ses effets sur l'histoire ecclésiastique islandaise. C'était longtemps après que cette lettre avait été écrite, aussi ne l'a-t-il pas étudiée de près. Mais il se rappelait qu'il était difficile d'y trouver un sens, qu'il y était question de l'enfer, d'un fléau et de la mort d'un émissaire. C'est tout ce que j'ai pu lui soutirer sans attiser ses soupçons.

— Je vous tiendrai au courant », lança Gunnar en quittant la pièce. Il referma la porte sans attendre l'au revoir de María.

Une chose était certaine. Il fallait qu'il retrouve cette lettre.

9

Thóra fit lentement un tour sur elle-même sur le parquet verni de l'immense salon. Il était décoré dans le style minimaliste le plus chic. Les rares meubles avaient de toute évidence coûté une fortune. Deux vastes sofas en cuir noir aux courbes élégantes, beaucoup plus bas que les canapés auxquels Thóra était habituée, étaient disposés au milieu de la pièce. Elle mourait d'envie d'en essayer un, mais ne voulait pas que Matthew devine combien tout cela était nouveau pour elle. Entre les deux sofas se trouvait une table plus basse encore qui donnait l'impression de ne pas avoir de pieds – elle avait l'air de reposer d'un bloc sur le sol. Thóra arracha son regard des meubles et passa les murs en revue. Hormis un écran plat au centre de l'une des cloisons, toutes les œuvres d'art accrochées paraissaient anciennes. Elle remarqua en outre une série d'objets de valeur arrangés çà et là, notamment une drôle de chaise en bois qu'elle prit pour une réplique plutôt que pour un original. Elle se demanda si Harald avait mis sa patte dans l'aménagement de cette pièce, ou bien si un décorateur intérieur s'était chargé de tout. Un tel mélange d'ancien et de moderne donnait au lieu un caractère très inhabituel et très personnel.

« Alors, ça vous plaît ? » demanda Matthew avec désinvolture. Son ton suggérait que, contrairement à Thóra, lui était habitué à ce genre de standing.

« C'est vraiment un endroit très élégant », répondit-elle en s'approchant d'un mur blanc pour examiner un cadre contenant une eau-forte sur cuivre qui semblait très ancienne. Quand elle vit le thème du dessin, elle recula instantanément. « Mon Dieu, mais qu'est-ce que c'est que ça ? »

La planche de cuivre gravée représentait une scène très dense et elle imagina l'effort surhumain produit par l'artiste pour faire entrer tous les protagonistes dans le cadre. Il y avait une vingtaine de personnages dans le dessin blafard, pour la plupart des hommes, adroitement associés par paires, avec l'un des deux qui torturait ou punissait l'autre.

Matthew la rejoignit devant le tableau.

« Ah, ça. » Il esquissa une grimace. « Harald l'a hérité de son grand-père. C'est allemand ; c'est une représentation de la situation en 1600 et quelques, quand les guerres de Religion étaient à leur apogée. » Il se détourna de l'œuvre. « Ce qui le rend unique, c'est qu'il est contemporain de la période qu'il décrit. Autrement dit, ce n'est pas une interprétation des faits *a posteriori.* Celles-là sont en général moins réalistes, plus exagérées. Bien que celle-ci soit un peu stylisée.

— Plus exagérées ? s'exclama Thóra. Comment faire plus exagéré que ça ?

— Eh bien, si, on peut, répliqua Matthew en haussant les épaules. Depuis que je travaille pour les

Guntlieb, j'en ai appris un peu sur cette période, et croyez-moi, ce n'est vraiment pas la pièce la plus repoussante de leur collection. Comparée aux pires, on pourrait presque accrocher celle-ci dans une chambre d'enfant, ajouta-t-il avec un sourire ironique.

— Ma fille a un poster de Minnie, sur son mur, rétorqua Thóra en passant au cadre suivant. Et je peux vous assurer qu'un tableau de ce genre ne franchirait pas la porte de sa chambre. Ni celle de chez moi, d'ailleurs.

— Non, ce n'est pas du goût de tout le monde », répondit Matthew en suivant Thóra jusqu'à l'œuvre suivante, qui représentait un homme en train de se faire écarteler devant des silhouettes en robe à capuche. Les spectateurs étaient assis en groupe et observaient attentivement deux bourreaux qui semblaient mettre toutes leurs forces à faire tourner les roues du chevalet. L'idée était visiblement d'étirer les membres de la victime pour accroître sa souffrance. Matthew désigna le centre du tableau. « Celui-ci montre la torture pratiquée par l'Inquisition, et il vient aussi d'Allemagne. Ils mettaient du cœur à l'ouvrage pour arracher des confessions, comme vous pouvez le voir. » Il se tourna vers Thóra. « Je suis sûr qu'en tant qu'avocate, il est intéressant pour vous de comprendre les racines de la torture, car en Europe elle est intimement liée à l'apparition de la loi – au sens large, j'entends. »

Thóra se prépara à une nouvelle insulte à l'égard de sa profession – elle avait été forcée de s'en accommoder, et ce dès sa première année de droit.

« Bien sûr, nous autres avocats sommes responsables de tout ça.

— Non, blague à part. Au Moyen Âge, les poursuites étaient menées par des individus isolés. Quiconque se croyait trompé ou victime d'une conduite criminelle devait produire lui-même les chefs d'accusation et conduire l'audience. À l'époque, les procès étaient de vastes blagues. Si l'accusé n'avouait pas au tribunal ou s'il n'y avait pas de preuve claire de sa culpabilité, on laissait Dieu décider. Les accusés devaient passer des épreuves : marcher sur des braises, se faire jeter dans la rivière dans un sac, ce genre de choses. Si au bout d'un certain temps leurs blessures guérissaient, ou s'ils coulaient à pic dans l'eau, ils étaient considérés comme innocents. Alors c'est l'accusateur qui se retrouvait en difficulté, car c'était son tour de faire face au procès. On comprend que les gens aient été réticents à attaquer leurs congénères, car ils couraient le risque de voir le système se retourner contre eux. » Matthew désigna l'homme sur le chevalet. « Puis de nouvelles pratiques apparurent, lorsque les autorités et l'Église se rendirent compte qu'il y avait eu un accroissement massif des crimes religieux et séculiers, du fait de l'incompétence des tribunaux. Pour mettre fin aux crimes, ils durent avoir recours au droit romain, qui fonctionnait différemment en termes de chefs d'accusation et de poursuites. Le fondement était l'enquête, et c'est là que l'Inquisition entra en scène. Là où l'Église dominait, les tribunaux laïques suivaient, et la victime n'avait plus à défendre son cas elle-même. » Matthew laissa échapper un sourire de triomphe. *« Ergo...* les avocats. »

Thóra lui sourit en réponse.

« C'est un peu facile de reprocher tous ces malheurs aux avocats. » À son tour, elle désigna le pauvre hère sur son chevalet. « Excusez-moi, mais je ne vois pas bien le lien entre l'enquête et la torture.

— Non, admit Matthew. Malheureusement, il y avait un vice de forme, dans ce nouvel arrangement. Pour prouver la culpabilité d'un accusé, il fallait ou bien deux témoins, ou bien une confession. Certains crimes, comme le blasphème, n'ont pas nécessairement de témoins, aussi tout dépendait-il des confessions. Les juges les exigeaient, et elles pouvaient être obtenues sous la torture. C'était considéré comme une enquête.

— Répugnant, déclara Thóra, en se détournant du tableau pour faire face à Matthew. Comment savez-vous tout ça ?

— Le grand-père d'Harald était une mine d'informations, concernant cette période, et c'était aussi un conteur passionné. Ces récits étaient très amusants à écouter, mais en fait je n'ai qu'une connaissance très superficielle, comparée à la sienne.

— Eh bien... Vous aviez déjà vu tous ces tableaux ? »

Matthew parcourut le mur du regard.

« La plupart, il me semble. En fait, ce ne sont que quelques spécimens de la collection familiale. À l'évidence, Harald n'en a emporté qu'une partie. Son grand-père a passé le plus clair de sa vie à réunir tout ça, sans parler de l'argent investi. J'imagine que c'est la collection la plus remarquable au monde dédiée à la torture et aux exécutions à travers les âges. Un des volets est une série presque complète de toutes les éditions de *Malleus Maleficarum.* »

Thóra regarda autour d'elle.

« Et la totalité de cette collection était accrochée aux murs du salon ?

— Non ! Vous êtes folle ? Les livres et les documents, lettres et autres, sont conservés dans un coffre à la banque. Et il y a deux salles spéciales dans la propriété des Guntlieb abritant la partie de la collection qui est en exposition. Je ne pense pas qu'ils aient été particulièrement tristes de voir partir certaines des œuvres. La majorité de la famille les déteste ; la mère d'Harald, par exemple, n'a jamais voulu mettre les pieds dans ces salles. Harald était le seul descendant à partager la passion de son grand-père. C'est sans doute la raison pour laquelle il lui a légué la collection.

— Donc Harald pouvait la transporter d'un pays à l'autre, s'il lui en prenait l'envie ? »

Matthew sourit.

« Je suis prêt à parier qu'ils l'auraient volontiers laissé tout emporter, même s'il n'avait pas hérité de la collection. Je pense que les parents d'Harald étaient soulagés de voir ne serait-ce qu'une petite partie de ces objets quitter leur foyer. »

Thóra acquiesça.

« Et cette chaise, elle en fait partie ? » Elle indiqua à Matthew le vieux fauteuil en bois dans un coin du salon.

« Oui. C'est un tabouret de torture, qui était utilisé comme punition – pratique très différente de celle destinée à arracher des aveux. Il vient de Grande-Bretagne. »

Thóra se dirigea vers le tabouret et passa les doigts sur les symboles gravés derrière. Elle ne parvint pas à lire l'inscription ; les lettres s'étaient presque complètement estompées et de toute manière elle ne reconnaissait pas l'écriture. Elle remarqua un large trou au milieu du siège, ainsi que des lanières de cuir entortillées et rabougries sur les accoudoirs, utilisées à l'évidence pour attacher les bras de la victime.

« Le but du trou était de laisser passer l'eau ; ainsi le tabouret coulait et on s'assurait que la victime était submergée. L'objectif était l'humiliation, mais parfois la personne assise se noyait, si ceux qui lui infligeaient cette peine ne faisaient pas attention.

— Je suis heureuse de ne pas avoir vécu à cette époque », commenta Thóra en se détournant du tabouret. En général, elle avait du mal à tenir sa langue lorsqu'elle avait une opinion, et elle aurait été une candidate de premier choix.

« Ceux que vous voyez là sont parmi les instruments les moins agressifs de la collection, expliqua Matthew. L'originalité de certaines inventions défie l'entendement. La douleur semble délier totalement l'imagination.

— D'ailleurs, j'aimerais quitter cette charmante petite galerie. Est-ce qu'on ne devrait pas continuer la visite ?

— Allons-y. Je vais vous montrer les autres pièces. La plupart ne sont pas beaucoup mieux, sur cet aspect-là. Sauf la cuisine. Commençons par là. »

Ils se rendirent donc à la cuisine, qui donnait sur le couloir. Bien que d'une taille raisonnable, elle était impressionnante, équipée des tout derniers gadgets. Des casiers de bouteilles longeaient les étagères intégrées. Thóra commençait à penser que Matthew n'avait pas la moindre idée de ce qu'étaient des gens

« ordinaires »; ou, du moins, s'il s'agissait là d'une cuisine yin, celle de Thóra était yang. Une grande cuisinière avec hotte en acier côtoyait un lave-vaisselle, un évier standard, un rafraîchisseur à vin et un gigantesque réfrigérateur double que Thóra alla inspecter de plus près.

« J'ai toujours rêvé de faire mes glaçons dans un de ces engins.

— Dans ce cas, pourquoi ne pas vous en acheter un ? » demanda Matthew.

Thora se tourna vers lui.

« Pour la même raison que je n'ai pas acheté d'autres choses chères qui me font envie. Je n'en ai pas les moyens. Aussi difficile que ça puisse être à imaginer pour vous, certains foyers sont un peu à court d'argent. »

Matthew haussa les épaules.

« Un frigidaire, ce n'est pas franchement un luxe. »

Thóra ne prit pas la peine de répondre. Elle s'approcha des placards pour en contrôler l'intérieur. Dans un de ceux du bas, elle trouva une série de casseroles en inox à couvercles en verre, tellement propres qu'elle en déduisit qu'elles n'avaient jamais servi.

« On dirait qu'Harald ne cuisinait pas beaucoup, malgré tout le confort moderne des lieux, suggéra-t-elle en refermant la porte et en se redressant.

« Non. Le connaissant, il était plutôt du genre à dîner dehors ou à rapporter des plats préparés.

— C'est l'impression que donnent ses relevés bancaires. » Elle regarda partout dans la pièce, mais ne remarqua rien d'autre. Même la porte du réfrigérateur paraissait neuve – pas d'aimants, et donc pas de notes ou de listes accrochées. Chez elle, la porte du réfrigérateur était le centre névralgique de toutes les informations de la maison. Elle ne se rappelait même pas sa couleur d'origine ; elle était recouverte d'emplois du temps, d'invitations à des anniversaires et autres pense-bêtes. « Est-ce qu'on ne devrait pas inspecter le reste ? demanda-t-elle. Je doute que nous trouvions des informations utiles ici.

— Sauf si on l'a tué pour son frigidaire, suggéra Matthew, avant d'ajouter d'un air taquin : Où étiez-vous, la nuit du meurtre ? »

Thóra lui adressa un sourire ironique.

« J'ai noté de petites transactions dans une animalerie, sur son relevé de carte bancaire – est-ce qu'Harald avait des animaux de compagnie ? »

Matthew secoua la tête, surpris.

« Non, pas d'animaux ici, et aucune trace qu'il y en ait jamais eu.

— Ma première pensée a été qu'il y avait acheté quelque chose pour son animal. » Thóra chercha des boîtes pour chat ou des graines dans les placards. En vain.

« Appelez la boutique, conseilla Matthew. Peut-être se souviendront-ils de lui. Qui sait ? »

Thóra s'exécuta sur-le-champ. Elle trouva le numéro de l'animalerie, le composa, échangea quelques mots avec le vendeur, puis raccrocha.

« Étrange. Ils se souvenaient de lui et ils ont dit qu'il était venu plusieurs fois acheter un hamster. Vous êtes sûr de ne pas avoir vu une cage à hamster, dans les parages ?

— Sûr et certain.

— C'est bizarre. Le gars auquel j'ai parlé a dit

qu'Harald avait aussi essayé de leur acheter un corbeau.

— Un corbeau ? répéta Matthew, interdit. Mais pour quoi faire ?

— Il n'en avait aucune idée. Ils ne vendent pas de corbeaux, aussi n'est-il pas entré dans les détails. Il s'est juste dit que c'était étrange, et c'est pour cette raison qu'il s'est rappelé Harald.

— Je ne serais pas surpris qu'il ait utilisé un oiseau de ce genre comme symbole quelconque, dans toutes ses mises en scène magiques.

— Peut-être, reconnut Thóra. Mais on ne peut pas en dire autant du hamster. »

Ils quittèrent la cuisine et empruntèrent le couloir vers les autres pièces. Matthew ouvrit la porte de la salle de bains, et Thóra passa la tête par l'embrasure – elle ne paraissait pas dissimuler de secrets. Tout comme la cuisine, c'était une installation très moderne et élégante, mais sans aucun autre intérêt. Ils se rendirent dans la chambre d'Harald, qui se révéla quant à elle fascinante.

« Est-ce que quelqu'un a fait le ménage ici, ou bien était-il toujours aussi ordonné ? » demanda Thóra en désignant le lit impeccablement fait. Il était beaucoup plus bas que la moyenne, comme les canapés du salon.

Matthew s'assit sur le bord du lit. Il avait les genoux qui lui touchaient presque le menton. Il allongea les jambes devant lui.

« Il avait une femme de ménage, qui a tout nettoyé le week-end qui a suivi sa mort, ce qui n'a pas enchanté la police. Bien entendu, à ce moment-là, elle ne savait rien du meurtre, comme tout le monde.

Elle est simplement venue à la date convenue et elle a fait son travail. Je lui ai parlé, et elle a dit du bien d'Harald. Mais elle a précisé qu'il n'y avait pas beaucoup d'employées prêtes à s'occuper de cet appartement, là où elle travaillait.

— On se demande bien pourquoi », lâcha Thóra d'un ton sarcastique, en montrant les tableaux au mur. Ils étaient dans la même veine que ceux du salon, au détail près que les victimes des tortures, des punitions ou des exécutions étaient cette fois-ci des femmes. Elles étaient toutes dénudées en haut, voire sur tout le corps. « C'est pourtant une chambre d'homme typique.

— Vous trouvez ? Peut-être que vous n'avez pas fréquenté le bon genre de personnes, répondit Matthew, tout sourire.

— Je plaisantais, en fait. Évidemment, je ne m'étais jamais retrouvée dans une chambre avec ce genre de décor. » Elle se dirigea vers un grand écran fixé au mur, face au lit. « Je tremble rien qu'à l'idée de ce qu'il y a là-dedans », dit-elle en se penchant vers le lecteur de DVD posé sur une petite commode basse, sous l'écran. Elle alluma l'appareil et appuya sur la touche d'éjection, mais le clapet sortit vide.

« J'ai retiré le disque, l'informa Matthew qui l'observait du lit.

— Et qu'est-ce qu'il regardait ? demanda Thóra en pivotant vers lui.

— *Le Roi Lion,* répondit-il sans changer d'expression. Venez, je vais vous montrer le bureau. C'est là que nous aurons le plus de chances de trouver quelque chose susceptible de nous aider. »

Thóra se releva pour le suivre. Mais elle décida

auparavant de faire un petit détour par la table de nuit d'Harald. Elle ouvrit l'unique tiroir et y découvrit une série de tubes et de pots visiblement destinés à certaines activités personnelles, et une boîte de préservatifs ouverte de laquelle plusieurs sachets avaient été prélevés. *Il y a donc des femmes que ces décorations murales ne dérangent pas,* pensa Thóra. Elle referma le tiroir et se hâta de rattraper Matthew.

10

Laura Amaming consulta sa montre. Heureusement, il n'était que 14 h 45 – il lui restait tout le temps de terminer son travail et d'être pile à l'heure au cours de 16 heures. Après tant d'années passées en Islande, ce n'était que cet automne qu'elle s'était décidée à s'inscrire dans un cours d'islandais langue étrangère. Elle avait horreur d'être en retard. Ce qui était pratique, c'est que le cours avait lieu dans le bâtiment principal de l'université, à un saut de puce du département d'histoire où elle travaillait comme femme de ménage. Il lui aurait été quasiment impossible d'assister au cours s'il s'était tenu ailleurs – elle ne finissait son service qu'une demi-heure avant le début et elle n'avait pas de voiture.

Laura posa la serpillière dans l'évier et la rinça sous un jet d'eau chaude. Elle murmura pour elle-même les mots « chaud » et « froid » en islandais et maudit cette fichue prononciation.

Elle essora la serpillière et lui fit rejoindre les autres chiffons sales, dans le seau d'eau de Javel. Elle s'empara d'un spray pour les vitres et de trois chiffons propres. Aujourd'hui, elle était censée nettoyer toutes les fenêtres à l'intérieur, sur toute la longueur nord du deuxième étage, et il lui faudrait sans doute plus d'un chiffon. Elle sortit du cagibi à balais et prit les escaliers.

Elle avait de la chance : les trois premiers bureaux étaient vides. C'était tellement plus facile de faire le ménage quand il n'y avait personne. Surtout nettoyer les carreaux, quand il lui fallait grimper sur une chaise ou sur un meuble pour atteindre le haut. Elle trouvait gênant de le faire sous le nez d'un spectateur auquel elle ne pouvait même pas adresser la parole. Les choses s'arrangeraient nettement quand elle saurait un peu parler la langue. Aux Philippines, elle était bavarde et extravertie. En Islande, elle avait l'impression de ne s'être jamais vraiment épanouie, sauf en compagnie de ses compatriotes – au travail, elle se sentait plus souvent un objet qu'un être humain; les gens parlaient et agissaient comme si elle n'était pas là. Tous, sauf le chef du service de nettoyage, Tryggvi. Cet homme-là se comportait toujours comme il faut, il faisait tout son possible pour communiquer avec Laura et ses collègues, même si en général ses tentatives se limitaient à des gestes primitifs qui parfois les faisaient beaucoup rire. D'ailleurs, leurs rires n'avaient pas l'air de le déranger non plus, quand elles s'y mettaient toutes pour essayer de comprendre ce qu'il voulait leur dire. C'était un vrai gentleman et Laura avait hâte d'être capable de lui dire quelque chose dans sa langue. Une chose était certaine : jamais elle ne saurait prononcer son nom, même en prenant un siècle de cours d'islandais. Elle tenta un « Tryggvi » à voix basse, et ne put s'empêcher de sourire en entendant le résultat.

Laura arriva devant la quatrième salle. Elle frappa à la porte avant d'entrer. Au bout de la pièce, assise sur un canapé usé, elle aperçut une jeune fille dont elle savait qu'elle appartenait au cercle d'amis de l'étudiant assassiné. Ils étaient faciles à reconnaître, ces jeunes gens, on aurait dit qu'ils se tenaient en permanence sous un nuage noir, à la fois dans leur comportement et dans leur manière de s'habiller. La fille rousse était en grande conversation sur son portable et elle avait beau parler doucement, il était évident que le sujet n'était pas agréable. Elle jeta un regard mauvais en direction de Laura et mit la main en coupe autour de son téléphone, comme pour s'assurer qu'elle ne serait pas entendue. Elle lâcha un vague au revoir, flanqua l'appareil dans son sac vert camouflage, se leva et sortit de la pièce d'un air hautain. Laura essaya de lui sourire et fit un effort immense pour dire au revoir correctement, au dos de la fille. Celle-ci se retourna sur le seuil, visiblement surprise, et marmonna quelque chose avant de refermer la porte. *Quel dommage,* pensa Laura. C'était une jolie fille, elle pourrait même être belle, si seulement elle faisait un tout petit effort pour améliorer son apparence, si elle retirait ces horribles anneaux de ses sourcils et de son nez, et si elle se donnait la peine de sourire, à l'occasion. Mais le temps pressait, et les fenêtres attendaient. Laura vaporisa la première vitre et se mit à l'essuyer en dessinant des cercles concentriques. Heureusement, il n'y avait pas trop de poussière. Les rideaux étaient en général tirés, ainsi les fenêtres ne se salissaient pas. Elle nettoya les vitres une par une, et alors qu'elle terminait la dernière elle remarqua la première tache. Elle ne se trouvait même pas sur le verre, mais sur la poignée métallique qui servait à ouvrir la fenêtre : une petite éclaboussure marron.

Laura récupéra le chiffon usagé qu'elle avait glissé dans la poche de sa blouse ; pas besoin de souiller le chiffon qu'elle avait dans la main, qui était immaculé. Elle vaporisa la poignée et enroula le chiffon autour. Parfois les jeunes du service laissaient des salissures qui n'étaient pas visibles, et Laura constata que cette tache-là – Dieu seul savait ce que c'était – avait aussi coulé sous la poignée. Elle était contente de l'avoir remarquée ; il aurait suffi qu'un de ces étudiants grincheux essaie d'ouvrir la fenêtre et mette le doigt dessus, et il serait allé se plaindre des femmes de ménage.

Laura renifla de dégoût en songeant au peu de soin qu'ils prenaient de cet endroit – cette poignée dégoûtante n'était qu'un des nombreux exemples de leur négligence. Qui pouvait avoir les mains aussi sales, pour commencer ? Quoi qu'il en soit, la tache disparut immédiatement et Laura passa une deuxième fois le chiffon, pour la forme. Elle contempla la poignée étincelante avec satisfaction, et savoura le sentiment d'avoir gagné une petite bataille contre Gunnar, le directeur du département. Alors qu'elle s'apprêtait à glisser le tissu dans sa poche, elle ne put s'empêcher de jeter un coup d'œil à la tache qui s'était dessinée dessus. Elle était rouge foncé. Le brun s'était dilué dans les fibres humides. C'était du sang – aucun doute possible. Mais comment s'était-il retrouvé sur la poignée ? Laura ne se rappelait pas avoir vu du sang par terre ; la personne qui avait attrapé la poignée de la fenêtre avait dû laisser des traces sur d'autres surfaces. Elle se demanda si cela pouvait avoir un lien avec le meurtre, mais elle en doutait. La fenêtre avait été nettoyée, depuis. Elle fronça les sourcils en y réfléchissant. Le simple fait qu'elle ne se rappelle pas avoir nettoyé elle-même la fenêtre ne signifiait pas que personne ne l'avait fait. Elle essaya de se souvenir – est-ce que l'aile ouest n'avait pas été faite, le lendemain du meurtre ? Mais si, où avait-elle la tête. Bien sûr que si. La police avait interrogé l'une des jeunes, Gloria, qui était dans l'équipe du week-end.

Qu'était-elle censée faire, maintenant ? L'idée de devoir expliquer l'incident en islandais lui déplaisait franchement. Savoir dire « chaud » et « froid » ne suffirait pas. De plus, elle pourrait s'attirer des ennuis auprès des autorités pour avoir effacé les empreintes du meurtrier en essuyant la poignée. Et faire toute une histoire d'un détail qui avait sans doute une explication parfaitement normale serait tout aussi embarrassant. Quel bazar ! Elle se remémora la scène que Gloria avait faite, autour de cet interrogatoire qu'elle avait subi – elle avait même versé quelques larmes, en racontant aux autres le comportement de la police. Sur le moment, Laura était convaincue que c'étaient des larmes de crocodile, mais à présent, elle n'en était plus si sûre. Elle chercha du regard d'autres traces, au sol. Si elle en trouvait, cela mettrait fin aux questions, car elle avait fait le ménage ici plus d'une fois, depuis le meurtre. Alors il s'agirait d'un événement récent, avec une explication banale.

Il n'y avait pas de sang par terre, pas même dans les coins, ou le long des plinthes. Laura se mordit nerveusement la lèvre et tenta de se consoler. La police détenait le coupable, en garde à vue. Si ce sang était lié au meurtre, ce n'était sans doute qu'une nouvelle preuve qu'il était bien l'assassin. Elle inspira profondément. Elle était en train de faire l'idiote – un des étudiants avait tout simplement saigné du nez, avait eu le tournis et avait ouvert la fenêtre pour prendre un peu l'air. Pendant une minute, elle se sentit moins oppressée ; jusqu'au moment où elle se rappela ses propres enfants, quand ils saignaient du nez. Leur premier réflexe était de courir à la salle de bains – pas d'ouvrir une fenêtre.

Quoi qu'il en soit, rien ne suggérait que l'assassin de cet étudiant allemand ait tenté d'ouvrir la fenêtre, pas plus que quelqu'un d'autre n'ayant aucun lien avec cette affaire. Quelqu'un qui se serait blessé et aurait eu besoin d'une bouffée d'air frais. Laura prit son chiffon et décida de le passer dans les coins – si un affrontement mortel avait eu lieu ici, il y aurait vraisemblablement du sang. Une femme de ménage inexpérimentée n'aurait sans doute pas imaginé la présence de preuves de ce genre. Laura se signa et décida que si le chiffon revenait propre, ce serait un signe du ciel, indiquant qu'elle se faisait trop de souci. Dans le cas contraire, elle ferait part de sa trouvaille à la police, même si cela devait mettre le charmant Tryggvi dans l'embarras. Laura s'agenouilla et longea les murs, centimètre par centimètre. Rien. Le chiffon ne ramassa le long des plinthes que la poussière habituelle. Se sentant soudain mieux, elle se releva. Quelle histoire – évidemment que ce sang avait une explication toute simple. Elle était sans doute sous le choc de la découverte de ce corps – un cadavre horriblement mutilé et impie. Elle se signa de nouveau.

Pour une raison inexplicable, en quittant la pièce, elle ne put détacher le regard de la barre de seuil. Elle était beaucoup plus haute que les plinthes et Laura passa instinctivement le chiffon dans l'interstice. Le tissu resta coincé ; Laura s'agenouilla pour mieux voir ce qui bloquait. Elle aperçut un objet en argent et chercha quelque chose pour le déloger. Elle alla prendre une règle sur l'un des bureaux. Au bout de plusieurs tentatives, elle réussit à extraire l'objet. Elle le ramassa et se remit debout. C'était une minuscule étoile en métal, de la taille de son ongle de petit doigt. Elle la déposa sur sa paume pour mieux la regarder. Cette étoile lui était familière, mais elle n'arrivait pas à se rappeler où elle l'avait vue. Elle n'avait guère le temps de s'appesantir, si elle ne voulait pas être en retard à son cours, car les autres fenêtres l'attendaient. Elle mit l'étoile dans sa poche, avec l'idée de la remettre à Tryggvi. Lui saurait peut-être d'où elle venait. Elle n'était probablement pas reliée au meurtre – pas plus que le sang sur la poignée de la fenêtre, pour lequel il devait y avoir une explication normale. Mais si elle se trompait ? L'image d'un doigt coupé refit soudain surface dans sa mémoire, et elle s'empressa de se signer pour la repousser. C'était décidé, elle allait se confier à Gloria. La petite était dans l'équipe du week-end, et Laura aussi, cette semaine. Peut-être qu'elle en savait plus qu'elle n'en avait dit aux autres et à la police.

Marta Mist se balançait contre le mur du couloir, agacée par le temps qu'il fallait à la femme de ménage pour nettoyer la salle. Comme si c'était compliqué – elle n'avait qu'à jeter quelques canettes de soda, laver deux ou trois tasses et récurer par terre. Elle consulta l'horloge de son portable – cette conne devait être en train de piquer un somme sur le canapé. En tapant à toute vitesse sur les touches, Marta Mist sélectionna le numéro de Bríet dans ses contacts et laissa sonner. Elle avait intérêt à répondre ; une des choses qui lui tapaient le plus sur les nerfs, c'était d'imaginer son correspondant en train de lire son nom sur l'écran de son portable puis de décider de ne pas décrocher. Ses craintes se révélèrent infondées.

« Salut », lança Bríet.

Marta Mist abrégea les civilités.

« Je l'ai pas trouvée, annonça-t-elle avec mauvaise humeur. Tu es bien sûre de l'avoir mise dans le tiroir ?

— Merde, merde, merde, gémit Bríet. Je suis certaine de l'avoir mise là. Tu m'as regardée faire. »

Marta Mist lâcha un rire sarcastique.

« Ça veut rien dire. Je voyais double, ce soir-là.

— Je l'ai mise là, insista Bríet. Qu'est-ce que je vais dire à Halldór ? Il va être dingue.

— Rien. Tu vas rien lui dire du tout, bordel.

— Mais...

— Pas de “mais”. Elle est pas dans le tiroir, alors quoi ? Qu'est-ce que tu comptes faire ?

— Eh bien... J'en sais rien, répondit Bríet, impuissante.

— Considère que tu as de la chance, comme moi,

répliqua Marta Mist. J'ai parlé à Andri, et il est d'accord – on ne dit rien et on ne fait rien, parce qu'il n'y a rien à faire. » Elle omit de dire à Bríet qu'il lui avait fallu vingt minutes pour convaincre Andri de ne pas en parler à Halldór. Elle ajouta, d'une voix plus douce : « Ne t'inquiète pas avec tout ça. Si c'était un problème, on s'en serait déjà rendu compte. »

La porte s'ouvrit et la femme de ménage sortit de la salle. À en juger par la tête qu'elle faisait, il devait y avoir une grande nouvelle, une vraie révolution technologique dans le monde des sanitaires. On aurait dit qu'on l'avait gavée de force à la rhubarbe amère. *C'est pas trop tôt,* songea Marta Mist en se décollant du mur.

« Bríet, lança-t-elle dans son téléphone, la femme de ménage vient de sortir. Je vais aller regarder une dernière fois. Je te rappelle. » Sans donner à Bríet le temps de répondre, elle lui raccrocha au nez. C'était vraiment une foutue pagaille.

11

Thóra était assise au bureau d'Harald Guntlieb, en train de parcourir une pile de papiers. Elle leva les yeux, redressa le dos et se tourna vers Matthew. Il était installé dans un fauteuil, dans un coin de la pièce, occupé à la même tâche qu'elle. Ils avaient décidé de commencer par examiner les documents que la police avait emportés en fouillant l'appartement et qui venaient de leur être rendus. L'ensemble tenait dans trois grands cartons remplis de papiers de toutes sortes et, après environ une heure de lecture, Thóra commençait à perdre de vue l'intérêt de l'opération. Ces papiers étaient complètement mélangés, reliés pour la plupart aux études d'Harald, avec aussi des relevés de banque et autres attestations officielles. Une majorité étaient rédigés en islandais, aussi étaient-ils peu utiles à Matthew, qui avait dû en mettre un gros tas de côté pour que Thóra fasse plus tard le tri.

« Rappelez-moi ce qu'on cherche, au juste ? » demanda-t-elle brusquement.

Matthew posa le paquet de feuilles qu'il était en train de consulter sur une petite table d'appoint, et se frotta les yeux avec lassitude. « En premier lieu, nous cherchons une piste, quelque chose que la police aurait laissé passer. Par exemple, une explication de ce qui est arrivé à l'argent qu'Harald a transféré ici. Il se peut aussi que l'on tombe sur... »

Thóra l'interrompit.

« Ce qu'on fait ne sert à rien. Ce que je veux dire, c'est qu'on devrait peut-être essayer d'imaginer qui pourrait avoir un lien avec le meurtre, ou en tirer profit. Je n'ai absolument aucune expérience en termes d'enquête criminelle et j'aimerais y voir un peu plus clair, avant de me replonger dans ces papiers. L'idée de devoir tout refaire s'il nous vient une idée de génie plus tard ne m'enchante pas vraiment.

— Non, je comprends. Mais je ne sais pas bien quoi vous dire. Nous ne cherchons rien de spécifique, malheureusement. D'ailleurs, peut-être que nous ne cherchons rien du tout. Peut-être que nous essayons de nous imaginer la vie d'Harald avant le meurtre, afin d'avoir une idée des circonstances qui ont pu y mener – et si nous trouvons par hasard un élément qui nous désigne le meurtrier... eh bien, ce sera un bonus. Si ça peut vous aider à réduire les possibilités, disons que les principaux mobiles de meurtre sont la jalousie, la colère, le gain financier, la vengeance, la folie, l'autodéfense et la perversion sexuelle. »

Thóra en espérait plus, mais Matthew avait visiblement terminé sa liste.

« C'est tout ? Il doit bien y en avoir d'autres.

— Je ne prétends pas être un expert, rétorqua Matthew. Bien sûr qu'il existe d'autres mobiles, mais ce sont les premiers qui me viennent, au débotté. »

Thóra réfléchit quelques secondes avant de répondre.

« Très bien, disons que ce sont les mobiles principaux. Lequel pourrait s'appliquer au meurtre d'Harald ? Avait-il une liaison avec une femme, par exemple ? Est-ce que ce pourrait être une affaire de jalousie ? »

Matthew haussa les épaules.

« Je crois qu'il n'avait pas d'attaches. Mais la jalousie pourrait quand même avoir joué un rôle. Peut-être était-il aimé de quelqu'un, et ce n'était pas réciproque. » Il marqua une pause, avant d'ajouter : « En fait, je crois que les femmes tuent rarement par strangulation, il est donc peu probable qu'il s'agisse d'un crime passionnel.

— En effet, acquiesça Thóra d'un air pensif. À moins que ce ne soit un crime passionnel commis par un autre homme. Harald était-il homo ? »

Matthew haussa les épaules.

« Non, on ne peut pas dire.

— Qu'en savez-vous ?

— Je le sais, c'est tout. » En voyant l'expression dubitative de Thóra, il précisa sa pensée. « Ça se remarque, tout de même. En général, je devine dans la seconde quand un homme est de la jaquette. Je ne sais pas comment, mais j'ai beaucoup d'intuition, là-dessus. »

Thóra décida de ne pas creuser la question, mais elle savait d'expérience qu'il y avait une écrasante probabilité pour que Matthew ne soit pas plus doué que quiconque pour identifier les préférences sexuelles de quelqu'un. Son ex-mari avait la même certitude et Thóra lui avait prouvé qu'il avait tort un nombre incalculable de fois. Elle changea donc de sujet.

« Il n'a pas été violé et il n'y a pas de signes d'activité sexuelle récente, nous pouvons donc écarter ce mobile.

— Vous voyez, les possibilités se réduisent, conclut Matthew avec un sourire ironique. Nous allons bientôt aboutir. »

Thóra ignora le sarcasme.

« Alors pourquoi l'a-t-on tué, selon vous ? »

Matthew la dévisagea pendant un moment avant de répondre.

« Le plus probable, c'est que le meurtre ait un rapport avec l'argent. Mais je n'arrive pas à me débarrasser de l'idée que c'était lié d'une manière ou d'une autre à ses études sur la sorcellerie. Ce qui est arrivé à ses yeux et le symbole gravé sur son torse le suggèrent. Je ne parviens pas à imaginer le motif, et ça m'agace. Pourquoi commettre un meurtre au nom de la sorcellerie, ou d'événements qui se sont déroulés il y a des siècles ?

— Est-ce que ce n'est pas un peu tiré par les cheveux ? La police n'a trouvé aucun lien entre le meurtre et la magie noire, en dépit de ce qui a été fait au cadavre. Ils ont bien dû fouiller cette piste. Et ne me dites pas qu'ils sont juste stupides, c'est beaucoup trop simpliste, s'empressa-t-elle d'ajouter.

— Pour tout dire, vous avez parfaitement raison. Ils ont effectivement vérifié s'il existait un lien. Je pense simplement qu'ils n'ont pas mesuré que les recherches d'Harald n'étaient pas de la folie, ou une mascarade. Ils sont venus ici, ils ont vu ce qui était accroché au mur et ils ont pris Harald pour une espèce de barjo. Pour eux, ces précieuses antiquités sont totalement répugnantes, ce qui n'est pas très loin de votre propre réaction, d'ailleurs. » Matthew attendit une réponse, mais elle ne vint pas. « La présence de drogue dans son sang n'a pas aidé. Aux yeux de la police, il n'était qu'un junkie sadique et malade, vu pour la dernière fois en compagnie d'individus de même profil. Son compagnon de jeux n'avait pas d'alibi et il était tellement shooté qu'il ne savait plus comment il s'appelait. Ce n'est pas une conclusion insensée, mais elle ne me satisfait pas du tout. Il reste trop de questions sans réponse.

— Autrement dit, vous pensez que les études de sorcellerie d'Harald ont un rapport avec le meurtre ? » demanda Thóra, en espérant qu'il répondrait non. Si on écartait cette hypothèse, elle pouvait déjà laisser tomber la moitié des papiers posés devant elle.

« Disons que je n'en suis pas certain. Mais je commence à avoir un gros soupçon. Regardez ça, par exemple. » Il fouilla dans la pile de papiers sur ses genoux et tendit à Thóra la copie d'un e-mail.

L'en-tête indiquait qu'il avait été envoyé par Harald à un certain malcolm@gruniv.uk, et il était rédigé en anglais. Il datait de huit jours avant le meurtre.

Salut Mal,

Eh bien mon vieux, j'espère que tu es assis, parce que JE L'AI TROUVÉ, MERCI BEAUCOUP. *À partir de maintenant, appelle-moi Votre Seigneurie. Je le savais, je le savais, je le savais... Non pas que je veuille t'accuser de scepticisme. Non, vraiment.*

Plus que quelques minuscules détails à régler – un pauvre con qui essaie de se désister. Alors – prépare-toi à la grande nouvelle – c'est carrément génial, j'ai bien l'intention de fêter ça, si tu vois ce que je veux dire. Je te tiens au courant, espèce de vieux branleur.
H

Après avoir terminé sa lecture, Thóra se tourna vers Matthew.

« Vous pensez que c'est une piste ?

— Peut-être que oui. Peut-être que non.

— La police a déjà dû joindre ce Malcolm. Je ne pense pas qu'ils se soient contentés d'imprimer l'e-mail.

— Peut-être que oui. » Matthew haussa les épaules. « Peut-être que non.

— Eh bien, nous pouvons au moins le contacter pour lui demander ce qu'Harald avait trouvé.

— Et aussi s'il sait quelque chose de ce "pauvre con" dont parle Harald.

— Où se trouve son ordinateur ? demanda Thóra en reposant la feuille. Il doit bien en avoir un, dit-elle en désignant le tapis de souris sur le bureau.

— C'est la police qui l'a. Ils le rendront sans doute avec le reste de ses affaires.

— Peut-être qu'on trouvera d'autres e-mails, suggéra Thóra sur le ton de l'espoir.

— Et peut-être que non », répondit Matthew en souriant. Il se leva pour attraper un livre sur une étagère au-dessus du bureau. « Tenez, emportez ça chez vous. C'est une bonne introduction au monde mental d'Harald. » Il lui tendit une édition de poche du *Marteau des sorcières*.

Thóra prit le livre, vérifia le titre, et regarda Matthew d'un air surpris.

« Ça existe en poche ? »

Il hocha la tête.

« Il est toujours édité – mais je ne pense pas qu'il y ait beaucoup de monde pour l'acheter, de nos jours, sauf par curiosité. Mais lorsque vous le lirez, rappelez-vous bien qu'il n'en a pas toujours été ainsi. »

Thóra fourra le livre dans sa poche. Elle se leva et s'étira.

« Je peux utiliser la salle de bains ? »

Matthew sourit de nouveau.

« Peut-être que oui. Peut-être que non. » Puis il ajouta précipitamment : « Oui, je pense que ça ne pose pas de problème. Si la police débarque pour poursuivre les fouilles, je les retiendrai de force jusqu'à ce que vous ayez terminé.

— Comme c'est gentil de votre part. »

Thóra sortit dans le couloir et se dirigea vers la salle de bains. Elle n'y arriva pas aussi vite qu'elle l'avait prévu, car là encore les murs étaient décorés de tableaux anciens et de reliques qui excitèrent sa curiosité. En fait, ils suscitèrent chez elle plus d'horreur que de curiosité, mais il était indéniable qu'ils étaient absolument fascinants. Ce devait être le même genre de sensation qui faisait ralentir les gens sur la route, quand il y avait un accident. Ces tableaux devaient faire partie de la collection du grand-père d'Harald, car le thème était le même que dans le salon et la chambre : la mort et le diable.

Contrairement aux autres pièces, la salle de bains ne révélait rien des centres d'intérêt du locataire des lieux. Les rares objets, tous assortis, étaient agencés de manière systématique, dans des placards sans porte. Thóra se contempla dans le miroir impeccablement lustré au-dessus du lavabo et se passa les doigts dans les cheveux pour rafraîchir un peu son apparence. Elle remarqua la présence d'une brosse à dents, dans l'un des casiers ; elle ne semblait pas avoir été utilisée. C'est alors que Thóra jeta un regard plus critique sur la pièce. Il devait y avoir une autre salle de bains dans l'appartement, celle dont se servait Harald – celle-ci était trop parfaite.

Lorsqu'elle revint dans le bureau, elle s'attarda sur le pas de la porte.

« Il y a une autre salle de bains dans cet appartement. »

Matthew leva les yeux vers elle, surpris.

« Que voulez-vous dire ?

— Celle dans le couloir ne sert pas vraiment. Je n'imagine pas Harald utiliser du fil dentaire assorti à la couleur des murs.

— Bien observé, commenta Matthew avec un large sourire. Ne venez plus me raconter que vous n'avez aucune expérience en matière d'enquête criminelle. » Il désigna la partie de l'appartement qu'ils avaient traversée en arrivant. « Il y a une porte, dans la chambre. C'est là. »

Thóra fit demi-tour. Elle se rappelait la porte, qu'elle avait prise pour une penderie ; elle tenait vraiment à savoir à quoi ressemblait la salle de bains. Et aussi à reculer le moment de se replonger dans les papiers. En passant la tête par la porte de la petite pièce, elle esquissa un sourire. Il n'y avait pas de baignoire mais une douche, et on se serait cru dans n'importe quelle maison normale. Toutes sortes de produits d'hygiène étaient disposés autour du lavabo, et ils n'étaient assortis à rien. Thóra examina l'intérieur de la cabine de douche. Sur une petite étagère suspendue au mur étaient posés deux bouteilles de shampooing dont l'une tête en bas, un rasoir, un savon usagé et un tube de dentifrice. Une bouteille d'Antikal Super Plus était accrochée au montant du tuyau de douche. L'ensemble avait un air plus familier et Thóra en ressentit un vague soulagement. Mais ce qui l'intéressa davantage, ce fut le porte-revues à côté des toilettes ; c'était typique des gens qui vivaient seuls. Curieuse de découvrir ce que lisait Harald, elle fouilla parmi les magazines. C'était un sacré mélange : plusieurs magazines automobiles, une revue historique, deux numéros de *Der Spiegel,* un magazine sur les tatouages que Thóra feuilleta rapidement, et un numéro de *Bunte.* Thóra considéra ce dernier avec surprise. *Bunte* était de la presse typiquement féminine, colportant les mêmes ragots qu'un *Hello !* L'idée qu'Harald ait pu avoir ce genre de lecture ne lui aurait jamais traversé l'esprit. Tom Cruise et sa dernière conquête souriaient en couverture sous le titre *Tom Cruise wird Papa* – « Tom Cruise bientôt papa ». L'heureux événement suscitait à peu près autant d'intérêt chez Thóra qu'un article sur la culture du concombre, aussi rangea-t-elle le magazine à sa place.

« Je le savais, lança-t-elle d'un air triomphal en rejoignant le bureau.

— Je le savais aussi, répliqua Matthew. Simplement, je ne savais pas que vous le saviez. »

Thóra était sur le point de lui rabattre son caquet

lorsque son portable se mit à sonner. Elle le récupéra au fond de son sac.

« Maman, dit la petite voix de Sóley, quand est-ce que tu rentres ? »

Thóra consulta sa montre. Il était plus tard qu'elle ne l'aurait cru.

« Très bientôt, ma chérie. Est-ce que tout va bien ? »

Un silence, puis : « Oh, oui. C'est juste que je m'ennuie. Gylfi ne veut plus me parler. C'est pas drôle d'être toute seule avec lui. Il reste tout le temps dans sa chambre à sauter sur son lit et à hurler, et il ne veut pas me laisser entrer. »

Thóra ne pouvait se figurer la scène, mais ce qui était certain, c'est que Gylfi ne jouait pas le baby-sitter idéal.

« Écoute-moi, chérie, dit-elle d'une voix douce, je rentre bientôt. Dis à ton frère d'arrêter de faire l'imbécile et de revenir s'occuper de toi. »

Elles se dirent au revoir et Thóra rangea son téléphone dans son sac. Ce faisant, elle retrouva un Post-it sur lequel elle avait noté les questions à poser à Matthew relativement au dossier. Elle le déplia et se tourna vers lui.

« J'aimerais vous demander deux ou trois choses, concernant les documents qui se trouvaient dans la pochette.

— Deux ou trois ? répéta-t-il d'un air surpris. Je m'attendais à plus que ça – au moins à une batterie de questions. Mais je vous en prie, ouvrez le feu. »

Thóra ne se sentait pas très sûre d'elle, en contemplant sa liste. Bon sang, est-ce qu'elle avait oublié tant de choses ? Elle essaya de jouer la nonchalance.

« En fait, ce sont les points principaux, il y avait trop de détails mineurs pour les écrire tous. » Elle sourit et poursuivit : « Par exemple, l'armée. Que faisaient ces documents dans le dossier, et Harald était-il vraiment inapte sur le plan médical ?

— Ah oui, le service militaire. J'ai inclus ces papiers pour vous donner le plus de détails possible sur la vie d'Harald. C'est peut-être sans lien avec l'affaire, mais on ne sait jamais à quels recoupements on finit par arriver.

— Vous pensez que le meurtre est lié à l'armée ? demanda Thóra d'un ton sceptique.

— Non, sans doute pas. » Matthew haussa les épaules. « Mais dans le cas d'Harald, allez savoir.

— Mais pourquoi a-t-il fait son service national ? À en juger par son profil, on l'aurait plutôt imaginé contre la guerre.

— Vous avez parfaitement raison. Il se trouve qu'il a été appelé. Dans des circonstances normales, il aurait opté pour un service civil. Vous saviez que cette option existait, pour les appelés ? » Thóra fit oui de la tête. « Mais il a choisi de ne pas se défiler. Sa sœur Amelia venait de mourir et il en était profondément affecté. Je soupçonne qu'il a pris cette décision au milieu d'une crise psychologique. C'était au début 1999, et en novembre ou décembre de cette année-là l'Allemagne décida d'envoyer des troupes au Kosovo. Harald s'y rendit le sourire aux lèvres. Je ne suis pas au courant de tous les détails de sa carrière militaire, mais ce que je sais, c'est qu'il était un appelé modèle, loyal et résistant. C'est pourquoi l'incident au Kosovo a pris l'armée complètement par surprise.

— Que s'est-il passé ? »

Matthew laissa échapper un sourire ironique.

« C'est une drôle d'histoire – si on veut. Surtout si on garde en tête que cette expédition au Kosovo était la première mission de l'armée allemande à l'étranger depuis la Seconde Guerre mondiale. Jusqu'alors, les soldats allemands n'avaient pris part qu'à des missions de maintien de la paix. Aussi était-il vital pour nos troupes de se montrer exemplaires.

— Ce n'était pas le cas d'Harald, à l'époque ?

— Oh, si. On peut dire qu'il n'a pas eu de chance. Au bout d'environ trois mois sur place, son régiment a arrêté un Serbe soupçonné de détenir des renseignements sur un bombardement mortel. Trois soldats allemands étaient morts et d'autres s'étaient retrouvés mutilés. Le Serbe fut détenu au sous-sol du bâtiment où le régiment allemand était basé. Harald était l'un des gardes. Il était de service, seul, alors que le détenu avait passé deux ou trois nuits sur place sans rien avouer. Harald avait informé son supérieur qu'il s'y connaissait un peu en techniques d'interrogatoire, et il avait reçu la permission d'essayer de soutirer des informations au prisonnier, cette nuit-là. » Matthew regarda Thóra dans les yeux. « À l'évidence, l'homme qui avait autorisé cela ne savait absolument pas qu'Harald était versé dans l'histoire de la torture. Il devait s'attendre à ce qu'il passe simplement la tête par la porte de la cellule de temps à autre, pour poser quelques questions innocentes.

— Est-ce qu'il a torturé ce prisonnier ? demanda Thóra en écarquillant les yeux.

— Disons pour résumer que le Serbe aurait volontiers échangé sa place avec l'un des hommes nus de la pyramide humaine d'Abou Ghraib. Je n'excuse pas ce qui s'est passé, mais c'était Disneyland, comparé à ce que ce pauvre Serbe a dû traverser cette nuit-là. Au moment de la relève, le lendemain matin, Harald avait réussi à forcer le type à dire tout ce qu'il savait – et un tas d'autres choses en prime, sans aucun doute. Mais au lieu de récolter les félicitations qu'il croyait mériter, Harald a été démis sur-le-champ – dès que ses supérieurs ont vu le tas de viande crue baignant dans son sang sur le sol de la cellule. Bien sûr, l'affaire fut étouffée, car elle aurait terni leur réputation. Tous les documents officiels rapportent qu'Harald a quitté l'armée pour des raisons médicales.

— Dans ce cas, comment savez-vous tout ça ? demanda Thóra, soulagée de pouvoir poser une question relativement normale.

— Je connais du monde, répondit Matthew d'un air énigmatique. Et j'ai parlé à Harald, après son retour du Kosovo. Ce n'était plus le même homme, je peux vous le dire. Je ne sais pas si c'était son expérience de la vie militaire ou bien le goût du sang, mais il est revenu encore plus étrange qu'il n'était parti.

— Comment ça ?

— Plus bizarre, c'est tout. Dans l'apparence comme dans le comportement. Il s'est inscrit à l'université peu après – il a quitté le domicile parental, et je ne l'ai plus vu aussi souvent. Mais au cours des quelques occasions où je l'ai croisé, il m'a paru évident qu'il était aspiré dans une spirale infernale. Il est probable que la mort de son grand-père peu de temps après n'ait pas aidé non plus. Ils étaient très proches. »

Thóra ne savait pas quoi dire. Il était clair qu'Harald Guntlieb n'était pas quelqu'un d'ordinaire. Elle consulta ses notes, et décida d'interroger Matthew sur la victime d'asphyxie érotique décrite dans les coupures de presse du dossier. Mais elle en eut subitement assez. En regardant l'horloge de son portable, elle constata qu'il était tard.

« Matthew, je dois rentrer chez moi. Je n'ai pas terminé ma liste mais j'ai déjà un tas de choses à digérer, pour aujourd'hui. »

Ils rangèrent rapidement les papiers qu'ils avaient éparpillés dans le bureau, en veillant à ne pas mélanger les piles de documents déjà triés. La simple idée des heures qu'il faudrait passer à tout refaire leur était insupportable.

Alors qu'elle mettait la dernière pile de côté, Thóra se tourna vers Matthew.

« Est-ce qu'Harald n'avait pas rédigé un testament ? Vu tout ce qu'il possède ?

— Il a bien laissé un testament – et assez récent, pour tout dire. Il en a toujours eu un, mais il l'a fait modifier au milieu du mois de septembre. Il a fait spécialement le voyage jusqu'en Allemagne pour rencontrer l'avocat des Guntlieb et valider une nouvelle version. Mais personne ne sait ce qu'elle contient.

— Vraiment ? » Thóra ne cacha pas sa surprise. « Pourquoi ça ?

— Le document était en deux parties – avec pour instruction de les ouvrir dans l'ordre. La première établissait que la seconde ne devait être révélée qu'après l'enterrement d'Harald – ce qui n'a pu se produire, du fait de l'enquête.

— C'est tout ce que disait cette première moitié ?

— Non, elle contenait aussi ses volontés quant au lieu où il voulait être inhumé.

— Et où est-ce ?

— En Islande. Ce qui est étonnant, compte tenu du peu de temps qu'il a passé ici. Il semble qu'il ait été captivé par ce pays. Une autre de ses exigences était que ses parents soient présents à l'enterrement et se tiennent au pied de la tombe, après l'inhumation du cercueil, pendant au moins dix minutes. S'ils devaient faillir à ce souhait, tous ses biens iraient à un tatoueur de Munich. »

Thóra dut le faire répéter.

« Vous voulez dire qu'il s'attendait à ce qu'ils ne viennent pas ?

— À l'évidence. Mais avec cette clause, il s'est assuré qu'ils y seraient forcés – ses parents n'apprécieraient pas de faire la une de la presse à scandale parce que leur fils aurait laissé une petite fortune à un tatoueur.

— Vous croyez qu'ils sont censés hériter ? Enfin je veux dire, s'ils viennent ?

— Non. Ils s'en moquent éperdument – ils ne veulent simplement pas faire les gros titres des torchons. » Après quelques secondes de réflexion, il ajouta : « Je pense que c'est sa sœur Elisa qui héritera la plupart de ses biens. Mais une grande partie de l'argent ira indubitablement à quelqu'un ici, en Islande – c'est ce qu'a fini par suggérer l'avocat, sous la pression. La seconde partie du testament devra être ouverte ici, selon les instructions d'Harald.

— Je me demande de qui il s'agit, dit Thóra, curieuse.

— Je n'en ai aucune idée, admit Matthew. Mais cette personne s'est retrouvée avec un bon mobile pour tuer Harald, si elle était au courant. »

Thóra fut soulagée de quitter cet appartement. Elle était fatiguée et souhaitait rentrer chez elle, retrouver ses enfants. Pourtant, elle se sentait mal à l'aise. Elle avait le sentiment d'avoir négligé un détail. Mais elle eut beau se torturer les méninges, une fois seule dans sa voiture « Garage de Bibbi », impossible de mettre le doigt sur ce qui lui échappait. Et lorsqu'elle finit par se garer devant chez elle, cela lui sortit complètement de l'esprit.

12

Les effets du divorce ne sont pas tous positifs. Thóra s'était rendu compte assez tôt que la situation avait aussi ses inconvénients. Alors qu'auparavant deux personnes contribuaient ensemble au bien-être du foyer, désormais un seul salaire devait suffire. S'ajuster à une augmentation de revenus ne posait en général pas trop de problèmes – Thóra se rappelait avec quelle facilité elle était passée du statut d'étudiante fauchée à celui de salariée. Mais elle avait pu constater que c'était une autre affaire, de réduire les dépenses. Hannes, son ex, était chirurgien aux urgences – autrement dit, il avait un emploi stable et bien payé. Après leur divorce, Thóra avait dû renoncer à des choses qu'elle avait commencé à considérer comme acquises. Sortir dîner n'était plus évident, tout comme partir en week-end à l'étranger ou s'acheter des vêtements de marque, toutes ces petites habitudes typiques de ceux qui n'ont pas à se préoccuper de l'argent. Les inconvénients du divorce n'étaient évidemment pas tous matériels – le voyant *pas de sexe* se mit à clignoter dans l'esprit de Thóra –, mais ce qui lui manquait le plus, c'était la dame qui venait chez eux, deux fois par semaine, faire le ménage de fond en comble. Au moment du divorce, Thóra avait été obligée de la remercier pour pouvoir boucler les fins de mois. Et à présent elle se retrouvait plantée devant le placard à balais, à essayer de le refermer sans écrabouiller le tuyau de l'aspirateur qui prenait un malin plaisir à ressortir tout seul et à empêcher la porte de fermer. Elle la claqua fermement et poussa un soupir de soulagement. Elle venait de passer l'aspirateur dans toutes les pièces d'une maison de plus de deux cents mètres carrés, et elle était assez fière d'elle.

« Tu ne trouves pas que ça change tout ? » demanda-t-elle à sa fille, assise à la table de la cuisine en train de dessiner.

Sóley leva la tête de sa feuille.

« De quoi ?

— Par terre. J'ai passé l'aspirateur. C'est super, non ? »

La petite regarda le parquet à ses pieds, puis sa mère.

« Tu as oublié ça. » De son crayon de couleur vert, elle désignait une boule de poussière coincée sous le pied de sa chaise.

« Oh, toutes mes excuses, madame, dit Thóra en embrassant sa fille sur la tête. Qu'est-ce que c'est que ce beau dessin que tu es en train de faire ?

— C'est toi et moi et Gylfi, répondit Sóley en montrant les silhouettes de différentes tailles. Toi tu as une jolie robe et moi aussi et Gylfi est en short. » Elle releva les yeux vers sa mère. « C'est l'été, dans mon dessin.

— Waouh, qu'est-ce que je suis élégante ! C'est

décidé, je vais me trouver une robe comme ça l'été prochain. » Elle consulta sa montre. « Viens, on va te laver les dents. C'est l'heure de faire dodo. »

Tandis que Sóley rangeait ses crayons de couleur, Thóra se dirigea vers la chambre de son fils. Elle frappa doucement à la porte avant d'ouvrir.

« Tu ne trouves pas qu'on dirait que c'est tout neuf ? » demanda-t-elle, parlant toujours du parquet.

Gylfi ne répondit pas tout de suite. Il était allongé sur son lit, en pleine conversation sur son portable. En apercevant sa mère, il conclut rapidement son appel et promit à mi-voix à son interlocuteur mystère de le, ou la, rappeler plus tard. Il se redressa et posa son téléphone. Thóra lui trouva l'air hébété.

« Tu vas bien ? Tu es tellement pâle.

— Quoi ? Oui, évidemment que ça va. Super, génial.

— Tant mieux. Je venais juste voir si tu ne trouvais pas que ça sentait le propre, depuis que j'avais passé l'aspirateur dans ta chambre. Et aussi si je ne pourrais pas avoir un bisou, en récompense. »

Gylfi se redressa complètement. Il balaya la pièce d'un regard vide.

« Hein ? Oh, ouais, sympa. »

Thóra observa attentivement son fils. Quelque chose n'allait pas, elle en était certaine. Dans son état normal, il se serait contenté de hausser les épaules ou de marmonner qu'il s'en fichait, du parquet. Là, il faisait en sorte d'éviter le regard de sa mère. Quelque chose n'allait pas. Thóra reçut un coup au cœur. Elle ne s'était pas occupée correctement de lui. Depuis le divorce, son petit garçon était presque devenu un homme, et elle avait été trop centrée sur ses propres problèmes pour lui offrir assez d'attention. Et maintenant, elle ne savait plus comment réagir. Elle voulait surtout le prendre dans ses bras et passer la main dans ses cheveux trop longs, mais elle savait qu'elle aurait l'air stupide – ce temps-là était révolu, depuis longtemps.

« Hé », dit-elle seulement, en lui posant la main sur l'épaule. Elle dut tendre le cou pour le regarder dans les yeux, car il la fuyait toujours. « Quelque chose ne va pas. Tu peux m'en parler. Je te promets de ne pas me mettre en colère. »

Gylfi la dévisagea d'un air pensif, sans dire un mot. Thóra aperçut de minuscules gouttes de sueur à la naissance des cheveux, et l'espace d'une seconde elle se demanda s'il n'avait pas la grippe.

« Tu as de la fièvre ? » Elle fit mine de poser le dos de la main sur le front de son fils.

Il esquiva adroitement.

« Non, non. Pas du tout. J'ai juste reçu des mauvaises nouvelles.

— Oh ? » Thóra resta prudente. « C'était qui, au téléphone ?

— Sigga... je veux dire, Siggi, répondit Gylfi sans la regarder, avant d'ajouter hâtivement : Arsenal a perdu contre Liverpool. »

Thóra n'était pas née de la dernière pluie et elle avait parfaitement conscience qu'il venait d'inventer cette excuse à la va-vite. Le nom de Siggi ne lui disait rien, parmi les amis de Gylfi – même si bien sûr il avait des tas de copains dont elle n'avait jamais entendu le nom ni vu le visage. Mais elle connaissait assez son fils pour savoir qu'il n'était pas assez dingue de football pour se laisser déprimer par les résultats de la ligue anglaise. Elle se demanda s'il valait mieux le pousser à parler ou le laisser tranquille. Compte tenu de la situation, elle jugea la dernière option plus appropriée – pour le moment.

« Oh, mon Dieu. Sale coup. Foutu Liverpool. » Elle le regarda droit dans les yeux. « Si tu as envie ou besoin de me parler, Gylfi, promets-moi que tu n'hésiteras pas à le faire. » Devant son expression agitée, elle s'empressa de préciser : « À propos du foot, je veux dire. D'Arsenal. Tu sais que je suis là pour toi, mon chéri. Je ne peux pas résoudre tous les problèmes de la terre, mais je peux essayer de régler ceux qui se présentent sur le pas de notre porte. »

Gylfi la dévisagea de nouveau en silence. Il esquissa un pauvre sourire et marmonna quelque chose au sujet d'un devoir qu'il devait terminer. Thóra balbutia une réponse et sortit en refermant la porte derrière elle. Elle n'arrivait pas à imaginer ce qui pouvait miner à ce point un jeune garçon de seize ans – elle n'avait jamais été un jeune garçon de seize ans, et ne se rappelait même pas clairement sa propre adolescence. La seule idée qui lui vint, c'était un problème de filles. Peut-être avait-il le béguin pour quelqu'un. Thóra décida de percer le mystère par la diplomatie – elle pourrait tenter quelques questions subtiles, au petit déjeuner. Peut-être même que la crise serait résolue, d'ici là. À tous les coups, ce n'était qu'une tempête dans un verre d'eau – une simple question d'hormones.

Après avoir aidé Sóley à se laver les dents, puis lui avoir lu une histoire, Thóra s'installa devant la télévision, sur le canapé du salon. Elle appela sa mère, qui passait un mois de vacances aux Canaries avec son père. Dès qu'elle téléphonait, elle était accueillie par leurs chamailleries incessantes. La dernière fois, c'était parce qu'ils n'avaient pas trouvé de fromage blanc au petit déjeuner, et à présent la cause était la présence du satellite dans la chambre d'hôtel : à en croire sa mère, son père était devenu accro à Discovery Channel. Au moment de se dire au revoir, la mère de Thóra annonça d'une voix lasse qu'elle allait s'affaler aux côtés de son mari et devoir supporter toute la vie sexuelle des insectes. Thóra ne put s'empêcher de sourire intérieurement et, après avoir raccroché, elle se tourna elle-même vers la télévision. Tandis qu'elle somnolait devant une émission de télé-réalité insipide, le téléphone sonna. Elle se redressa sur le canapé et attrapa le combiné.

« Thóra à l'appareil, annonça-t-elle en faisant en sorte que sa voix ne trahisse pas son récent petit somme.

— Salut, c'est Hannes, dit la voix à l'autre bout du fil.

— Salut. » Thóra se demanda si elle était condamnée à se sentir mal à l'aise en entendant la voix de son ex-mari. Ces échanges étaient de véritables tortures, sans doute parce qu'il avait fallu passer de l'intimité à la politesse forcée, comme quand elle croisait d'anciens petits amis ou des hommes avec qui elle avait couché, quand elle était plus jeune – péril inévitable lorsqu'on habitait un aussi petit pays que l'Islande.

« Écoute, à propos de ce week-end, je me demandais si je pouvais passer prendre les gosses un peu plus tard, vendredi. Je vais donner une leçon de conduite à Gylfi et je pense que ce serait mieux de le faire après l'heure de pointe, vers 20 heures. »

Thóra donna son accord, même si elle savait très bien que ce retard n'avait rien à voir avec la leçon de conduite de Gylfi. À tous les coups, Hannes devait faire des heures supplémentaires à l'hôpital, ou bien il avait l'intention d'aller au club de gym après le travail. L'une des raisons de leurs querelles incessantes depuis le divorce était l'incapacité d'Hannes de prendre des responsabilités ; c'était toujours la faute de quelqu'un d'autre, ou de circonstances fictives auxquelles il ne pouvait rien. Heureusement, ce n'était plus le problème de Thóra, mais celui de sa nouvelle compagne, Klara.

« Et vous faites quoi, ce week-end ? demanda Thóra, simplement pour dire quelque chose. Est-ce que je dois leur mettre des affaires particulières dans la valise ?

— On va peut-être aller faire du cheval, alors ce serait bien qu'ils aient une tenue adaptée », répondit Hannes.

Klara était passionnée par les chevaux et elle avait entraîné Hannes dans la boucle. C'était une source de torture permanente pour Sóley et Gylfi, qui avaient hérité des dispositions nerveuses de Thóra – les gènes de la peur avaient même décuplé, de la mère aux enfants. Thóra avait beaucoup de mal à conduire sur une route verglacée, à grimper en montagne, à prendre l'ascenseur, à manger cru, bref, à se livrer à toute activité susceptible de se terminer en catastrophe. Pour une raison incompréhensible, la seule exception était l'avion. Aussi comprenait-elle parfaitement que ses enfants soient horrifiés à la perspective d'aller monter, convaincus qu'ils étaient que cette sortie serait leur dernière. Hannes refusait d'admettre que c'était un fait permanent et essayait sans relâche de persuader ses enfants qu'ils finiraient par s'y habituer.

« Tu es sûr que c'est une bonne idée ? demanda Thóra, tout en sachant qu'elle n'avait que peu d'influence sur les décisions d'Hannes. Gylfi est un peu déprimé ces temps-ci, et je ne crois pas qu'une randonnée à cheval soit exactement ce dont il a besoin, pour le moment.

— N'importe quoi, répliqua Hannes avec brusquerie. Il est en train de devenir un excellent cavalier.

— Tu crois ? Quoi qu'il en soit, tu devrais lui parler. J'ai l'impression qu'il a un problème de filles à régler et tu en sais plus que moi sur le sujet.

— Un problème de filles ? Qu'est-ce que j'en sais, moi, de ces trucs ? hurla Hannes. Il vient juste d'avoir seize ans. Tu plaisantes, j'espère.

— Il n'empêche, garde ça dans un coin de ta tête et tâche de lui donner de sages conseils.

— De sages conseils ? Quelle sorte de conseils ? Qu'est-ce que tu veux dire ? » Hannes était en train de patauger, et Thóra ne put se retenir de sourire.

« Tu sais, pour l'aider à faire face aux défis de la vie. » Son sourire s'élargit encore.

« Tu plaisantes, c'est sûr, tenta Hannes avec une pointe d'espoir.

— Eh bien en fait non. Tu trouveras bien un moyen. Je ferai la même chose pour ta fille quand elle aura des problèmes de garçons. Essaie peut-être de le prendre à part pendant la randonnée, histoire d'avoir une petite discussion entre hommes, en selle. »

Ils raccrochèrent, et Thóra eut l'intuition qu'elle avait considérablement réduit leurs chances d'aller en randonnée ce week-end. Elle tenta de s'immerger de nouveau dans la télé-irréalité. En vain, car le téléphone se remit à sonner.

« Désolé d'appeler si tard, mais il m'est soudain venu à l'esprit que vous pensiez peut-être à moi, expliqua Matthew d'une voix calme, après les salutations. Alors j'ai décidé de vous faire entendre ma voix. »

Thóra se retrouva abasourdie – elle n'arrivait pas à savoir si Matthew était dingue, saoul, ou en train de plaisanter.

« Navrée de vous décevoir. » Elle se pencha pour attraper la télécommande et baisser le son de la niaiserie qu'elle regardait. « J'étais en train de lire.

— Vous lisiez quoi ?

— *Guerre et Paix.* Dostoïevski.

— Vraiment ? Et ça ressemble au *Guerre et Paix* de Tolstoï, ou pas du tout ? »

Thóra serra les poings en se maudissant de ne pas avoir choisi Halldór Laxness, ou n'importe quel autre auteur islandais dont il n'aurait jamais entendu parler. Elle avait toujours été pitoyable, en matière de mensonges.

« Je veux dire Tolstoï. Vous aviez quelque chose de spécial à me dire ? J'imagine que vous n'appelez pas pour discuter littérature.

— Ce qui n'est pas plus mal, parce que je n'aurais pas choisi le bon numéro », railla Matthew. Voyant que Thóra ne répondait rien, il ajouta : « Non, désolé, je vous appelle parce que je viens de recevoir un coup de fil de l'avocat de l'homme en garde à vue.

— Finnur Bogason ?

— C'est exactement ce que j'aurais dit, si j'avais été capable de prononcer l'islandais. Il voulait m'informer que nous pouvions rencontrer son client demain, si nous le souhaitions.

— On a la permission ? » demanda Thóra, ébahie. Les personnes en détention provisoire n'étaient en général pas autorisées à recevoir la visite d'étrangers.

« Ce Finnur (Matthew prononçait son nom "Fineur", avec un accent presque français) a réussi à persuader la police que nous travaillions avec lui sur le dossier, pour la défense. Et c'est d'ailleurs la vérité, indirectement.

— Qu'est-ce qui l'a poussé à faire une chose pareille ?

— Disons que je lui ai donné une motivation intéressante. »

Thóra ne creusa pas plus le sujet, ne tenant pas à être impliquée dans des manigances sous le manteau. Elle doutait que Matthew ait menacé l'homme de loi, et pensait plutôt qu'il lui avait proposé de rémunérer cette entrevue – ce qui, au mieux, était contraire à l'éthique. Elle préférait l'idée d'assister l'avocat de la défense.

Mais au diable l'éthique. Il fallait qu'elle rencontre Hugi. Peut-être était-il coupable, après tout. Rien ne valait la communication directe, la possibilité de regarder son interlocuteur dans le blanc des yeux, d'observer sa gestuelle corporelle.

« Est-ce qu'on ne devrait pas foncer, dans ce cas ? Nous avons besoin de rencontrer cet homme.

— J'y compte bien. Je dois simplement tenir Fineur au courant.

— Pourquoi vous a-t-il appelé si tard? Il n'a pas dû obtenir l'autorisation ce soir.

— Non, non. Il m'a laissé un message à l'hôtel, que je viens seulement de trouver. Je n'aime pas distribuer mon numéro à tour de bras. »

Thóra détesta cette envie irrésistible qu'elle avait de savoir où il était allé, après qu'ils s'étaient séparés – d'autant que l'explication de loin la plus probable était qu'il avait tout simplement dîné en ville.

Ils décidèrent que Matthew viendrait la chercher à son bureau à 9 heures le lendemain matin, et qu'ils se rendraient ensemble à la prison de Litla-Hraun. Elle regarda par la fenêtre la neige qui dégringolait et espéra de tout son cœur qu'il savait conduire sur les routes d'hiver. Sinon, ils allaient avoir des problèmes.

8 décembre 2005

13

Thóra était assise derrière son ordinateur lorsque Matthew l'appela à son bureau pour la prendre, à 9 heures. Elle finissait juste de répondre aux e-mails arrivés la veille, dont elle avait transféré la majeure partie à Thór. Bragi était tout sourire, en l'accueillant ce matin. Il caressait toujours l'idée que ce contrat avec l'Allemagne serait leur passeport vers le vaste monde – une source d'affaires mirobolantes pour le cabinet. Soulagée de pouvoir se concentrer sur l'énigme du meurtre sans crouler sous les menus travaux, Thóra n'essayait même pas de le faire redescendre sur terre. Elle envoya un e-mail à Mal, le mystérieux ami d'Harald, en lui faisant un récit sommaire de sa mort, et de leur rôle dans l'affaire pour le compte des Guntlieb. Elle termina son message en demandant poliment que Mal la contacte, dans la mesure où il pouvait détenir des informations cruciales. Lorsque Bella appela pour annoncer l'arrivée de Matthew, Thóra précisa qu'elle avait encore besoin de cinq minutes et demanda à la secrétaire de le faire asseoir à la réception. Elle avait l'intention de ranger son bureau et de ne pas remettre les pieds au cabinet l'après-midi. Un peu plus de cinq minutes plus tard, elle éteignait son ordinateur, satisfaite de son labeur du matin. Elle se demanda si elle ne devrait pas venir travailler plus tôt, désormais. Ce serait difficile à organiser à la maison, mais cette heure volée était incroyablement productive, sans le harcèlement téléphonique qui commençait à l'ouverture.

Elle prit dans un de ses tiroirs un petit dictaphone, afin d'enregistrer leur entrevue avec Hugi. Tandis qu'elle vérifiait l'état des piles, ses pensées se tournèrent de nouveau vers son fils, qu'elle avait trouvé très abattu au petit déjeuner. Quel que soit le problème, il ne s'était pas évaporé pendant la nuit, comme l'avait espéré Thóra. Son garçon était resté assis là, sans aucun appétit, et elle avait à peine réussi à lui arracher quelques mots. De son côté, fidèle à son habitude du matin, Sóley avait parlé sans interruption, aussi Thóra n'avait-elle pas eu beaucoup de temps à consacrer à son fils. Elle décida de le sonder tranquillement le soir, quand Sóley serait couchée. Puis elle écarta ces pensées de son esprit, mit le dictaphone dans son sac à main et quitta son bureau.

Une surprise de taille l'attendait à la réception. Matthew était assis au bord du bureau de Bella, en grande conversation avec la secrétaire, qui rayonnait comme un soleil. Ils ne remarquèrent même pas la présence de Thóra et elle dut se racler la gorge pour attirer leur attention. Matthew se tourna vers elle.

« Oh, c'est vous. J'espérais que vous seriez retenue un peu plus longtemps. » Il lui adressa un sourire et un clin d'œil.

Thóra avait du mal à détacher son regard du visage

de Bella, complètement métamorphosé par un simple sourire. Elle avait presque l'air jolie.

« Bien, il faudrait qu'on y aille, non ? proposa-t-elle en attrapant son manteau. Heureuse de vous voir de si bonne humeur, Bella », ajouta-t-elle en souriant à la secrétaire.

La mine de Bella s'assombrit instantanément. Matthew était visiblement le seul bénéficiaire de son offensive de charme.

« Vous rentrez quand ? » aboya-t-elle d'un ton rogue.

Thóra tenta de ne pas avoir l'air déçue par sa réaction.

« Je ne pense pas repasser aujourd'hui, mais je vous appellerai s'il y a du changement.

— Ouais, comme vous voudrez », répliqua Bella avec mauvaise humeur, impliquant par son ton que Thóra avait l'habitude de ne pas tenir les gens au courant de ses activités, ce qui était absurde.

« Vous avez entendu ce que j'ai dit. » Elle ne pouvait pas laisser passer cette insolence sans la relever, même si le silence aurait été plus sage. « On y va, Matthew.

— Oui, chef », répondit Matthew avec un sourire à l'intention de Bella. Au grand dam de Thóra, cette dernière le lui rendit au centuple.

Lorsqu'ils se retrouvèrent dans la voiture, Thóra attacha sa ceinture de sécurité avant de se tourner vers Matthew.

« Vous savez conduire sur route verglacée ?

— C'est ce qu'on va voir », dit-il en quittant le parking. Devant l'air déconfit de Thóra, il précisa : « Ne vous inquiétez pas, je suis bon conducteur.

— Surtout, si la voiture se met à pivoter, ne pilez

pas comme un fou, expliqua Thóra, pas du tout convaincue que Matthew soit au courant.

— Vous préférez conduire, peut-être ?

— Non, merci. Je suis incapable de respecter la règle du "interdit de freiner" ; dès que ça se met à glisser, je colle le pied au plancher – même si je sais que j'ai tort. Je suis très limitée, en termes de conduite. »

Ils sortirent directement de la ville et Thóra réussit à attendre qu'ils soient dans la lande pour satisfaire sa curiosité au sujet de la conversation entre Matthew et Bella.

« De quoi vous parliez, tous les deux ?

— Tous les deux ? répéta Matthew, feignant l'innocence.

— Oui, vous et Bella, ma secrétaire. En temps normal, c'est une vraie grincheuse.

— Ah, elle. Nous parlions chevaux. Je voudrais tenter de monter, pendant que je suis là. On entend tellement parler des chevaux islandais. Elle me donnait quelques tuyaux.

— Qu'est-ce qu'elle y connaît ? demanda Thóra, médusée.

— Elle adore les chevaux, vous ne le saviez pas ?

— Eh bien non, je ne le savais pas. » Elle eut soudain un élan de pitié pour les chevaux qui devaient porter le poids de Bella. « Quel genre de chevaux elle a ? Des bêtes de trait ? »

Matthew quitta la route des yeux pour regarder Thóra.

« Vous êtes jalouse ? lança-t-il avec un petit air narquois.

— Vous avez bu ou quoi ? »

Ils progressèrent en silence dans le champ de lave, en direction du col. Thóra admirait le paysage par la vitre – elle aurait peut-être du mal à faire des adeptes, mais elle trouvait pour sa part que c'était l'un des plus beaux lieux d'Islande, surtout en été, quand la mousse rayonnait d'un vert étincelant. Les courbes douces autour d'eux étaient en contraste total avec la lave rugueuse et écharpée. À cette époque, la campagne était recouverte de neige et paraissait en deux dimensions. Il lui manquait la majesté de l'été. Pourtant le calme qu'elle irradiait plaisait à Thóra. Elle décida de rompre le silence.

« Vous ne trouvez pas que le paysage est beau ? »

Matthew détacha les yeux de la route pour contempler les alentours. Il n'y avait presque pas de circulation.

« Eh bien, commença-t-il en souriant pour signifier une trêve, c'est différent, je veux bien le reconnaître. Mais le premier mot qui me vient, c'est "morne". » Il pointa le doigt vers deux colonnes de fumée qui s'étiraient dans le ciel, devant eux. « Qu'est-ce que c'est que ça ? Une éruption ?

— Oh, c'est de la vapeur qui s'échappe des trous de sonde. Un peu plus loin se trouve une centrale géothermique, qui produit de l'électricité à partir de vapeur souterraine ramenée dans des tuyaux. Elle fournit aussi l'eau chaude pour chauffer les maisons de Reykjavík. »

Matthew hocha la tête, impressionné.

« Vous en avez de la chance : pas de pollution.

— Yep, acquiesça Thóra. De l'air frais, de l'eau fraîche. Pas mal.

— Puisqu'on discute hygiène, un coup de ménage ne ferait pas de mal à vos bureaux, suggéra Matthew.

— Oh, je vous en prie, nous sommes avocats, pas chirurgiens. Les bureaux sont bien assez propres comme ça. » Elle se tourna vers lui. « On ne fait pas franchement une super équipe, pour l'instant. On devrait peut-être changer de tactique. »

Il lui sourit de nouveau.

« Vous trouvez ? Moi je m'amuse comme un petit fou. Vous êtes bien plus divertissante que les gens que je fréquente d'habitude, dans le boulot. Rien que des vieux messieurs, et les rares femmes que je croise font tellement la tête qu'on dirait des sharpei, vous savez, les petits bouledogues tout ridés. »

Ce fut au tour de Thóra de sourire.

« En fait, vous n'êtes pas aussi terrible que Bella, je vous l'accorde. » Elle marqua une pause. « J'ai une question. Dans le dossier se trouvait une coupure de presse en allemand sur un jeune homme qui est mort en pratiquant ce truc d'asphyxie érotique. Pourquoi l'avoir mise là ?

— Ahhh... ce foutu truc. L'une des personnes mentionnées dans l'article était un bon ami d'Harald. Ils se sont rencontrés à la fac, à Munich, et ils devaient avoir les mêmes penchants téméraires, alors ils faisaient la paire dans leurs aventures scandaleuses. Je ne sais pas lequel des deux a initié l'autre à cette pratique singulière, mais Harald jurait que c'était son ami qui avait commencé. Il était présent lorsque ce jeune homme est mort, aussi a-t-il été interrogé par la police. Il s'est retrouvé dans de sales draps. J'ai assez honte de le dire, mais je pense qu'il a payé pour éviter les ennuis juridiques – vous avez remarqué, j'en suis sûr, le gros retrait d'argent que j'ai entouré sur son relevé et qui date de cette période ? » Thóra le lui confirma. « Je l'ai ajouté au dossier parce que Harald a été étranglé lui-même. C'est peut-être un détail important ? Qui sait ? Peut-être a-t-il connu la même mort que son ami, bien que ça semble peu probable. »

Ils se garèrent dans le parking à l'extérieur de l'enceinte de la prison de Litla-Hraun et se dirigèrent vers l'entrée des visiteurs. Un surveillant les accompagna jusqu'à une petite salle, au deuxième étage.

« On a pensé vous mettre ici. Vous y serez bien installés, c'est beaucoup plus accueillant que la salle d'interrogatoire, expliqua-t-il. Hugi est calme et ne devrait pas poser de problèmes. Il va arriver d'une minute à l'autre.

— Merci, c'est très bien », dit Thóra en entrant. Elle se percha sur l'accoudoir d'un canapé marron et Matthew vint s'asseoir tout près d'elle. Elle fut surprise par son choix, car il y avait pléthore de chaises.

Il leva les yeux vers elle.

« Si Hugi s'assied face à nous, il vaut mieux qu'on soit placés comme ça. Je veux pouvoir le regarder droit dans les yeux. » Il haussa les sourcils. « Et c'est tellement agréable d'être assis près de vous. »

Avant que Thóra ait pu répondre, la porte s'ouvrit de nouveau et Hugi Thórisson apparut. Un gardien l'accompagnait, la main posée sur son épaule. Le prisonnier avançait tête baissée, comme un aveugle qu'on aurait guidé dans la pièce. Il était menotté, mais il avait l'air tellement inoffensif que Thóra ne jugea pas cette précaution nécessaire. Lorsque le gardien prononça le nom d'Hugi, ce dernier releva la tête. Des deux mains, il écarta ses cheveux gras de son visage, et Thóra constata qu'il était très beau, complètement différent de l'image qu'elle s'en était faite. Elle trouvait difficile à croire qu'il ait vingt-cinq ans – dix-sept paraissait plus plausible. Il avait de grands yeux brun foncé et le trait le plus marquant de son visage était ses pommettes saillantes, accentuées par sa minceur. Si c'était lui qui avait assassiné Harald, il avait dû y mettre toutes ses forces. Il n'avait pas l'air capable de traîner un corps de quatre-vingt-cinq kilos sur plus de deux mètres.

« Tu vas bien te tenir, pas vrai ? » lui demanda le gardien sur un ton amical. Hugi fit oui de la tête, et l'homme lui souleva les poignets pour détacher les menottes. Puis il posa de nouveau la main sur son épaule et le guida jusqu'à la chaise située juste en face de Thóra et Matthew. Le jeune homme s'assit, ou plutôt s'affala. Il prit soin de ne pas regarder ses deux visiteurs dans les yeux et détourna la tête pour fixer le sol au pied de sa chaise.

« Nous sommes dans la pièce à côté, si vous avez besoin de nous. Il ne devrait pas vous causer d'ennuis, annonça le gardien à l'intention de Thóra.

— Parfait. Nous ne le garderons que le temps nécessaire. » Elle consulta sa montre. « Nous devrions avoir terminé d'ici midi. »

L'homme sortit en fermant la porte derrière lui, et la pièce tomba dans le silence, rythmé par le grattement léger des ongles d'Hugi sur le genou de son treillis. Il n'avait toujours pas adressé un regard à Thóra et Matthew.

À l'évidence, les détenus étaient autorisés à garder leurs vêtements – contrairement à l'usage dans les prisons américaines, comme Thóra l'avait constaté à la télévision et au cinéma, où on les voyait se balader dans des combinaisons qu'on aurait dites taillées dans de l'écorce d'orange. Le jeune homme ne semblait pas décidé à lever les yeux du sol.

« Hugi », l'appela Thóra de sa voix la plus douce. Elle poursuivit en islandais, pensant qu'il serait idiot de commencer l'entrevue en anglais. Ils découvriraient plus tard si c'était possible. Ils ne pouvaient se permettre de s'enliser dès le début dans des problèmes de langue ; si Hugi ne parlait pas un anglais correct, alors Thóra devrait mener l'interrogatoire seule. « J'imagine que tu sais qui nous sommes. Je m'appelle Thóra Gudmundsdóttir et je suis avocate, et voici Matthew Reich, qui vient d'Allemagne. Nous sommes ici en rapport avec le meurtre d'Harald Guntlieb, sur lequel nous menons l'enquête, indépendamment de la police. »

Aucune réaction.

Thóra poursuivit : « Nous voulions te voir car nous ne sommes pas convaincus que tu aies joué un rôle dans ce meurtre. » Elle inspira profondément pour donner plus de poids à ce qu'elle allait dire. « Nous recherchons l'assassin d'Harald et nous pensons qu'il est très probable que ce ne soit pas toi, aussi est-il dans ton intérêt de nous aider. »

Hugi leva les yeux vers Thóra.

Voyant qu'il n'ouvrait pas la bouche et ne montrait aucun désir de s'exprimer, elle reprit : « Tu comprends sans doute que, si nous arrivons à prouver que quelqu'un d'autre que toi a tué Harald, alors tu seras plus ou moins tiré d'affaire.

— Je l'ai pas tué, protesta Hugi d'une petite voix. Personne ne veut me croire, mais je ne l'ai pas tué.

— Hugi, Matthew qui est ici vient d'Allemagne. Il s'y connaît très bien, en termes d'enquêtes, mais il ne parle pas islandais. Tu te sens capable de parler anglais avec nous, afin qu'il puisse suivre ? Dans le cas contraire, pas de problème. Nous voulons que tu comprennes bien nos questions et que tu sois capable d'y répondre sans barrière de la langue.

— Je parle anglais, marmonna-t-il.

— Bien. Si tu ne comprends pas quelque chose ou que tu as du mal à répondre, alors nous pourrons repasser à l'islandais. »

Thóra se tourna vers Matthew et l'informa du changement linguistique. Sans hésiter, il se pencha en avant et prit les commandes.

« Hugi, tu pourrais commencer par te redresser et nous regarder bien en face. Débarrasse-toi de cette voix geignarde et comporte-toi comme un homme, au moins pendant le peu de temps où nous sommes ici. »

Thóra poussa un soupir : quelles conneries de macho ! Elle s'attendait presque à ce que le jeune homme se lève, explose en pleurs et demande à sortir, ce qu'ils seraient bien forcés d'accepter, puisqu'il les rencontrait de son propre gré. Mais elle n'eut aucune chance d'intervenir, car Matthew était lancé.

« Tu as de gros ennuis, pas besoin de te le répéter. En fait, tu es assis en ce moment en face de ton seul espoir de te sortir de ce cauchemar, c'est pourquoi tu devrais faire tout ton possible pour nous aider et nous répondre franchement. Dans ta situation, il est facile de s'apitoyer sur son sort, alors il est nécessaire que tu te comportes en adulte, et non en gamin. Fais ce que je te dis, redresse-toi, regarde-moi dans les yeux et réponds à nos questions avec conscience. Tu te sentiras mieux, si tu te conduis comme un homme. Essaie, pour voir. »

Éberluée, Thóra vit Hugi obéir aux conseils de Matthew. Il abandonna la position fœtale et fit de son mieux pour prendre un air viril. Son allure d'adolescent ne lui facilitait pas la tâche, mais la transformation était bien réelle. Lorsqu'il prit la parole, ce fut d'une voix plus grave et plus mûre.

« C'est difficile pour moi de vous regarder tout le temps en face. Je suis sous traitement, et ça me brouille la concentration. » Thóra l'aurait deviné en regardant ses yeux; ils papillotaient derrière un voile vitreux caractéristique de la prise de tranquillisants. « Mais je vais essayer de répondre à vos questions.

— Comment vous êtes-vous rencontrés, avec Harald? demanda Thóra.

— En faisant la fête, en ville. Je lui ai parlé et j'ai trouvé que c'était un mec marrant. Juste après je l'ai présenté à Dóri.

— Qui est Dóri?

— Halldór Kristinsson. Il est étudiant en médecine, répondit Hugi, avec une petite pointe de fierté dans la voix. On est amis depuis qu'on est tout petits. On était voisins, à Grafavogur. Il est incroyablement intelligent, mais pas le genre qui donne des leçons. Et il est toujours prêt à faire la fête. »

Thóra prit quelques notes à la hâte; elle avait mis son dictaphone en route, mais elle avait toujours peur que l'enregistrement ne fonctionne pas correctement. Halldór était le jeune homme qui avait manqué la fête à laquelle se trouvait Harald, le soir du meurtre – et qui avait décidé d'attendre les autres dans le bar du centre-ville.

« Vous étiez bons amis, Harald et toi ? »

Hugi haussa les épaules.

« Ouais. Mais pas aussi proches qu'il l'était de Dóri. Parfois je disais à Harald... » Hugi s'interrompit brusquement au milieu de sa phrase, l'air inquiet.

« En ce moment on s'en fiche complètement, de tes petits trafics. Continue », ordonna Matthew d'un ton cassant.

La pomme d'Adam d'Hugi remonta lorsqu'il déglutit avec peine, puis il reprit son récit.

« OK. Parfois, il disait que j'étais son meilleur ami, mais c'était pour rigoler, quand il voulait que je lui ramène de la dope. Mais c'était un gars marrant, complètement différent des autres que je connais.

— Comment ça ? demanda Thóra.

— Déjà, il roulait sur l'or et ça le dérangeait jamais de régler l'addition quand on allait boire un coup, des trucs comme ça. Et puis il avait ce super appartement, et sa voiture de folie. » Il réfléchit quelques instants. « Mais c'était pas tellement ça. Il était surtout beaucoup plus cool que la plupart des gens. Il avait peur de rien, il trouvait toujours des trucs dingues à faire et il arrivait à entraîner tout le monde derrière lui. Et puis il était méga cool, avec tous ces trucs sur le corps – aucun de nous osait essayer de l'imiter. Pas même Dóri, même s'il voulait vraiment. Il disait que ça ruinerait sa carrière en médecine, et il regrettait déjà le petit tatouage qu'il s'était fait faire sur le bras. Mais Harald s'en foutait complètement, de l'avenir.

— Et il se trouve qu'il n'en avait pas, glissa Matthew. Qu'est-ce que vous faisiez, de quoi vous parliez ?

— Je me rappelle pas.

— Est-ce qu'il lui arrivait de discuter de ses études, ou de sorcières brûlées vives sur le bûcher ? tenta Thóra avec une pointe d'espoir.

— La sorcellerie, ricana Hugi. Au début, ils avaient que ça à la bouche, tous. Quand j'ai commencé à traîner avec eux, Harald m'a invité à rejoindre leur société de sorcellerie. »

Matthew sauta sur l'occasion.

« Comment ça ? Quelle société de sorcellerie ?

— Malleus quelque chose. C'était censé être une société pour les gens qui s'intéressaient à la chasse aux sorcières et à l'histoire. » Il évita le regard de Thóra, rougit légèrement et se tourna vers Matthew. « Mais en fait c'était carrément différent. C'était pas Harry Potter, vous pouvez me croire. Il y avait quatre principes : le sexe, la magie noire, la drogue, et encore le sexe. » Il sourit. « C'est pour ça que j'aimais bien sortir avec eux. Je m'en fichais complètement, de la sorcellerie ou de l'histoire, ou de ces symboles magiques et des incantations qu'ils faisaient. Tout ce que je voulais, c'était m'amuser. Les nanas étaient mignonnes. » Hugi perdit le fil pendant un moment – sans doute se remémorait-il une aventure avec ces « nanas mignonnes ». « Mais dans leurs histoires de sorcellerie, il y en avait des démentes. Je me rappelle celle où ils avaient mis une femme enceinte sur le bûcher, et elle avait accouché dans les flammes. Les prêtres avaient sorti le bébé vivant, mais ensuite ils avaient décidé qu'il était sûrement infecté par la magie de la mère, alors ils l'avaient rejeté dans le feu. Harald affirmait que c'était la pure vérité. »

Thóra fit une grimace pour ramener Hugi à la réalité.

« Qui était membre de cette société ? Comment s'appelaient les "nanas mignonnes" ?

— C'était Harald le chef, puis Dóri, qui était son bras droit ; il y avait moi, Bríet, qui était en histoire à la fac – c'était la seule vraiment intéressée par le truc –, et puis Brjánsi, ou Brjánn, qui était en histoire aussi ; Andri, qui était en chimie ; et Marta Mist, en socio de la différence sexuelle. Elle était affreuse, toujours à se lamenter sur l'injustice faite aux femmes. Parfois elle nous ruinait tout le fun, à râler comme ça. Harald se foutait de sa gueule, il l'appelait Nebel, et ça lui tapait sur les nerfs, à elle. *Nebel,* c'est le mot allemand pour dire "brouillard", comme *mist* en anglais, vous captez ? » Thóra lui fit comprendre que oui, et Matthew ne cilla pas. « C'était le cœur du groupe, parfois des nouveaux membres se joignaient à nous, mais on était les seuls à tenir la distance. Je suivais pas de très près ce qu'ils faisaient – mais comme j'ai dit, ça avait toujours un rapport avec la magie noire, et avec tout ce qui s'ensuit.

— Tu dis que Dóri était son bras droit – qu'est-ce que tu entends par là ? demanda Thóra.

— Ces deux-là préparaient toujours des coups. Je crois que Dóri aidait Harald pour des traductions, des trucs de ce genre. Et c'était évident que ce serait Dóri qui reprendrait les rênes quand Harald rentrerait en Allemagne. Dóri était ravi ; il était fou d'Harald.

— Est-ce que Dóri est homo ? » demanda Matthew.

Hugi secoua la tête.

« Nan, pas du tout. Il était juste ébloui, vous voyez ce que je veux dire. Il vient d'une famille pauvre, comme moi en fait. Harald lui balançait tout ce fric, il lui faisait des cadeaux chers et des compliments, alors Dóri l'avait en adoration. Et ça plaisait à Harald, ça se voyait. En fait, il était pas toujours sympa avec Dóri ; parfois, il l'humiliait devant nous. Mais il s'arrangeait toujours pour se rattraper, pour que Dóri ne le lâche pas. C'était plutôt spécial, comme relation.

— Tu dis que Dóri est ton ami d'enfance. Quel effet ça te faisait, de le voir tellement en admiration devant Harald ? Tu n'étais pas jaloux ? » voulut savoir Thóra.

Hugi lâcha un sourire.

« Non, pas du tout. On est restés amis. La présence d'Harald en Islande n'était que temporaire, et je savais que ça passerait. Pour tout dire, je trouvais ça assez marrant de voir Dóri dans le rôle de l'admirateur. Jusque-là, c'était toujours moi qui m'extasiais devant lui ; ça faisait un drôle de changement, de le voir prendre mon rôle, vous voyez. Même si Dóri ne m'a jamais traité comme Harald le traitait : il a jamais été si gentil, ni jamais aussi vache. » Soudain, l'angoisse apparut sur le visage d'Hugi. « Je ne l'ai pas tué pour récupérer mon ami. C'était pas comme ça.

— Peut-être que non, consentit Matthew. Mais dis-moi une chose : si tu ne l'as pas tué, qui l'a fait ? Tu dois bien avoir des hypothèses. Tu sais bien que ce n'était pas un suicide ou un accident. »

Hugi baissa de nouveau les yeux au sol.

« Je sais pas. Si je le savais, je le dirais. Ça me plaît pas, d'être ici.

— Est-ce que tu penses que c'est ton ami Dóri qui l'a tué ? insista Thóra. Est-ce que c'est lui que tu couvres ? »

Hugi secoua la tête.

« Dóri n'aurait jamais tué personne. Surtout pas Harald. Je vous ai dit qu'il était en adoration devant lui.

— Oui, mais tu as aussi dit qu'Harald se montrait mesquin avec lui, qu'il l'humiliait devant les autres. Peut-être qu'il a eu un accès de rage. Ça arrive. »

Hugi releva les yeux ; son expression était beaucoup plus ferme.

« Non. Dóri n'est pas comme ça. Il fait des études pour être médecin. Il veut aider les gens à vivre, pas les tuer.

— Hugi, je suis désolé d'avoir à ruiner tes illusions, mais les médecins tuent des gens depuis des siècles. Toutes les professions ont leurs brebis galeuses, dit Matthew d'un air sarcastique. Mais si ce n'est pas Dóri, alors qui est-ce ?

— Peut-être Marta Mist », marmonna Hugi sans trop de conviction. À l'évidence, ces deux-là n'étaient pas les meilleurs amis du monde. « Peut-être qu'Harad l'a appelée Nebel une fois de trop.

— Marta Mist, oui, acquiesça Matthew. Excellente hypothèse, si ce n'est qu'elle a un alibi en béton armé. Comme tout le monde dans votre charmante petite assemblée de sorcières. Sauf peut-être Dóri. C'est lui qui a l'alibi le plus fragile. Il est tout à fait plausible qu'il se soit absenté en douce du bar, qu'il ait tué Harald et qu'il soit revenu sans que personne s'en rende compte.

— En retrouvant la même place ? Un samedi soir à Kaffibrennslan ? Je crois pas, non, persifla Hugi.

— Personne d'autre ne te vient à l'esprit ? » insista Thóra.

Hugi gonfla les joues et souffla.

« Peut-être quelqu'un de la fac, je sais pas. Ou d'Allemagne. » Il prit soin de ne pas regarder Matthew en formulant cette hypothèse, comme s'il s'attendait à une réaction chauvine de sa part. « Je sais qu'Harald fêtait quelque chose, ce soir-là. Il me l'a dit, il voulait m'acheter de la dope pour marquer une occasion ou un truc particulier.

— Quel genre de "truc" ? lança Matthew d'un ton sec. Tu dois te montrer plus clair. Qu'est-ce qu'il a dit exactement ? »

Hugi prit un air outragé.

« Exactement ? Je m'en souviens pas, mais ça avait un lien avec quelque chose qu'il avait fini par trouver. Il a hurlé un truc en allemand, en dressant le poing. Ensuite il m'a pris dans ses bras et il m'a serré archi-fort et il a dit qu'il fallait que je lui trouve des ecstas parce qu'il était de très bonne humeur et qu'il voulait s'éclater comme un dingue.

— C'est à ce moment-là que vous êtes partis de la fête ? demanda Thóra. Après qu'il t'a serré et demandé des ecstas ?

— Ouais, pas longtemps après. J'étais complètement out, j'avais beaucoup trop bu et j'avais pris du speed pour essayer de dessaouler, mais ça avait pas marché, parce que j'avais vraiment trop bu. Bref, on a pris un taxi jusque chez moi et tout ce que je me rappelle, c'est que j'arrivais pas à trouver mes ecstas. Mais j'étais tellement laminé que j'aurais pas su retrouver le lait dans le frigo. Harald était carrément furax contre moi, il a dit que c'était une putain de perte de temps. Après j'ai la tête qui s'est mise à tourner d'un seul coup et je me suis allongé sur le canapé.

— Tu dis que tu ne lui as pas donné d'ecstasy ? l'interrompit Thóra.

— Je les ai pas trouvés. J'étais complètement stone, je vous ai dit. »

Thóra jeta un regard à Matthew, sans dire un mot. L'autopsie avait établi que la substance active de l'ecstasy avait été découverte dans le sang d'Harald, aussi avait-il dû s'en procurer, à un moment ou à un autre.

« Est-ce qu'il a pu en prendre plus tôt ce soir-là ? Ou en trouver chez toi, quand tu t'es évanoui ?

— Il en avait pas pris à la fête, j'en suis certain. Je connais les effets, et il était pas dans cet état-là. Et c'est impossible qu'il en ait pris chez moi, parce que la police les a retrouvés dans le placard de la cave, quand ils ont fouillé mon appart. Je les avais planqués là, et j'avais la clef dans ma poche. Harald a pas pu regarder dans ce placard ; je suis même pas sûr qu'il savait qu'il existait. Peut-être qu'il est rentré chez lui pour aller en chercher. Je sais qu'il en avait un peu, même si c'était pas de la bonne. Pourquoi ça vous intéresse tellement ?

— Tu es sûr qu'Harald n'a pas fouillé dans tes poches et qu'il n'y a pas trouvé la clef ? Il est possible que tu ne t'en souviennes pas maintenant, mais sur le coup tu as pu lui donner l'information, suggéra Matthew. Essaie de te rappeler. Tu étais allongé sur le canapé avec la tête qui tournait, et ensuite ? »

Hugi ferma les yeux très fort et fit son possible pour se remémorer l'incident. Soudain, il rouvrit les yeux et les dévisagea, l'air ébahi.

« Oui, je me souviens. Moi j'ai rien dit, mais Harald m'a parlé. Il s'est penché pour me murmurer un truc. Je me rappelle que je voulais vraiment lui répondre et lui demander de m'attendre, mais je pouvais pas.

— Quoi ? Qu'est-ce qu'il a dit ? » s'impatienta Matthew.

Hugi n'avait pas l'air sûr de lui.

« C'est peut-être des conneries, mais je crois qu'il a dit : *Fais de beaux rêves. On fêtera ça plus tard. Je suis venu en Islande chercher l'enfer, et tu devineras jamais : je l'ai trouvé.* »

14

« Arrête de faire le con. » Marta Mist arrondit les lèvres et souffla un long ruban de fumée. Elle fit tomber la cendre de sa cigarette à moitié consumée, puis l'écrasa. « Tu ne fais qu'aggraver les choses, alors arrête de te raconter que tu rends service à qui que ce soit. » Elle plissa ses yeux verts en amande et dévisagea le jeune homme assis, ou plutôt affalé sur une chaise, de l'autre côté de la table. Il lui renvoya un regard noir, mais se tut. Marta Mist se redressa et passa sa main fine dans sa chevelure rousse et bouclée. « Allez, arrête de me regarder comme ça. C'est toi qui nous as entraînés là-dedans, alors imagine pas que tu vas pouvoir te transformer tout à coup en citoyen modèle, avec tout ça sur la conscience. » Elle chercha du regard le soutien de son amie assise à côté d'elle. La jeune fille blonde se contenta de hocher la tête, les yeux écarquillés. Elle avait les cheveux coupés en brosse et un air androgyne, pourtant il était impossible de la confondre avec un garçon – bien que menue, elle était plantureuse. De dos, elle avait l'air d'un enfant, assise à côté de la svelte Marta Mist, qui avait des choses à dire. « C'est des conneries typiques de mâle, ça me file la gerbe. Toujours à se dégonfler dans les situations critiques. » Elle se recula sur sa chaise, satisfaite. Son amie, qui n'osait les regarder ni l'un ni l'autre, se concentrait sur sa boisson gazeuse.

« Bon Dieu, riposta Dóri en faisant mine de s'enfoncer le doigt dans la gorge, si on laissait tomber ces putain de clichés, pour une fois ? » La contrariété lui déformait les traits et, quand il leva les yeux vers Marta Mist, il retroussa instinctivement la lèvre supérieure, révélant ses dents blanches. Il détourna le regard et tira sur sa cigarette. Lorsqu'il souffla la fumée, sa colère commençait à se dissiper et il ajouta, sur un ton légèrement plus calme : « Tu devrais être contente, si je vais à la police. Tu ne crois pas que les prisons pour femmes, ce serait l'utopie suprême ? Rien que des femmes, partout. » Il lui lança un sourire sarcastique.

Marta Mist lui rendit la monnaie de sa pièce.

« Alors on pourra s'appeler, pour échanger nos expériences. Toi aussi tu serais populaire en prison, mon chou, un joli petit gars comme toi. » Elle lui rendit son vilain rictus.

« Oh, arrêtez un peu », finit par intervenir Bríet. Les deux autres la dévisagèrent, muets de surprise, et elle se remit à fixer son verre en rougissant. La tête baissée, elle murmura : « Je n'ai aucune envie d'aller dans une prison pour femmes, et je ne veux pas que vous y alliez non plus. » Elle releva la tête et fixa Dóri dans les yeux. « Je suis morte de peur. »

Dóri lui adressa un sourire sincère. Il l'aimait bien, il s'était même rendu compte qu'il avait un vrai béguin pour elle – même s'il n'avait toujours pas réussi à déterminer si cette attirance était purement sexuelle ou non.

« Personne n'ira en prison, la rassura-t-il en se tournant vers Marta Mist. Regarde ce que tu as fait, tu as foutu la trouille à Bríet, avec toutes tes conneries. »

Marta Mist fit semblant d'être choquée.

« Moi ? Allô ! C'est toi qui t'es mis à parler de prison, je te signale – pas moi. » Elle jeta un regard à Bríet, leva les yeux au ciel et se mit à grogner : « Elle venait de qui, cette brillante idée de se retrouver ici ? »

Ils se trouvaient à l'Hôtel 101, sur Hverfisgata, dans le salon avec cheminée, devant le bar fumeurs. Harald et ses amis avaient l'habitude de fréquenter les lieux, quand il dirigeait leur étrange petit groupe. Sans lui, le bar semblait perdre tout son charme.

Dóri baissa la tête et se mit à la secouer, confus.

« Mon Dieu, Marta. Je craque, là. On peut pas se parler en amis ? Je pensais que tu pourrais m'aider. Je trouve terrible qu'Hugi se retrouve enfermé. Tu dois bien comprendre ça. » Il releva la tête mais évita son regard, et tendit la main vers le paquet de cigarettes posé au milieu de la table. « Et ce serpent me rend dingue. Elles auront lieu quand, ces putain d'obsèques ? »

Bríet lança un regard anxieux à Marta Mist, dans l'espoir évident que son amie changerait de stratégie. Son souhait fut exaucé. Marta Mist poussa un profond soupir, mais abandonna l'attitude hautaine qui était la sienne depuis qu'elles étaient arrivées là, un quart d'heure plus tôt.

« Oh, Dóri. » Elle se pencha en travers de la table et saisit le menton du jeune homme, afin de le forcer à la regarder dans les yeux. « On est amis, pas vrai ? » Il hocha la tête d'un air penaud. « Alors écoute-moi. Si tu te mêles de cette histoire, ça ne rendra pas service à Hugi. » Voyant qu'il la fixait, elle poursuivit : « Réfléchis un peu. Tu as beau t'inquiéter, tu ne peux rien faire pour arranger sa situation. Tout ce que tu réussiras, c'est à nous impliquer tous. C'est arrivé bien après sa mort. Ça n'intéressera pas la police. Tout ce qu'ils veulent savoir, c'est ce qui concerne le moment de sa mort. Rien d'autre. » Elle lui sourit. « Les obsèques ne vont plus tarder, et après tu seras tiré d'affaire. » Dóri baissa les yeux, et elle dut lui relever la tête pour le forcer une nouvelle fois à la regarder. « Je ne l'ai pas tué, Dóri. Je ne vais pas me sacrifier sur l'autel de ton sentiment de culpabilité. Aller trouver la police est la pire idée que tu aies eue de ta vie. Dès que tu parleras d'herbe et que tu diras que tu étais défoncé, on sera grave dans la merde. Pigé ? »

Dóri planta son regard dans celui de Marta Mist et hocha la tête.

« Mais peut-être que... »

Marta Mist ne lui laissa pas la moindre chance de finir sa phrase.

« Pas de "mais" ou de "peut-être". Écoute-moi, maintenant. Tu es un type intelligent, Dóri. Tu crois que la fac de médecine t'accueillerait à bras ouverts, si on apprenait que tu fumes de l'herbe, même si ça n'allait pas au-delà de ça ? » Elle secoua la tête et se tourna vers Bríet, qui observait leur échange d'un air fasciné, comme toujours prête à abonder dans le sens du dernier à avoir parlé. Marta Mist se concentra de nouveau sur Dóri et énonça lentement : « Ne fais pas de bêtise. Je te l'ai dit, tout ce qui intéresse les flics, c'est qui a tué Harald. Rien d'autre. » Elle prononça les derniers mots avec emphase, puis les répéta, pour bien marquer le coup. « Rien d'autre. »

Dóri était comme en transe. Il planta une nouvelle fois son regard dans les yeux verts qui le fixaient sans ciller, sous les piercings de ses sourcils. Puis il hocha timidement la tête – c'est tout ce qu'il réussit à faire, avec le menton toujours fermement maintenu dans la paume de Marta Mist. Il se dit soudain que c'était exactement pour cette raison qu'il leur avait parlé d'aller à la police : parce qu'il savait que Marta Mist saurait l'en dissuader. Il écarta donc l'idée.

« OK, OK.

— Génial », marmonna Bríet, en souriant à Dóri. Visiblement soulagée, elle serra le bras de Marta Mist d'un air réjoui. L'intéressée n'eut même pas l'air de s'en rendre compte – son attention était tout entière concentrée sur Dóri, dont elle ne lâchait toujours pas le menton.

« Quelle heure il est ? » demanda-t-elle sans desserrer son emprise.

Bríet s'empressa de récupérer son portable rose dans son sac, accroché au dossier de sa chaise. Après avoir tapé son code PIN, elle annonça : « Presque 13 h 30.

— Tu fais quoi, ce soir ? » demanda Marta Mist à Dóri. Sa voix ne trahissait aucune suggestion, contrairement à son regard.

« Rien, répondit-il sèchement.

— Viens me voir – je n'ai pas de projets non plus. Ça fait longtemps qu'on ne s'est pas vus au calme, et je sens que tu as besoin d'un peu de compagnie. » Elle fit durer le dernier mot.

Bríet s'agita sur sa chaise.

« On devrait peut-être aller voir un film ? » Elle

dévisagea Marta Mist, attendant sa réponse, mais cette dernière l'ignora. Bríet sentit qu'on lui écrasait le pied et elle aperçut sous la table la botte de Marta Mist qui recouvrait complètement sa jolie petite chaussure. Elle rougit en comprenant que sa présence n'était pas au programme des festivités.

« Tu veux aller voir un film ? demanda Marta Mist à Dóri. Ou est-ce que tu as envie de passer chez moi, pour quelque chose de plus intime ? » Elle se recula sur sa chaise.

Dóri hocha la tête.

Marta Mist sourit.

« C'est pas une réponse.

— Je passe chez toi. » Il avait la voix rauque et traînante. Aucun d'eux trois n'avait le moindre doute sur le déroulement de la soirée.

« Je meurs déjà d'impatience. » Marta relâcha le menton de Dóri et claqua des mains. Elle fit signe à un serveur qui passait et demanda l'addition. Dóri et Bríet ne dirent mot. Elle était un peu offensée, et elle n'avait rien à ajouter. Quant à lui, il sortit un billet de mille couronnes de sa poche, le posa sur la table et se leva.

« Je suis en retard pour les cours. À plus. »

Tandis qu'il s'éloignait, elles se retournèrent toutes les deux pour le regarder sortir. Quand il eut disparu, Marta se tourna vers Bríet.

« Il a un sacré beau cul, ce mec. On devrait le laisser partir le premier plus souvent. »

Elle contempla son amie, qui la dévisageait d'un air blessé.

« Pour l'amour du ciel. Arrête de bouder. Il est à la ramasse, en ce moment. L'enjeu est trop gros. »

Elle donna à Bríet une tape sur le bras. « Il t'aime bien, ça ne change rien. »

Bríet eut un petit sourire forcé.

« Non, peut-être bien. Mais j'ai eu l'impression qu'il était bien centré sur toi, là.

— Allez. Ça n'a rien à voir avec le fait de bien aimer quelqu'un. C'est toi que tout le monde aime bien. Moi, je – eh bien, je suis bonne au pieu. » Elle se leva et lança à Bríet un regard froid. « Tu sais quoi ? » Pas de réponse. « Je vis dans l'instant présent. Tu pourrais essayer, pour voir. Arrête d'attendre qu'on vienne te sauver – profite de la vie. »

Bríet fouilla son sac à la recherche de son porte-monnaie. Il n'y avait rien à répondre à ça. Elle avait participé à toutes sortes d'aventures, avec cette bande – rien que d'y penser, le rouge lui montait aux joues. Est-ce que ce n'était pas profiter de la vie, ça ? Est-ce qu'elle avait jamais demandé qu'on vienne la sauver ? Quelles conneries ! En sortant de l'hôtel, elle se consola en pensant que c'était après elle que couraient les garçons. Pas après Marta. Mais la situation était bien trop délicate pour lancer la compétition sur le thème de la féminité. Marta Mist se comportait comme un Harald femelle. Elle avait le contrôle sur Dóri. Bríet ne voulait pas aller en prison. Non merci – au diable Dóri. Elle pourrait toujours l'avoir plus tard. Bríet redressa les épaules pour exhiber sa poitrine. Et tandis qu'elles approchaient de la porte, elle savoura le regard insistant de trois types en costume assis près de la fenêtre – c'était elle qu'ils regardaient, pas Marta. Elle sourit pour elle-même. Les petits triomphes étaient souvent les plus doux.

15

« Rien », conclut Thóra en relevant le nez de son ordinateur, frustrée. Après leur visite à Hugi, Matthew et elle étaient revenus au cabinet, pour voir si le mystérieux Mal avait répondu au mail de Thóra.

Matthew haussa les épaules.

« Qui sait ? Vous n'aurez peut-être jamais de réponse. »

Thóra refusait de baisser les bras aussi facilement.

« Harald détient peut-être des informations sur lui dans son ordinateur. »

Matthew haussa les sourcils.

« Vous gardez des informations sur vos amis dans votre ordinateur, vous ?

— Oh, vous voyez bien ce que je veux dire, un répertoire de contacts.

— Oui, je vois exactement ce que vous voulez dire, répondit Matthew en haussant une nouvelle fois les épaules. Peut-être Harald en avait-il un. On ne sait jamais. »

Thóra replaça son écran dans sa position normale.

« Pourquoi vous ne passeriez pas un petit coup de fil à la police, au sujet de l'ordinateur d'Harald ? »

Elle consulta l'heure sur l'écran. « Il est à peine plus de 2 heures, les bureaux sont ouverts. »

La lettre de réquisition des documents du dossier n'était plus dans le panier de Bella le matin, tout suggérait donc qu'elle avait été postée la veille. Elle était même probablement arrivée, ce qui ne signifiait pas pour autant qu'elle avait été traitée. Il aurait été plus sensé de patienter un jour ou deux, afin de pouvoir appeler pour l'ordinateur et les documents en une seule fois. Mais la curiosité de Thóra l'emporta sur son bon sens. Elle ne voyait pas quoi faire d'autre, en pareille situation. Dans le répertoire de sa messagerie, elle avait déjà réussi à repérer les numéros de portable des amis d'Harald : Marta Mist, Bríet et Brjánn. Tous avaient refusé de lui parler – Bríet avait même frôlé l'hystérie – et avaient souligné qu'ils avaient déjà fait une déposition auprès de la police. Aussi Matthew et Thóra avaient-ils peu de matière, pour le moment.

« Appelez », insista-t-elle.

Matthew finit par céder et on lui apprit qu'ils pouvaient venir chercher l'ordinateur dans les locaux de la police. Un agent du nom de Markús Helgason les attendrait sur place.

Au commissariat, Markús accueillit Thóra dans sa langue, puis s'adressa à Matthew en anglais, avec un fort accent islandais.

« Nous nous sommes rencontrés deux fois. La première, quand nous avons fouillé l'appartement ; la seconde, quand vous êtes venu voir mon supérieur, Árni Bjarnason. » Le policier eut un sourire maladroit. « On ne peut pas dire qu'il ait franchement accroché, c'est la raison pour laquelle on m'a envoyé, cette fois-ci. J'espère que vous n'y voyez pas d'inconvénient. »

C'était un jeune homme, dans un uniforme de police réglementaire : chemise bleue et pantalon noir. Il était plutôt petit ; il avait dû rejoindre le métier après que la taille minimale obligatoire avait été abolie. Il avait une apparence tout à fait ordinaire, n'était ni beau ni laid, blond avec des yeux gris sans charme particulier. Lorsqu'il sourit en leur serrant la main, l'impression de Thóra à son sujet changea du tout au tout. Il avait de splendides dents blanches et elle espéra intérieurement qu'il avait très souvent des raisons de sourire.

Matthew et elle lui assurèrent qu'ils ne voyaient aucun inconvénient à ne pas rencontrer son patron, et le jeune policier poursuivit d'un ton jovial : « J'aimerais avoir une petite discussion avec vous. D'après ce que nous avons compris, vous enquêtez sur les circonstances du meurtre, et puisque notre propre enquête n'est pas officiellement close, il serait normal que nous en parlions un peu. » Il hésita, embarrassé. « On est en train d'emballer l'ordinateur, avec d'autres preuves que nous sommes supposés rendre. Donc vous devrez attendre un peu, de toute manière. Nous pouvons aller dans mon bureau. »

Thóra lança un regard de côté à Matthew, qui haussa les épaules pour indiquer qu'il n'avait rien contre. Elle savait que cette histoire d'emballage d'ordinateur n'était qu'un prétexte – un manchot aurait bouclé l'affaire en moins de trois minutes.

Mais elle décida de sourire et de jouer le jeu. Markús les guida jusqu'à son bureau.

Il n'y avait aucun article personnel dans la pièce, hormis un mug aux couleurs de Manchester United. Markús invita ses visiteurs à s'asseoir et attendit qu'ils soient confortablement installés pour prendre place lui-même. Ce faisant, personne ne dit mot, et le silence devint rapidement embarrassant.

« Voilà, parfait », lança le policier en forçant son enthousiasme. Thóra et Matthew se contentèrent de sourire. Elle voulait que Matthew parle en premier et, à en juger par ses lèvres pincées, il en attendait autant d'elle. Le policier alla droit au but. « Nous avons appris que vous vous étiez rendus à la prison, ce matin, pour rencontrer Hugi Thórisson.

— C'est exact, répondit Thóra d'un ton sec.

— Très bien, poursuivit Markús. Qu'est-il ressorti de l'entretien ? » Il les regarda à tour de rôle, attendant visiblement une réponse. « Vous avez opté pour une drôle de position, en prétendant représenter la famille de la victime et en assistant du même coup le principal suspect – car c'est ce que vous avez fait ce matin, si j'ai bien compris. »

Thóra se tourna vers Matthew qui, d'un geste de la main, lui signifia qu'elle devait répondre.

« Disons simplement que la situation est étrange et peu conventionnelle, et que nous nous fondons là-dessus. Mais il est évident que nous travaillons toujours pour la famille d'Harald ; il se trouve que les intérêts d'Hugi Thórisson coïncident avec les leurs. » Elle marqua une courte pause pour laisser la possibilité au policier de protester, mais il n'en fit rien. « Nous ne sommes pas du tout convaincus de sa culpabilité. Et notre discussion de ce matin n'a fait que renforcer cette impression. »

Markús haussa les sourcils.

« Je dois admettre que je ne comprends pas d'où vous tirez cette certitude. Tous les éléments de notre enquête pointent dans la direction opposée.

— Notre sentiment, c'est qu'il reste beaucoup de questions sans réponse. C'est notre raison majeure », répondit Thóra.

Le policier hocha la tête, paraissant acquiescer.

« C'est tout à fait exact, mais comme je l'ai dit, notre enquête n'est pas close. Et je serais surpris que de nouveaux éléments viennent contredire la piste d'Hugi Thórisson comme meurtrier d'Harald. » Il fit le décompte sur ses doigts. « Premièrement, il se trouvait avec la victime juste avant le meurtre. Deuxièmement, le sang d'Harald a été retrouvé sur les vêtements qu'il portait ce soir-là. Troisièmement, nous avons découvert un T-shirt, caché dans son armoire, qui a servi à éponger une quantité considérable de sang – provenant lui aussi de la victime. Quatrièmement, il était membre du culte de magie noire de la victime, aussi était-il familier des symboles magiques gravés sur le corps. Et cinquièmement, il était assez défoncé pour être capable de prélever les yeux. Croyez-moi, personne dans son état normal n'en serait capable. C'est un dealer, et il avait probablement pour projet de faire entrer de la drogue dans le pays. La victime avait largement les moyens de financer cette opération, et quelque temps avant que le meurtre soit commis, une somme considérable a disparu de son compte en banque. Sans aucune trace. Cela n'arrive pas, dans les transactions commerciales normales. On parvient toujours à remonter le fil, d'une manière ou d'une autre. » Le policier baissa les yeux. Il tenait sa main gauche fermement serrée dans la droite. « Je vous jure que beaucoup d'arrestations se font pour nettement moins que ça. Tout ce qui nous manque, ce sont des aveux, qui, je vous l'accorde, auraient normalement déjà dû se produire, dans de telles circonstances. »

Thóra prit un air nonchalant. Le sang sur les vêtements d'Hugi l'avait prise au dépourvu. Elle n'en avait vu aucune mention dans le rapport de police, ou dans les autres documents en sa possession. Elle reprit rapidement la parole, afin que Markús ne remarque pas qu'il l'avait déstabilisée.

« Et cela ne vous dérange pas, qu'il n'ait pas avoué le crime ? »

L'homme lui adressa un regard direct.

« Non, pas du tout. Vous savez pourquoi ? » Thóra ne répondit rien. « Parce qu'il ne s'en souvient pas. Alors il se raccroche à l'espoir qu'il n'est pas le coupable. Pourquoi avouerait-il un acte qu'il ne se rappelle même pas, quand l'enjeu est tellement important ?

— Comment expliquez-vous le transport du corps jusqu'à l'université ? demanda Matthew. Ce petit dealer n'avait pas accès aux locaux. C'était le weekend, et il est fort probable que tout était bouclé.

— Il a volé la clef d'Harald. Rien de plus simple. Nous avons retrouvé un trousseau de clefs sur le corps – dont une qui donne accès au département d'histoire, ou plutôt un passe électronique, car il y a un système de sécurité. Grâce à l'alarme, nous avons pu constater que la clef a été utilisée pour accéder au bâtiment juste après le meurtre. »

Matthew se racla la gorge.

« Comment ça, juste après le meurtre ? Est-ce que ça ne pourrait pas être juste *avant* le meurtre ? L'horaire ne m'avait pas l'air précis à ce point.

— En effet, mais ce n'est pas la question », répliqua Markús, un peu plus sèchement.

Matthew ne le laissa pas s'en tirer à si bon compte.

« Supposons qu'Hugi ait volé la clef et transporté le corps de chez lui, c'est-à-dire dans le quartier, jusqu'au bâtiment de l'université. Quel moyen de transport a-t-il utilisé, d'après vous ? On ne met pas un corps d'homme adulte dans sa poche – et on ne l'emmène pas non plus en taxi. »

Le policier eut un large sourire.

« Il a transporté le corps sur son vélo. On l'a retrouvé devant l'Institut des manuscrits et, surtout, il portait l'ADN d'Harald. Il y avait son sang sur le guidon. Heureusement, le vélo avait été jeté dans le cagibi, et il n'a pas pris la neige. »

Voyant que Matthew ne commentait pas, Thóra reprit les rênes.

« Comment savez-vous qu'il s'agissait bien du vélo d'Hugi ? Et même si c'est bien le sien, comment prouver qu'il a été abandonné là la nuit en question ? »

Le sourire du policier s'élargit encore.

« Le vélo a été jeté en direction du cagibi à poubelles et il était appuyé contre la porte. Les ordures avaient été ramassées le vendredi, et les éboueurs sont formels : il n'y avait pas de vélo contre la porte, ce jour-là. C'est Hugi lui-même qui a reconnu le vélo et qui a admis qu'il était resté tout le samedi dans le local de son immeuble – et une femme qui y habite a confirmé qu'il était à sa place quand elle a sorti sa poussette du même local à l'heure du déjeuner, pour aller faire des courses avec son enfant.

— Comment diable un témoin pourrait-il se rappeler ce qui était à une certaine place à un moment donné ? J'ai déjà vécu dans un immeuble, et j'avais beau passer souvent par le local à vélos, j'aurais été incapable de dire ce qui s'y trouvait, fit remarquer Thóra.

— Ce vélo-là était facile à remarquer car il s'en servait beaucoup. En toute saison, et par tous les temps. N'ayant pas le permis, il n'avait pas trop le choix. Et disons qu'il n'était pas toujours très soigneux, quand il s'agissait de le ranger – ce week-end-là, il l'avait laissé en appui contre la poussette de cette femme. Elle s'en souvient bien, car elle a dû le déplacer pour dégager sa poussette. »

Matthew s'éclaircit une nouvelle fois la voix.

« Si Hugi a volé la clef du système de sécurité, je présume qu'un code ou un numéro PIN y était associé. Comment Hugi aurait-il pu le deviner ?

— C'est exactement ce que nous avons cherché à savoir, répondit Markús. Lorsque nous avons interrogé les amis d'Harald, nous avons appris qu'il leur avait donné le code à tous. »

Thóra lui jeta un regard incrédule.

« À qui pensez-vous faire croire une chose pareille ? Pourquoi diable aurait-il fait ça ?

— Parce que le numéro l'amusait, semble-t-il. On lui avait attribué le 0666, ce qui paraissait beaucoup lui plaire, compte tenu de son étrange obsession pour le culte satanique.

— Plus exactement, c'était l'obsession de la magie, et elle n'a rien à voir avec le diable, corrigea Matthew, avant de changer rapidement de sujet pour éviter d'avoir à détailler la teneur de la magie en question. Vous saurez peut-être nous dire une chose. Nous sommes tombés sur un e-mail envoyé par Harald, un bref message adressé à un certain Mal. Qu'avez-vous découvert, à ce sujet ? »

Le policier le dévisagea d'un regard vide.

« Je dois avouer que ça ne me rappelle rien. Nous avons parcouru des centaines de documents. Si vous voulez, je peux faire des recherches et vous tenir au courant. »

Thóra lui fit un bref compte rendu du contenu du message, mais à vrai dire elle n'attendait pas grand-chose de la police, sur le sujet. Si l'examen du message avait donné quelque chose, Markús s'en serait probablement souvenu. Il promit de vérifier si des mesures avaient été prises pour identifier ce destinataire, mais minimisa par principe l'importance de ce qu'Harald croyait avoir enfin découvert.

« Il devait parler d'une fille après laquelle il courait, ou quelque chose dans le genre. Mais pour changer de sujet, combien de temps comptez-vous encore rester sur cette affaire ? » Il dévisagea Thóra et Matthew tour à tour.

« Aussi longtemps qu'il nous paraîtra nécessaire, répondit ce dernier en fronçant les sourcils. Je ne suis toujours pas convaincu que vous teniez le bon bonhomme – en dépit de ce que vous affirmez. Mais bien sûr, je peux me tromper. »

Le policier lui adressa un faible sourire.

« Nous vous serions reconnaissants de pouvoir garder un œil sur vous, car l'enquête court toujours. Nous ne voulons aucun affrontement, et il serait mieux de pouvoir coopérer. »

Thóra bondit sur l'occasion.

« Nous avons reçu certains des documents du dossier, mais pas tout. Je vous ai envoyé une lettre qui arrivera sans doute demain, dans laquelle je vous demande la restitution de tous les documents, au nom de la famille – vous y voyez une objection ?

— Sur le principe, non, fit Markús en haussant les épaules. Mais ce n'est pas moi qui décide. C'est une requête inhabituelle, mais je pense pouvoir compter sur une réponse positive. Cela prendra sans doute du temps, de tout réunir. Bien sûr, nous essaierons... » Il s'interrompit en entendant frapper à la porte. « Entrez. » Une jeune femme policier apparut dans l'embrasure de la porte, portant un carton d'où dépassait un ordinateur noir.

« Voilà l'ordinateur que vous avez demandé », annonça-t-elle en entrant. Elle déposa la boîte sur le bureau et en sortit une pochette transparente contenant une feuille de papier. « Le moniteur est en bas, à la réception ; il est directement sorti du stock, parce qu'on n'en avait pas besoin. D'ailleurs c'était carrément stupide de l'avoir emporté, expliqua-t-elle à son collègue en prenant un air important. Ça vaudrait le coup de dire aux équipes qui fouillent les appartements que bien que les documents apparaissent sur l'écran, ça n'est pas là qu'ils sont, en réalité. Ils sont tous dans l'ordinateur, et on peut les voir sur n'importe quel écran. » Elle tapota le dessus de l'ordinateur.

Markús n'eut pas l'air ravi de se faire ainsi expliquer la vie devant Thóra et Matthew. Il adressa un regard noir à sa collègue.

« Merci pour l'information. » Il lui prit la pochette des mains et en sortit la feuille qu'elle contenait. « Vous pouvez me signer ce reçu, s'il vous plaît ? demanda-t-il à Matthew. Les autres papiers prélevés sur place se trouvent également dans le carton.

— Quels papiers ? s'étonna Thóra. Pourquoi n'ont-ils pas été rendus avec les autres ?

— Nous estimions que ceux-ci nécessitaient un examen plus approfondi, des petits détails qui traînaient. Mais au final, ils n'ont rien donné. Je ne sais pas si vous trouverez quoi que ce soit de croustillant là-dedans, mais j'en doute. » Il se leva pour indiquer que la conversation était close.

Thóra et Matthew firent de même et Matthew se chargea du carton, après avoir signé le reçu.

« N'oubliez pas l'écran », leur rappela la femme policier, en souriant à Thóra. Elle lui rendit son sourire et l'assura qu'ils penseraient à le prendre.

Ils se dirigèrent vers la voiture, Thóra avec le moniteur dans les bras, et Matthew toujours avec son carton. Avant de s'installer côté passager, Thóra attrapa le paquet de documents. Elle les parcourut rapidement, tandis qu'il mettait le moteur en route.

« Bon sang, mais qu'est-ce que c'est que ce truc ? » s'exclama-t-elle, sidérée, en se tournant vers Matthew.

16

Thóra tenait à la main un petit portefeuille en cuir brun qu'elle avait sorti du tas de documents en vrac. L'étui était fermé par des lanières de cuir, qu'elle avait dénouées pour examiner le contenu. Au toucher, le cuir était aussi doux qu'un gant, alors que le portefeuille devait avoir près de soixante ans, à en juger par l'insigne sur le dessus : NHG 1947. Mais c'était ce qu'il contenait qui avait suscité sa surprise.

« Qu'est-ce que ça peut bien être ? » Elle adressa un regard interrogateur à Matthew en désignant de vieilles lettres apparues à l'ouverture de l'étui – des antiquités, même, car à en juger par leur aspect et la nature de l'écriture, elles étaient bien plus anciennes que leur écrin.

Matthew contempla le tout d'un air hébété.

« C'était parmi les papiers dans le carton ?

— Oui », confirma Thóra en séparant les lettres du pouce pour les compter. Elle sursauta lorsque Matthew lui arracha le portefeuille des mains en poussant un grondement indéterminé.

« Vous êtes folle ? » s'écria-t-il en le refermant et en enroulant les lanières de cuir à la hâte, plutôt maladroitement compte tenu du manque d'espace entre le volant et le siège.

Thóra le regarda faire, sidérée, sans mot dire. Après avoir refermé le portefeuille, Matthew le déposa précautionneusement sur le siège arrière. Puis il gigota pour se dégager de son manteau, avec lequel il recouvrit l'étui, veillant à ce que ce soit la doublure, et non l'extérieur mouillé, qui se retrouve en contact avec le cuir.

« On devrait bouger la voiture, non ? » suggéra Thóra pour briser le silence. Ils étaient à moitié engagés dans la sortie du parking, et l'arrière du véhicule débordait dans la rue.

Matthew attrapa le volant des deux mains et laissa échapper un long soupir.

« Excusez ce comportement. Je ne m'attendais pas à trouver ces lettres dans un carton minable, entre les mains de la police. » Il recula dans la rue et ils quittèrent les lieux.

« Qu'est-ce que c'est, si je puis me permettre cette question ?

— Ce sont des lettres très anciennes, qui font partie de la collection du grand-père d'Harald, et elles sont parmi les plus précieuses. En fait elles n'ont pas de prix, et je ne comprends pas pourquoi Harald les a fait envoyer en Islande. Je suis persuadé que la compagnie d'assurances croit toujours qu'elles reposent sagement dans leur coffre à la banque, conformément au contrat. » Matthew ajusta le rétroviseur central afin de jeter un œil sur son inestimable cargaison. « C'est un noble d'Innsbruck qui les a écrites, en 1485. Elles décrivent la campagne menée par Heinrich Kramer contre les sorcières dans cette ville, avant que la persécution ne s'organise.

— Rappelez-moi qui était Heinrich Kramer ? » Thóra savait qu'elle aurait dû reconnaître ce nom, mais rien ne lui venait.

« L'un des auteurs du *Marteau des sorcières,* qui était une sorte de manuel de chasse aux sorcières. Il était Grand Inquisiteur dans plusieurs régions qui font partie de l'Allemagne actuelle – à l'évidence, une personnalité tordue, avec une grande amertume à l'égard des femmes. En plus de chasser des sorcières imaginaires, il persécutait aussi les juifs et les blasphémateurs, en somme presque tous les groupes qui étaient des proies faciles. »

Thóra se remémora l'article qu'elle avait lu sur Internet.

« Oui, je vois. » Puis elle ajouta, surprise : « Et ces lettres parlent de lui ?

— Oui. Il est allé à Innsbruck. Il est venu, il a vu, mais on peut dire qu'il n'a pas vaincu – il a initié une inquisition d'une extrême violence, utilisant la torture, et les suspects, uniquement des femmes, n'ont eu droit à aucune défense. Le clergé et les autorités séculières locales furent horrifiés par les procès. Kramer organisa une telle mise en scène autour des prétendus vices sexuels de ces femmes que l'évêque en fut outré et le fit chasser de la ville. Les femmes qu'ils avaient fait enfermer furent relâchées, mais dans un état pitoyable, vu ce qu'elles avaient enduré. Les lettres décrivent la manière dont il avait traité la femme de l'auteur. Vous pouvez imaginer que ce n'est pas une lecture particulièrement plaisante.

— À qui écrivait-il ?

— Toutes les missives sont adressées à l'évêque de Brixen – ou Bressanone –, Georg Golser. Ce même évêque qui décida d'expulser Kramer de la ville. J'ai le sentiment que ces lettres n'y étaient pas étrangères.

— Comment le grand-père d'Harald a-t-il mis la main dessus ? »

Matthew haussa les épaules.

« Un tas de choses se sont vendues, en Allemagne, à la fin de la guerre. Les Guntlieb ont investi leur capital pour protéger leur banque de la dévaluation du mark, qui a laissé tant de gens sur la paille, après-guerre. Ce n'est pas une banque ordinaire – où des clients viendraient déposer leur argent. Ça n'a jamais été le cas. Par de nombreux aspects, c'est grâce au grand-père d'Harald que ses clients n'ont pas tout perdu. Il a été prompt à sentir le vent tourner et il a su échanger des fonds et investir en sourdine. Aussi était-il en bonne position pour sauter sur les affaires intéressantes, lorsque l'économie a plongé.

— Mais alors, qui possédait ces documents, avant de les lui vendre ? Des lettres datant du XVe siècle, ce n'est pas vraiment le genre de choses qu'on garde sous son matelas pour les coups durs.

— Je n'en ai aucune idée, avoua Matthew d'un air démuni. Ces lettres ne sont répertoriées nulle part – d'ailleurs, ce pourrait aussi bien être des faux. Des faux exceptionnels, cela dit. Le grand-père d'Harald n'est jamais entré dans les détails, concernant cette vente. Les initiales sur le portefeuille sont les siennes – Niklas Harald Guntlieb –, aussi ne donnent-elles aucune indication sur l'identité du précédent propriétaire. Ce que je soupçonne, c'est qu'elles ont été volées à l'Église, à un moment ou à un autre. »

Matthew remonta Snorrabraut et mit son clignotant pour changer de file. Ils étaient tombés d'accord pour aller déposer l'ordinateur à Bergstadastraeti, et en prenaient la direction. Il leur faudrait bientôt tourner à droite, alors qu'ils se trouvaient encore sur la file de gauche. Mais personne ne voulait laisser Matthew bifurquer – on aurait dit que les autres conducteurs essayaient de le forcer à prendre le pont vers Fossvogur.

« Mais qu'est-ce que vous avez, dans ce pays ? ronchonna-t-il entre ses dents.

— Changez de file, et puis c'est tout, suggéra Thóra, habituée à pareils comportements. Ils se préoccupent plus de leurs propres voitures que de votre trajectoire. »

Matthew se lança donc et se glissa dans la file voisine sans autre effet qu'un long coup de klaxon de la voiture devant laquelle il vint se loger.

« Je ne me ferai jamais à la manière de conduire dans ce pays », commenta-t-il, stupéfait.

Thóra se contenta de sourire.

« Que disent les lettres – qu'est-il arrivé à cette femme ?

— Elle a été torturée. Avec une grande brutalité.

— Je n'imagine pas qu'on ait jamais torturé les gens autrement, fit remarquer Thóra, dans l'espoir d'obtenir plus de détails. Que lui a-t-on fait ?

— L'auteur des lettres parle de bras paralysés et d'une jambe écrasée dans un étau en fer. Puis on lui a coupé les deux oreilles. Et il devait y avoir d'autres sévices qui ne valaient pas la peine d'être répertoriés. Des entailles, par exemple. » Matthew quitta la route des yeux pour se tourner vers Thóra. « Pour autant que je me souvienne, l'une des dernières lettres se terminait à peu près de cette manière : "Si vous recherchez le mal, vous ne le trouverez pas dans ce qu'il reste de ma jeune et innocente épouse adorée. Mais dans son accusateur."

— Mon Dieu, frissonna Thóra, vous vous en souvenez vraiment bien.

— Il n'est pas facile d'oublier ce que racontent ces lettres, répondit Matthew avec une pointe d'ironie. Bien sûr, ce n'est pas le seul sujet qu'il évoque. Il y a aussi d'innombrables tentatives pour la faire libérer, depuis la bataille juridique jusqu'aux menaces pures et simples. Cet homme était à bout de nerfs. Il aimait sa femme de tout son cœur ; c'était la plus belle des jeunes filles, si l'on en croit ses mots. Ils n'étaient pas mariés depuis longtemps.

— Était-il autorisé à lui rendre visite en prison ? Est-ce que ces lettres n'ont pas été écrites alors qu'elle était toujours emprisonnée ?

— Oui et non. Il n'avait pas le droit de la voir, mais l'un des gardes eut pitié d'elle et fit passer des messages, qui devenaient de plus en plus tristes et désespérés, d'après son mari. Quant à votre deuxième question, toutes les lettres sauf une ont bien été écrites pendant qu'elle était enfermée et que son mari œuvrait pour sa libération. La dernière fut rédigée après son retour. Elle décrit un destin qu'il serait utile de garder en tête, quand nous nous plaignons de nos petits bobos.

— Comment ça ? demanda Thóra, sans vraiment souhaiter entendre la réponse.

— Il faut se rappeler qu'à cette époque, la médecine était très loin de ce qu'elle est aujourd'hui, c'était même totalement insensé. C'est inimaginable, les douleurs qu'enduraient les malades et les blessés, sans parler de l'état psychique d'une jeune femme ravissante qui avait toujours été admirée pour sa beauté. Lorsqu'elle fut relâchée, un de ses pieds et tous ses doigts avaient été écrasés, réduits en poudre. Elle n'avait plus d'oreilles. Son corps était tailladé de coups de couteau, là où on avait cherché des endroits qui ne saigneraient pas, ainsi que d'autres aberrations qui ne sont qu'évoquées et pas décrites. Que feriez-vous, dans des circonstances pareilles ? » Matthew se tourna de nouveau vers Thóra.

— « Est-ce qu'elle avait des enfants ? » demanda-t-elle. Elle porta instinctivement la main à son oreille – elle n'avait jamais mesuré combien elles étaient indispensables à son apparence.

« Non, répondit Matthew.

— Alors elle s'est suicidée, répondit Thóra, sans prendre le temps d'y réfléchir. On peut supporter une souffrance éternelle au nom de ses enfants, mais je ne vois pas pour quoi d'autre.

— Bingo. Ils vivaient dans une propriété au bord d'une rivière. Elle s'est rendue sur la berge en titubant, la nuit même de son retour, et elle s'est jetée à l'eau. Si elle avait été en meilleure forme, elle aurait pu s'en sortir en nageant, mais avec une lourde robe comme c'était l'usage à l'époque, et avec sa jambe et ses deux mains impotentes, elle n'a pas pu faire grand-chose.

— Qu'a fait son mari – la lettre le dit-elle ?

demanda Thóra en essayant d'écarter la vision de cette femme de son esprit.

— Oui. Dans cette dernière lettre, il dit avoir volé la chose la plus précieuse dans la vie de l'inquisiteur Kramer, tout comme ce dernier lui a volé ce qu'il avait de plus cher – et que désormais, cette chose est sur le long chemin qui mène à l'enfer. Il ne dit pas qui est la victime de sa vengeance, ni où elle se trouve, ni ce que l'enfer vient faire dans l'histoire. Les témoignages contemporains n'apportent guère d'éclairage. Puis il souhaite à l'évêque de bien dormir – il l'accuse de ne pas avoir entendu ses suppliques à temps, et rappelle qu'il est du devoir du serviteur de Dieu de répondre à son maître. Puis il cite l'Ancien Testament qui, comme vous le savez, est assez loin de l'idée de pardon. Je ne peux pas l'expliquer avec précision, mais ses derniers mots sont une sorte de menace déguisée, dont je ne sais pas s'il l'a finalement mise à exécution – l'évêque est mort quelques années plus tard. Il a très bien pu se débarrasser des documents, ne voulant pas qu'ils soient conservés dans les archives de l'Église.

— Ça paraît peu probable. S'il avait voulu s'en débarrasser, pourquoi ne pas les avoir brûlés ? On ne peut pas dire qu'ils manquaient de bûchers. »

Matthew se concentra sur la place à laquelle il voulait se garer, non loin de chez Harald – devant son immeuble, tout était pris.

« Je ne sais pas. Peut-être qu'il a visualisé Dieu et saint Pierre et qu'il n'a pas voulu attirer l'attention sur le contenu de ces lettres en les brûlant. Après tout, la fumée monte au ciel.

— Alors vous pensez que ces lettres ne sont pas des faux ?

— Non, je n'ai pas dit ça. Elles contiennent certains détails qui ne collent pas.

— Par exemple ?

— Des allusions à cet horrible ouvrage écrit par Kramer. L'auteur des lettres le décrit comme un récit fleuri qui rend bien compte de toute l'origine diabolique de son contenu.

— Il n'est pas possible qu'il parle du *Marteau des sorcières ?* Kramer a dû s'en servir.

— Ça ne colle pas, insista Matthew. Cette merveille de la littérature n'est censée avoir été publiée qu'en 1486.

— Est-ce que le papier et l'encre de ces lettres ont été datés ?

— Oui, et ça correspondait plus ou moins, mais ce n'est pas un point crucial. Les faussaires utilisent de l'encre et du papier anciens, ou encore de la peinture, pour tromper les acheteurs qui ont les moyens de faire réaliser ce genre de tests.

— De l'encre ancienne ? répéta Thóra, dubitative.

— Oui, ou ce qui y ressemble. Ils fabriquent de l'encre à partir de matériaux anciens, ou bien ils la dissolvent sur des documents de l'époque qui ne sont pas susceptibles de se vendre aussi chers. Le résultat est le même.

— Il faut vraiment se donner du mal, commenta Thóra, heureuse de ne pas avoir choisi la carrière de faussaire.

— Hmm, acquiesça Matthew en sortant de la voiture.

— Mais comment se fait-il que ce soit Harald qui

ait ces lettres ? Lui, est-ce qu'il pensait qu'elles étaient authentiques, ou bien que c'étaient des faux ? »

Matthew referma sa portière et ouvrit l'une de celles de l'arrière. Après avoir soigneusement enroulé le portefeuille dans son manteau, il le déposa sur le dessus du carton et se pencha pour le prendre. Il n'avait pas l'air d'avoir froid, dans son petit pull.

« Harald était convaincu qu'elles étaient authentiques – il était obsédé par l'énigme de ce que Kramer avait perdu dans cette vengeance. Il s'est livré à des recherches interminables pour trouver la moindre allusion, dans des documents à travers toute l'Allemagne, et il s'est même rendu à la bibliothèque du Vatican. Mais il n'a pas découvert la plus petite trace de preuve. Kramer n'est pas très connu, il faut dire – il a quand même vécu il y a plus de cinq cents ans. »

Au coin de l'immeuble, Thóra remarqua des empreintes de pas dans la neige qui menaient vers la porte de l'appartement d'Harald. Du menton, elle désigna à Matthew les traces récentes de passage – les pas n'allaient que dans une seule direction, aussi n'étaient-ce pas ceux du facteur ou d'un livreur de journaux.

L'homme se tenait non loin de la porte d'entrée. Il avait reculé afin de lever les yeux vers les fenêtres à l'étage. Il sursauta lorsque Thóra et Matthew apparurent en silence à l'angle du bâtiment. Il se retrouva bouche bée, à bégayer, et il lui fallut quelques secondes pour réussir à articuler une phrase : « Vous connaissiez Harald Guntlieb ? »

17

« Enchanté, mon nom est Gunnar Gestvík, directeur du département d'histoire, à l'université. »

Il semblait dans ses petits souliers et peu sûr de lui, en face d'eux. Il portait des vêtements bien coupés : un manteau d'hiver élégant, d'une marque que Thóra reconnut pour l'avoir pratiquée dans la garde-robe de son ex-mari ; dessous, un costume orné d'une cravate criarde nouée avec soin et une chemise bleu ciel dont le col était visible. Ses manières étaient celles d'un homme calme, serein et professionnel. Mais, en cet instant, son calme et sa sérénité étaient visiblement au bord du point de rupture. À l'évidence, Gunnar avait été pris au dépourvu par leur apparition et cherchait désespérément la conduite à adopter. Thóra savait que c'était lui qui avait trouvé le corps d'Harald, ou plus exactement qui l'avait littéralement reçu dans ses bras. Pour quelle raison pouvait-il bien vouloir visiter l'appartement de son ancien étudiant ? Peut-être cela faisait-il partie du processus d'acceptation, ou était-ce le conseil d'un psychiatre ?

« J'étais dans le voisinage, et j'ai décidé de venir voir s'il y avait quelqu'un, expliqua-t-il d'un ton hésitant.

— Ici ? À l'appartement d'Harald ? demanda Thóra, surprise.

— Bien sûr, je ne m'attendais pas à le rencontrer en personne, ajouta précipitamment Gunnar. Je veux dire, je voulais voir s'il y avait un gardien, ou quelqu'un. »

Matthew, ne comprenant pas un mot du dialogue, laissa Thóra s'en charger – mais il reconnut instantanément le nom de l'homme. Il passa devant elle et lui envoya un regard qui signifiait qu'elle devait inviter le visiteur à entrer. Il sortit les clefs de sa poche et ouvrit la porte.

Gunnar contempla Matthew avec une étrange avidité.

« Vous avez accès à son appartement ? demanda-t-il à Thóra.

— Oui, Matthew travaille pour la famille d'Harald et je les représente également. Nous déchargeons certaines de ses affaires que la police avait gardées. Je peux vous inviter à entrer ? Nous serions heureux d'échanger quelques mots avec vous. »

Gunnar eut du mal à contenir son allégresse. Il accepta volontiers son offre, après avoir consulté sa montre et prétendu qu'il avait justement quelques minutes. Il suivit Thóra à l'intérieur. Il était peut-être élégant, mais cela ne faisait pas de lui un parfait gentleman : il ne proposa pas de l'aider à porter jusqu'au premier étage cet énorme moniteur qui l'encombrait.

En pénétrant dans l'appartement, Gunnar eut la

même réaction que Thóra, la première fois qu'elle y avait mis les pieds. Sans même prendre la peine d'accrocher son manteau, il déambula en transe dans le salon et se mit à étudier les objets accrochés aux murs. Matthew et Thóra prirent leur temps pour déposer leur chargement et suspendre leurs affaires. Ce faisant, Matthew retira le portefeuille en cuir qui contenait les lettres pour l'emporter dans la chambre. Thóra resta au salon pour garder un œil sur Gunnar. Elle s'approcha et se planta à côté de lui, ne réussissant cependant pas à l'interrompre dans son examen fasciné des antiquités qui décoraient la pièce.

« C'est une collection d'art remarquable », commenta-t-elle. Elle essaya de se rappeler ce que Matthew lui avait dit au sujet des tableaux mais, n'étant pas certaine de savoir le répéter fidèlement, elle préféra éviter de crâner.

« Comment a-t-il mis la main sur tout cela ? demanda Gunnar. Est-ce qu'il l'a volé ? »

Thóra n'en crut pas ses oreilles. Où diable était-il allé chercher une idée pareille ?

« Non, il a hérité toute la collection de son grand-père. » Elle hésita une seconde, puis précisa : « Vous n'aimiez pas Harald ? »

La question prit visiblement l'homme de court.

« Oh si, grands dieux. J'étais extrêmement attaché à lui. » Le ton de sa voix ne coïncidait pas vraiment avec ses paroles et Gunnar parut s'en rendre compte. Il s'efforça donc de rectifier rapidement le tir. « Harald était un jeune homme extrêmement intelligent, avec de bonnes compétences en histoire. Son approche de la recherche était exemplaire, ce qui malheureusement est de plus en plus rare, de nos jours.

— C'était donc un étudiant modèle ? proposa Thóra, toujours pas convaincue.

— On pourrait dire cela, répondit Gunnar avec un sourire forcé. Bien sûr, son apparence et son comportement n'étaient pas vraiment conventionnels, mais on ne doit pas juger les gens à leurs manières. Je me rappelle les Beatles, et la mode qu'ils ont lancée. L'ancienne génération n'était pas enthousiaste, à l'époque. Je suis assez vieux désormais pour comprendre que l'esprit de la jeunesse revêt différents déguisements. »

Comparer Harald aux Beatles était pousser le bouchon un peu loin.

« Je n'y avais jamais pensé de cette manière. » Elle adressa un sourire poli à Gunnar. « Mais il faut dire que je ne l'ai pas connu.

— Vous disiez que vous étiez avocate : pour quelles affaires la famille d'Harald vous a-t-elle engagée ? Est-ce que cela a un rapport avec le testament ? Rien que les objets accrochés à ces murs valent une sacrée somme d'argent.

— Non, rien de ce genre. Nous procédons à une vérification de l'enquête policière – la famille a du mal à accepter les conclusions de la police. »

Gunnar la dévisagea, les yeux comme des soucoupes. Sa pomme d'Adam tressauta dans sa gorge. « Que voulez-vous dire ? Est-ce qu'ils n'ont pas arrêté le meurtrier, un trafiquant de drogue ? »

Thóra haussa les épaules.

« Nous avons des raisons de croire qu'il n'est pas l'assassin. » Elle remarqua que Gunnar, pour une raison inexpliquée, n'était pas particulièrement enchanté par cette nouvelle. Elle ajouta : « Tout finira par se résoudre. Peut-être nous trompons-nous – mais peut-être pas.

— Cela ne me regarde sans doute pas, mais quels éléments suggèrent l'innocence de cet homme ? La police a l'air convaincue de détenir le bon suspect en garde à vue – vous savez quelque chose que la police ignore ?

— Nous ne dissimulons aucune information à la police, si c'est ce que vous sous-entendez, répliqua Thóra d'un ton sec. Nous ne sommes pas satisfaits de leurs conclusions, voilà tout. »

Gunnar poussa un soupir.

« Pardonnez-moi d'être aussi insistant. Je ne suis plus tout à fait moi-même, depuis que c'est arrivé. Pour vous dire la vérité, j'espérais qu'on approchait de la fin. Cette situation est très difficile sur le plan personnel, et elle a terni la réputation du département.

— Je comprends bien. Mais il ne serait pas juste de condamner un innocent simplement pour sauver la réputation du département, n'est-ce pas ?

— Non, non, non, se mit à bredouiller Gunnar, mesurant ce que ses paroles avaient pu impliquer. Bien sûr que non. On a tendance à placer ses intérêts en premier, mais il y a bien sûr des limites. Ne vous méprenez pas, je vous en prie.

— Que faites-vous ici, au fait ? » Thóra se demandait ce qui retenait Matthew si longtemps.

Gunnar se tourna de nouveau vers l'un des tableaux.

« J'espérais entrer en contact avec quelqu'un chargé des affaires d'Harald. Il semble que j'aie trouvé la bonne personne.

— Pour quelle raison ?

— Lorsque Harald a été assassiné, il venait de... comment dire cela... oui, il venait d'emprunter un document à l'université, lequel n'a pas été retourné. Je le cherche, expliqua Gunnar sans quitter le tableau des yeux.

— Quel document ? Il y en a des centaines, ici.

— C'est une lettre ancienne, adressée à l'évêque de Roskilde, autour de 1500. Elle nous a été prêtée par le Danemark, aussi importe-t-il qu'elle ne soit pas égarée.

— Voilà qui est grave, fit remarquer Thóra. Pourquoi n'en avez-vous pas parlé à la police ? Ils auraient sans doute pu localiser ce document.

— Les faits viennent juste d'être révélés – je n'en savais encore rien au moment de ma déposition, sinon je leur aurais demandé de me la rendre. En venant ici, j'espérais pouvoir éviter d'avoir recours à la police, et résoudre ce problème plus simplement. Je n'ai pas particulièrement envie de faire encore une déposition ; c'est une expérience dont j'ai largement eu mon lot, ces derniers temps. Ce document n'a strictement aucun lien avec le meurtre, je peux vous le promettre.

— Peut-être que non, dit Thóra. Malheureusement, je ne l'ai pas vu. Mais nous n'avons pas passé en revue toutes les affaires d'Harald. Il se peut qu'il ressurgisse plus tard. »

Matthew revint vers eux d'un pas vif, des papiers à la main, et prit place sur un des élégants canapés. D'un geste flamboyant, il les invita à faire de même. Thóra opta pour le fauteuil et Gunnar alla s'asseoir sur l'autre canapé juste en face de Matthew. Thóra résuma ce qui amenait Gunnar, et Matthew se borna à répéter quasiment mot pour mot ce qu'elle avait répondu à l'universitaire – lui non plus n'avait pas vu ce document, mais cela ne signifiait pas nécessairement qu'il n'était pas dans les parages. Puis il posa sa pile de papiers sur la table et s'adressa à Gunnar en anglais.

« C'est vous qui supervisiez le travail de recherche d'Harald, si je ne m'abuse ?

— Oui et non, en quelque sorte, répondit Gunnar avec lassitude, dans un anglais à l'accent très marqué.

— Tiens donc, répliqua Matthew d'un ton cassant, il n'y a donc pas une personne clairement désignée pour encadrer le mémoire de chaque étudiant ?

— Si, bien sûr que si, rectifia Gunnar à la hâte. Mais il n'avait pas encore assez avancé pour qu'un encadrement par quelqu'un du département soit nécessaire, c'est ce que je voulais dire. Thorbjörn Ólafsson avait donné son accord. J'observais les choses du banc de touche, si j'ose dire.

— Je vois. Mais je suppose qu'il avait présenté un plan ou une idée de thème, n'est-ce pas ?

— Oh, oui. Il avait soumis un extrait, si je me rappelle bien, au tout début de son premier semestre dans le département. Nous avons examiné son sujet et l'avons largement approuvé. Thorbjörn a ensuite fait le suivi. C'était davantage de son ressort.

— Et sur quoi allait porter le mémoire ? demanda Thóra.

— Une comparaison entre les exécutions de sorcières au bûcher en Islande et ailleurs en Europe, dans ce qui constitue l'Allemagne actuelle. C'est là que les sorcières avaient été persécutées avec le plus de passion, pour ainsi dire. Harald avait déjà fait des recherches sur ce genre d'exécutions, pour son mémoire à l'université de Munich. »

Matthew hocha la tête d'un air songeur.

« Ai-je raison de croire que les chasses aux sorcières islandaises eurent lieu au XVIIe siècle ?

— Oui. En fait, on trouve des traces de condamnations pour sorcellerie avant cette époque, mais les persécutions à proprement parler n'ont commencé qu'au XVIIe siècle. La première exécution connue sur le bûcher date de 1625.

— C'est ce que je pensais », confirma Matthew, l'air perplexe. Il étala devant lui les feuilles qu'il avait posées sur la table. « Je trouve curieux qu'il y ait si peu de documents dans les papiers d'Harald qui se rapportent à l'exécution de sorcières en Islande, et je suis surpris par sa fascination pour des événements bien antérieurs. Peut-être pourriez-vous m'éclairer, vous connaissez sans doute un contexte historique qui nous échappe.

— À quels événements faites-vous référence ? » demanda Gunnar en se penchant pour apercevoir les documents, des photocopies d'articles tirés de revues universitaires.

Pendant qu'il lisait, Matthew en fit la liste à haute voix.

« Une éruption du mont Hekla en 1510, des épidémies au Danemark autour de 1500, la Réforme en 1550, des grottes habitées par des moines irlandais en Islande avant la colonisation, et ainsi de suite. Je ne vois pas de lien direct, mais je ne suis pas historien. »

Gunnar poursuivait sa lecture. Lorsqu'il eut synthétisé tous les sujets, il finit par se prononcer.

« Il n'existe pas obligatoirement de lien entre les recherches faites par un étudiant et son mémoire de maîtrise. Harald peut avoir obtenu ces articles pour une autre matière de son cursus. D'ailleurs, la période de la colonisation est ma spécialité et Harald n'assistait pas à mes cours, ce qui pourrait expliquer la présence de cet article sur les moines irlandais. Pour moi, la conclusion est claire : ces articles se rapportent à d'autres cours qu'il suivait. »

Matthew adressa un regard intense à Gunnar.

« Non, ce n'est pas le cas. La plupart proviennent d'un dossier intitulé *Malleus* – ce nom vous est familier, je suppose. » Matthew désigna les trous en marge des documents. « Ma conclusion à moi, c'est qu'il avait réuni tout ça en relation avec la sorcellerie.

— Oui, je connais ce nom – n'est-il pas possible qu'il les ait tout simplement rangés dans un ancien dossier, sans prendre la peine de changer l'étiquette ?

— C'est possible, oui. Mais quelque chose me dit que ce n'est pas ce qui s'est produit. »

Gunnar se pencha de nouveau sur les papiers.

« Je dois avouer que ce lien ne saute pas immédiatement aux yeux. La première idée qui me vienne, ce serait le rapport avec la Réforme – au sens où elle a constitué un précédent de chasses aux sorcières, comme dans la majeure partie de l'Europe. La religion a commencé à changer et ces nouveaux développements ont provoqué une crise spirituelle. Pour ce qui est de l'éruption et des épidémies, Harald cherchait peut-être le lien entre ces persécutions et le paysage économique ambiant. Les catastrophes naturelles et les maladies avaient un grand impact sur ces événements, à l'époque. Néanmoins, l'éruption du mont Hekla en 1636 et d'autres épidémies bien plus proches de la période des chasses aux sorcières auraient paru des pistes de recherche plus pertinentes que les sujets de ces articles, conclut-il en tapotant du doigt les papiers posés sur le bureau.

— Il n'a donc jamais évoqué ces sujets devant vous ou devant Thorbjörn, lorsque vous vous êtes rencontrés pour discuter de son mémoire ? demanda Thóra.

— Pas devant moi, en tout cas. Thorbjörn n'en a pas fait mention non plus après avoir revu Harald tout seul. Comme je vous l'ai dit, Harald était encore en train d'élaborer son sujet. Son centre d'intérêt semblait glisser – apparemment, il aurait même laissé entendre à Thorbjörn qu'il était plus intéressé par l'impact de la Réforme que par les exécutions de sorcières, mais rien n'avait été décidé, au moment où il a été assassiné.

— Est-ce normal ? demanda Thóra. De changer d'avis de cette manière ?

— Oui, c'est très courant, acquiesça Gunnar. Les étudiants démarrent pleins de zèle, puis découvrent que leur sujet n'est pas aussi passionnant qu'ils le pensaient, et ils en choisissent un nouveau. Nous disposons même d'une longue liste de sujets intéressants, afin qu'ils puissent s'en inspirer, s'ils sont vraiment à court d'idées.

— Si l'on considère l'intérêt que portait Harald à la sorcellerie en général, intervint Matthew en désignant les œuvres accrochées aux murs, intérêt qui lui était venu très tôt dans la vie, je doute que la

Réforme ait été de taille à écarter tout ça de son esprit.

— Harald était catholique, comme vous le savez certainement », intervint Gunnar. Thóra et Matthew opinèrent. « L'un des principaux aspects du luthéranisme qui le fascinait était la chute généralisée du niveau de vie en Islande, autour de 1550, particulièrement dans les couches les plus pauvres de la population. L'Église catholique avait conservé toute sa richesse et son patrimoine en Islande, mais avec la Réforme, tout était passé entre les mains du roi du Danemark, ce qui avait appauvri le pays. De même, l'Église catholique avait pour rôle de donner l'aumône, elle offrait le gîte et le couvert aux indigents. Cela disparut avec le passage au luthéranisme. Harald pensait que c'était un aspect intéressant à étudier, car l'Église catholique est rarement considérée sous ce jour-là. Il était aussi impressionné par le fait que les prêtres et les évêques, en Islande, étaient autorisés à prendre des maîtresses et à avoir des enfants – ce qui n'était pas toléré dans les autres pays catholiques d'Europe, à l'époque. Et ne l'est toujours pas, d'ailleurs. »

Matthew ne semblait pas convaincu.

« Oui, peut-être. Mais est-ce que l'explication ne pourrait être que ses rencontres avec Thorbjörn n'étaient pas très détaillées – peut-être Harald préparait-il quelque chose dans ses recherches dont Thorbjörn et *a fortiori* vous ne saviez rien ?

— Il est évident que je ne serais pas au courant, en effet, admit Gunnar. Mais je n'avais pas ce sentiment, du moins dans mes cours. C'est tout ce que je sais. Bien sûr, il a pu explorer toutes sortes de sujets sans que je le sache – je ne surveillais pas ses moindres faits et gestes, d'ailleurs je n'étais pas censé le faire. Les étudiants de maîtrise décident de presque tout seuls et travaillent de manière très indépendante. Mais je vous recommande de discuter de cela avec Thorbjörn, si vous désirez plus de renseignements. Je peux arranger un rendez-vous, si vous le souhaitez. »

Matthew adressa un regard à Thóra, qui hocha la tête, puis répondit : « Oui, merci, nous acceptons votre offre. Dès que vous connaîtrez les disponibilités de Thorbjörn, vous pouvez m'appeler. De même, s'il vous revient quoi que ce soit qui pourrait être important. » Il tendit sa carte à Gunnar.

Thóra sortit la sienne de son sac et la lui donna également.

« Nous verrons si la lettre que vous cherchez se trouve dans les papiers que nous avons.

— Je vous en serais très reconnaissant – c'est embarrassant pour l'université et j'aimerais mieux ne pas avoir à déclarer la perte de cette lettre. Malheureusement, je n'ai pas de carte sur moi, mais on peut généralement me joindre sur ma ligne directe, au bureau. » Il se leva.

« Concernant les amis d'Harald, ajouta Matthew, pouvez-vous nous mettre en contact avec eux ? Nous aimerions parler à ceux qui le connaissaient le mieux ; peut-être qu'eux pourront nous éclairer sur ce qu'il mijotait. Nous avons essayé de les contacter, mais aucun d'eux n'a voulu nous parler.

— Vous voulez sans doute dire les membres de cette société qu'il avait fondée ? Oui, je devrais pouvoir vous aider. La société est basée dans nos locaux, alors je les croise de temps à autre. En fait, j'espérais qu'elle disparaîtrait avec Harald. Je trouvais qu'elle ne faisait pas vraiment honneur à l'université, et je ne voyais aucune raison de la soutenir en lui accordant des aides. Mais ce n'est pas moi qui contrôle tout, aussi dois-je respecter les décisions qui sont prises. Je peux arranger une entrevue avec les deux étudiants de notre département. Ils devraient pouvoir vous mettre en contact avec les autres amis d'Harald.

— Nous apprécierions beaucoup, dit Thóra avec un sourire de gratitude. En quoi cette société vous paraît-elle si affreuse ? »

Gunnar prit le temps de la réflexion.

« Nous avons eu un petit incident, il y a six mois. J'étais et je reste convaincu qu'il était lié à cette société, mais je ne peux malheureusement pas le prouver.

— Que s'est-il passé ? demanda Matthew.

— Je ne sais pas si je devrais en parler, se rétracta Gunnar, regrettant visiblement d'avoir évoqué l'affaire. On a dû étouffer cette histoire et ne pas l'ébruiter par la voie officielle.

— Quoi ? » s'exclamèrent Matthew et Thóra à l'unisson.

Gunnar hésita.

« Nous avons trouvé un doigt.

— Un doigt ? s'écrièrent-ils, de nouveau en chœur.

— Oui, l'une des femmes de ménage a trouvé un doigt à l'extérieur du foyer des étudiants. J'entends encore les hurlements de cette pauvre femme. On l'a envoyé au département de médecine légale de l'université qui, après analyses, nous a appris qu'il appartenait à une personne âgée – nous n'avons pas fait effectuer l'examen permettant de déterminer le sexe, mais il était sans doute masculin. Il était aussi atteint de gangrène.

— A-t-on prévenu la police ? demanda Thóra, abasourdie.

— J'aimerais pouvoir dire que oui, rougit Gunnar, mais après avoir mené notre propre enquête sur l'origine de ce doigt et la raison de sa présence dans nos locaux, nous avons jugé qu'il serait inapproprié d'informer les autorités, voyez-vous, si longtemps après les faits. C'était le début des vacances d'été, *et cœtera.* »

Il semblait à Thóra que les vacances scolaires n'étaient pas une excuse valable. Il fallait sans doute se féliciter que personne n'ait été en congé maternité lorsque le corps d'Harald avait été découvert. Ou que le département d'histoire n'ait pas décidé de mener l'enquête seul.

« Bien, bien, dit-elle.

— Donc qu'avez-vous fait de ce doigt ? demanda Matthew.

— Hum, nous l'avons... euh... jeté », marmonna Gunnar.

Ses joues, puis son cuir chevelu virèrent au cramoisi.

« Tout cela n'était absolument pas relié au meurtre, aussi n'y avait-il pas de raison de faire connaître ces détails sordides à la police. Ils avaient bien d'autres chats à fouetter.

— Bien, bien », répéta Thóra.

Des doigts, des yeux, des lettres parlant d'oreilles coupées – et pour la suite, quel programme ?

18

Thóra se redressa et s'appuya contre le dossier de sa chaise. Elle venait de terminer de rebrancher l'ordinateur, et il ne restait plus qu'à l'allumer. Matthew et elle avaient raccompagné l'énigmatique Gunnar Gestvík à la porte, puis s'étaient rendus dans le bureau d'Harald.

« Je dois avouer que, contrairement à vous et aux Guntlieb, je trouve la théorie d'un meurtrier mystère de plus en plus improbable. » Elle appuya sur le bouton de démarrage et un long bourdonnement lui indiqua que l'appareil se mettait bien en route. « Le sang sur les vêtements d'Hugi, par exemple. Comment vous expliquez ça, dans votre hypothèse ? » Matthew ne pipant mot, elle enfonça le clou. « Et ces articles, là ? Je ne vois pas bien le lien entre le meurtre et un mémoire de maîtrise, d'autant qu'Harald s'éloignait visiblement de son projet initial, en réunissant ces informations.

— Je le sais parfaitement », répondit Matthew sans la regarder.

Quelque chose dans sa réaction parut étrange à Thóra. Outre le fait que ce n'était pas le genre de

Matthew d'éviter son regard, elle remarqua qu'il contemplait fixement l'écran de son téléphone, comme s'il espérait que quelqu'un allait l'appeler pour le tirer de cette conversation. Thóra croisa les bras et se renfrogna.

« Vous me cachez quelque chose. »

Matthew continuait d'hypnotiser son téléphone.

« Eh bien, j'espère que je n'ai pas révélé tous mes secrets, depuis le peu de temps que nous nous connaissons, lança-t-il avec une jovialité forcée.

— Arrêtez votre cirque – vous voyez très bien ce que je veux dire. Il y a autre chose que cette histoire d'yeux disparus et d'argent envolé. » Thóra avait encore du mal à parler de la mutilation. Elle était incapable de formuler la chose clairement. En un sens, les mots ne suffisaient pas. « Parce que c'est tout ce qu'on a – oh, j'oubliais : plus un e-mail qui ne dit rien, et maintenant un doigt retrouvé à la fac, que les professeurs ont jeté dans un accès de panique.

— Même si je vous cachais quelque chose, admit Matthew en rangeant son portable dans sa poche, est-ce que vous me croiriez sur parole si je vous affirmais qu'Hugi ne peut être le meurtrier, ou du moins qu'il n'a pas pu le faire seul ? »

Thóra éclata de rire.

« Non – pas vraiment. »

Matthew se leva.

« C'est dommage. Pour tout vous dire, je n'arrive pas à me décider moi-même, au sujet de certaines informations. Je veux dire, s'il y *avait bien* autre chose, s'empressa-t-il d'ajouter.

— Imaginons que ce soit le cas – et que la personne qui puisse prendre la décision de m'inclure dans la confidence soit d'accord –, est-ce que ça ne vaudrait pas la peine de vérifier ? »

Matthew la considéra d'un air songeur, puis quitta la pièce. Thóra remarqua qu'il emportait son téléphone. Avec un peu de chance, il était sorti s'en servir. En tendant l'oreille, elle perçut le son étouffé de sa voix, dans le couloir. Sur l'écran de l'ordinateur, une petite boîte grise lui demanda d'entrer le mot de passe administrateur. Elle dut procéder par intuition : Harald, Malleus, Windows, Hexen (« ensorceler », en allemand), et quelques autres du même acabit. Aucun d'eux n'était le bon. Elle recula sur sa chaise et regarda autour d'elle, en quête d'inspiration. Sur une étagère au-dessus du bureau était posée une photographie encadrée ; elle se pencha pour l'attraper. Elle représentait une jeune fille handicapée, dans un fauteuil roulant. Pas besoin d'être grand clerc pour comprendre qu'il s'agissait de la sœur d'Harald, disparue quelques années plus tôt. Comment s'appelait-elle, déjà ? Ne portait-elle pas le même prénom que sa mère ? Qui s'appelait... Anna ? Non, mais il y avait bien un A au début. Agatha, ou Angelina. Amelia – son nom était Amelia Guntlieb. Thóra essaya cette solution, sans plus de succès. Elle soupira et décida d'entrer le prénom sans majuscule : *amelia.*

Bingo ! L'ordinateur émit le fameux petit jingle de bienvenue Windows : *deum-di-deum-di,* et Thóra se retrouva sur le Finder. Elle se demanda combien de temps la police avait mis à trouver le mot de passe, puis songea qu'ils devaient avoir un expert en informatique qui avait dû entrer par-derrière. Elle les imaginait mal passer des heures à jouer aux devinettes devant le clavier. Thóra mit un bon moment à saisir ce que représentait la photo plutôt inhabituelle en fond d'écran. Ce n'était pas tous les jours qu'elle avait l'occasion de voir l'intérieur d'une bouche sur dix-sept pouces de largeur, surtout une bouche dont la langue était perforée de deux clous argentés, et tranchée en deux par une entaille rouge vif. Elle avait beau ne pas y connaître grand-chose, elle comprit que la photographie avait été prise au moment de l'opération de la langue, pendant ou juste après. Thóra était prête à parier toute sa fortune sur l'identité du cobaye. Ce devait être Harald lui-même. Elle secoua la tête pour repousser la nausée qui montait et ouvrit Explorer ; l'application envahit instantanément l'écran, masquant l'odieuse image.

Une recherche rapide lui révéla qu'il y avait environ quatre cents documents Word stockés sur le disque dur. Elle les classa par date, en commençant par le plus récent. Les noms de fichiers étaient relativement explicites. Le point commun des documents les plus récents était de contenir tous le terme *hexen* dans leur nom. Comme il était tard, Thóra attrapa une clef USB dans son sac et copia tous les dossiers liés à la sorcellerie, afin de pouvoir les étudier tranquillement chez elle, le soir même – si Matthew avait bien voulu d'ici là lui confier ce que lui cachaient les Guntlieb. Dans le cas contraire, elle n'avait pas l'intention de passer ses heures de liberté à tergiverser, et elle leur dirait d'aller se faire voir. Elle ne voyait strictement aucun intérêt à jouer les interprètes de luxe.

Voyant que Matthew ne revenait pas, Thóra décida de rechercher les fichiers scannés. Elle découvrit soixante documents joints au format PDF. Elle les classa eux aussi par date et fit une copie des plus récents sur sa clef. Elle aurait largement de quoi s'occuper, ce soir-là. Puis elle eut l'idée d'examiner les JPEG, et fit une nouvelle recherche. Harald possédait vraisemblablement un appareil numérique, qu'il utilisait abondamment. Des centaines de fichiers apparurent, mais qui ne lui apprirent rien, car ils étaient référencés par des numéros automatiques, créés au moment du téléchargement des clichés depuis l'appareil. Harald n'avait pas pris la peine de les renommer, d'ailleurs Thóra non plus n'avait pas ce réflexe. Elle sélectionna l'affichage par vignettes pour avoir un aperçu immédiat du contenu. Elle classa les images par ordre chronologique. Elle remarqua que les plus récentes avaient été prises dans l'appartement. Les sujets étaient étranges – certaines photos ne représentaient rien en particulier, pour la plupart elles montraient la préparation détaillée d'un repas, dans la cuisine. On ne voyait pas de visages, mais des mains apparaissaient sur deux clichés, que Thóra copia également, au cas où ce seraient celles de l'assassin. On ne savait jamais. Le reste consistait en un énorme plat de pâtes à différents stades d'élaboration, et Thóra les laissa de côté.

En remontant dans le temps, elle remarqua que de nombreuses photos étaient très embarrassantes pour les protagonistes, car prises pendant toutes sortes d'actes sexuels. Tout en faisant défiler les vignettes, elle rougit pour eux. Elle aurait voulu les agrandir, mais elle n'avait pas envie que Matthew entre dans la pièce à l'improviste et la surprenne en train de fouiner. Elle tomba ensuite sur une collection de vues de l'opération de la langue, y compris celle qu'Harald avait choisie comme fond d'écran. Il était impossible de déterminer qui était présent, mais plusieurs torses étaient visibles, que Thóra copia aussi. Les autres fichiers contenaient diverses scènes visiblement tirées de fêtes très mouvementées, intercalées avec des paysages islandais et des souvenirs de voyages – ce qui paraissait complètement incongru, dans un tel contexte. Bon nombre d'entre eux étaient très sombres et on ne distinguait guère que des parois de roche grise – en les élargissant, Thóra crut apercevoir une croix sculptée. Une série entière avait été prise dans un petit village qu'elle ne reconnaissait pas, d'autres dans un musée où était exposé ce qui ressemblait à des manuscrits anciens, ainsi qu'un bloc de basalte dans une vitrine. Elle aperçut également un panneau, et espéra déchiffrer le nom du musée ; de plus près, tout ce que disait l'écriteau, c'était « Photographies interdites ». Thóra abandonna ensuite ses recherches : elle arrivait à des photos trop anciennes pour espérer qu'elles aient un lien avec le meurtre. Elle ouvrit la boîte mail pour en vérifier le contenu. Dans le dossier de réception se trouvaient sept messages non lus. Il avait dû en arriver bien plus depuis la mort d'Harald, mais la police les avait vraisemblablement ouverts.

Matthew revint dans la pièce et Thóra leva le nez de l'écran. Un sourire tordu aux lèvres, il se rassit sur sa chaise.

« Eh bien ? demanda Thóra avec impatience, curieuse d'entendre ce qu'il avait à dire.

— Eh bien », répéta Matthew en se penchant en avant. Il posa les coudes en appui sur ses genoux et

joignit les mains comme s'il allait se mettre à prier.
« Avant que je vous dise ce que vous estimez avoir le droit de savoir, commença-t-il, en accentuant le terme *estimez*, vous devez me promettre une chose.

— Quoi ? » Thóra était certaine de connaître par avance sa réponse.

« Ce que je m'apprête à vous dire est absolument confidentiel, rien ne doit sortir de cette pièce. Avant de vous raconter quoi que ce soit, je dois avoir confirmation que vous garderez le secret. Vous comprenez ?

— Comment suis-je censée savoir si je pourrai garder un secret quand je n'ai pas la moindre idée de son contenu ? »

Matthew haussa les épaules.

« C'est un risque que vous devez prendre. Je peux vous dire très franchement que vous aurez envie d'en parler à quelqu'un – pour que vous mesuriez bien que je ne vous prends pas au piège.

— À qui aurai-je envie d'en parler ? demanda Thóra. Ça m'a l'air important, dites donc.

— À la police, répondit Matthew sans hésiter.

— Vous ou la famille d'Harald possédez des informations qui pourraient se révéler importantes dans cette affaire, mais vous avez décidé de les garder secrètes ? Est-ce que j'ai bien compris ce que vous êtes en train de me dire ?

— Ouaip.

— Bien, bien », fit Thóra.

Elle y réfléchit un moment. Un certain sens de l'éthique l'obligeait à révéler aux autorités tout renseignement qui pourrait conduire à un procès public, aussi le plus sage serait-il de refuser cette offre et de dire à la police que Matthew dissimulait des preuves liées au meurtre. D'un autre côté, elle avait bien conscience qu'il nierait cette accusation et que c'en serait terminé de leur collaboration. Ce qui n'était dans l'intérêt de personne. Dans une interprétation quelque peu élastique sur le plan éthique, elle pouvait en conclure qu'il ne lui restait qu'à tenir sa langue et, armée de ces nouvelles informations, à faire de son mieux pour résoudre l'énigme à laquelle ils étaient confrontés. Ainsi, tout le monde serait content. Thóra ressassa ce scénario en silence. C'était une solution plutôt douteuse, mais elle faisait de son mieux en terrain miné – le code de l'éthique devait laisser une place aux circonstances atténuantes, quand la fin justifiait les moyens. Sinon, eh bien il était temps de le changer.

« D'accord, finit-elle par répondre. Je promets de ne révéler à personne – pas même à la police – ce que vous êtes sur le point de me dire. » Matthew sourit, ravi, mais avant qu'il ait pu réagir, Thóra s'empressa de préciser : « Toutefois, en retour, vous devez me promettre que, si ce secret que vous gardez prouve l'innocence d'Hugi, et si nous n'avons pas d'autre moyen de la démontrer, nous transmettrons cette information aux autorités avant le début du procès. » Matthew ouvrit la bouche pour commenter, mais Thóra n'en avait pas terminé. « Et les autorités ne sauront pas que j'étais au courant. Et... »

Matthew l'interrompit net. « Plus de *et* – je vous en prie. » Ce fut son tour de peser le pour et le contre. Il ne quitta pas Thóra des yeux. « D'accord. Vous ne dites rien, et je mettrai la police au courant de cette lettre si nous n'arrivons pas à prouver l'innocence d'Hugi avant le procès. »

Une lettre ? Encore une ? Thóra commençait à croire que tout cela n'était qu'une vaste farce – seules les photographies de l'autopsie, encore très fraîches dans son esprit, lui prouvaient le contraire.

« De quelle lettre parlez-vous ? Je respecterai ma promesse.

— De celle qu'a reçue la mère d'Harald, peu de temps après le meurtre. Les éléments qu'elle contenait les ont convaincus, elle et son mari, que le suspect ne pouvait être le coupable. Elle a été envoyée après le début de la garde à vue d'Hugi – il était donc dans l'incapacité de se rendre à la poste. Je doute que la police lui ait fait la faveur de s'en charger pour lui – ne serait-ce que parce qu'ils auraient commencé par en lire le contenu.

— À savoir ? demanda Thóra, bouillant d'impatience.

— Elle ne disait rien de particulier – mais en soi elle était très déplaisante pour la mère d'Harald. Et elle était écrite avec du sang. Le sang d'Harald.

— Berk ! » s'exclama Thóra, incapable de se retenir. Elle tenta d'imaginer l'effet que cela pouvait faire à une mère de recevoir une lettre écrite avec le sang de son fils mort, mais elle n'y parvint pas. C'était trop infâme. « De qui était cette lettre ? Elle était signée ? Et comment avez-vous su qu'il s'agissait du sang d'Harald ?

— La lettre était rédigée en islandais et signée du nom d'Harald, mais un expert en graphologie a établi qu'il ne s'agissait pas de son écriture. Il n'a pas pu être totalement formel, car c'était écrit avec un instrument rugueux, ce qui compliquait la comparaison avec l'écriture normale d'Harald. Alors on a fait procéder à toutes sortes d'examens sur la lettre, notamment sur la nature du sang utilisé. Et il s'est avéré que c'était bien le sien – de manière indiscutable. En fait, ils ont aussi trouvé des traces de sang appartenant à un passereau, qui apparemment avait été mélangé à celui d'Harald, d'après ce qu'en a déduit le laboratoire. »

Thóra écarquilla les yeux. Du sang d'oiseau ? Voilà qui la dégoûtait plus encore que du sang humain.

« Que disait la lettre ? Vous l'avez avec vous ?

— Pas l'original, si c'est ce que vous voulez dire. Sa mère n'a pas voulu s'en séparer, pas plus que d'une copie. Elle l'a peut-être même détruite. C'était parfaitement répugnant. »

Thóra ne put cacher sa déception.

« Alors quoi ? Je dois savoir ce qu'elle contenait. Vous l'avez fait traduire ?

— Oui. C'était un poème d'amour, qui commençait gentiment mais tournait assez vite au vinaigre. » Il adressa un sourire à Thóra. « Vous avez de la chance que j'aie réussi à le copier – voyez-vous, c'est à moi qu'on a confié la tâche de le traduire, avec l'aide d'un dictionnaire islandais-allemand. Le résultat ne mériterait pas un prix de traduction, mais le sens était évident. » Tout en parlant, Matthew sortit de la poche de sa veste une feuille de papier A4 pliée, qu'il tendit à Thóra. « Je n'ai peut-être pas recopié correctement certaines des lettres – je ne les reconnaissais pas toutes –, mais je pense que c'est assez proche de l'original. »

Thóra lut le poème, qui était long, si l'on

considérait qu'il avait été écrit avec du sang. Elle n'imaginait pas quelle quantité avait été nécessaire pour dessiner tous ces signes. Matthew avait tout retranscrit en majuscules – sans doute pour se conformer à l'original.

Je te regarde,
Mais tu m'accordes
Amour et tendresse
De tout ton cœur.
Ne te repose en nul lieu
Ne demeure en nul lieu,
Si tu ne m'aimes.
Je demande à Odin
Et à tous ceux
Qui sauront déchiffrer
Les runes des femmes
Qu'en ce monde
En nul lieu tu ne te reposes
Ou ne prospères
Si tu ne m'aimes
De tout ton cœur.

Puis dans tes os
Tu brûleras totalement
Et dans ta chair
Ce sera pire encore.
Que la malchance te frappe
Si tu ne m'aimes,
Que tes jambes se paralysent,
Que jamais tu ne récoltes le moindre honneur
Ou la moindre joie.
Brûle donc,

Que ta chair pourrisse,
Que tes vêtements se déchirent,
Si de ton plein gré
Tu ne me souhaites tien.

Thóra se sentit mal à l'aise – ce poème était macabre. Elle leva les yeux vers Matthew. « Je ne le reconnais pas, malheureusement. Qui peut être capable d'une chose pareille ?

— Je n'en ai pas la moindre idée, avoua Matthew. L'original était encore plus repoussant, il était écrit sur de la peau – du parchemin. Il faut vraiment être complètement dérangé pour infliger ça à la mère d'un homme mort.

— Pourquoi sa mère ? Son père ne l'a pas reçu ?

— Il y avait autre chose. En allemand. Je ne l'ai pas recopié, mais je me rappelle plus ou moins ce que ça disait.

— Et alors ?

— C'était un court texte – quelque chose dans l'esprit de : *Mère, j'espère que ce poème vous plaira, ainsi que le cadeau. Votre fils Harry.* Et le mot *fils* était souligné deux fois.

— Quel cadeau ? demanda Thóra en levant une nouvelle fois les yeux de la page. La lettre était accompagnée d'un paquet ?

— Non, pas d'après ses parents, et je les crois. Ils étaient à bout de nerfs, après réception de la lettre, et certainement pas en état d'inventer un mensonge crédible.

— Pourquoi était-ce signé *Harry* ? Est-ce que l'auteur manquait de sang ?

— Non, c'est son frère aîné qui l'appelait Harry,

quand ils étaient petits. Une poignée de gens seulement connaît ce surnom – et c'est une des raisons pour lesquelles la lettre a eu un tel impact sur sa mère. »

Thóra se tourna vers Matthew.

« Est-ce qu'elle le traitait mal ? Est-ce que ce que dit le poème est vrai ? » Elle repensa au petit garçon solitaire, sur les photographies de famille.

Matthew ne répondit pas immédiatement. Et lorsqu'il se décida, ce fut en choisissant soigneusement ses mots. À l'évidence, il importait pour lui de s'exprimer avec justesse, sur les affaires privées de ces employeurs qu'il avait l'air de respecter au plus haut point. « Je vous jure que je n'en sais rien. C'est plutôt comme si elle l'évitait. Mais ce que je sais, c'est que s'ils avaient eu une relation normale, elle aurait envoyé cette lettre à la police islandaise. La lettre a clairement touché un point sensible. » Il se tut un instant, et observa Thóra d'un air songeur. « Elle a demandé à vous parler. De mère à mère.

— À moi ? » Thóra se retrouva bouche bée. « Qu'est-ce qu'elle me veut ? Se justifier envers moi de son comportement bizarre à l'égard de son enfant ?

— Elle ne me l'a pas précisé. Elle a juste dit qu'elle souhaitait vous parler, mais pas maintenant. Elle a besoin de temps pour dépasser l'état de choc. »

Thóra ne sut quoi répondre. Bien sûr, si cette femme insistait, elle lui parlerait, mais il faudrait qu'il coule de l'eau sous les ponts avant qu'elle console quelqu'un qui avait maltraité son enfant.

« Je ne vois pas de mobile derrière cette lettre, dit-elle pour changer de sujet.

— Moi non plus, répondit instantanément Matthew. C'est tellement fou, cette mise en scène pour faire comme si c'était Harald qui l'avait envoyée lui-même, que je pense que le tueur est un psychopathe. »

Thóra fixa la feuille de papier.

« Est-ce que la personne qui l'a écrite a pu vouloir dire qu'Harald était mort et qu'il reviendrait hanter sa mère ?

— Pourquoi une telle manœuvre ? demanda Matthew d'un ton raisonnable. Qui pourrait espérer tirer profit d'une torture aussi ignoble ?

— Harald, bien sûr, si ce n'est qu'il était mort. Sa sœur, qui sait ? Peut-être que sa mère la maltraitait, elle aussi ?

— Non. Elle n'a pas été maltraitée – je peux vous l'assurer. Elle est la prunelle des yeux de ses parents.

— Alors qui ? » Thóra se sentait patauger.

« Pas Hugi, en tout cas. Sauf s'il avait un complice.

— Quel dommage que nous n'ayons pas été au courant de ce sang sur ses vêtements, quand nous l'avons interrogé ce matin. » Thóra consulta sa montre. « Peut-être qu'on me laissera lui parler au téléphone. » Elle appela les renseignements et nota le numéro de la prison. Le responsable de service lui donna l'autorisation de s'entretenir avec Hugi, à la condition de faire vite. Elle attendit impatiemment pendant plusieurs minutes en écoutant la « Lettre à Élise » au synthétiseur, jusqu'à ce qu'un Hugi essoufflé se matérialise enfin à l'autre bout du fil.

« Allô ?

— Oui, bonjour Hugi. C'est Thóra Gudmundsdóttir, on s'est vus ce matin. Je ne te retiendrai pas longtemps, mais nous avons malheureusement oublié de te questionner sur le sang retrouvé sur tes vêtements. Comment l'expliques-tu ?

— Quelle merde, ce putain de sang, grogna Hugi. La police m'a déjà posé la question. Je ne sais pas de quel T-shirt taché ils parlent, mais j'ai expliqué le sang qui se trouvait sur mes vêtements la veille.

— Comment ?

— Pendant la fête, Harald et moi on est allés aux toilettes pour sniffer. Il s'est mis à saigner du nez comme un malade, et il m'a éclaboussé. Les toilettes étaient minuscules.

— Tu n'as pas pu le faire confirmer par des témoins ? demanda Thóra. Aucun des invités ne se rappelle t'avoir vu sortir des toilettes couvert de sang ?

— J'étais pas vraiment couvert de sang. Et puis tous les autres étaient défoncés aussi. Personne en a parlé. Personne a même remarqué, je crois. »

Aïe, pensa Thora.

« Mais le T-shirt taché de sang, dans ton armoire – tu sais comment il est arrivé là ?

— J'en ai pas la moindre idée. » Après un court silence, il ajouta : « Je crois que c'est les flics qui l'ont mis là, pour me piéger. J'ai pas tué Harald, et j'ai pas épongé son sang avec un T-shirt. Je sais même pas s'il est à moi, ce T-shirt ! Ils ont pas voulu me laisser le voir.

— Ce sont des accusations graves, Hugi, et pour tout te dire, je ne crois pas que la police fasse ce genre de choses. Il doit y avoir une autre explication, si tu dis bien la vérité. » Elle raccrocha, puis répéta à Matthew le contenu de la conversation.

« Eh bien, il peut en expliquer la moitié, résumat-il. Nous devons interroger d'autres invités de cette fête, ils se rappelleront peut-être cette histoire de saignement de nez.

— Oui, approuva Thóra, tout en se disant que ce serait sans doute peine perdue. Mais même s'ils s'en souviennent, il reste encore à expliquer le T-shirt dans l'armoire. »

Un *ping* monta de l'ordinateur, et ils se tournèrent tous deux vers l'écran. En bas à droite apparut un petit onglet avec le message suivant : « Vous avez 1 nouveau message. » Thóra se saisit de la souris et cliqua sur la petite enveloppe.

C'était un e-mail – de Mal.

19

Salut, Harald le mort,

Qu'est-ce qui se passe, vieux ? Je reçois des messages de gens qui prétendent être la police islandaise, et aussi d'une avocate de merde. (Thóra ne put s'empêcher de grimacer, même si elle avait connu des sobriquets bien plus crus, au cours de sa carrière.) *Ces connards racontent que tu es mort – j'y crois pas, les cons. Envoie-moi un petit mot, quand même – c'est franchement bizarre, tout ça.*

Ciao

Mal

« Vite, vite, ordonna Matthew. Répondez pendant qu'il est toujours derrière son ordinateur. »

Thóra cliqua précipitamment sur « Répondre ». « Et qu'est-ce que je dis ? demanda-t-elle tout en tapant machinalement “Cher Mal”.

— N'importe quoi, ce que vous voudrez », répliqua Matthew d'un ton sec. *Très utile, vraiment.*

Thóra se lança.

Malheureusement, Harald est bel et bien mort. Il a été assassiné et ne vous répondra donc pas. Je suis l'« avocate de merde » qui a essayé de vous contacter l'autre jour; l'ordinateur d'Harald est sous ma garde. Je travaille pour les Guntlieb – ils cherchent désespérément à retrouver l'assassin. Un jeune homme est actuellement en garde à vue mais il est probablement innocent et je soupçonne que vous détenez des informations susceptibles de nous aider. Savez-vous ce qu'Harald clamait avoir trouvé et l'identité de ce « pauvre con » auquel il fait référence dans le dernier message qu'il vous a envoyé ? Merci de me communiquer un numéro de téléphone où je puisse vous joindre.

Cordialement,

Thóra

Matthew lut au fur et à mesure et dès qu'elle eut terminé – en un temps record – il grogna avec un geste impatient de la main : « Envoyez-le, envoyez-le. »

Elle s'exécuta, et ils attendirent en silence pendant quelques minutes. Une fenêtre pop-up finit par leur annoncer un nouveau message. Ils échangèrent un regard surexcité avant que Thóra l'ouvre. Et ils se trouvèrent aussi déçus l'un que l'autre.

Avocate de merde – va te faire foutre. Et emmène donc les Guntlieb avec toi. Vous êtes tous des cons. Plutôt mourir que de vous aider.

Avec toute ma haine,

Mal

Thóra expira lentement. On pouvait dire qu'il ne mâchait pas ses mots. Elle se tourna vers Matthew.

« Vous pensez qu'il plaisante ? »

Même en la regardant dans les yeux, Matthew n'aurait su dire si elle était sérieuse. Il décida que non.

« Bien sûr, qu'il plaisante – je vous parie qu'il va nous envoyer un autre e-mail avec des smileys bondissant à travers tout l'écran pour nous inviter à dîner avec les Guntlieb. » Il émit une sorte de grognement. « Merde. À l'évidence, Harald n'était pas tendre avec ses parents, quand il en parlait avec ses amis. Je pense qu'on peut oublier ce gars. »

Thóra poussa un soupir.

« Est-ce qu'on n'est pas en train de perdre notre temps, alors ? On pourrait par exemple aller à Kaffibrennslan, histoire de discuter avec le serveur qui a fourni son alibi à Halldór. J'admets que son témoignage est plutôt mince. Et s'il ne travaille pas aujourd'hui, on pourra toujours prendre un café. »

Ravi, Matthew se leva d'un bond. Thóra retira discrètement sa clef USB de l'ordinateur, la glissa dans son sac à main et éteignit l'appareil.

Il n'y avait pas beaucoup de clients, à Kaffibrennslan, aussi Thóra et Matthew eurent-ils tout le choix des places. Ils s'installèrent à une table située près du bar, au rez-de-chaussée. Tandis que Thóra se débattait pour faire tenir son anorak sur le dossier de sa chaise, Matthew essaya d'attirer l'attention de la jeune serveuse. Puis il se tourna vers Thóra.

« Pourquoi vous n'avez pas mis le manteau que vous portiez ce matin ? demanda-t-il en considérant d'un air ébahi l'énorme anorak molletonné étalé sur la chaise – les manches étaient tellement rembourrées de duvet de canard qu'elles tenaient presque toutes seules à angle droit.

— Parce que j'avais froid, répliqua Thóra, aussi surprise par sa question que lui semblait l'être par son manteau. Je le garde au bureau – je portais cet anorak en venant travailler ce matin, et je le porterai aussi sur le chemin du retour. Il ne vous plaît pas ? »

Il suffisait de voir l'expression de Matthew pour saisir la réponse.

« Charmant – si vous étiez en train de faire des prélèvements dans la banquise en Antarctique. »

Thóra leva les yeux au ciel.

« Mon Dieu, que vous êtes coincé, conclut-elle en adressant un sourire à la serveuse qui était apparue près de leur table.

— Je peux vous aider ? » demanda la jeune fille en lui rendant son sourire. Un court tablier noir était noué autour de sa taille fine, et elle tenait à la main un petit bloc, prête à prendre leur commande.

« Oui, s'il vous plaît, répondit Thóra. Je voudrais un double espresso. » Elle se tourna vers Matthew. « Et pour vous, ce sera du thé dans une tasse en porcelaine ?

— Ha, ha. Très drôle, lâcha-t-il en se tournant vers la serveuse pour commander la même chose que Thóra.

— OK, fit la jeune fille sans noter la commande. Autre chose ?

— Oui et non, ajouta Thóra. Nous nous demandions si Björn Jónsson était là. Nous voudrions échanger quelques mots avec lui.

— Bjössi ? dit la fille, surprise. Oui, il vient d'arriver. » Elle jeta un coup d'œil à la pendule au mur. « Son service commence juste. Vous voulez que je vous l'envoie ? »

Thóra la remercia et la fille partit chercher Bjössi et leurs cafés.

Matthew lança un sourire charmeur à Thóra. « Votre anorak est merveilleusement chic. Vraiment. C'est juste qu'il est tellement... énorme.

— Apparemment, cette histoire de taille ne vous a pas empêché de flirter avec Bella. Pourtant elle est énorme, elle aussi – tellement énorme qu'elle a son propre centre de gravité. Au bureau, les porte-documents se mettent automatiquement en orbite autour d'elle. Peut-être que vous devriez vous dégotter un anorak comme le mien. Ils sont incroyablement confortables.

— Impossible, répliqua Matthew en lui souriant toujours. Parce que alors vous seriez obligée de vous asseoir à l'arrière, dans la voiture. Ça ne marcherait pas. Impossible de faire entrer deux anoraks de cette taille à l'avant. »

Cette passionnante discussion fut interrompue par le retour de la serveuse, avec leurs boissons. Elle était accompagnée d'un jeune homme. Il était beau, de manière un peu féminine – ses cheveux noirs étaient étonnamment bien coupés et coiffés, et il n'avait pas une ombre de barbe sur les joues.

« Bonjour, vous vouliez me parler ? » Il avait une voix chantante.

« Oui, vous êtes bien Björn ? » demanda Thóra en prenant une des tasses. Le jeune homme répondit par l'affirmative et elle expliqua qui ils étaient. Elle jugea inutile de l'embrouiller en lui parlant anglais, et s'en tint à l'islandais. Matthew resta silencieux et se contenta de siroter son café.

« Nous voudrions vous poser quelques questions sur la nuit du meurtre, et sur Halldór Kristinsson. »

Bjössi hocha gravement la tête.

« Bien sûr, pas de problème – j'ai le droit de vous parler, n'est-ce pas ? Ce n'est pas contre les règles ? »

Thóra lui assura que non, et le jeune homme poursuivit : « Je travaillais ici, avec le reste de l'équipe, en fait. Ce n'est pas comme aujourd'hui, le week-end, dit-il en balayant du regard la salle à moitié vide. C'est bourré de monde.

— Mais vous vous souvenez de lui en particulier ? » Thóra chercha à ne pas avoir l'air de mettre en doute sa parole.

« Dóri ? Vous parlez, oui, répondit Bjössi d'un air important. Je commençais à bien le reconnaître – si vous voyez ce que je veux dire. Lui et son ami, là – l'étudiant étranger qui s'est fait tuer –, ils venaient souvent ici et on ne pouvait pas s'empêcher de les remarquer. Surtout l'étranger, il sortait vraiment du lot. Il m'appelait tout le temps Bear – l'Ours, en anglais. C'est ce que veut dire mon nom. Parfois Dóri venait seul, aussi, et on discutait un peu au bar.

— Et ce soir-là, il vous a parlé ?

— Non, on n'était pas dans ce genre d'ambiance. C'était la folie et je courais dans tous les sens comme un dingue. Mais je lui ai dit bonjour et on a échangé quelques mots. Il avait l'air maussade, en fait, alors je n'ai pas insisté.

— Vous savez exactement quand il est arrivé ? le pressa Thóra. D'après ce que vous avez dit, vous n'aviez pas vraiment le temps de noter ce genre de détails – et puis vous n'aviez aucune raison.

— Ah, oui. Il a mis sa note sur une ardoise, pour ne pas avoir à payer à chaque commande. Nous notons toujours le nom d'un client quand il ouvre une ardoise, ainsi que l'heure, et aussi quand il la paie. » Björssi lança à Thóra un sourire de conspirateur. « Il a bien fait d'utiliser ce système, ce soir-là, parce qu'il s'est pris une sacrée biture. Sa carte de crédit aurait fondu, s'il avait fallu la faire chauffer à chaque coup.

— Je vois. Mais êtes-vous certain qu'il est resté assis là à boire constamment, jusqu'à l'arrivée de ses amis, vers 2 heures ? Est-ce qu'il n'aurait pas pu s'éclipser sans que vous le remarquiez ? »

Björssi marqua une pause pour réfléchir à la question.

« Eh bien, évidemment, je ne peux pas jurer qu'il est resté là tout le temps. J'en étais presque certain et c'est ce que j'ai dit à la police, mais à la réflexion, je l'ai peut-être déduit de tout ce qu'il avait bu – et, bien sûr, ce n'est pas moi qui l'ai servi à chaque fois. Il a pu faire mettre des boissons sur sa note par quelqu'un d'autre – je ne sais pas. D'un autre côté, ajouta-t-il en agitant les mains autour de lui, ce n'est pas un endroit immense, et sérieusement, je l'aurais remarqué, s'il était sorti. Il me semble, en tout cas. Enfin, je crois. »

Thóra arrivait au bout de ses questions. Ce serveur n'avait plus l'air si sûr de lui et la confiance qu'elle avait dans l'alibi d'Halldór était sérieusement ébranlée. Après avoir remercié Björssi, elle lui tendit sa carte, au cas où quelque chose lui reviendrait plus tard. Elle se tourna vers son café refroidi et, entre deux gorgées, raconta à Matthew ce que le jeune homme lui avait appris. Ils terminèrent leur tasse et Thóra se rendit compte qu'il était l'heure de rentrer ; ils réglèrent l'addition et quittèrent les lieux.

Il était près de 17 heures, mais la circulation était encore fluide. Les gens ne se hasardaient pas dans le froid et les rafales. La poignée de passants sur les trottoirs se hâtaient sans prendre le temps de faire du lèche-vitrines ou des courses. Au lieu de repasser par son bureau, Thóra décida de demander à Matthew de la conduire à son parking, afin de pouvoir rentrer chez elle directement. Elle appela Bella pour la prévenir qu'elle ne reviendrait que le lendemain matin, et pour s'enquérir des nouvelles survenues pendant son absence.

« Allô ? fit la voix, sans mentionner de nom de société, ou de nom tout court.

— Bella, dit Thóra en essayant de masquer son mécontentement, c'est Thóra. Je ne repasserai pas ce soir. Mais je serai là demain matin à 8 heures.

— Hein-hein, fit la voix, impénétrable.

— Pas de messages pour moi ?

— Comment je le saurais ? demanda Bella.

— Comment vous le sauriez ? Eh bien, je suis assez optimiste pour croire qu'une secrétaire et standardiste ait pu accidentellement prendre un message. Mais c'est totalement absurde de ma part. »

Un court silence suivit cette saillie, et Thóra entendit presque Bella compter les secondes à voix basse.

« Il est 17 heures – je n'ai plus rien à vous dire. Ma

journée est terminée. » Sur ces paroles, Bella raccrocha.

Thóra fixa son portable d'un air hébété, puis lâcha – plus pour elle-même que pour Matthew : « Et si Bella et cet énergumène de Mal n'étaient qu'une seule et même personne ?

— Quoi ? »

Matthew avait atteint le parking, et il se gara. « Oh, rien, répondit Thóra en débouclant sa ceinture de sécurité. Qu'est-ce que vous faites, le soir, au fait ?

— Rien de particulier. Je sors dîner, parfois je fais un tour jusqu'aux bars du centre-ville – j'ai même fait un peu de tourisme, des musées, des choses comme ça. »

Thóra eut un pincement de pitié pour lui ; il devait se sentir plutôt seul. « Demain c'est vendredi, et mes enfants passent le week-end chez leur père. Pourquoi ne viendriez-vous pas chez moi manger un morceau pendant le week-end ? Vous en dites quoi ? »

Matthew sourit.

« Génial. Si vous me promettez de ne pas faire du poisson. Si je mange encore un gramme de poisson, il va me pousser des nageoires.

— Non, je pensais à quelque chose de plus consensuel, comme commander une pizza », répondit Thóra avant de sortir de la voiture.

Elle espéra que Matthew aurait le bon goût de partir avant qu'elle atteigne la voiture que lui avait prêtée le garage. S'il trouvait son anorak ringard, il aurait sans doute une attaque en apercevant le véhicule qu'elle conduisait. Mais son vœu ne fut pas exaucé – Matthew voulait s'assurer qu'elle montait à bord de sa voiture et, alors qu'elle déverrouillait la portière, elle l'entendit crier dans son dos. Elle se retourna et l'aperçut, penché par la vitre de sa voiture.

« Dites-moi que c'est une blague, s'exclama-t-il d'une voix de stentor. C'est vraiment votre voiture ? »

Thóra décida d'ignorer son rire moqueur.

« On échange ? »

Matthew secoua la tête et remonta la vitre. Puis il s'éloigna et, avant qu'il disparaisse, elle put voit qu'il gloussait toujours tout seul.

La veille au soir, Thóra s'était organisée pour que sa fille aille chez une de ses copines, après l'école. Elle passa donc la chercher et remercia chaleureusement la mère de la petite, une jeune femme impeccable qui lui répondit que c'était plus facile de les avoir toutes les deux car elles s'occupaient ensemble. Thóra accepta sa proposition de recommencer l'expérience et lui dit qu'elle espérait pouvoir lui rendre la faveur un de ces jours. *Quand les poules auront des dents,* ajouta-t-elle intérieurement.

Elle trouva une véritable foule dans son entrée – les amis de Gylfi étaient en train de quitter les lieux. Le sol était jonché d'un tas de manteaux, de baskets et de sacs à dos dans un état avancé de déréliction. Les propriétaires de ces panoplies, trois garçons dégingandés que Thóra connaissait bien et une fille qui lui était moins familière, se préparaient à partir et essayaient d'identifier leurs chaussures respectives.

« Salut », lança Thóra d'un ton amical en se frayant un chemin au milieu du groupe. Son fils lui adressa un regard depuis la porte du couloir. Il avait l'air aussi morose que quand elle l'avait laissé le matin.

« Vous faisiez vos devoirs ? » demanda sa mère, bien consciente que c'était impensable. À cet âge, les adolescents ne travaillaient pas ensemble – quiconque osait suggérer une chose pareille se retrouvait immédiatement banni du groupe. Mais en tant que parent, son rôle consistait entre autres à faire ce genre de remarques stupides.

« Euh, non », répondit Patti, le meilleur ami de Gylfi depuis des années. C'était un bon gars, et il avait un numéro qui consistait à savoir à l'heure près combien de temps il lui restait à écouler avant de pouvoir passer son permis. Une ou deux fois, Thóra avait pris la peine de vérifier, et elle devait bien avouer que les chiffres tombaient juste.

Thóra sourit à la fille, qui détourna timidement le regard. Elle n'arrivait pas à se rappeler son nom, bien que la petite ait commencé à venir de plus en plus à la maison, ces derniers temps. Gylfi avait beaucoup mûri – peut-être était-il amoureux d'elle, peut-être même qu'ils sortaient ensemble ? Elle avait l'air mignonne, mais à côté de Gylfi et de ses amis, elle était vraiment haute comme trois pommes.

Sóley, qui avait suivi Thóra à l'intérieur, avait retiré ses chaussures et son manteau, avant de les ranger bien proprement à leur place. Elle jeta un regard aux adolescents, se planta face à eux, les mains sur les hanches, et leur demanda d'une voix de gardienne d'immeuble revêche : « Vous étiez en train de sauter sur les lits ? On n'a pas le droit de faire ça – ça bousille le matelas. »

Gêné, son frère piqua un fard et se mit à hurler : « Mais qu'est-ce que j'ai fait pour mériter une famille de débiles pareils ? Je vous déteste, toutes les deux ! »

Il sortit en trombe en claquant la porte derrière lui. Visiblement embarrassés, ses amis s'empressèrent de quitter les lieux.

« Bye-bye », dit Patti en sortant le dernier. Avant que la porte se referme complètement, il sembla pris d'un remords et passa de nouveau la tête par l'embrasure. « Vous êtes beaucoup moins débiles que ma famille à moi – Gylfi traverse une mauvaise passe, c'est tout. »

Thóra sourit et le remercia. C'était au moins un effort pour être poli – même si les termes auraient pu être mieux choisis.

« Bien, annonça-t-elle à sa fille, et si on faisait à dîner ? » La petite hocha consciencieusement la tête et emporta un des sacs de commissions dans la cuisine.

Après un dîner tous les trois – des lasagnes au micro-ondes que Thóra avait achetées sur le chemin du retour, et des naans qu'elle avait pris pour du pain à l'ail –, Sóley partit jouer dans sa chambre, tandis que Gylfi débarrassait la table. Il paraissait évident qu'il regrettait de s'être monté grossier et d'avoir mis en doute les facultés mentales de sa mère et de sa sœur, mais il ne se décidait pas à s'excuser. Thóra feignit la nonchalance, en espérant qu'elle optait pour la bonne approche – peut-être finirait-il par lui raconter ce qui le tracassait. Elle pensait lui avoir bien exprimé qu'elle était là s'il avait besoin d'elle, quand il voudrait. Elle l'embrassa prudemment sur la joue pour le remercier de son aide et fut récompensée par un sourire abruti. Puis Gylfi retourna lui aussi dans sa chambre.

Thóra décida de profiter du calme qui était subitement revenu pour examiner les fichiers qu'elle avait copiés sur l'ordinateur d'Harald. Elle alla chercher son portable et s'installa sur le canapé. Elle commença par la préparation du repas et l'opération de la langue, qui datait du 17 septembre. Elle ouvrit les clichés un par un, pour agrandir les zones qui lui paraissaient intéressantes, et l'effet était légèrement moins révoltant. Les thèmes centraux étaient la bouche et les instruments, mais de nombreux détails apparaissaient, autour de la mâchoire d'Harald. L'opération avait visiblement eu lieu chez quelqu'un, car le décor environnant ne pouvait être celui d'un cabinet de médecin ou de dentiste. Elle aperçut une table basse recouverte de verres presque tous vides, de canettes de bières et autres déchets – ainsi qu'un énorme cendrier, rempli à ras bord. Il ne s'agissait pas non plus de l'appartement d'Harald. La pièce semblait beaucoup plus miteuse et en désordre que le domicile moderne et rutilant du jeune homme. Sur l'une des photos apparaissait une partie du corps de la personne qui pratiquait l'opération ou jouait les assistants. Il ou elle portait un T-shirt marron clair orné d'un slogan que les plis rendaient illisible. Thóra réussit néanmoins à discerner le nombre *100* et les lettres *...lico...* Sur les deux premières photos, l'incision n'avait pas encore été faite, mais la troisième avait été prise juste après le passage du scalpel – le sang dégoulinait aux coins de la bouche d'Harald et on distinguait un bras éclaboussé d'écarlate. Le sang avait dû gicler partout – si c'était comme pour les blessures à la tête, la langue avait dû saigner abondamment. Thóra plissa les yeux pour mieux voir le bras, et agrandit ce qui ressemblait à un tatouage. Elle constata qu'elle avait eu raison – le mot « merde » était imprimé dans le bras. Sans décorations ni fioritures, juste « merde ». Elle ne vit rien d'autre de prometteur sur les photos de la langue.

Celles du repas avaient retenu son attention car elles avaient été prises juste avant le meurtre d'Harald – au moment où Hugi disait qu'il s'était replié de son côté, en laissant ses amis en plan. Les propriétés du fichier lui confirmèrent qu'elles dataient du mercredi, soit trois jours avant le meurtre. Thóra examina les deux clichés, en se concentrant sur les mains en train de préparer une salade et de couper du pain. Il était évident qu'elles appartenaient à deux personnes distinctes. Les premières étaient recouvertes de cicatrices – des images gravées, notamment un pentacle, et un smiley avec la bouche tournée vers le bas et des cornes. Celles d'Harald, vraisemblablement. Les autres étaient nettement plus délicates – des mains féminines aux doigts fins et aux ongles courts et soignés. Thóra zooma sur une bague, apparemment sertie d'un diamant, ou d'une autre pierre transparente. Le bijou était trop ordinaire pour frapper la mémoire, mais elle pouvait toujours tenter de le montrer à Hugi, pour voir s'il le reconnaissait.

Une pensée ne cessait de l'obséder depuis qu'elle avait mis les pieds pour la première fois dans l'appartement d'Harald. C'était la présence de ce magazine allemand, *Bunte,* dans les toilettes. Elle était absolument certaine que jamais Harald n'aurait lu ce genre de presse. Peu probable qu'un Islandais s'y soit davantage intéressé. Il avait dû être apporté par un Allemand – ou plutôt une Allemande. Tom Cruise et sa petite amie étaient en couverture, réjouis par un heureux événement à venir. Si ses souvenirs étaient bons, le bébé en question était né cet automne. Harald avait-il pu recevoir un visiteur d'Allemagne – quelqu'un qui aurait séjourné chez lui, ne lui laissant pas le temps de voir ses amis ? Thóra appela Matthew, qui répondit à la troisième sonnerie.

« Où êtes-vous ? Je tombe mal ? demanda-t-elle en entendant le bruit derrière lui.

— Non, non », répondit Matthew, la bouche pleine. Il avala. « Je suis sorti dîner, manger de la viande. Quoi de neuf ? Vous voulez venir prendre le dessert avec moi ?

— Euh, non merci. » En fait, Thóra en avait très envie. C'était chouette de sortir dîner, de s'habiller et de boire dans des verres qu'elle n'aurait pas à nettoyer ensuite. « Il y a école demain, et je dois m'assurer que les enfants vont se coucher à une heure raisonnable. Non, j'appelais juste pour savoir si vous aviez le numéro de la femme de ménage d'Harald. Je soupçonne qu'il recevait quelqu'un chez lui, juste avant le meurtre. Tous les signes indiquent qu'il s'agissait d'une femme, allemande.

— J'ai le numéro, quelque part dans mon répertoire. Vous voulez que je l'appelle ? Je lui ai déjà parlé et son anglais est tout à fait correct. Ce serait sans doute le plus simple – elle ne vous connaît pas, mais elle se souviendra forcément de moi, parce que j'ai payé sa dernière facture. »

Thóra accepta et il promit de la tenir au courant. Elle profita de l'entre-deux pour dire à sa fille de se préparer à aller au lit, et elle était sur le point de lui brosser les dents lorsque Matthew rappela. Thóra logea son portable entre sa joue et son épaule afin de pouvoir parler tout en veillant à la santé bucco-dentaire de sa progéniture.

« Écoutez, elle dit que le lit de la chambre d'amis avait été utilisé, et qu'il y avait des affaires dans la salle de bains – un rasoir jetable, un rasoir de femme. Ce qui semble confirmer votre hypothèse.

— Est-ce qu'elle en a informé la police ?

— Non, elle ne pensait pas que c'était important, dans la mesure où Harald n'a pas été assassiné chez lui. Elle dit qu'il recevait souvent des invités, et plus d'un. En général, ils faisaient la fête et elle retrouvait plus de bazar que lors du passage de ce visiteur-là.

— Est-ce qu'il pouvait avoir une petite amie allemande ?

— Qui aurait fait tout ce chemin pour dormir dans la chambre d'amis ? J'en doute. Et je n'ai jamais entendu parler d'une petite amie allemande.

— Ils ont pu se disputer. » Thóra réfléchit quelques instants. « Ou peut-être que ce n'était pas sa petite amie. Juste une amie, ou une parente. Sa sœur, pourquoi pas ? »

Matthew laissa glisser quelques secondes.

« Si c'est le cas, je ne crois pas que nous devrions creuser dans cette direction.

— Vous êtes fou ? s'indigna Thóra. Et pourquoi ?

— Elle a des problèmes, ces temps-ci. Son frère s'est fait assassiner, et son propre avenir déclenche une petite crise.

— Comment ça ?

— C'est une violoncelliste extrêmement talentueuse et elle veut faire carrière dans la musique. Son père veut qu'elle intègre une école de commerce, afin de reprendre la banque. Il ne reste personne d'autre – même si Harald était encore en vie, il n'aurait pas été question qu'il joue le jeu. Ce désaccord concernant les études de sa sœur a commencé avant sa mort.

— Est-ce qu'elle porte des bijoux ? » demanda Thóra. Les mains sur les photos pouvaient très bien être celles d'une violoncelliste – avec ses ongles exceptionnellement courts et soignés.

« Non, jamais. Ce n'est pas son genre. Elle ne s'intéresse pas du tout aux accessoires.

— Même pas une petite bague avec un diamant ? »

Un court silence s'ensuivit.

« Si, je crois qu'elle en a une. Comment le savez-vous ? »

Quand Thóra lui eut décrit les clichés, Matthew promit de penser à contacter la jeune femme, et ils se souhaitèrent bonne nuit.

« T'as pas encore fini ? » demanda sa fille, la bouche pleine de dentifrice. Elle avait dû supporter de se faire brosser les dents pendant toute la durée du coup de téléphone – elles étaient d'un blanc éclatant, au moins jusqu'au lendemain matin. Thóra la coucha, la borda et lui lut un livre jusqu'à ce que sa fille commence à somnoler. Alors elle l'embrassa sur le front, éteignit sa petite lampe et sortit en fermant la porte. Puis elle retourna à son ordinateur.

Au bout de deux heures passées à explorer les autres dossiers d'Harald sans rien y trouver d'utile, elle abandonna et referma son portable. Elle décida d'aller au lit et de lire l'exemplaire de *Malleus Maleficarum* que Matthew lui avait conseillé de consulter. Ce devait être une lecture intéressante.

Lorsqu'elle ouvrit le livre, un morceau de papier plié glissa au sol.

« La ferme, gronda Marta Mist. Ça ne marchera que si on se concentre tous.

— La ferme toi-même, riposta Andri. Je parle si je veux. »

Bríet crut voir Marta Mist retrousser les babines, mais elle n'aurait pu en jurer, car la pièce était plongée dans la semi-pénombre – la seule source de lumière était une série de bougies à cire liquide éparpillées dans le salon.

« Oh, arrêtez de vous crêper le chignon, et qu'on en finisse. » Elle s'installa confortablement par terre, où ils étaient tous assis en tailleur, formant un cercle resserré.

« Oui, bon sang, marmonna Dóri en se frottant les yeux. Moi qui voulais me coucher tôt, j'ai pas l'intention de me faire chier avec ces conneries toute la nuit.

— Ces conneries ? aboya Marta Mist, visiblement toujours en colère. Je croyais qu'on était tous d'accord ? Est-ce que je vous ai mal compris ?

— Non, ne déforme pas ce que je dis, grogna Dóri. Qu'on en finisse, c'est tout.

— C'est pas pareil que quand on faisait ça chez Harald », glissa Brjánn pour mettre son grain de sel. Jusqu'ici, il n'avait pas ouvert la bouche. Il étudia le visage de ses amis. « Harald est parti. Je ne suis pas sûr que ça fonctionnera sans lui. »

Andri ne releva pas sa remarque sur son appartement.

« On n'y peut pas grand-chose, pour l'absence

d'Harald. » Il attrapa un cendrier. « Comment elle s'appelle, déjà, cette vieille vache ?

— Thóra Gudmundsdóttir, répondit Bríet. L'avocate.

— OK, fit Andri. On y va, d'accord ? » Il consulta les autres du regard, et chacun acquiesça ou haussa les épaules. « Qui veut commencer ? »

Bríet se tourna vers Marta Mist.

« C'est toi qui commences, dit-elle pour amadouer son amie. C'est de loin toi la meilleure, et c'est important de le faire correctement. »

Marta Mist ignora cette tentative de flatterie. Elle passa en revue le cercle.

« Vous savez que cette femme pourra nous attirer de sérieux ennuis, si elle commence à fourrer son nez partout. On a déjà eu de la chance que les flics se plantent de piste.

— On a tous conscience de ça, intervint Brjánn. À cent pour cent.

— Bien. » Marta Mist laissa retomber les mains sur ses cuisses. « Silence absolu, s'il vous plaît. » Personne ne dit mot. Elle ramassa l'épaisse pile de papiers qui se trouvait au milieu du cercle, ainsi qu'un petit bol de liquide rouge. Elle déposa les feuilles devant ses genoux et le bol à côté d'elle. Bríet lui tendit solennellement une baguette de bois. Marta Mist la plongea dans le liquide visqueux et, à gestes lents, dessina un symbole sur la première feuille. Elle ferma les yeux et se mit à psalmodier, d'une voix grave et étrange : « Si vous souhaitez que vos ennemis vous craignent... »

9 décembre 2005

20

Thóra avait lu très tard et se réveilla fatiguée, la tête lourde. Elle avait passé un long moment à examiner la feuille tombée du livre, qui se trouva contenir un assortiment de mots et de dates manuscrits. Thóra en avait déduit que c'était l'écriture d'Harald – son nom figurait sur la page de garde du livre. En outre, une partie des mots étaient en allemand. Il ne s'était pas particulièrement appliqué et Thóra n'était absolument pas certaine d'avoir tout déchiffré correctement. Ce qu'elle avait réussi à décrypter disait : *1485 Malleus,* avec la date soulignée plusieurs fois. En dessous, *J.A. 1550??,* barré. Puis ce qui ressemblait à deux L entrelacés, suivis des mots *Loricatus Lupus.* Plus bas, Thóra distingua des mots allemands qui signifiaient : *Où ? Où ? L'ancienne croix ??* La moitié de la feuille était recouverte d'une sorte d'organigramme, avec des flèches reliant entre eux des dates et des noms de lieux. La disposition de ces points suggérait qu'il s'agissait d'une carte grossière. L'un des points était marqué *Innsbruck – 1485,* celui du dessus *Kiel – 1486,* et encore au-dessus, *Roskilde.* Derrière ce nom apparaissaient deux dates : *1486 – mort* et *1505 – réhabilité,* mais là encore, Harald l'avait barré, ainsi que la flèche qui le reliait à un autre point, intitulé *Skálholt.* Les deux dates correspondantes étaient *1505* et *1675.* Un faisceau de flèches partait de la dernière date, se terminant toutes par un point d'interrogation. D'un côté, la question *L'ancienne croix??* était répétée. D'une couleur différente, le mot *Gastbuch* avait été ajouté, immédiatement suivi d'une petite croix ou de la lettre *t.* Thóra réfléchit au sens que cela pouvait avoir. Un livre des visiteurs ? Un livre d'or ? Le livre d'or de la croix ? Dessous, elle lut : *cheminée-four-3e symbole !* si son allemand ne la trahissait pas. Elle finit par abandonner le déchiffrement de la carte et se concentra sur la lecture du livre même.

Malleus Maleficarum se révéla une lecture bien moins plaisante qu'elle ne l'avait espéré, mais l'atrocité totale de ce qui était décrit réussit à captiver son attention. Elle ne le lut pas d'un bout à l'autre, les deux premiers chapitres étaient trop bizarres pour elle. Le livre était structuré autour de questions ou d'affirmations sur la sorcellerie en début de chapitre ou de paragraphe, auxquelles l'auteur répondait ensuite en ayant recours aux sophismes théologiques les plus outrés et les plus bancals.

Les récits et descriptions des méfaits et des rituels des sorcières étaient incroyables. Leurs pouvoirs semblaient ne connaître aucune limite – elles pouvaient déclencher des orages à volonté, voler, transformer les hommes en bétail ou autres bêtes, provoquer l'impuissance ou faire se détacher le pénis du corps de son propriétaire. Sur un nombre considérable de pages, les auteurs débattaient ensuite de la réalité de ce démembrement. À l'issue de ce développement, Thóra ne parvenait toujours pas à savoir s'ils concluaient à une illusion ou à un phénomène réel. Pour acquérir de tels pouvoirs, les sorcières devaient se plier à des rituels extrêmes, parmi lesquels faire cuire et/ou manger des bébés et avoir des relations sexuelles avec le diable lui-même. Elle avait beau ne pas être psychologue de formation, Thóra lisait bien entre les lignes combien les auteurs étaient affectés par leur vœu de chasteté, en tant que dominicains. C'était évident à travers le portrait amer et déplaisant qu'ils dressaient des femmes. Le dégoût suintait de chacun de leurs récits, et Thóra approchait dangereusement de son seuil de tolérance. Les explications qu'ils donnaient au tempérament censément dépravé et démoniaque des femmes étaient totalement saugrenues, notamment l'affirmation que la côte prélevée sur Adam pour créer la femme était incurvée vers l'intérieur – ce qui ne pouvait qu'avoir des conséquences désastreuses. En somme, les femmes auraient été parfaites, si seulement Dieu avait bien voulu se servir d'un fémur. Toutes ces preuves étaient utilisées pour convaincre le lecteur que les femmes étaient des proies faciles pour le Malin, ce qui expliquait pourquoi la plupart des sorcières étaient de sexe féminin. Les pauvres n'étaient pas en reste non plus – ils étaient eux aussi coupables, car plus enclins que les riches à mentir et à manquer de caractère. Thóra eut le vertige en imaginant la condition des femmes pauvres de l'époque.

Ce qui l'intrigua le plus, ce fut le troisième et dernier chapitre, qui traitait des aspects légaux des poursuites et des procès de sorcières. En tant qu'avocate, elle abhorrait l'idée même de persuader l'accusé qu'une confession lui sauverait la vie, avant de lui proposer trois manières de rompre cette promesse, sans en avoir l'air. La procédure officielle d'arrestation d'une sorcière était décrite dans les détails et il était bien précisé que ses pieds ne devaient pas toucher terre sur le chemin de la prison – elle devait être transportée sur une civière. Car le moindre contact avec le sol était censé permettre au diable de lui donner le pouvoir de nier toute accusation jusqu'à la mort. À l'arrivée à la prison, elle devait être fouillée, car sous leurs vêtements, les sorcières portaient souvent des objets magiques, confectionnés à partir de membres de bébés. Il était aussi recommandé de les raser, car elles pouvaient cacher ces objets dans leurs cheveux ; quant à savoir si le rasage devait aussi s'appliquer à la toison pubienne, les avis étaient partagés. Les moyens d'entraver la défense étaient aussi décrits, par exemple en présentant aux défenseurs les dépositions de témoins sur deux feuilles distinctes, l'une contenant leurs récits et l'autre, les noms, afin qu'il soit impossible de savoir qui prétendait quoi. Et cela ne s'appliquait que dans les cas où les témoignages étaient présentés à l'accusée, ce qui n'était pas toujours autorisé ; un long passage détaillait dans quels cas c'était approprié. N'importe qui pouvait témoigner au procès d'une sorcière, tandis qu'ailleurs, seuls les témoignages de personnes à la moralité irréprochable étaient admis.

Le livre expliquait en outre comment pratiquer la torture, l'intervalle nécessaire entre les séances et les vérifications régulières afin de voir si l'accusée pleurait sur le chevalet en présence d'un juge – ce qui pouvait indiquer l'innocence. Les larmes elles-mêmes n'étaient pas un signe infaillible, car les femmes utilisaient souvent leur salive pour donner l'impression qu'elles pleuraient. Il paraissait probable que la torture continuelle ne laissait pas à ces pauvres créatures beaucoup de larmes à verser lorsque le juge arrivait et leur ordonnait de pleurer; Thóra doutait qu'elles pussent être en état. Pleurer en l'absence du juge – dans sa cellule, ou même sur le chevalet – ne comptait pas. Le but ultime de tout cela était d'arracher de fausses confessions, que les accusées avouent les crimes détaillés dans les deux premiers chapitres, ce qui démontrait ainsi la nature démoniaque des femmes. Tout lecteur normalement constitué pouvait voir que ces aveux étaient dénués de sens, obtenus par la torture et débités pour satisfaire les bourreaux et mettre fin à la souffrance des victimes.

Avec un gros effort, Thóra se redressa dans son lit. Elle jeta un œil à cet affreux ouvrage posé sur sa table de nuit. Elle essaya de se remonter le moral en se concentrant sur la seule conclusion positive qu'elle avait tirée de cette lecture – au moins, l'humanité avait fait des progrès, depuis 1500. Elle se leva et prit une douche. En passant dans le couloir, elle frappa à la porte de son fils, pour le réveiller. Comme d'habitude, le petit déjeuner fut un bricolage de fortune, et la seule des trois qui eut le temps de s'asseoir et de manger correctement fut comme toujours Sóley. Au moment où ils sortaient pour rejoindre la voiture, Thóra leur rappela qu'ils retrouveraient leur père le soir. La perspective ne les plongeait jamais dans la joie, mais après coup, ils étaient toujours heureux d'avoir passé du temps avec lui. À condition d'avoir réussi à éviter le calvaire de la sortie à cheval.

Après avoir déposé les enfants, Thóra se pressa jusqu'au bureau. Elle avait emporté la feuille manuscrite tombée du livre, afin de la montrer à Matthew. À son arrivée, il n'y avait personne, puisqu'il restait encore plus d'une demi-heure avant l'ouverture, à 9 heures. Elle eut tout le temps de se faire du café et de vérifier ses e-mails – de garder le contact avec ce qui se passait dans le vaste monde, en dehors de ce cas étrange qui occupait désormais tout son temps.

Alors que Bríet arrivait pour son cours de 8 h 15, elle s'était fait intercepter par Gunnar, au moment d'entrer dans la salle. Il avait suffi de quelques mots échangés avec lui pour qu'il devienne impensable d'aller en classe. Bríet se précipita dehors pour fumer une cigarette. Il fallait qu'elle se calme – et ensuite qu'elle appelle les autres, pour leur apprendre la nouvelle. Elle tira une longue bouffée profonde sur sa cigarette fine au menthol – Marta Mist trouvait cette marque tellement insipide qu'elle prétendait que Bríet pouvait se vanter d'être non-fumeuse la conscience tranquille. Marta Mist fumait des Marlboro, et tout en composant son numéro Bríet espérait que son amie en avait tout un stock – ils en auraient tous bien besoin.

« Salut, lança-t-elle, agitée, lorsque Marta Mist répondit. C'est Bríet.

— Putain, t'appelles tôt », fit Marta Mist d'une voix enrouée. Bríet l'avait visiblement réveillée.

« Il faut que tu viennes à la fac – Gunnar a pété un

câble et il a dit qu'il nous ferait tous expulser si on faisait pas ce qu'il disait.

— Quelles conneries. » Tout à coup, Marta Mist avait l'air parfaitement réveillée.

« On doit appeler les autres pour leur dire de venir. Je vais pas me laisser expulser. Mon père va devenir dingue et j'aurai pas mon prêt étudiant. »

Marta Mist coupa court à son monologue.

« Calme-toi, deux secondes. Comment Gunnar compte s'y prendre, pour nous expulser ? Je ne sais pas pour toi, mais moi, mes notes sont bonnes.

— Il dit qu'il va se plaindre de notre consommation de drogue au conseil d'administration – il dit qu'il a toutes les preuves qu'il faut. Alors il pourrait nous faire expulser, Brjánn et moi, et s'assurer qu'il vous arrive la même chose, à toi, Andri et Dóri. On doit faire ce qu'il dit. En tout cas, moi je prends pas le risque. » Bríet était énervée contre Marta Mist. Mais qu'est-ce qui lui prenait, bon sang ? Pourquoi elle était toujours incapable de faire ce qu'on lui demandait ?

« Qu'est-ce qu'il veut qu'on fasse ? » L'agitation de Bríet avait gagné son amie.

« Qu'on parle à ces avocats qui bossent pour les parents d'Harald. Ils veulent nous rencontrer et Gunnar insiste pour qu'on coopère. En fait, il a dit qu'il n'était pas assez stupide pour croire qu'on disait la vérité, mais qu'il s'en fichait – tout ce qu'il veut, c'est qu'on leur parle. » Elle tira une bouffée rapide sur sa cigarette et expulsa la fumée. Elle entendit une autre voix que celle de Marta Mist au bout du fil, qui demandait ce qui se passait.

« OK, OK, finit par dire Marta Mist. Et les autres ? Tu les as appelés ?

— Non, il faut que tu me donnes un coup de main. Je veux me débarrasser de cette histoire – qu'on se retrouve tous à 10 heures et qu'on en finisse. J'ai cours, moi, aujourd'hui.

— Je me charge de Dóri. Toi tu appelles Andri et Brjánn. On se retrouve à la librairie. » Marta Mist raccrocha sans ajouter un mot.

Bríet jeta un regard noir à son portable. Évidemment, c'était Dóri qui était avec elle. Autant dire qu'elle n'avait pas l'intention d'appeler qui que ce soit – on n'avait qu'à laisser tout le sale boulot à Bríet, comme d'habitude. Il aurait suffi qu'elle propose d'appeler Andri ou Brjánn, et ç'aurait été équitable. Bríet écrasa sa cigarette sur les marches. Tout en se dirigeant vers la librairie, elle chercha le numéro de Brjánn dans son répertoire.

Depuis la fenêtre de son bureau, Gunnar observait Bríet qui s'éloignait. *Parfait,* songea-t-il, *j'ai réussi à les faire paniquer.* En croisant la fille ce matin, il avait dû faire un effort énorme pour trouver quoi lui dire. Il n'avait rien, sur eux – hormis la certitude qu'ils étaient jusqu'au cou dans la drogue, et dans Dieu savait quoi d'autre. Son offre d'arranger une rencontre entre eux et l'avocate était un coup au hasard – sachant que jusqu'ici, ils n'avaient jamais obtempéré à aucun de ses ordres, et qu'il ne s'attendait pas vraiment à ce qu'ils commencent maintenant. Aussi avait-il eu recours à la menace – au seul langage qu'ils fussent susceptibles de comprendre –, et il semblait avoir tapé juste.

Ce groupe l'avait toujours agacé au plus haut

point. Harald était clairement le pire du lot, mais les autres valaient à peine mieux. La seule différence, c'était qu'ils n'avaient pas déformé leur apparence physique pour la faire coïncider avec ce qu'ils étaient à l'intérieur. Dans sa volonté désespérée de débarrasser le département de cette abomination qu'ils osaient appeler « société historique », Gunnar avait fouiné dans leur dossier et, à sa grande surprise, avait découvert que certains étaient des étudiants très brillants.

Il tira de nouveau les stores de son bureau et décrocha le téléphone. Sur la table devant lui était posée la carte de cette avocate – il fallait qu'il reste dans ses petits papiers, et aussi dans ceux de l'Allemand, s'il voulait retrouver le manuscrit qu'Harald avait volé. VOLÉ. Il lui avait été insupportable de faire semblant d'apprécier cet individu repoussant et d'en parler avec respect. Ce n'était qu'une petite fripouille, une véritable honte pour lui-même et pour tous ceux qui le connaissaient. Gunnar reposa le combiné. Il fallait qu'il se calme – inconcevable d'appeler l'avocate dans cet état. Inspirer à fond et penser à tout autre chose. Le programme Erasmus, par exemple. Sa candidature pour la subvention avait été acceptée, et il avait de bonnes chances de l'obtenir. Gunnar réussit à se ressaisir. Il décrocha de nouveau le téléphone et composa le numéro inscrit sur la carte.

« Thóra, bonjour, c'est Gunnar, à l'appareil, dit-il en jouant de sa voix la plus polie. C'est au sujet des amis d'Harald – vous vouliez les rencontrer, je crois ? »

21

Thóra n'avait plus vu un tel échantillon de corps avachis depuis que son fils avait fêté son seizième anniversaire. Pourtant, les jeunes gens réunis face à eux avaient près de dix ans de plus. Hormis la grande rousse, ils étaient tous affalés comme s'ils étaient tombés du ciel sur ce canapé, et ils fixaient leurs orteils. Après l'appel de Gunnar ce matin, Thóra avait contacté Bríet et elles étaient convenues d'un rendez-vous avec Matthew et le reste du groupe. Bríet n'avait pas eu l'air enchantée, mais elle avait accepté à contrecœur de réunir les autres et de les rejoindre, elle et Matthew, à 11 heures – quelque part où ils pourraient fumer. N'ayant pas beaucoup de choix, Thóra avait suggéré l'appartement d'Harald. Sa proposition avait été accueillie avec autant d'enthousiasme que l'idée même de cette rencontre, mais à en juger par le bref échange qui avait précédé, Thóra était certaine qu'elle aurait eu droit à la même réaction si elle les avait tous invités à Paris en première classe. Matthew, quant à lui, était ravi du lieu de rendez-vous, pensant que peut-être il les déstabiliserait et les inciterait plus volontiers à dire la vérité.

Tandis qu'ils attendaient les étudiants, Thóra avait montré à Matthew la feuille manuscrite trouvée dans le *Marteau des sorcières.* Ils l'avaient examinée pendant un moment sans arriver à aucune conclusion solide, hormis celle que l'entrée *Innsbruck – 1485* avait un lien avec l'arrivée de Kramer là-bas et, sans doute, avec les lettres anciennes qui enchantaient tellement Harald. Thóra était pratiquement certaine que *J.A.* faisait référence à l'évêque Jón Arason, car 1550 était l'année de son exécution. D'un autre côté, elle ne comprenait pas pourquoi Harald l'avait barré. D'après ce qu'ils voyaient, ce document retraçait l'itinéraire supposé de l'objet précieux qui obsédait Harald. Matthew n'avait jamais entendu parler d'un quelconque livre d'or de la croix – il n'avait rien trouvé de tel dans l'appartement, et ne se rappelait pas avoir vu la police l'emporter pendant la perquisition. La sonnette était venue interrompre leurs spéculations.

Les étudiants avaient pris place dans le salon d'Harald, serrés sur les deux canapés, tandis que Matthew et Thóra leur faisaient face, sur des fauteuils. Thóra avait dégotté quelques cendriers, et l'air était déjà saturé de fumée.

« Qu'est-ce que vous nous voulez, d'abord ? » demanda la rousse, Marta Mist. Ses amis se tournèrent vers elle, soulagés qu'un meneur se soit manifesté pour détourner l'attention de leur propre personne. Ils fumaient tous comme des pompiers.

« Nous voulions juste parler avec vous d'Harald, annonça Thóra. Comme vous le savez, nous avons essayé à de multiples reprises de vous rencontrer, mais votre réaction a été décevante. »

Marta Mist ne se laissa pas perturber.

« On est plutôt occupés, à la fac, et on a mieux à faire que parler à des gens qu'on ne connaît ni d'Ève ni d'Adam. D'ailleurs, on n'a strictement aucune obligation de vous parler. On a tous fait une déposition à la police.

— Oui, c'est exact, confirma Thóra, en essayant de masquer combien cette fille lui tapait sur les nerfs, tout comme ses petits camarades, d'ailleurs. Nous vous sommes très reconnaissants d'avoir pris le temps de venir, et nous promettons de ne pas vous retenir longtemps. Comme vous le savez, nous recherchons le meurtrier d'Harald pour le compte de sa famille en Allemagne, et d'après ce que nous avons compris vous étiez son cercle d'amis le plus proche.

— Eh bien, je sais pas ; on traînait pas mal avec lui, mais on avait aucune idée de ce qu'il faisait entre-temps, évidemment », précisa Marta Mist, et Bríet acquiesça solennellement. Les autres se contentaient de regarder leurs genoux.

« Vous parlez comme si vous étiez toute seule, et non pas cinq, fit remarquer Matthew. Nous avons parlé à Hugi Thórisson, que vous connaissez tous, bien sûr, et d'après lui c'est vous, Halldór, qui passiez le plus de temps avec Harald – vous l'aidiez pour des traductions et d'autres choses. » Il s'adressait directement à Dóri, qui se tenait complètement collé à Marta Mist. « Je ne me trompe pas ? »

Dóri releva la tête.

« Euh, ouais, on traînait pas mal ensemble. Harald avait du mal avec les documents en islandais et avec d'autres trucs, alors je lui filais un coup de main. On était bons potes. » Il haussa les épaules pour montrer que leur amitié était tout à fait ordinaire.

« Vous êtes un bon pote d'Hugi, aussi, n'est-ce pas ? demanda Thóra.

— Oui. On est amis d'enfance », répondit Dóri, avant de baisser de nouveau les yeux. D'un habile mouvement de la tête, il fit tomber sa frange devant son visage pour éviter d'avoir à rencontrer leur regard.

« Il doit vous importer que nous ayons une idée claire de ce qui s'est passé. L'un de vos amis a été assassiné et un autre est suspecté de l'avoir tué. Je pourrais m'attendre à ce que vous soyez tout disposé à nous aider, pas vrai ? » Matthew sourit à Dóri, mais sa tentative fut bloquée par la frange. Il se tourna donc vers les autres. « Et vous autres – c'est la même chose pour vous, bien sûr ? »

Ils acquiescèrent tous d'un grommellement qui pouvait passer pour un « oui » et hochèrent la tête.

« Bien. » Matthew se frappa la cuisse. « Alors on est fin prêts. Il suffit juste de savoir par où commencer. » Il jeta un regard à Thóra. « Thóra, voulez-vous ouvrir le feu ? »

Thóra sourit au groupe en face d'elle.

« Et si vous nous disiez où vous avez rencontré Harald, et quelle était la nature de cette société magique ? Nous trouvons tout ça pour le moins curieux. »

Tout le monde se tourna vers Marta Mist, en espérant qu'elle assumerait de répondre. Mais elle fit passer la question à Dóri, d'un coup de coude qui parut inutilement violent à Thóra. Dóri grimaça, mais prit la parole.

« Comment on s'est rencontrés ? J'ai vu Harald pour la première fois chez Hugi, l'année dernière. Ils s'étaient connus dans un bar, en ville. Je l'ai trouvé marrant et on a commencé à traîner ensemble, comme ça se fait. On allait dans des restaurants ou des bars, à des concerts, ce genre de trucs. Et puis Harald nous a demandé si ça nous intéresserait d'adhérer à une société qu'il pensait monter, et on a dit oui, c'est tout. C'est comme ça qu'on a rencontré les autres. »

Marta Mist prit le relais.

« Moi j'ai rejoint la société par Bríet. Elle avait rencontré Harald en cours et elle voulait que je voie ce qu'ils mijotaient, dans leur groupe. » Bríet hocha la tête avec ferveur.

« Et vous ? demanda Thóra à Andri et Brjánn, assis côte à côte en train de fumer.

— Nous ? s'étouffa Andri, qui avait oublié de souffler la fumée avant de parler.

— Oui, vous deux. » Elle les montra du doigt pour écarter tout doute.

Brjánn se lança le premier.

« Je suis en histoire, et j'ai entendu parler de la société de la même manière que Bríet – j'avais un peu discuté avec Harald avant, et il m'a invité à me joindre à eux. J'ai amené Andri, pour m'amuser. » Andri acquiesça d'un sourire piteux.

« Et quel était le but de cette société, si je peux me permettre ? Nous avons cru comprendre par Hugi qu'elle impliquait surtout des orgies – déguisées en rencontres entre gens intéressés par la sorcellerie, au sens historique du terme. »

Tandis que les trois garçons souriaient de toutes leurs dents, Marta Mist prit un air d'innocence outragée.

« Des orgies ? Il n'y avait pas d'orgies. On apprenait des choses sur la sorcellerie et la culture magique dans les temps anciens. Et toutes ces vieilles histoires ne sont vraiment pas si ennuyeuses, finalement. Le fait qu'on se soit un peu amusés après les réunions est sans conséquence, et comme toujours Hugi a tout compris de travers. Il n'a jamais pigé le sens de cette société. » Elle se recula dans le canapé et croisa les bras, sans défroncer les sourcils. Elle lança un regard noir à Matthew et à Thóra. « Bien sûr, j'imagine que vous non plus, vous n'avez aucune idée de ce que c'est – je suis sûre que vous pensez qu'on décapitait des poulets et qu'on plantait des aiguilles dans des petites poupées en chiffon.

— Dans ce cas, auriez-vous l'obligeance de nous expliquer le monde de la sorcellerie ? demanda Matthew.

— Je vais pas jouer au prof avec vous, grogna Marta Mist. Ce qu'il faut juste que vous compreniez, c'est que la magie n'est rien d'autre qu'une tentative individuelle d'influencer sa propre vie de manière non conventionnelle – du moins, non conventionnelle pour l'esprit moderne. À l'époque, c'était très courant, et pour ceux qui naissaient dans la pauvreté c'était le seul espoir d'améliorer leurs conditions de vie. Ça consiste surtout à accomplir des actes qui influenceront les événements en votre faveur – parfois aux dépens d'autrui, parfois non. À mon avis, à partir du moment où on se donne la peine de mettre en place un rituel, on fait un pas vers un but spécifique, sur lequel on peut mieux se concentrer après, et du coup on est plus susceptible de l'obtenir qu'avant.

— Vous pouvez me donner un exemple ? demanda Thóra.

— La conquête de l'amour ou de la réussite ; la guérison ; l'action contre un ennemi. Il n'y a pas de limites, en fait. La plupart des anciens sortilèges sont liés à des besoins élémentaires – la vie était moins compliquée, à l'époque. »

Après avoir lu *Malleus Maleficarum,* Thóra n'en était pas franchement convaincue. D'après ce qu'elle avait compris, pour elle du moins, il était au contraire très compliqué de défendre quelqu'un, dans un système judiciaire qui passait son temps à pervertir et à changer les règles selon les intérêts de l'accusation.

« Alors qu'est-ce qu'on utilise, dans ces incantations ? » Et, pour faire réagir Marta Mist, elle ajouta : « À part des poulets décapités et des poupées de chiffon ?

— Très drôle, répondit la jeune fille, sans l'ombre d'un sourire. En Islande, c'étaient surtout des symboles magiques – même si ça ne suffisait pas de les graver ou de les dessiner pour que le sortilège soit accompli. On connaît aussi des symboles magiques utilisés dans d'autres parties de l'Europe, et c'est le même principe – parfois on ne se contentait pas de les dessiner.

— Alors quoi d'autre ? voulut savoir Matthew.

— Réciter une formule magique, ramasser des ossements d'animaux, des ossements humains, des cheveux de vierge. Ce genre de choses. Rien de bien grave, répondit Marta Mist d'un ton froid.

— Oui, et parfois des morceaux de corps humains », intervint Briet. Le groupe devint subitement très silencieux. Elle piqua un fard et ne dit plus un mot.

« Vraiment ? fit Matthew, feignant la surprise. Quel genre de morceaux ? Des mains ? Des cheveux ? » Il marqua une courte pause. « Ou des yeux, peut-être ? »

Personne n'osa répondre. Marta Mist finit par déclarer : « Je n'ai jamais rien lu sur des sortilèges qui nécessitaient des yeux – à part des yeux d'animaux.

— Et vous autres ? Vous avez connaissance de sortilèges de ce genre ? » insista Matthew.

Personne ne se manifesta, mais ils secouèrent tous la tête. « Nan, finit par lâcher Brjánn.

— Et des doigts ? s'empressa de demander Thóra, battant le fer tant qu'il était chaud. Connaissez-vous – ou avez-vous pratiqué – un sortilège qui nécessite un doigt ?

— Non. » La voix de Dóri était soudain très ferme, et il écarta ses cheveux de ses yeux pour bien marquer le coup d'un regard à Thóra et à Matthew. « Je veux qu'il soit parfaitement clair que nous n'avons pas accompli de rituels utilisant des morceaux de corps humains. Je ne sais pas ce que vous insinuez, mais c'est ridicule. Nous n'avons pas tué Harald – vous pouvez déjà commencer par bien enregistrer ça. Les flics ont tous nos alibis et ils les ont vérifiés. » Dóri se pencha pour attraper une cigarette dans un des paquets posés sur la table. Il l'alluma, tira longuement dessus et expira lentement la fumée.

« Alors c'est Hugi qui l'a tué, dans ce cas ? suggéra Thóra. C'est ce que vous êtes en train de dire ?

— Non, je n'ai pas dit ça, pas du tout. Vous feriez bien d'écouter un peu plus attentivement », aboya Dóri avec colère. Il se pencha un instant, comme pour ajouter quelque chose, mais Marta Mist le repoussa vivement contre le dossier du canapé.

Puis elle reprit la parole, avec bien plus de calme que Dóri.

« Je ne sais pas d'où vous tirez votre logique, mais ce n'est pas parce qu'on n'a pas tué Harald que ça veut automatiquement dire que c'est Hugi qui l'a fait. Dóri soulignait juste le fait qu'on ne l'avait pas tué. *Basta.* » À son tour, elle se recula dans le canapé. Elle prit la cigarette des doigts de Dóri et tira une bouffée avant de la lui rendre. Une expression d'agacement passa sur le visage de Bríet ; ce signe évident d'intimité semblait la mettre sur les nerfs.

« Hugi ne l'a pas tué. Il n'est pas comme ça », marmonna Dóri d'un ton bourru. Il repoussa le bras de Marta Mist et se pencha vers la table pour faire tomber la cendre de sa cigarette dans le cendrier.

« Et vous ? Vous êtes comme ça ? Si je me rappelle bien, vous n'avez pas un alibi aussi solide que vos amis. » Matthew regarda Dóri droit dans les yeux, attendant sa réponse.

Ce qui ne tarda pas. Il s'approcha tout au bord du canapé – le plus près possible de Matthew sans se casser la figure par terre.

« Harald était mon ami. » La colère avait fait descendre sa voix d'une octave. « Un bon ami. On veillait l'un sur l'autre, on se rendait service. Jamais je ne l'aurais tué. Jamais. Vous êtes encore plus à côté de vos pompes que les flics, et vous n'avez aucune idée des conneries que vous racontez. » Pour ponctuer ses paroles, il pointa sa cigarette allumée vers Matthew.

« Qu'est-ce que vous faisiez, pour lui ? En dehors des traductions ? » intervint Thóra.

Dóri détacha le regard de Matthew et se tourna vers Thóra avec tout autant de véhémence. Il ouvrit la bouche pour répondre, puis se ravisa. Il tira une dernière bouffée de sa cigarette, l'écrasa et reprit sa place sur le sofa.

Brjánn, l'étudiant en histoire, joua le rôle de pacificateur.

« Euh, je ne sais pas exactement où vous voulez en venir – bien sûr, quelqu'un a tué Harald, et si ce n'est pas Hugi, qui est-ce ? Mais vous gagnerez beaucoup de temps et d'efforts en admettant simplement que nous disons la vérité. Aucun de nous n'a tué Harald. Nous n'avions aucune raison de le faire – il était marrant, toujours à faire des trucs dingues, et il était vraiment généreux, c'était un bon ami et un bon compagnon pour nous tous. Notre société ne vaut plus rien, sans lui, par exemple. Outre le fait qu'aucun de nous n'aurait pu le tuer, on n'était même pas dans les parages, et on a des tonnes de témoins pour le confirmer. »

Andri, celui qui faisait une maîtrise de chimie, vint en renfort. Il avait le regard vitreux, et Thóra soupçonnait vaguement qu'il était shooté. Peut-être son intérêt pour la chimie allait-il au-delà des études.

« C'est absolument vrai. Harald était unique ; aucun de nous n'aurait jamais voulu se débarrasser de lui. Il pouvait se montrer sarcastique et se comporter de manière bizarre, mais sur le fond il était toujours réglo.

— Comme c'est touchant, dit Matthew avec mépris. Mais il y a une chose que j'aimerais savoir. Vous étiez tous à cette fête, sauf Halldór. Est-ce que vous vous rappelez avoir vu Hugi et Harald entrer aux toilettes tous les deux et en ressortir avec des taches de sang sur leurs vêtements ? »

Ils secouèrent tous la tête, sauf Halldór.

« Personne ne pensait à ses fringues, là-dedans, fit remarquer Andri en haussant les épaules. C'est peut-être arrivé, mais moi en tout cas, je ne m'en souviens pas. » Les trois autres confirmèrent d'un hochement de tête.

Ils restèrent assis là sans rien dire pendant un moment. Plusieurs cigarettes furent allumées et écrasées. Matthew finit par rompre le silence.

« Donc vous ne savez pas qui a tué Harald ? »

À l'unisson, le groupe s'exclama d'une voix déterminée : « Non.

— Et vous n'avez jamais utilisé de composants humains, par exemple un doigt, dans votre magie noire ?

— Non. » Moins synchronisés, cette fois-ci.

« Et vous ne reconnaissez pas ce symbole magique ? » Matthew jeta sur la table un dessin du signe qui avait été gravé sur le torse d'Harald.

« Non. » De nouveau en chœur.

« Vous seriez plus convaincants si vous vous donniez la peine de regarder le papier, avant de répondre », les tança Matthew d'un ton sarcastique. Aucun des étudiants n'avait vraiment considéré le croquis.

« Les flics nous ont montré ce symbole. Nous savons parfaitement de quoi vous parlez, dit Marta

Mist d'une voix traînante, en posant négligemment la main sur la cuisse de Dóri.

— C'est de bonne guerre – je comprends. Mais pouvez-vous nous dire ce qui est arrivé à tout l'argent qu'Harald a transféré vers l'Islande, peu de temps avant sa mort ? demanda Matthew.

— Non, on ne sait rien à ce sujet. On était les amis d'Harald, pas ses comptables.

— Est-ce qu'il a acheté quelque chose, ou parlé d'acheter quelque chose ? ajouta Thóra, en s'adressant plus particulièrement à Bríet, qu'elle jugeait plus encline à dire la vérité.

— Il achetait tout le temps des trucs », répondit-elle en lançant un regard en biais à Marta Mist et à Dóri. En constatant qu'elle avait la main sur sa cuisse, elle se tourna de nouveau vers Thóra et ajouta : « Quand ça n'était pas pour lui, c'était pour Dóri. Ils étaient si proches. » Elle sourit malicieusement.

Thóra remarqua que le rouge montait aux joues du jeune homme.

« Qu'est-ce qu'il vous achetait, et pourquoi ? »

Dóri se balança maladroitement sur le canapé.

« On ne peut pas dire qu'il m'achetait quoi que ce soit. Parfois il me donnait des trucs, en échange de l'aide que je lui fournissais »

Thóra refusa de le laisser s'en tirer aussi facilement.

« De l'aide pour quoi ? »

Dóri rougit plus encore.

« Des trucs. » Il fit glisser ses cheveux devant ses yeux.

Matthew se frappa de nouveau la cuisse – avec plus de détermination, cette fois-ci.

« Eh bien, les amis, j'ai une idée. Marta Mist, Bríet, Brjánn et Andri, vous ne savez rien, c'est ce que vous prétendez, et il semble qu'on ne puisse pas tirer grand-chose de vous. Pourquoi ne pas rentrer chez vous faire vos devoirs, ou aller en classe, ou vous livrer à ces activités qui vous occupent tellement – comme ça Thóra et moi pourrons discuter tranquillement avec Dóri ? » Il se tourna vers Halldór. « Est-ce que ça n'est pas mieux pour tout le monde ? Et puis ce sera moins gênant.

— Qu'est-ce que c'est que ces conneries ? s'indigna Marta Mist, en hurlant comme un putois. Dóri n'en sait pas plus que le reste du groupe. » Elle se tourna vers lui. « T'es pas obligé de rester. On a qu'à tous se barrer. »

Tout d'abord, Dóri ne répondit rien, puis il repoussa la main de Marta Mist de sa cuisse en haussant les épaules.

« OK.

— OK ? OK quoi ? Tu viens avec nous ? aboya-t-elle avec agressivité.

— Non. Je veux en finir avec cette histoire. Je reste. » L'expression de Marta Mist s'assombrit, mais elle se contrôla et feignit l'indifférence. Elle se pencha pour murmurer quelques mots à l'oreille de Dóri, avant de se lever. Il hocha la tête d'un air absent. Thóra l'observa tandis qu'elle déposait un baiser sur le front du jeune homme et que Bríet faisait semblant de ne rien voir. Andri et Brjánn s'empressèrent d'écraser leurs cigarettes et de se lever. Leur soulagement crevait les yeux.

22

Matthew raccompagna les étudiants à la porte. Pendant ce temps, Thóra et Dóri prirent place dans le salon moderne, avec toutes les horreurs du passé accrochées autour d'eux. Thóra était désolée pour le jeune homme, qui à l'évidence aurait donné cher pour être ailleurs. En un sens, les circonstances lui faisaient penser à son propre fils – un jeune garçon emprisonné dans une mystérieuse lutte intérieure.

« Naturellement, tu sais que nous ne recherchons que la vérité. Nous ne te demandons rien concernant une éventuelle bêtise à laquelle tu pourrais être mêlé, annonça-t-elle pour briser le silence et alléger l'atmosphère oppressante. Nous sommes d'accord avec toi sur les points essentiels de cette enquête – sur l'innocence d'Hugi, ou du moins sur le fait qu'il est confronté à des charges beaucoup plus lourdes qu'il ne le mérite. »

Dóri évita son regard.

« Je ne crois pas qu'Hugi l'ait tué, dit-il à voix basse. C'est un tas de conneries.

— Tu aimes beaucoup ton ami, je le vois bien. Si tu veux l'aider, la meilleure chose à faire, et de loin, c'est de ne rien nous cacher. Rappelle-toi qu'il ne peut attendre de l'aide de personne, à part nous. »

Dóri grogna, sans préciser s'il était disposé à les aider ou non.

Matthew revint dans la pièce et se laissa choir dans le fauteuil. Il contempla Dóri pendant un long moment, l'air pensif.

« C'est un drôle de cercle d'amis, que tu as là. Les filles n'avaient pas vraiment l'air sur le point de se tomber dans les bras, en sortant. »

Dóri haussa les épaules.

« Ils sont tous pas mal abattus, ces temps-ci.

— Je vois. Eh bien, est-ce qu'on ne devrait pas s'y remettre ?

— C'est comme vous voulez. Posez vos questions, j'essaierai de répondre. » Il tendit la main pour attraper une cigarette, et Thóra remarqua que ses mains tremblaient.

« OK, mon vieux, commença Matthew, presque paternel. Nous nous intéressons à un certain nombre de points sur lesquels je suis sûr que tu peux nous aider. Le premier, c'est l'argent dépensé par Harald, et le deuxième, les recherches historiques sur lesquelles tu travaillais avec lui. Commençons par l'argent. Que peux-tu nous dire au sujet de ses finances ?

— Ses finances ? J'en sais rien, je le jure. Mais pas besoin d'être Einstein pour voir qu'il était riche à crever. » D'un geste évasif, Dóri désigna le décor qui les entourait, puis haussa les épaules. « Sa voiture aussi était plutôt voyante, et il dînait beaucoup dehors. Malheureusement, c'était un mode de vie que le reste d'entre nous ne pouvait se permettre.

— Est-ce qu'il dînait dehors tout seul ? demanda Thóra. Puisque vous étiez des étudiants pauvres. »

La question le mit visiblement mal à l'aise.

« Eh bien, quelquefois. » Il tira sur sa cigarette. « Parfois je l'accompagnais. Il m'invitait.

— Donc il t'emmenait avec lui et il payait l'addition, c'est bien ça ? » résuma Matthew. Dóri acquiesça. « Plus souvent qu'il ne sortait seul ? » Dóri hocha de nouveau la tête. « Quels autres cadeaux te faisait-il ? »

Le jeune homme fut pris d'un intérêt soudain pour le cendrier et le fixa comme s'il devait y trouver une échappatoire aux questions qu'on lui posait.

« Eh bien, des trucs, quoi.

— Ce n'est pas une réponse, fit calmement remarquer Thóra. Dis-nous simplement les choses. Nous ne sommes pas là pour te juger, pas plus que pour juger Harald.

— Il payait toutes sortes de trucs pour moi, admit-il après un court silence. Mon loyer, les livres de classe, des fringues, des taxis. La came. Tout, en fait.

— Pourquoi ? » voulut savoir Matthew.

Dóri haussa les épaules.

« Harald disait que c'était son argent et qu'il pouvait en faire ce qu'il voulait – il ne se refusait jamais une chose sous prétexte que ses copains étaient fauchés. Je trouvais ça embarrassant, mais j'étais complètement à sec, et puis c'était un gars tellement marrant. Avec lui, il n'y avait jamais d'histoires. J'essayais de le rembourser en l'aidant sur ces traductions et sur d'autres choses.

— Quelles autres choses ? insista Matthew.

— Rien. » Cette fois, Dóri vira à l'écarlate.

« C'était rien de sexuel, si c'est ce que vous pensez. Ni Harald ni moi on n'était de ce bord-là. Il y avait des tas de filles. »

Thóra et Matthew échangèrent un regard. Les dépenses dont parlait Dóri étaient dérisoires, en comparaison de la somme qui avait disparu.

« Est-ce que tu as connaissance d'un gros investissement qu'aurait fait Harald juste avant le meurtre ? »

Dóri releva la tête. À son expression, il était évident qu'il disait la vérité.

« Non, aucune idée. Il n'a jamais parlé de ça. En fait, je ne l'ai pratiquement pas vu, la semaine qui a précédé sa mort – il était occupé, et j'essayais de rattraper mon retard sur mes devoirs à rendre.

— Tu ne sais pas ce qu'il fabriquait, ni pourquoi il n'a pas pu te voir ces jours-là ? intervint Thóra.

— Non, je l'ai appelé plusieurs fois et il n'était pas d'humeur à faire quoi que ce soit. Je ne sais pas pourquoi.

— Donc tu ne l'avais pas vu depuis plusieurs jours, quand il a été assassiné ? demanda Matthew.

— Non, je lui avais juste parlé au téléphone.

— Et ça ne t'a pas paru étrange ? Ou bien est-ce qu'il avait l'habitude de s'enfermer comme ça pendant une semaine ? » persista Matthew.

Dóri réfléchit à la question.

« Sur le coup, je ne me suis pas inquiété, mais maintenant que vous en parlez, c'était inhabituel. Du moins je crois que ça n'était jamais arrivé avant. Je lui ai demandé ce qui se passait, mais il a juste répondu qu'il avait besoin d'un peu de temps tout seul. Mais il avait la pêche, tout ça.

— Et tu ne lui en as pas voulu, à cette période ? »

Thóra se disait que ç'avait dû être bizarre, pour lui, de perdre son meilleur ami pendant plusieurs jours sans la moindre explication, étant donné tout le temps qu'ils passaient ensemble habituellement.

« Non, on n'était pas comme ça. J'avais plein de choses à faire pour les cours. En plus j'ai pris des gardes, et tout. Alors j'avais largement autre chose en tête.

— Tu travailles à l'hôpital à Fossvogur, c'est bien ça ? » Dóri hocha la tête. « Comment fais-tu pour assurer ton poste là-bas, étudier la médecine et faire autant la fête ? »

Dóri haussa les épaules.

« Ce n'est pas un poste à plein temps, déjà. Je prends des gardes de temps en temps, pour soulager les équipes. J'y travaille pendant les vacances d'été et en hiver, s'il y a une crise – des arrêts maladie, ou des absences. Pour ce qui est des cours, je suis juste extrêmement organisé dans mes études. Et j'ai toujours trouvé ça facile.

— Tu fais quoi, à l'hôpital ? intervint Matthew.

— Ça dépend. J'assiste en chirurgie – ça consiste à nettoyer les instruments après l'opération, à tout ranger, ce genre de choses. Rien d'important. »

Matthew lui adressa un regard lourd de sens.

« Ranger quoi ? Simple curiosité. Je ne m'y connais pas beaucoup, en hôpitaux.

— Des trucs, répondit Dóri en cherchant de nouveau ses cigarettes. Des déchets, par exemple.

— Ha ! s'écria Matthew. Quel est le nom de ton supérieur, ou bien de quelqu'un que nous pourrions interroger, à ce sujet – notamment sur la nuit où Harald a été tué ? »

Dóri se mit à tirer sur l'un des poignets de force qu'il portait au bras gauche ; à l'évidence, il ne savait pas quoi répondre, ni même s'il fallait répondre. « Gunnur Helgadóttir, finit-il par marmonner d'une voix abattue. C'est l'infirmière en chef du bloc opératoire.

— J'ai une question, ajouta Thóra en notant le nom. Qui a opéré la langue d'Harald ? C'est toi, pas vrai ? »

Sur le point d'allumer une cigarette, Dóri interrompit son mouvement, alarmé.

« Pourquoi ? Quelle différence ça fait ?

— Je veux savoir. Harald avait des photos de cette opération sur son ordinateur, et ça se passait chez quelqu'un – vraisemblablement quelqu'un qu'il connaissait. L'opération n'est pas le problème. Je veux simplement savoir. »

Dóri les considéra à tour de rôle, l'air hésitant. Thóra devina qu'il pesait le pour et le contre, se demandant si une telle opération nécessitait des qualifications particulières, en un mot si elle était illégale. Il se mordit la lèvre inférieure pendant un moment.

« Non, c'est pas moi qui l'ai fait, finit-il par dire.

— Je peux voir tes bras ? demanda Thóra, le sourire aux lèvres, se rappelant ce qu'Hugi avait dit sur les regrets qu'avait Dóri de s'être fait tatouer.

— Pour quoi faire ? » Le jeune homme se recula dans le canapé, pour mettre un maximum de distance entre Thóra et lui.

« Parce qu'on le veut », répliqua Matthew en se rapprochant du bord de son fauteuil. Il n'avait aucune idée de l'intention de Thóra. « Allez, sois sage et remonte tes manches pour la gentille dame. »

Dóri devint rouge comme une tomate. Matthew s'avança un peu plus vers lui, tandis que le jeune homme reculait encore. Soudain, ses nerfs lâchèrent. Avec un regard noir, il roula ses manches.

« Voilà », aboya-t-il en tendant les bras.

Thóra se pencha à son tour et sourit.

« *Merde* ? lut-elle en contemplant son bras droit, juste au-dessus du poignet.

— Et alors ? commenta Dóri, en rebaissant ses manches.

— Intéressant. La personne qui a pratiqué l'opération sur Harald avait exactement le même tatouage. » Elle adressa un grand sourire à Dóri tout en désignant son bras droit. « Alors, c'est quoi l'histoire ?

— Rien », dit-il d'une voix lente. Il se passa les doigts dans les cheveux, puis plissa très fort les paupières. « OK, c'est moi qui l'ai fait. On était chez Hugi. Harald me harcelait depuis des plombes pour que je le lui fasse, et j'ai fini par céder. J'ai emprunté les instruments au bloc et j'ai volé des anesthésiques. Ça n'a manqué à personne. Hugi m'a aidé. C'était carrément dégoûtant. Mais le résultat était cool. »

Je veux bien te croire, songea Thóra.

« J'imagine que l'hôpital ne serait pas ravi d'apprendre que tu as volé des médicaments – n'est-ce pas ?

— Évidemment. C'est pour ça que je ne veux pas que ça s'ébruite. La plupart des gens n'y comprendraient rien, et je ne veux pas qu'on me prenne pour un cinglé. »

Matthew secoua la tête, puis changea subitement de tactique.

« Je voudrais te demander une chose, qui te paraîtra peut-être étrange – ou peut-être pas. J'imagine que tu as vu du pays. » Il marqua une courte pause pour prendre le temps de bien regarder Dóri dans les yeux. « Étais-tu au courant qu'Harald pratiquait l'asphyxie pendant l'acte sexuel, pour augmenter le plaisir ? »

Le visage de Dóri vira de nouveau au cramoisi.

« Je ne veux pas discuter de ça, riposta-t-il.

— Et pourquoi ? Qui sait, c'est ce qui a pu causer la mort d'Harald. »

Les genoux de Dóri se mirent à tressauter, tandis que ses pieds tambourinaient sur le parquet impeccablement verni.

« C'est pas de ça qu'il est mort », lâcha-t-il, presque dans un murmure.

Le mouvement de ses pieds s'accéléra. Il resta silencieux, et ni Thóra ni Matthew ne dirent mot – ils se contentèrent de fixer le jeune homme et d'attendre. Il finit par inspirer à fond, et céda.

« Je vois pas ce que ça vient foutre là-dedans, mais oui, je savais qu'Harald le faisait un peu.

— Et de qui l'as-tu appris ? » demanda Matthew d'une voix cassante.

Les pieds de Dóri s'immobilisèrent.

« C'est lui qui me l'a dit. Il m'a suggéré d'essayer. » Il n'en dit pas plus ; son regard allait et venait de l'un à l'autre.

« Et tu l'as fait ? demanda Thóra.

— Non. » Sa voix était ferme, et Thóra le crut.

« Je fais peut-être des trucs dingues, mais c'est bien la connerie la plus tarée qu'il m'ait été donné de voir.

— De voir ? » répéta Matthew.

Dóri rougit plus encore.

« Pas exactement voir – c'est pas ce que je voulais dire. *Être impliqué dans* serait plus exact. » Il baissa les yeux au sol. « C'était cet automne. Je comatais sur le canapé après une fête, et j'ai été réveillé en pleine nuit par ce bruit atroce d'étouffement. » Il leva la tête vers Matthew. « Je sais pas comment j'ai eu la chance de reprendre mes esprits – normalement je suis complètement dans les choux, quand je suis dans cet état –, enfin bref, je me suis réveillé et je suis allé voir ce qui se passait, et là j'ai trouvé Harald, littéralement à l'agonie. » Thóra crut le voir frissonner, à ce souvenir. « J'ai retiré la ceinture qui était nouée très serrée autour de son cou. Ça n'a pas été facile, parce qu'il avait accroché l'autre bout au radiateur de sa chambre. Et ensuite j'ai pu lui faire du bouche-à-bouche – mais c'était limite.

— Tu es sûr que ce n'était pas une tentative de suicide ? » voulut savoir Thóra.

Dóri la regarda, puis secoua la tête.

« Non, c'était pas une tentative de suicide. Croyez-moi. Je préférerais ne pas entrer dans les détails sur l'état dans lequel je l'ai trouvé. » Ce fut au tour de Thóra de rougir, ce qui n'échappa pas à Dóri et parut lui redonner un peu d'entrain. Il poursuivit sur son élan : « Ensuite j'en ai discuté avec Harald, et il a admis volontiers ce qu'il fichait. Il m'a même suggéré d'essayer. Il disait que c'était le pied total. Mais il s'était retrouvé en grand danger, et il en était très conscient. Il s'est fichu la trouille de sa vie.

— Donc d'après toi il n'a pas abandonné cette pratique, après un choc pareil ? en déduisit Matthew.

— Je parierais que non. Même si je ne peux pas en être certain – il était mort de peur.

— Tu te rappelles quand c'était ?

— À l'aube du 11 septembre », répondit Dóri sans l'ombre d'une hésitation.

Matthew hocha la tête, songeur. Il se tourna vers Thóra et lui dit, en allemand : « Il a changé son testament dix jours plus tard. » Thóra acquiesça, désormais convaincue que le jeune homme qu'ils avaient devant eux était le mystérieux héritier islandais désigné par le testament. Il venait juste de sauver la vie d'Harald au moment où le document avait été modifié ; il était impensable qu'il ne soit pas mentionné dedans.

« Je comprends l'allemand, vous savez », fit remarquer Dóri avec un sourire narquois.

Avec une expression tout aussi malicieuse, Matthew le regarda sans répliquer.

« Hugi nous a dit qu'Harald se montrait parfois mesquin avec toi, devant les autres – qu'en fait, il t'humiliait, si je me rappelle bien. Ça ne te vexait pas ? »

Dóri renifla avec ironie.

« Qu'est-ce qui lui a pris de raconter ça ? Vous savez, Harald n'était pas une personne comme les autres. Il lui arrivait de me mettre en boîte, mais il savait être sacrément marrant aussi. La plupart du temps, il me traitait super bien, surtout quand on n'était que tous les deux. Mais quand on était avec les autres, il pouvait être un vrai salaud, de temps en temps. Ça ne me dérangeait pas, Hugi pourra vous le confirmer, et Harald s'excusait toujours, après. Ça ne changeait pas grand-chose, c'était juste galère, sur le coup. »

Il sembla à Thóra qu'il ne fallait pas être un génie de la psychologie pour lire entre les lignes. Dóri devait trouver cette situation intolérable. Mais elle ne vit pas l'intérêt de le pousser dans ses retranchements.

« Que peux-tu nous dire des recherches d'Harald ? Peux-tu nous expliquer quelle forme prenait ton aide ? »

Ravi de changer de sujet, le jeune homme répondit immédiatement : « Rien de spécial. Je lui donnais seulement un coup de main dans ses traductions, et aussi dans les recherches de documents. Il partait dans tous les sens – je ne voyais pas toujours le rapport, mais je ne suis pas historien, donc ça ne veut pas dire grand-chose. On aurait dit qu'il errait d'une chose à l'autre – on était au milieu de la lecture d'un passage que je lui avais traduit de l'islandais à l'anglais, et subitement il me demandait de lire autre chose, et ainsi de suite.

— Tu peux nous citer des exemples d'articles ou de sujets qui l'intéressaient ? suggéra Matthew.

— Euh, je peux pas vous faire une liste complète. Quand on a commencé, je traduisais surtout des passages de la thèse d'Ólína Thorvardardóttir sur l'époque des exécutions de sorcières au bûcher, puis il s'est concentré sur Skálholt, à cause d'un texte sur la sorcellerie rédigé par des étudiants d'une école de là-bas, et d'un livre de sorcellerie en circulation. Il avait aussi une vieille lettre en danois – je n'étais pas le plus qualifié pour la traduire, mais j'ai fait de mon mieux. Elle parlait d'un émissaire et autre chose que je n'ai pas bien compris. Quand il est tombé là-dessus, il a subitement changé de tactique, il a presque arrêté de s'intéresser aux exécutions au bûcher et il a reculé d'un siècle environ. Je me rappelle lui avoir traduit un passage tiré d'une description de l'Islande par l'évêque Oddur Einarsson, autour de 1590. Il parlait du mont Hekla et je me rappelle l'histoire d'un homme devenu fou après avoir gravi la montagne et avoir regardé dans le cratère. Et puis Harald était fasciné par l'éruption de l'Hekla en 1510, et par l'évêque Jón Arason et son exécution en 1550, et aussi par l'évêque Brynjólfur Sveinsson. Oui, tout à coup il voulait tout savoir des moines irlandais, donc on peut dire qu'au moment du meurtre, il était encore en train de remonter – jusqu'à l'époque précédant la colonisation de l'Islande. »

D'après son énumération de dates, il paraissait évident que le jeune homme avait une mémoire d'éléphant. *Pas étonnant qu'il réussisse à suivre les cours même en faisant la fête,* se dit Thóra.

« Les moines irlandais ? »

Dóri hocha la tête.

« Oui, les ermites qui étaient sur le territoire avant l'arrivée des Vikings.

— OK. » Thóra ne voyait pas bien quoi demander d'autre. Puis elle se rappela le pauvre Gunnar, qui avait arrangé cette entrevue avec les amis d'Harald. « Cette vieille lettre en danois – tu sais d'où elle provenait, ou bien où elle a atterri ? »

Dóri fit signe que non.

« Je n'ai aucune idée de l'endroit où il l'a dénichée – il avait d'autres lettres anciennes, et il les comparait à celle-là. Elles étaient dans un portefeuille en cuir, sauf la lettre danoise, qui doit se trouver quelque part dans les parages.

— Est-ce que le nom de Mal te dit quelque chose ? demanda Matthew de but en blanc.

— Non, jamais entendu parler de lui. » Dóri les considéra tous les deux. « Pourquoi ?

— Oh, sans raison particulière », mentit Matthew.

Dóri était sur le point d'ajouter quelque chose lorsque son portable sonna. Il le sortit de sa poche, regarda l'écran et fit la grimace avant de ranger l'appareil.

« Ta mère ? lui demanda Matthew, tout sourire.

— Gagné », répondit-il d'un ton amer.

Un bip dans sa poche signala l'arrivée d'un texto. Voyant que Dóri ne faisait pas mine de reprendre son portable, Thóra lança sa question suivante.

« Est-ce que tu sais quoi que ce soit à propos d'un livre d'or qu'Harald aurait pu posséder, ou dont il aurait parlé ? Le livre d'or de la croix, ou quelque chose dans ce style ?

— Le livre d'or de la croix ? répéta Dóri, déconcerté. Vous voulez dire une secte religieuse ?

— Non, pas ça, corrigea Thóra. Donc tu n'as jamais entendu parler d'un livre d'or ?

— Nan. »

Matthew serra les poings.

« Parle-nous de ce corbeau qu'Harald essayait d'acheter. »

La pomme d'Adam de Dóri fit un bond dans son larynx.

« Un corbeau ? » Sa voix était montée d'une octave.

« Oui, insista Thóra. Nous savons qu'il cherchait à s'en procurer un. Tu sais pourquoi ? »

Dóri haussa les épaules.

« Non. Mais je peux comprendre qu'il ait voulu un corbeau. C'est un oiseau intéressant. »

Thóra était convaincue qu'il mentait, mais elle ne trouvait pas de riposte appropriée.

Matthew prit les devants : « Est-ce que tu es au courant d'un voyage qu'Harald a fait à Hólmavík pour voir l'exposition de sorcellerie ?

— Non. »

À l'évidence, il mentait de nouveau.

« Et l'hôtel Rangá ? fit Thóra.

— Non. »

Nouveau mensonge.

Matthew se tourna vers Thóra.

« Hólmavík, Rangá. Peut-être qu'on devrait faire un peu de tourisme ? »

À voir son expression, Dóri n'avait pas l'air enchanté de leurs projets.

23

En quittant enfin cette maison, Dóri se sentait incroyablement soulagé. Après avoir passé le portail, il jeta un coup d'œil par-dessus son épaule en arrivant sur le trottoir, mais ni Thóra ni Matthew ne semblaient l'observer de la fenêtre. Il crut déceler un mouvement furtif au rez-de-chaussée et maudit intérieurement cette fouineuse de voisine. Cette vieille garce rachitique continuait visiblement ses manigances – elle ne laissait jamais Harald en paix et se plaignait de leurs moindres faits et gestes. Le lendemain d'une de leurs premières fêtes, l'été dernier, Harald avait envoyé Dóri à la porte pour écouter son laïus à sa place, et bon sang, qu'est-ce que cette bonne femme l'avait asticoté ! Il avait une telle gueule de bois que chaque mot et chaque onde sonore lui faisaient l'effet d'un coup de marteau sur la tête. Rien que d'y penser, il eut un frisson, surtout en se remémorant comment tout ça avait fini – il avait dû pousser la bonne femme pour passer la tête dans l'embrasure et vomir. La chose ne lui avait pas fait très bonne impression, ce qui était compréhensible, mais Harald avait réussi à la calmer, ce soir-là.

Jusqu'à la fin de l'été, Dóri avait dû faire profil bas lorsqu'il venait lui rendre visite. Mais les autres copains présents avaient trouvé l'anecdote hilarante, quand Dóri avait fini par ramper à l'intérieur pour la leur raconter.

Son portable sonna. Il le sortit de sa poche et lut sur l'écran qu'il s'agissait de Marta Mist – encore. Cette fois-ci, il répondit.

« Quoi ?

— T'as fini ? » Elle était visiblement impatiente, et irritable. « On t'attend, magne-toi de te pointer.

— Où ? »

Dóri se sentait incapable de voir qui que ce soit, pour le moment. Tout ce qu'il voulait, c'était rentrer chez lui s'allonger, mais il savait que dans ce cas, il n'aurait pas la paix. Marta Mist le rappellerait sans arrêt ; et s'il ne répondait pas, elle finirait par débarquer chez lui. Mieux valait s'en débarrasser maintenant.

« Au 101. Grouille-toi. »

Elle raccrocha et Dóri accéléra encore le pas. Il faisait froid dehors et il était épuisé. Sans s'en rendre compte, il se retrouva dans le hall de l'hôtel, à secouer les flocons de neige qui s'étaient accumulés sur sa tête pendant le trajet. Il se passa la main dans les cheveux, puis secoua de nouveau la tête. Ensuite il ouvrit la porte et se décida à entrer. Ils s'étaient évidemment installés dans la salle fumeurs – des tasses de café et une bière étaient posés devant eux. Dóri eut soudain une envie irrésistible de bière. Il se dirigea vers leur table et s'assit dans un fauteuil – Bríet et Marta Mist s'étaient arrangées pour lui faire une place près d'elles, mais l'idée de se retrouver tassé entre les deux lui était tout simplement insupportable.

Les filles firent bonne figure face à l'affront, et Dóri les vit glisser l'une vers l'autre pour combler discrètement la place inoccupée. Marta Mist avait du génie, pour ce qui était de garder son calme. Elle montrait rarement la moindre émotion, en dehors d'une fureur aveugle ou d'un mépris total. L'orgueil blessé ne faisait pas partie de son répertoire.

« Pourquoi t'as pas répondu à ce putain de téléphone ? gronda-t-elle. On n'en peut plus d'attendre de tes nouvelles. »

Sa réaction mit Dóri en rage.

« Mais ça va pas ou quoi ? J'étais en train de parler à ces avocats. J'étais censé te dire quoi, au téléphone ? » Personne ne souffla mot, aussi Dóri répéta-t-il sa question. « Hein ? J'étais censé dire quoi ? »

Marta Mist l'ignora.

« Tu aurais pu envoyer un texto. Ça n'aurait pas été trop compliqué, quand même.

— Oh, bien sûr, commenta Dóri d'un ton sarcastique, ça aurait été du meilleur effet. Mais pour qui tu me prends ? Pour une gamine de treize ans ? »

Brjánn décida de mettre son grain de sel.

« Qu'est-ce qui s'est passé ? Ça va ? » demanda-t-il calmement, tout en sirotant sa bière.

C'était plus que Dóri ne pouvait en supporter. Il fit signe au serveur et commanda une grande bière. Puis il se tourna vers le groupe.

« Ça s'est bien passé. Ils ont leurs petits soupçons, mais au fond ils ne savent rien de solide. » Tout en pianotant d'une main sur le bord de la table, Dóri se mit à fouiller ses poches de manteau, à la recherche de ses cigarettes. Sans succès. « J'ai laissé mes clopes là-bas. Quelqu'un peut m'en passer une ? »

Bríet lui lança son paquet, et Dóri poussa un grognement. C'étaient typiquement des cigarettes de fille : blanches comme neige, au menthol et, pour couronner le tout, ultrafines. Mais il attrapa tout de même le paquet et en prit une. Quel dommage que Marta Mist fasse la tête. Elle au moins fumait de vraies cigarettes. Il tira une bouffée, puis ôta la cigarette de sa bouche pour la regarder, et secoua la tête.

« Comment tu peux fumer cette merde ?

— Il y a des gens qui disent "merci", plutôt, maugréa Bríet.

— Désolé. Je suis juste à bout. » La bière arriva et, après en avoir bu une longue gorgée, Dóri expira bruyamment. « Ah, ça va mieux, là.

— Tu ne leur as rien dit, pas vrai ? » demanda Marta Mist. Sa colère s'était visiblement dissipée.

Dóri avala une nouvelle gorgée.

« Non, rien d'important. Bien sûr, je leur ai dit des tas de trucs – ils m'ont harcelé non-stop, il fallait bien que je réponde. »

Marta Mist prit un air songeur, puis hocha la tête, apparemment satisfaite.

« T'es absolument sûr ? »

Dóri lui adressa un clin d'œil.

« Sûr et certain. Ne t'inquiète pas.

— Mon héros, sourit Marta Mist.

— Qu'est-ce que tu veux, j'ai la classe, fit le jeune homme avec désinvolture en agitant sa cigarette devant son visage. Est-ce que je ne suis pas mignon ? »

Andri gloussa et lui lança son paquet de cigarettes en travers de la table.

« D'après toi, ils vont faire quoi, maintenant ? Est-ce qu'ils vont vouloir nous revoir ?

— Non, j'en doute.

— Bien, dit Brjánn. Avec un peu de chance, ils vont finir par tourner en rond et par lâcher l'affaire. »

Bríet était la seule à cacher sa joie.

« Et Hugi, alors ? Vous l'avez tous complètement oublié, ou quoi ? » Elle les dévisagea l'un après l'autre, choquée.

Le sourire disparut du visage de Dóri.

« Non. Bien sûr que non. » Il reprit une gorgée de bière, qui tout à coup avait moins bon goût.

Marta Mist balança un coup dans l'épaule de Bríet, lui arrachant un petit cri.

« Mais qu'est-ce qui te prend ? Ils ne laisseront jamais tomber – ils vont bien découvrir quelque chose. L'important, c'est qu'on n'y soit pas mêlés. Foutue pessimiste.

— On ne se fait pas enfermer pour un meurtre qu'on n'a pas commis, se moqua Andri. Il va s'en tirer, tu verras. Il n'y a qu'à attendre.

— Non mais sur quelle planète tu vis ? » lança Bríet, que la douleur dans son bras n'arrêtait pas. Il était rare qu'elle ose s'opposer à Marta Mist, mais elle ne pouvait s'empêcher de lui en vouloir pour son comportement envers Dóri. « Des innocents se font condamner tous les jours.

— Arrêtez de vous chamailler, ordonna Marta Mist sans quitter Dóri du regard. Ça va aller, ne t'inquiète pas. Allons chercher quelque chose à manger. Je crève de faim. »

Ils se levèrent et ramassèrent leurs affaires. Tandis

qu'ils se dirigeaient vers le bar pour payer, Marta Mist attira Dóri à l'écart.

« Faut que tu t'en débarrasses – pigé ? »

Dóri détourna la tête, mais Marta Mist l'attrapa par le menton et le força à la regarder dans les yeux.

« Tu ne t'en es pas débarrassé ? »

Le jeune homme hocha la tête.

« Tout est parti. Pas de panique.

— J'ose même plus avoir un joint à la maison. Tu ferais bien d'en faire autant. Si ces deux-là commencent à remuer trop la boue, les flics pourraient se mettre des idées en tête et se pointer avec des mandats de perquisition. Tu es sûr d'avoir tout viré ? »

Dóri redressa le torse et planta son regard dans celui de Marta Mist.

« Je te jure. Tout est parti. »

Avec un sourire, elle lui lâcha le menton.

« Allez viens. On va payer. »

Dóri la regarda s'éloigner. Autant de crédulité laissait songeur. Elle qui y voyait toujours clair en lui, quand il essayait de lui mentir. À l'évidence, il faisait des progrès, en termes de malhonnêteté.

Thóra tentait de ne pas se laisser distraire par les sourcils broussailleux de l'homme assis en face d'eux. Matthew et elle se trouvaient dans le bureau de Thorbjörn Ólafsson, le directeur de mémoire d'Harald.

« Merci infiniment de nous recevoir, dit-elle avec un sourire.

— Ce n'est rien, répondit Thorbjörn. Si vous devez remercier quelqu'un, ce serait plutôt Gunnar

– c'est lui qui a arrangé ce rendez-vous. Mais je suis impressionné que vous ayez pu venir si vite. » Thorbjörn avait appelé peu de temps après le départ de Dóri de l'appartement d'Harald, et Thóra et Matthew avaient décidé de lui rendre visite sur-le-champ. Thorbjörn reposa le crayon qu'il faisait rouler entre ses doigts. « Alors, en quoi puis-je vous renseigner ? »

Thóra ouvrit le feu.

« Je présume que Gunnar vous a expliqué notre lien avec Harald ? » Thorbjörn acquiesça.

« Nous souhaiterions avoir votre avis sur lui, et que vous nous parliez de ses études, en particulier de son sujet de recherche. »

Thorbjörn laissa échapper un éclat de rire.

« Je ne peux pas dire que je le connaissais vraiment. Je n'ai pas pour habitude de me mêler de la vie de mes étudiants – cela ne me tente pas. Je suis intéressé par leurs progrès universitaires, mais sur le plan social, ils ne m'attirent pas.

— Mais vous avez bien dû vous faire une opinion, à son sujet ? insista Thóra.

— Bien entendu. Je trouvais que c'était une personnalité singulière – et pas seulement du fait de son apparence. Mais il ne me contrariait pas du tout – contrairement à Gunnar, par exemple, qui ne pouvait pas le supporter. J'aime bien avoir des étudiants qui font les choses à leur manière. Et Harald était extrêmement appliqué, et concentré. En général, je n'en demande pas plus. »

Thóra haussa les sourcils.

« Concentré ? Gunnar nous a laissé entendre que ses recherches étaient plutôt bâclées. »

Thorbjörn renifla d'un air ironique.

« Contrairement à Harald, Gunnar est de la vieille école. Il veut que ses étudiants collent de près à une feuille de route préétablie. Harald était plus mon genre – dans ses pérégrinations, il aimait jeter un œil dans les petites rues, en quelque sorte. C'est de cette manière qu'il faut procéder. On ne sait jamais où cela nous conduira et le chemin est plus long, mais parfois, on tombe sur un cadeau du ciel.

— Donc Harald n'avait pas l'intention de changer de sujet de mémoire, comme le prétend Gunnar ? demanda Matthew.

— Loin de là, rectifia Thorbjörn. Gunnar est toujours persuadé que tout part à vau-l'eau. Je pense que ce qui l'inquiétait, c'est qu'Harald puisse rester étudiant chez nous à vie. C'est déjà arrivé, vous savez.

— Vous voulez bien nous en dire un peu plus long sur les recherches d'Harald ? reprit Thóra. Nous nous demandions si son intérêt pour la sorcellerie pouvait avoir un lien avec le meurtre. »

Ce fut au tour de Thorbjörn de hausser les sourcils.

« Vraiment ? »

Thóra et Matthew acquiescèrent.

« Eh bien, si je m'étais douté. J'en serais très surpris. L'histoire n'est pas à ce point passionnante qu'on en vienne à tuer pour elle. Quoi qu'il en soit, Harald avait pour projet de comparer la chasse aux sorcières en Islande et sur le continent. Comme vous le savez, ce sont surtout des hommes qui ont été brûlés au bûcher, en Islande, alors que c'étaient des femmes partout ailleurs. C'était donc son point de départ. Comme il était bien informé sur la chasse aux sorcières sur le continent, il s'est concentré sur des recherches en Islande et il a étudié l'histoire de cette période. À mon sens, il avait établi un tableau tout à fait complet, au moment de sa mort.

— Et qu'en est-il des petites rues ? » intervint Matthew.

Thorbjörn prit le temps de réfléchir.

« Eh bien, il était fasciné par l'évêque Jón Arason et cette presse typographique qu'il avait censément importée en Islande. Au départ, je ne saisissais pas vraiment comment il allait relier cela à la chasse aux sorcières, mais je l'ai laissé avancer. Ensuite, il a abandonné cet angle pour s'intéresser à Brynjólfur Sveinsson, l'évêque de Skálholt. J'ai trouvé l'approche plus constructive.

— Il était lié aux persécutions de sorcières ? demanda Thóra.

— Bien sûr. Il était évêque, à l'époque, mais il avait la réputation d'adopter une conduite plus modérée dans ce domaine. On sait par exemple qu'il empêcha que des garçons de l'école de Skálholt soient brûlés vifs lorsqu'un grimoire de sorcier fut trouvé en leur possession. Mais en y regardant de plus près, c'était une position intenable. Ainsi, il ne fit rien pour entraver un de ses parents, Páll de Selárdalur, qui était l'un des chasseurs de sorcières les plus virulents d'Islande. Sept hommes furent brûlés car ils étaient soupçonnés d'avoir déclenché une épidémie à la ferme de Páll.

— Ce livre de sorcellerie dont vous parlez, est-ce qu'Harald s'y intéressait tout particulièrement ? » voulut savoir Matthew.

Thorbjörn secoua lentement la tête.

« Non, pas que je m'en souvienne. On l'appelle le Cahier de Skálholt, et l'évêque Brynjólfur l'a sans doute fait détruire. Bien qu'il ait établi un relevé des quatre-vingts sortilèges qui y étaient décrits. Harald était fasciné par la bibliothèque de Brynjólfur, qui contenait un assortiment de livres et de manuscrits. Et son histoire personnelle a également suscité la curiosité d'Harald, évidemment.

— Comment ça ? s'étonna Matthew, avant d'ajouter, pour s'excuser : Je ne suis pas très versé en histoire islandaise. »

Thorbjörn lui adressa un sourire plein de compassion.

« Pour résumer, Brynjólfur a eu sept enfants, dont deux seulement ont atteint l'âge adulte : Ragnheidur et Halldór, expliqua-t-il. Ragnheidur donna naissance à un fils hors des liens du mariage, neuf mois après que Brynjólfur lui eut fait jurer publiquement, à genoux, qu'elle était vierge. Elle avait dû prêter ce serment à cause de rumeurs qui prétendaient qu'elle avait une liaison avec le jeune assistant de son père, un homme du nom de Dadi. Le fils bâtard de Ragnheidur lui fut retiré à la naissance et on l'envoya dans la famille de son père, où il fut élevé. Elle mourut peu après, quand le bébé avait environ un an. Halldór, le fils de Brynjólfur, mourut quelques années plus tard, alors qu'il faisait des études à l'étranger. Brynjólfur envoya chercher son seul héritier survivant, Thórdur, le fils de Ragnheidur, alors âgé de six ans. Il devint très vite pour le vieil homme la prunelle de ses yeux. Sa femme mourut trois ans après l'arrivée du petit à Skálholt et, pour couronner la tragédie de l'évêque, Thórdur mourut de phtisie à l'âge de douze ans. Ainsi, Brynjólfur, l'une des figures majeures de l'histoire islandaise, se retrouva-t-il sans héritier et sans aucune famille. Je pense qu'Harald était envoûté par la vie de l'évêque et par les leçons que l'on pouvait en tirer. Si l'évêque avait traité plus équitablement sa fille au moment crucial, on sent bien que les choses auraient tourné différemment pour lui et sa famille. Ragnheidur l'avait dupé, voyez-vous. La croyance populaire veut qu'elle ait été sincère au moment de prêter serment à l'église, mais qu'elle se soit laissé séduire par Dadi le soir même, pour se venger du vieil homme.

— Je ne suis pas surprise qu'une telle histoire ait attiré Harald », commenta Thóra. Il avait dû ressentir de l'empathie pour Ragnheidur. « Harald étudiait-il toujours l'histoire de Brynjólfur quand il a été tué, ou bien s'était-il tourné vers un autre sujet ?

— Si ma mémoire est bonne, son intérêt pour Brynjólfur commençait à décliner – il l'avait analysé dans les moindres détails. J'ai appris qu'il avait pris une semaine de congés juste avant le meurtre, donc je ne sais pas exactement ce qu'il préparait.

— Savez-vous si Harald avait d'autres affaires en Islande, en dehors de ses études ? Essayait-il de racheter des antiquités ou des objets d'une grande valeur historique ? » s'enquit Matthew.

Thorbjörn laissa échapper un rire bref.

« Des trésors, vous voulez dire ? Non, nous n'avons jamais abordé de sujets de ce genre. Harald semblait avoir les deux pieds sur terre ; c'était un étudiant consciencieux et je trouvais agréable de travailler avec lui. Ne vous laissez pas tromper par l'hystérie de Gunnar. »

Thóra décida de changer de sujet et de l'interroger sur la réunion dans les locaux de l'université, le soir fatal.

« Oui, c'est exact », confirma Thorbjörn. La lueur malicieuse avait disparu de son regard. « Nous étions ici, la plupart des enseignants du département. Êtes-vous en train de sous-entendre quoi que ce soit ?

— Pas du tout, répliqua Thóra. Je vous posais simplement cette question dans le vague espoir que vous ayez remarqué un détail susceptible de nous aider. Quelque chose qui aurait pu vous revenir, après votre déposition à la police. Il faut parfois du temps aux souvenirs, pour remonter.

— Vous n'apprendrez rien de ceux d'entre nous qui étaient présents à cette réunion. Nous sommes partis longtemps avant l'heure à laquelle le meurtre s'est produit, selon la police. Nous fêtions notre candidature à une subvention, en coopération avec une université norvégienne. Nous ne sommes pas exactement des fêtards invétérés, et nous ne montrons pas une vigueur extraordinaire, lors de ces assemblées. Les derniers d'entre nous sont partis juste avant minuit.

— Vous en êtes certain ? insista Matthew.

— Absolument certain – j'étais le dernier à partir et c'est moi qui ai branché le système d'alarme. Si quiconque était resté enfermé à l'intérieur, il aurait déclenché toutes les sonneries du bâtiment. Cela m'est déjà arrivé, et ce n'est pas une expérience franchement plaisante. » Devant l'air dubitatif de Matthew, il ajouta : « Le relevé du système de sécurité de l'université vous le confirmera.

— Je n'en doute pas », conclut Matthew, le visage impassible.

10 décembre 2005

24

Les bonnes prévisions météorologiques de la veille au soir semblaient vouloir se confirmer. Thóra et Matthew se trouvaient dans le bureau de l'école d'aviation où ils avaient réservé un avion par téléphone, la veille. Tandis que Matthew remplissait un formulaire pour le pilote, Thóra profitait du café chaud à volonté. Le prix l'avait surprise – le temps de vol prévu jusqu'à Hólmavík était d'un peu moins d'une heure, mais cela leur revenait moins cher que s'ils y étaient allés en voiture et avaient dû prendre un hôtel. On lui avait même offert un prix réduit s'ils acceptaient un pilote encore en formation. Elle avait opté pour le plein tarif.

« OK, on est parés », annonça le pilote en souriant. Il était si jeune qu'il devait juste avoir été promu de la section « tarif préférentiel ».

Ils le suivirent jusqu'à un petit engin qui pouvait contenir quatre personnes, pilote compris. Matthew proposa à Thóra la place de devant, mais elle déclina son offre en voyant combien il serait tassé, à l'arrière. Elle avait beau être grande, elle était toujours plus petite que Matthew et donc moins susceptible de devoir demander un chausse-pied pour se désencastrer de l'habitacle. Elle s'installa et boucla sa ceinture.

Le pilote prit place dans son siège et leur tendit à chacun un casque avec micro.

« Mettez ça. L'avion est un peu bruyant, alors il faudra communiquer par le micro. »

Thóra et Matthew enfilèrent l'équipement branlant et branchèrent les micros. Le pilote alluma les moteurs et, après un bref échange avec la tour de contrôle, ils décollèrent en douceur.

Ils survolèrent Reykjavík, qui paraissait bien plus étendu vu des airs qu'au niveau du sol. Matthew contemplait le décor, fasciné, mais Thóra trouvait plus exaltant de regarder en l'air, une occasion plutôt rare, en avion.

« Il n'y a pas beaucoup d'immeubles hauts », fit remarquer Matthew en se tournant vers elle.

Elle trouvait quelque peu embarrassant de se parler par micros interposés, au cas où les contrôleurs du ciel auraient été en train d'écouter, aussi se contenta-t-elle de hocher la tête et de regarder sous elle les maisons basses qui filaient. La ville et sa banlieue reflétaient le désir islandais de vivre dans une maison – pas un appartement, une maison. Un appartement ne servait que de transition. Thóra tendit le cou pour essayer d'apercevoir son nid douillet, sans succès. Ils se dirigeaient vers l'intérieur des terres, laissant la mer dans leur dos. Une fois passées les limites des quartiers résidentiels, Matthew se tourna une nouvelle fois vers Thóra.

« Qu'est-il arrivé à vos arbres ? Il n'y a presque pas

de végétation, dans ce coin, lança-t-il à voix anormalement haute.

— Oh, la plupart des gens pensent que ce sont les moutons qui les ont mangés, répondit Thóra, pratiquement certaine qu'ils étaient désormais hors de portée des contrôleurs aériens.

— Les moutons ? répéta Matthew, incrédule. Depuis quand les moutons mangent des arbres ?

— Jamais. Pourtant c'est à eux qu'on s'en prend. Pour être franche, je ne crois pas qu'il y ait jamais eu d'arbres. Des buissons, à la rigueur. » Elle se pencha vers le sol aride. « Moi, c'est comme ça que je l'aime. Des arbres, pour quoi faire ? »

Matthew lui adressa un regard interrogateur, puis reprit son observation du paysage, qui devant eux devenait montagneux.

Le trajet jusqu'à Hólmavík fila à toute vitesse et ils aperçurent bientôt la piste d'atterrissage du village. L'installation consistait en une allée de gravier et une simple baraque. Elle se situait juste à la sortie du village, près de la route principale. Le pilote survola une première fois la piste pour en évaluer la longueur. Satisfait, il mit l'avion en approche et réussit un atterrissage sans heurt. Ils détachèrent leurs ceintures et s'extirpèrent de l'engin.

Matthew sortit son téléphone.

« Quel est le numéro de la compagnie de taxis du coin ? demanda-t-il au pilote.

— Une compagnie de taxis ? répéta l'homme dans un éclat de rire. Il n'y a même pas *un* taxi, ici, alors une compagnie... Il va falloir marcher. »

Thóra sourit elle aussi sous cape, comme si elle l'avait su depuis le début. Mais, tout comme

Matthew, elle avait espéré pouvoir se faire conduire jusqu'au musée.

« Allez, ça n'est pas loin », dit-elle sur un ton encourageant en entraînant son compagnon bougon.

Ils traversèrent la route, où ne passait aucune circulation, et se dirigèrent vers la station d'essence-supérette située à l'entrée du village. Ils entrèrent dans la boutique pour demander leur chemin. La fille à la caisse se montra très serviable et sortit même avec eux pour leur désigner le musée. Un vrai jeu d'enfant ; une petite marche au bord de la route, puis le long de la côte et là, tout près du port, ils trouveraient le musée. Une bâtisse noire à toit de chaume, qui était visible au loin. À quelques centaines de mètres à peine, et le temps était clément. Ils se mirent en route.

« Je reconnais les lieux d'après les photos dans l'ordinateur d'Harald », dit Thóra en se retournant vers Matthew. Le sentier était si étroit qu'ils ne pouvaient marcher côte à côte.

« Il y avait des clichés pris ici ? Quelque chose d'intéressant, je veux dire ?

— Pas vraiment. Rien que des trucs de touriste typiques, sauf quelques photos à l'intérieur du musée – où c'était interdit », ajouta-t-elle en évitant habilement une plaque de verglas. « Attention, là », prévint-elle Matthew, qui marcha en plein dessus. « Vous ne portez pas franchement des chaussures appropriées à la marche », hasarda-t-elle en jetant un coup d'œil à ses mocassins vernis en cuir noir. Cela dit, ils étaient parfaitement assortis au reste de sa tenue : pantalon au pli impeccable, chemise, et manteau trois quarts en laine.

Elle portait un jean et des chaussures de randonnée, et elle avait enfilé son gros anorak en duvet de canard, par précaution – elle avait feint d'ignorer le haussement de sourcils de Matthew lorsqu'il était venu la chercher et qu'elle s'était encastrée dans la voiture, avec le haut du corps trois fois plus gros que la normale.

« Je m'attendais à tout sauf à partir faire du trekking, répondit-il vertement. Il aurait pu me prévenir, ce type. »

« Ce type », c'était le commissaire de l'exposition de magie et de sorcellerie du musée, auquel Matthew avait téléphoné pour vérifier les horaires d'ouverture.

« C'est bon pour vous. Ça vous apprendra à jouer les dandys, le taquina Thóra. Ça ne prend pas, en Islande. Si on ne boucle pas cette affaire au plus vite, je vais devoir vous emmener en ville pour vous acheter une veste en laine polaire.

— Jamais ! se rebiffa Matthew. Même si je dois rester ici jusqu'à la fin de mes jours.

— Si vous ne cédez pas, cette échéance risque d'arriver beaucoup plus tôt que vous ne le pensez. Vous n'êtes pas frigorifié, d'ailleurs ? Vous voulez que je vous prête mon anorak ?

— J'ai réservé à l'hôtel Rangá, pour ce soir, dit-il pour éluder habilement la question. Et je vais faire changer la voiture de location : c'est une Jeep qu'il nous faut.

— Vous voyez ? Vous vous comportez déjà presque comme un autochtone. »

Ils parvinrent enfin au musée, sans glissade spectaculaire sur la glace. De dehors, le bâtiment avait l'air plutôt démodé. La cour devant l'entrée, cernée par un mur de pierre, était gravillonnée, avec quelques rondins éparpillés çà et là. La porte était d'un rouge profond, en contraste avec les teintes marron de la bâtisse elle-même. En arrivant, ils aperçurent un corbeau majestueux, perché sur un des bancs en bois. Il regarda en l'air, ouvrit grand son bec et croassa. Puis il déploya ses ailes et alla se poser sur le pignon, où il les regarda entrer.

« Il ne pouvait pas mieux tomber, lui », commenta Matthew en tenant la porte à Thóra.

Ils débouchèrent sur un petit comptoir de réception sur la droite, et sur des étagères suspendues juste sous leur nez, ornées de souvenirs de sorcellerie. L'ensemble avait une allure modeste et soignée. Derrière un guichet, un jeune homme leva les yeux de son journal en les voyant entrer.

« Bonjour. Bienvenue à l'exposition de magie et de sorcellerie. »

Thóra et Matthew se présentèrent et le jeune homme leur confirma qu'il les attendait.

« Je ne travaille ici que de manière provisoire », expliqua-t-il en ajoutant qu'il s'appelait Thorgrímur et en leur serrant la main – à l'ancienne, avec fermeté et assurance. « Le directeur du musée est en congé sabbatique, mais j'espère que ça ne pose pas de problème.

— Non, c'est très bien, le rassura Thóra. Mais vous étiez bien présent ici, cet automne ?

— Oui, c'est exact. J'ai pris ce poste en juillet. » Il lui adressa un regard interrogateur. « Puis-je vous demander ce que vous souhaitez savoir ?

— Comme vous l'a dit Matthew hier, nous menons

l'enquête sur un incident impliquant quelqu'un qui s'intéresse à la sorcellerie. Il s'est présenté ici à l'automne et nous avons pensé venir nous immerger un peu dans son monde. Je pense que vous vous souviendrez de lui. »

Le jeune homme éclata de rire.

« Rien n'est moins sûr. Il vient des tas de visiteurs. » Puis, se rendant compte qu'ils étaient les seuls dans les locaux, il ajouta : « Cette période de l'année n'est pas représentative – en saison touristique, on croule sous le monde.

— Vous savez, ce n'était pas le genre d'homme facile à oublier, glissa Matthew avec un léger sourire. C'était un étudiant en histoire, d'origine allemande, à l'apparence pour le moins non conventionnelle. Son nom était Harald Guntlieb, il a été assassiné récemment. »

Le visage de Thorgrímur s'éclaira.

« Oh oui, il était tout... tout recouvert de... comment décrire ça... d'ornementations ?

— Si on peut appeler ça des ornementations, commenta Thóra.

— Oui, bien sûr que je me souviens de lui. Il est venu ici avec un autre homme, un peu plus jeune que lui, qui a dit qu'il avait trop la gueule de bois pour visiter l'exposition. C'est peu après que j'ai lu la nouvelle du meurtre de l'Allemand, dans le journal.

— Ça colle, calcula Matthew. Ce type avec la gueule de bois – vous savez quelque chose sur lui ? »

Le jeune homme secoua la tête.

« Pas vraiment. Au moment de dire au revoir, l'Allemand m'a expliqué que son ami était médecin. Je pense que c'était pour blaguer. Il a dû faire un boucan de tous les diables, pour le réveiller. J'étais dans le vestibule, à regarder. Je me rappelle avoir pensé qu'il n'était pas très crédible, comme médecin, affalé sur son banc, dehors. »

Thóra et Matthew échangèrent un regard. Halldór.

« Il vous revient autre chose, concernant cette visite ? ajouta Thóra.

— Je me rappelle qu'il était très bien informé. C'est agréable de recevoir des visiteurs aussi érudits que lui sur l'histoire et la sorcellerie. En général, les gens ne savent rien, ils sont incapables de faire la différence entre un revenant et un poltergeist. » À en juger par leur expression, il comprit que ses visiteurs du jour étaient eux aussi à classer dans cette catégorie. « Si on faisait un tour dans le musée, afin que je vous montre l'exposition ? Et puis on pourra parler de votre ami. »

Thóra et Matthew se regardèrent de nouveau, haussèrent les épaules et suivirent le guide à l'intérieur.

« Je ne sais pas si vous êtes familiers avec le sujet, mais je devrais peut-être planter un peu le décor. »

Thorgrímur s'approcha d'un mur auquel était accrochée la peau d'un animal non identifié. La fourrure était tournée côté paroi et, sur la face orientée vers eux, ils virent un symbole magique, bien plus complexe que celui qui avait été relevé sur le corps d'Harald. En dessous de la peau, une boîte en bois rappelant un vieux plumier était fixée au mur. Elle était entrouverte et contenait ce qui ressemblait à des cheveux, ainsi qu'une pièce en argent. Un symbole stylisé était gravé sur le couvercle et, sur le dessus, une créature étrange qui ressemblait à un hérisson mutant. « À l'époque où la sorcellerie était à son apogée, le peuple vivait en Islande dans des conditions effroyables. Une poignée de familles possédaient la plupart des terres, et autour, presque tout le monde mourait de faim. Le seul moyen d'échapper à un destin de misère, pour eux, était d'avoir recours aux puissances magiques et surnaturelles. En ce temps-là, ce n'était pas inhabituel. Pas exemple, on pensait que le diable se promenait au milieu des hommes, pour essayer de piéger leur âme. » Il se tourna vers la dépouille sur le mur. « Vous voyez là un sortilège pour attirer la richesse – le symbole représente une souris de mer ou casque circulaire. Il fallait se procurer la fourrure d'un chat noir, puis dessiner ce symbole dessus avec le sang menstruel d'une vierge. »

Matthew grimaça et vérifia du coin de l'œil si Thorgrímur touchait le symbole.

Le regard n'échappa pas au guide, qui lança d'une voix cassante :

« Nous avons utilisé de l'encre rouge foncé. Il fallait attraper une petite vermine appelée souris de mer, qui d'après le folklore vivait le long de la côte. Elle devait être capturée dans un filet tissé à partir de cheveux de vierge. » Thóra sentit la main de Matthew glisser sur ses longs cheveux blonds. Elle réprima un gloussement et le repoussa discrètement. « Puis on confectionnait un nid au rongeur avec les cheveux, dans une boîte en bois dans laquelle on glissait une pièce volée. Alors la souris était censée repêcher un trésor dans la mer et le faire apparaître dans la boîte. Ensuite on posait le casque circulaire dessus pour empêcher la souris de s'échapper et de provoquer une tempête en mer. » Il se tourna vers eux. « Comme vous le voyez, ce n'étaient pas juste des tours de passe-passe.

— Non, à l'évidence, confirma Matthew en désignant une vitrine en verre contenant ce qui devait être la partie inférieure d'un corps humain. Mais qu'est-ce que c'est que ça, bon sang ?

— Ah, c'est l'une de nos séries les plus populaires. Les culottes de cadavres. Elles aussi étaient censées vous apporter la richesse, ajouta Thorgrímur en se dirigeant vers l'armoire vitrée. Bien sûr, il s'agit là d'une réplique. »

Thóra et Matthew acquiescèrent avec empressement. Derrière la vitre était exposée la peau de la moitié inférieure d'un corps masculin, dont le contenu avait été évidé. Thóra trouva que l'ensemble ressemblait à une paire de collants roses plutôt moches, avec des poils et des parties génitales.

« Pour se procurer des culottes de cadavres, il fallait prendre contact avec un homme de son vivant et convenir avec lui de l'écorcher sur le bas du corps, après sa mort. Lorsque cela se produisait, on exhumait le défunt et on arrachait la peau en un morceau, de la taille aux pieds. Le résultat constituait la culotte de cadavre destinée à être portée par l'autre personne. Cet équipement était censé se greffer sur le corps du porteur vivant, à condition qu'il place une pièce de monnaie dans le scrotum – pièce qu'il devait voler à une riche veuve à Noël, à Pâques ou bien à la Pentecôte – et plus jamais le scrotum n'était censé rester vide, puisqu'il devait se remplir constamment d'argent.

— Ils n'auraient pas pu choisir un autre emplacement ? » demanda Thóra en faisant la grimace.

Thorgrímur se contenta de hausser les épaules.

« Et ça ? Qu'est-ce que c'est ? » intervint Matthew, tandis que Thorgrímur les menait jusqu'à la grande photographie d'une femme en tenue paysanne à longue jupe de jute. Elle était assise, et sa jupe retroussée laissait voir ses cuisses nues. Sous la peau, une excroissance pointant vers le haut.

« Vous savez bien sûr que la majorité des sorcières exécutées en Islande étaient en fait des hommes – vingt hommes pour une seule femme, pour être exact. La raison en était que c'étaient surtout les hommes qui étaient soupçonnés de pratiquer la sorcellerie dans ce pays, contrairement au reste de l'Europe. Ce sortilège – connu sous le nom de *tilberi* – est remarquable en cela qu'il est l'unique charme islandais que seule une femme pouvait accomplir. Pour fabriquer un tilberi, elle devait voler une côte dans une tombe la nuit de la Pentecôte, l'envelopper dans de la laine et la porter sous ses vêtements, entre les seins, aller à l'autel trois fois et cracher le vin de la communion sur l'os, ce qui donnait vie au tilberi. Alors il grandissait et, pour le garder caché sous ses vêtements, la femme devait percer un téton artificiel dans la peau de sa cuisse. C'est là que le tilberi se nourrissait, quand il ne parcourait pas la campagne la nuit pour téter le lait des brebis et des vaches, avant de le recracher dans la baratte de la femme, au matin.

— Il n'était pas franchement sexy », fit remarquer Thóra en désignant l'objet.

Le tilberi était enveloppé dans de la laine, et à

peine visible, hormis une bouche ouverte édentée et deux yeux blancs minuscules, sans pupilles.

À en juger par l'expression de Matthew, il était du même avis qu'elle.

« S'agit-il là d'une femme qui a été exécutée pour avoir pratiqué ce type de sorcellerie ? demanda-t-il.

— Pour tout dire, non. Mais on a répertorié un cas dans le sud-ouest de l'Islande, en 635, où une femme et sa mère étaient suspectées de posséder un tilberi. Il y a eu une enquête, qui s'est révélée infructueuse, aussi ont-elles échappé de peu à l'exécution. »

Ils poursuivirent leur visite du musée, vitrine après vitrine. Thóra fut particulièrement frappée par un échafaud en bois dressé au milieu de la pièce, entouré de bottes de paille. Tandis qu'elle se tenait là à le contempler en silence, Thorgrímur s'approcha pour lui dire que les vingt et une victimes avaient toutes été brûlées vives. Il ajouta que trois avaient essayé de s'échapper du brasier lorsque le poteau auquel elles étaient attachées avait fini de se consumer. On les avait jetées dans le feu pour qu'elles y trouvent la mort. La première exécution avait eu lieu en 1625, lui dit-il, mais la chasse aux sorcières proprement dite avait débuté quand trois suspects avaient péri sur le bûcher à Trékyllisvík, dans le nord de la région des Fjords de l'ouest, en 1654. Thóra calcula combien c'était récent.

Lorsqu'ils en eurent vu assez, Thorgrímur les emmena à l'étage. En chemin, ils passèrent devant un panneau précisant qu'il était interdit de prendre des photographies – celui-là même que Thóra avait remarqué dans l'album numérique d'Harald. Thorgrímur leur montra un grand arbre généalogique retraçant le lien de parenté entre les plus éminents chasseurs de sorcières du XVIIe siècle. Il souligna que les membres de la classe dominante avaient placé leurs descendants aux postes de magistrats et de juges. Après avoir parcouru le document, Thóra ne put qu'acquiescer ; Matthew, quant à lui, ne semblait pas intéressé. Il les abandonna pour aller contempler une vitrine contenant des répliques de manuels de sorcellerie et d'autres manuscrits. Il était penché dessus lorsque les deux autres le rejoignirent.

« Il est miraculeux que des livres de cette nature aient pu être préservés, fit remarquer Thorgrímur en en désignant un.

— À cause de leur âge ? demanda Thóra, en se penchant pour mieux voir.

— Eh bien, pour cette raison aussi, mais essentiellement parce que les posséder était un crime majeur. Certaines de ces répliques sont des reproductions de manuscrits plus anciens ayant vraisemblablement subi des dégradations, aussi les originaux ne datent-ils pas tous des XVIe et XVIIe siècles. »

Thóra se redressa.

« Existe-t-il un index de tous ces symboles magiques ?

— Non, aussi étrange que cela puisse paraître, il n'y en a pas. Personne ne s'est donné la peine de les recenser, pour autant que je sache. » Avec un geste évasif de la main, il ajouta : « Tous les symboles exposés ici ne représentent que quelques pages issues de manuscrits ou de livres anciens – un minuscule échantillon. Alors je vous laisse imaginer le nombre total de symboles. »

Thóra opina. Bon sang. Si seulement Thorgrímur avait été en mesure de leur montrer une liste dans laquelle ils auraient pu retrouver le symbole inconnu ! Elle continua sa tournée des manuscrits. La vitrine était disposée au centre de la pièce, ce qui permettait aux visiteurs de voir les pages exposées. Matthew, qui était courbé en deux pour les regarder plus attentivement, se releva soudain d'un bond.

« Qu'est-ce que c'est que ce symbole ? demanda-t-il, tout excité, en tapant du doigt sur la vitre.

— Quel symbole ? répondit Thorgrímur en s'approchant.

— Celui-ci. »

Thóra dut se pencher en travers de la vitrine pour le voir, et elle fut plus prompte que leur guide à comprendre duquel il s'agissait. Elle n'eut pas de mal : c'était l'un des rares symboles qu'elle pouvait reconnaître – celui qui était gravé sur le corps d'Harald.

« Eh bien, ça alors, murmura-t-elle.

— Celui en bas de la page ? »

Malgré lui, Thorgrímur faisait durer le suspense.

« Non, rectifia Matthew, celui-là, dans la marge. Quel est son effet ?

— Eh bien, je n'en sais rien. Je ne peux pas vous dire, malheureusement. Le texte sur la page n'y fait pas référence – c'est l'exemple parfait d'un symbole rajouté en marge par le propriétaire du livre. C'était courant ; des symboles de ce genre apparaissent dans d'autres ouvrages, pas nécessairement liés à la magie.

— De quel manuscrit est-il tiré ? demanda Thóra en scrutant le texte explicatif qui accompagnait le document.

— C'est un manuscrit du XVIIe siècle, propriété

des Archives royales des Antiquités, à Stockholm. Il s'intitule *Registre islandais de sorcellerie.* Bien entendu, l'auteur est anonyme. Il contient cinquante sortilèges de toutes sortes – la plupart sont innocents, dédiés à l'enrichissement personnel ou à la défense. » Il prit le temps de lire le texte que Thóra venait de terminer. « Certains sont plus sombres, néanmoins – par exemple, on trouve un sortilège mortel, visant à tuer la cible. Et l'un des deux sortilèges d'amour ressortit lui aussi à la magie noire. » Il releva les yeux de la vitrine. « C'est drôle. Votre ami Harald s'est passionné précisément pour cette section de l'exposition, celle des vieux ouvrages et manuscrits.

— Est-ce qu'il a posé des questions sur ce même symbole ? chercha à savoir Matthew.

— Non, pas pour autant que je me souvienne. Je ne suis pas exactement un expert dans ce domaine, alors je n'ai pas pu lui être d'une grande aide – mais je me rappelle l'avoir mis en relation avec Páll, le directeur du musée, que je représente. Il connaît cette section par cœur.

— Comment peut-on entrer en contact avec lui ? » L'excitation perçait dans la voix de Matthew.

« C'est le problème – il est à l'étranger.

— Et alors ? Il doit y avoir moyen de l'appeler, ou de lui envoyer un e-mail ? renchérit Thóra, tout aussi survoltée que Matthew. Il est très important pour nous de découvrir la signification de ce symbole.

— Eh bien, je dois avoir son numéro quelque part, répondit Thorgrímur, beaucoup plus sur la réserve que ses visiteurs. Je pense que le mieux serait que je l'appelle et que je lui parle d'abord – pour lui expliquer la situation. Il pourra prendre contact avec vous après. »

Il se rendit derrière le guichet et sortit un répertoire qu'il se mit à feuilleter. Puis il attrapa le téléphone et composa un numéro, en prenant soin de ne pas être espionné. Quelques secondes s'écoulèrent – puis il laissa un message sur une boîte vocale. « Désolé, il n'a pas décroché. Il rappellera dès qu'il aura mon message – peut-être ce soir, ou demain. Ou après-demain. »

Sans chercher à cacher leur déception, Thóra et Matthew tendirent leurs cartes au jeune homme, en lui demandant de les prévenir à la seconde où il aurait des nouvelles de Páll. Il accepta volontiers et rangea les cartes dans son carnet.

« Et cet ami à vous – vous voulez savoir pourquoi il était ici ?

— Absolument, confirma Thóra. Est-ce qu'il a montré un intérêt pour quelque chose en particulier, hormis les manuscrits, ou bien est-ce qu'il a parlé d'une recherche quelconque ?

— C'étaient surtout les manuscrits, si mes souvenirs sont bons, dit Thorgrímur en fouillant dans sa mémoire. D'ailleurs, il a même fait une offre pour acheter la coupe sacrificielle, mais j'ai cru qu'il plaisantait.

— Quelle coupe sacrificielle ? s'exclama Matthew.

— Suivez-moi – elle est juste là, à l'intérieur. » Il les précéda dans une petite salle avec une vitrine en son centre, dans laquelle était exposé un gobelet en pierre. « Elle était utilisée pendant les rituels – elle a été découverte dans les environs et le service de médecine légale de la police a confirmé la présence de traces de sang, au fond. Vieilles de plusieurs siècles, semble-t-il.

— C'est un sacré morceau de pierre, fit remarquer Thóra. Ils n'auraient pas pu en faire une en bois ? » L'instrument devait peser plusieurs kilos. Il avait été évidé en son centre pour être concave.

« Donc elle n'est pas à vendre ? vérifia Matthew.

— Non, absolument pas. C'est la seule pièce originale du musée et, quoi qu'il en soit, je n'ai pas autorité pour vendre les articles qui se trouvent ici. »

Thóra observa la pierre. Est-ce que ce pouvait être l'objet tant convoité par Harald ? Cela paraissait improbable, mais ce n'aurait pas été la première bizarrerie de cette enquête.

« Vous êtes bien certain que c'est cette pierre ?

— Comment ça ? demanda Thorgrímur, surpris.

— Eh bien, je me demandais si le directeur n'avait pas pu prendre Harald au mot, la lui vendre, et en avoir fait refaire une autre, pour la remplacer. »

Thorgrímur ne put s'empêcher de sourire.

« Aucune chance. C'est bien la pierre qui a toujours été là. J'en mettrais ma main à couper. » Il se retourna et quitta la pièce, Thóra et Matthew sur ses talons. « Comme je vous l'ai dit, il en a parlé presque en blaguant.

— Est-ce qu'il a demandé autre chose ? reprit Thóra. Une requête qui sorte de l'ordinaire ?

— Comme je vous l'ai dit, il s'intéressait surtout aux vieux livres et aux manuscrits de sorcellerie. Il m'a demandé si je connaissais le *Marteau des sorcières,* et si j'avais vu ou entendu parler d'une édition ancienne, sur le sol islandais. Mais ce n'était pas le cas, et c'est ce que je lui ai répondu. Peut-être ne savez-vous pas de quoi il s'agit ? » Il les dévisagea.

« Oh si, nous sommes au courant, répondit Matthew en leur nom à tous deux.

— Je lui ai demandé sur quoi il appuyait sa conviction et il a dit que des lettres anciennes suggéraient qu'un exemplaire avait réussi à parvenir en Islande. »

25

L'accès menant au bâtiment principal de l'université d'Islande était majestueux, par comparaison avec d'autres constructions du coin. Bríet admirait la vue depuis les marches, au bout de l'allée en forme de demi-lune. Pour une raison inexplicable, elle ressentait soudain une irrépressible envie d'avoir une voiture. Mais c'était inenvisageable, sur son maigre prêt étudiant – elle aurait donné cher pour rencontrer le sale radin qui avait calculé qu'on pouvait vivre décemment avec si peu. Ce serait sympa de terminer ses études et de se mettre à travailler ; non pas que les historiens décrochent des fortunes – si elle voulait bien gagner sa vie, elle n'avait pas choisi la bonne filière. Son objectif secret était donc de mettre le grappin sur un bon parti, comme sa sœur aînée, qui avait épousé un avocat. Il travaillait pour une grosse banque et roulait littéralement sur l'or, si bien que sa sœur vivait dans le luxe. Ils faisaient construire une énorme maison à la sortie de la ville, et sa sœur, qui avait un diplôme en sciences politiques, travaillait le matin dans un ministère et pouvait passer le reste de sa journée à faire du shopping. Bríet était appuyée contre Dóri, assis à côté d'elle. Il était si beau, vraiment un type super – et, ce qui ne gâchait rien, les médecins s'en tiraient en général très bien, côté salaire.

« À quoi tu penses ? demanda-t-il en jetant une boule de neige qu'il façonnait depuis un moment.

— Oh, je sais pas, répondit Bríet d'un ton las. À Hugi, surtout. »

Dóri suivit des yeux la trajectoire de la boule qui s'éleva haut dans l'air, avant d'aller atterrir près de la statue de Saemundur le Sage, avec son phoque.

« C'était un sorcier, fit-il remarquer. Tu le savais ?

— Qui ça ? fit Bríet, surprise. Hugi ?

— Non. Saemundur le Sage.

— Ah, lui. Bien sûr que je le savais. »

Dóri contempla la statue du sorcier en train de taper sur la tête d'un phoque avec un livre. D'après la légende, le phoque était en réalité le diable en personne, déguisé. *Drôle de statue à mettre devant une université,* se disait Dóri, qui avait toujours été fasciné par le monument.

Bríet prit ses cigarettes dans son sac.

« T'en veux une ? C'est ta marque préférée. » Elle lui tendit le paquet blanc avec un petit sourire narquois.

Dóri lui rendit son sourire.

« Non, merci. J'en ai. » Il sortit l'une des siennes et, au moment de l'allumer, se pencha en avant pour que Bríet soit obligée de retirer la main de son épaule. « Quel carnage.

— M'en parle pas. » Ne sachant trop quoi répondre, Bríet décida de la jouer prudente. Elle ne voulait pas qu'il fasse une bêtise qui aurait des répercussions pour elle – et pour lui, bien sûr. Mais elle tenait aussi à lui montrer qu'elle avait plus de compréhension et d'intégrité en elle que Marta Mist.

« J'en ai marre de toutes ces conneries. » Il fixa le vide droit devant lui, perdu dans ses pensées. « Les autres étudiants sont complètement différents de nous, ici.

— Je sais, renchérit Bríet. On n'a pas exactement le profil typique. Moi aussi j'en ai marre. » Elle n'avait absolument aucune idée de ce qu'ils étaient en train de raconter.

Dóri poursuivit sa réflexion à voix haute, et Bríet eut l'impression qu'il n'avait pas écouté sa réponse.

« Ce qui me frappe le plus, c'est que tous ces autres étudiants – qui ne passent pas leur temps à sortir et à faire la fête –, eh bien, ils ont l'air tout aussi heureux de leur vie que nous. Plus heureux, même. »

Bríet décida de tenter sa chance. Elle passa le bras autour des épaules de Dóri et appuya la joue contre celle du jeune homme.

« Je pense exactement la même chose. On est allés trop loin. Si Andri et les autres veulent continuer comme ça, ils peuvent compter sans moi. J'ai décidé de me ressaisir, de me remettre d'aplomb pour les cours, et tout le reste. Ça ne m'amuse plus, tout ça. » Elle avait volontairement évité de mentionner le nom de Marta Mist, par peur de se trahir.

« C'est drôle – c'est ce que je pense, moi aussi. » Il se tourna vers elle et lui adressa un grand sourire. « On n'est pas si différents, toi et moi. »

Bríet lui déposa un baiser sur la joue. « On fait une bonne équipe. Les autres ont qu'à aller se faire voir.

— Sauf Hugi, rectifia Dóri, et son sourire s'évanouit instantanément.

— Oui, pas lui, bien sûr, s'empressa-t-elle d'ajouter. Je pense à lui tout le temps – comment tu crois qu'il se sent ?

— Très mal. Je n'en peux plus.

— De quoi ? » Bríet aurait préféré deviner d'elle-même sans avoir à poser la question, mais elle avait peur de mal comprendre et ne voulait pas tout gâcher.

Dóri se releva.

« Je donne encore deux ou trois jours à cette avocate – et après, je vais voir la police. Je m'en fous complètement, de ce qui peut se passer. »

Merde. Bríet chercha désespérément le moyen de faire revenir Dóri à la raison – elle l'aurait même volontiers laissé entre les mains de Marta Mist, si elle s'était trouvée dans les parages.

« Dóri, tu n'as pas tué Harald, pas vrai ? Tu étais à Kaffibrennslan, hein ? »

Il baissa les yeux vers elle. Soudain, son expression était beaucoup moins amicale.

« Oui, j'étais à Kaffibrennslan. Et toi, tu étais où ? »

Il s'éloigna.

Bríet était contrariée. Elle se releva d'un bond et le rappela : « C'est pas ce que je voulais dire, je suis désolée. C'est juste que – pourquoi tu veux aller à la police ? »

Dóri s'immobilisa net et pivota.

« Tu sais, je ne vois vraiment pas pourquoi vous y êtes tellement opposées, Marta Mist et toi. Le jour du jugement finit toujours par arriver. Ne l'oublie pas », lança-t-il avant de disparaître.

Bríet ne savait plus comment réagir. Au bout de quelques secondes, elle sortit son portable et composa un numéro à la hâte.

Laura Amaming se dirigea vers l'entrée de l'Institut des manuscrits, où Gloria s'acharnait à passer l'aspirateur sur le paillasson. Laura n'avait pas eu l'occasion de lui parler seule à seule de toute la matinée, aussi saisit-elle avec joie l'occasion qui se présentait.

« Il faut que je te demande quelque chose. »

Gloria leva les yeux, surprise.

« Quoi ? Je fais exactement comme tu m'as montré. »

Laura écarta sa réponse d'un geste de la main.

« Je ne te parle pas de ménage. Je voudrais savoir si tu as remarqué quelque chose d'inhabituel dans le foyer des étudiants, le week-end du meurtre. Avant que le corps soit découvert. »

Gloria écarquilla ses yeux sombres.

« Je te l'ai déjà dit – et à la police, aussi. Il n'y avait rien. »

Laura lui adressa un regard sévère. Cette fille mentait.

« Gloria. Dis-moi la vérité. Tu sais que le mensonge est un péché. Dieu sait ce que tu as vu là-dedans. Est-ce que tu vas lui mentir, à Lui aussi, quand viendra le moment de te retrouver en face de Lui ? » Laura prit la fille par l'épaule et la força à la regarder dans les yeux. « Tout va bien. Tu ne pouvais pas savoir qu'il y avait eu un meurtre. Personne n'est allé dans la salle de la photocopieuse, ce week-end-là. Qu'est-ce que tu as vu ? » Une larme roula sur la joue de Gloria. Laura ne se laissa pas impressionner. Ce n'était pas la première fois que cette fille pleurait au travail. « Gloria, ressaisis-toi. Dis-moi... J'ai trouvé des traces de sang sur la poignée de la fenêtre, dans le foyer des étudiants. Qu'est-ce qu'il y avait d'autre ? »

Ce furent bientôt deux, puis trois, puis un flot de larmes qui jaillirent. Entre deux sanglots, Gloria s'écria : « Je ne savais pas – je ne savais pas.

— J'en ai bien conscience, Gloria. Tout le monde en est conscient. Comment tu aurais pu savoir ? » Elle essuya la joue de la jeune fille. « Alors, qu'est-ce qu'il y avait ?

— Du sang, répondit-elle en regardant Laura d'un air terrorisé. Mais pas une flaque. Juste du sang que quelqu'un avait essayé d'essuyer, mais pas correctement. Je ne m'en suis rendu compte qu'une fois qu'il était sur mon chiffon. Je n'y ai pas repensé – je ne savais pas, pour le... tu sais. »

Laura poussa un soupir de soulagement. Des traces de sang – rien de plus. Dans ce cas, Gloria ne risquait rien, elle n'aurait pas d'ennuis simplement pour ne pas en avoir parlé. Laura avait gardé son propre torchon taché du sang de la poignée, et elle pouvait le donner à Tryggvi, afin qu'il le remette à la police. Ils avaient des moyens pour identifier le propriétaire du sang. Pour Laura, il n'y avait aucun doute : le meurtre avait été commis dans cette pièce.

« Gloria, ne t'inquiète pas. Ça n'a pas d'importance. Il faudra juste que tu fasses une nouvelle déposition – simplement que tu dises la vérité, que tu n'avais pas mesuré l'importance de cette information. » Elle sourit, mais la fille pleurait toujours.

« Il y a autre chose, ajouta-t-elle en reniflant.

— Comment ça, autre chose ? demanda Laura, abasourdie. De quoi tu parles ?

— J'ai trouvé autre chose, dans la pièce, ce matin-là. Dans le tiroir où sont rangés les couteaux. Je vais te montrer, gémit Gloria avant d'exploser de nouveau en larmes. Je l'ai gardé. Suis-moi. »

Laura accompagna Gloria dans l'un des cagibis à matériel du premier étage. Toujours en larmoyant, la jeune fille grimpa sur un petit escabeau pour atteindre l'étagère la plus haute. Elle y récupéra un petit objet enveloppé dans une serviette en papier, qu'elle tendit à Laura, en réussissant enfin à contrôler ses larmes.

« Je l'ai gardé parce que je savais bien que c'était plutôt bizarre. Et quand le corps a été découvert, j'ai compris ce que c'était, et alors j'étais morte de peur. Il y a mes empreintes dessus, et j'étais persuadée que la police allait penser que je l'avais tué. Je ne l'ai pas tué. »

Laura déroula précautionneusement la serviette. Puis elle poussa un cri et se signa, alors Gloria se remit à pleurer.

Gudrún, ou Gurra pour ses amis, réprima une furieuse envie de se ronger les ongles. Elle avait arrêté depuis si longtemps qu'elle ne se rappelait même pas à quand cela remontait – par exemple, si c'était avant ou après son mariage avec Alli. Elle contempla ses mains manucurées. Malheureusement, elle ne portait pas de vernis ; le gratter aurait été un bon moyen de défouler sa frustration. Elle hésita à s'en mettre pour le simple plaisir de tout arracher quand ce serait sec, puis abandonna l'idée. Elle se leva et se rendit dans la cuisine. C'était samedi, et elle avait prévu de préparer un bon repas. Alli travaillait tous les jours sauf le dimanche, aussi le samedi soir était-il leur seul moment de détente ensemble. Elle jeta un coup d'œil à la pendule – il était beaucoup trop tôt pour s'atteler au dîner. Elle poussa un soupir. Tout était propre et parfaitement rangé – pas de ménage à faire. Pourtant, si elle ne parvenait pas à trouver un moyen de s'occuper, elle allait devenir folle. N'importe quoi pour chasser la peur de son esprit. Elle se remémora combien elle s'était sentie mal, lorsque la police avait frappé chez elle avec un mandat de perquisition pour l'appartement du premier. Et puis il ne s'était rien passé. Incroyable, mais vrai. Toutes ses craintes paraissaient infondées, et elle avait pu de nouveau se détendre. Jusqu'à l'autre jour.

Qu'est-ce que ces gens venaient faire, à fourrer leur nez dans cette affaire ? La police n'était-elle pas satisfaite de ses conclusions ? Alors pourquoi tout remuer de nouveau ? Elle poussa un grognement. Qu'est-ce qui lui avait pris ? Alli avait beau être un porc et avoir perdu tout intérêt pour leur mariage, cela ne signifiait pas qu'elle comptait se débarrasser de lui. Elle allait même jusqu'à se donner du mal pour garder une emprise sur lui. À quarante-trois ans, elle était trop vieille pour se retrouver de nouveau sur le marché.

Comment avait-elle pu se montrer aussi stupide : coucher avec son locataire ! Qui plus est, cet appartement avait eu par le passé des occupants bien plus séduisants que cet Allemand effrayant. Elle ne devait pas se trouver dans son état normal – même si elle oubliait le fait que cela s'était produit plus d'une fois, et même largement plus de deux. Avec lui, le sexe était divertissant – aucun doute là-dessus. Il y avait un vrai goût d'aventure, et aussi celui de l'interdit. Et puis, Harald était beaucoup, beaucoup plus jeune que son mari, et bien plus fringant. Si seulement il n'avait pas eu le corps tout recouvert de piercings et de cicatrices.

Réfléchis, réfléchis. Elle inspira à fond. Comment pourraient-ils le découvrir ? Personne n'était au courant ; du moins, elle n'en avait jamais parlé à quiconque. Son bon sens l'avait même retenue de s'en vanter auprès de sa meilleure amie. Et il était peu probable qu'Harald ait ébruité l'affaire. Il n'avait aucune raison de faire le fanfaron – les jeunes femmes défilaient nuit et jour dans son appartement. S'il avait voulu faire étalage de ses conquêtes sexuelles, c'est plutôt d'elles qu'il aurait parlé. Si elle était honnête, ce « défilé » se réduisait surtout à deux filles, une grande rousse et une petite blonde menue. Non, il n'avait pas dû en parler, et la police n'avait strictement aucun soupçon, sur leur liaison. Elle avait brièvement rencontré les enquêteurs à plusieurs reprises, et rien ni dans leurs paroles ni dans leur attitude n'avait laissé penser qu'ils voyaient autre chose entre eux qu'une simple relation propriétaire-locataire. D'ailleurs, c'est plus ou moins ce qui se passait réellement, vers la fin. Harald lui avait dit qu'il avait d'autres chats à fouetter, et plus de temps à lui consacrer. Elle grimaça, rien que d'y repenser. Elle aurait préféré rompre elle-même. À la décharge d'Harald, il fallait reconnaître qu'il l'avait largement remerciée pour ces bons moments, ce qui n'avait pas empêché Gudrún de perdre complètement les pédales. Le souvenir de la scène la fit rougir. Comme c'était inconvenant de sa part ! Elle était simplement mortifiée par la raison réelle de leur rupture, même s'il ne l'avait jamais admise. Il s'était dégotté une petite amie régulière. Gurra les avait vus entrer et sortir de son appartement plusieurs fois, la semaine précédant le meurtre. C'était une nouvelle, qui n'avait jamais rendu visite à Harald auparavant, à sa connaissance. Ils parlaient allemand ensemble, alors c'était sans doute une de ses compatriotes – peut-être que les femmes islandaises n'étaient pas assez bien pour lui, en fin de compte. L'hypocrisie d'Harald l'avait rendue furieuse ; ça ne semblait pas lui poser de problème qu'elle trompe son mari, mais il était hors de question que lui trompe sa fichue copine !

Enfin, tout cela était bien terminé, et ce qui comptait désormais, c'était de ne pas s'appesantir sur une menace qui ne se concrétiserait sans doute jamais. Elle se rendit dans la buanderie. Elle ne l'avait pas nettoyée correctement depuis une éternité. Elle se trouvait en retrait du couloir, et on pouvait l'atteindre à partir de chez elle et de l'appartement d'Harald. C'était une des petites modifications qu'ils avaient dû faire, quand ils avaient décidé d'acheter cette maison et de louer le premier étage. Elle releva le loquet de la porte et pénétra dans la pièce. Oui, il y avait du travail en perspective. Le sol était encore couvert de traces de pattes, après le passage des chiens renifleurs qui avaient tout retourné à la recherche de drogue. Heureusement, ils n'avaient rien déniché dans la buanderie – Gurra se demandait si Alli et elle ne se seraient pas retrouvés sur la liste des suspects, ou dans un fichier quelconque des narcotiques, si on avait découvert de la drogue dans les parties communes. Après tout, leur présence avait été requise pendant la fouille. Ce qui n'avait strictement aucun sens, puisque aucun d'eux n'avait jamais touché à la drogue – pas elle, du moins. Qui savait ce que fabriquait Alli, pendant ses interminables voyages d'affaires. Mais on n'avait pas eu à en arriver là – la police avait tout fait renifler aux chiens et quand ils en avaient eu assez, ils avaient tout simplement vidé les lieux en les laissant en l'état. Un des policiers avait même regardé dans le lave-linge et le séchoir, par curiosité. Et puis c'était tout.

Elle ouvrit le placard pour y prendre un seau et un balai et, ce faisant, elle remarqua la présence d'une boîte. Elle la fixa, interdite. La dernière fois qu'elle avait nettoyé la buanderie, il n'y avait pas de boîte dans ce placard. En général il était vide – en dehors de l'équipement servant à nettoyer les deux appartements. Elle extirpa précautionneusement le carton. Il devait appartenir à Harald. Elle essaya de se remémorer la dernière fois qu'elle avait passé la serpillière dans cette pièce. *Oh ! mon Dieu...* C'était au moment où il l'avait larguée. Il était entré sans prévenir pour mettre du linge à laver, et quand elle avait suggéré – sans équivoque possible – qu'elle était partante, il lui avait annoncé avec un sourire que c'en était assez. Comme ce souvenir déplaisant datait de peu de temps avant le meurtre, Harald avait dû déposer cette boîte juste avant sa mort. Pourquoi ? Il n'avait jamais accepté son offre d'utiliser la cave. Les quatre étagères réservées aux locataires étaient restées vides. Est-ce qu'il avait voulu cacher quelque chose à sa petite amie, en le fourrant ici ? À en juger par son apparence physique et ses ornementations bizarres, il ne devait pas avoir grand-chose de plus à cacher. Elle eut soudain des palpitations. À moins qu'il n'ait secrètement filmé ses conquêtes et n'ait pas voulu que sa petite amie le découvre ? Quelle manière répugnante de commencer une relation – cette idée de n'être qu'un numéro dans une longue liste de trophées sexuels... Gurra se prit la tête entre les mains. Ce pouvait même être elle, sur cette bande, ou en photo. Elle se tenait là, clouée sur place, à contempler le carton posé à ses pieds. Il fallait l'ouvrir, elle n'avait pas le choix. Elle devait ouvrir cette boîte pour se convaincre que rien de ce qu'elle contenait ne risquait de trahir son secret.

Gurra se pencha et tira sur les rabats du carton. Elle en fixa le contenu. Pas de photos, pas de bande vidéo. Il y avait des torchons enroulés, sans doute pour protéger des objets fragiles, et des feuilles dans des pochettes plastifiées. Elle se sentait déjà apaisée. Elle attrapa l'un des documents et se rendit compte qu'il s'agissait d'une lettre très ancienne, probablement de valeur. L'écriture et le texte étaient indéchiffrables, aussi glissa-t-elle la feuille sous son bras, dans l'idée d'y jeter un coup d'œil plus tard. Elle parcourut le reste des papiers et, à son grand soulagement, constata qu'ils n'avaient rien à voir avec la vie privée d'Harald non plus. Un texte sur une feuille retint néanmoins son attention. Il était très mal écrit, avec des pattes de mouche à l'encre rouge, et le papier – si c'était bien du papier – était épais, sombre et cireux. Le texte était étrange, et une rune ou quelque symbole était dessiné en bas de la page. Suivaient deux signatures, toutes deux illisibles, mais elle reconnut celle d'Harald pour l'avoir vue sur le bail. Elle rangea le document dans la boîte. Bizarre.

Gurra poussa le contenu sur le côté pour atteindre les objets fragiles enveloppés dans des chiffons, au fond. Elle attrapa l'un des paquets et le souleva avec soin. Il était léger – presque comme si le tissu était vide. Elle l'ouvrit délicatement et contempla le contenu, interloquée. Elle lâcha un hurlement strident, serra les poings sur la lettre ancienne qu'elle avait toujours entre les mains et jeta le torchon par terre. Elle sortit précipitamment de la buanderie en claquant la porte.

Gunnar décrocha son téléphone et tapa le numéro de poste de María, la directrice de l'Institut des manuscrits. Elle était sans doute encore à la tâche, même un samedi. Une grande exposition était imminente et, à en juger par le tapage qu'avait occasionné le dernier événement de ce genre, il fallait s'attendre à ce que l'Institut soit une véritable ruche en pleine effervescence.

« Bonjour, María. Gunnar à l'appareil. » Il fit un effort pour paraître légitimement autoritaire – la voix d'un homme intègre qui n'avait pas besoin d'effets exagérés pour marquer son auditoire.

« Oh, c'est vous. » Le ton sec de la réponse lui indiqua que son autorité n'avait pas impressionné sa collègue. « J'allais justement vous appeler. Des nouvelles ?

— Oui et non, répondit lentement Gunnar. Je suis en bonne voie de localiser le document, je crois.

— Eh bien, je suis grandement soulagée d'entendre que vous *croyez* l'avoir », riposta-t-elle d'un ton sarcastique.

Gunnar prit grand soin de ne pas se laisser entraîner dans une dispute.

« J'ai cherché partout dans le département et j'ai contacté les représentants de la famille d'Harald, qui vont passer au peigne fin ses affaires. Le document est dedans – j'en suis convaincu.

— Vous voulez dire que vous *croyez* en être convaincu ?

— Écoutez, je vous ai simplement appelée pour vous tenir au courant – nul besoin de vous montrer amère, la sermonna Gunnar, même s'il n'avait qu'une envie, lui raccrocher instantanément au nez.

— Vous avez raison, désolée. On est complètement débordés, avec l'exposition. Je suis sur les nerfs. Ne le prenez pas contre vous, s'excusa-t-elle sur un ton bien plus cordial. Mais, Gunnar, je reste sur ma position : vous n'avez que quelques jours pour la retrouver. Je ne veux pas commencer à couvrir les frasques de vos étudiants. »

Gunnar se demanda combien signifiait « quelques ». Sans doute pas plus de cinq ; vraisemblablement, plutôt trois. Il ne voulut pas forcer sa chance en cherchant une réponse plus précise, par peur qu'elle raccourcisse le délai.

« Je le sais bien. Je vous tiendrai au courant dès que j'aurai du nouveau. »

Ils prirent congé d'un ton sec. Gunnar se pencha en avant sur son bureau et se prit la tête entre les mains. Il fallait retrouver cette lettre. Dans le cas contraire, il serait sans doute contraint de démissionner. Il était impensable que le directeur du département soit impliqué dans un vol de documents prêtés par une institution étrangère. Il sentit la haine monter en lui. Ce maudit Harald Guntlieb. Avant qu'il n'entre en scène, Gunnar envisageait même de se présenter un jour comme président. Maintenant, son seul rêve était que la vie reprenne son cours normal. Rien de plus.

On frappa à la porte. Gunnar se redressa.

« Entrez, ordonna-t-il.

— Bonjour, je peux vous déranger un instant ? » C'était Tryggvi, le concierge. Il pénétra dans la pièce et referma la porte derrière lui. Il se dirigea lentement vers le bureau de Gunnar, déclina son offre de s'asseoir, et tendit la main, paume vers le haut. « L'une des femmes de ménage a trouvé ceci dans le foyer des étudiants. »

Gunnar prit entre ses doigts la petite étoile en argent. Il l'examina d'un air surpris, puis se tourna vers Tryggvi.

« Qu'est-ce que c'est ? Ça n'a pas de valeur, à l'évidence. »

Le concierge se racla la gorge.

« Je pense que cette étoile provient des chaussures d'Harald. L'employée l'a trouvée l'autre jour, mais elle vient seulement de m'en parler. »

Gunnar le fixait d'un regard vide.

« Et alors ? Je ne comprends pas.

— Il y avait autre chose. Si j'ai bien saisi ce qu'elle m'a dit, elle a aussi trouvé des traces de sang autour de la fenêtre. » Tryggvi planta son regard dans celui de Gunnar, dans l'attente d'une réponse.

« Du sang ? Mais est-ce qu'il n'a pas été étranglé ? demanda Gunnar, incrédule. Est-ce que ça ne peut pas être une vieille tache ? »

Tryggvi haussa les épaules.

« Je ne sais pas. Je voulais simplement vous remettre ceci – à vous de décider quoi en faire. »

Alors qu'il s'apprêtait à quitter la pièce, il s'immobilisa brusquement. « Sauf qu'il n'a pas simplement été étranglé. »

Gunnar sentit son estomac faire un bond à l'idée des sévices qu'avait subis le cadavre.

« Non, vous avez raison. » Il contempla la minuscule étoile d'un air interdit. La voix de Tryggvi lui fit relever la tête.

« Je suis certain qu'elle provient d'une des chaussures qu'il portait quand il a été assassiné. Mais, bien sûr, je ne sais pas si elle a pu tomber avant.

— Bien, bien », marmonna Gunnar. Les dents serrées, il lança un regard sévère à Tryggvi, puis se leva. « Merci. C'est peut-être sans importance, mais vous avez bien fait de m'informer. »

Le concierge hocha calmement la tête.

« En fait, il n'y a pas que ça, annonça-t-il en sortant de sa poche une serviette en papier pliée. La femme qui a nettoyé le foyer le week-end du meurtre a trouvé des traces de sang au sol, du sang que quelqu'un avait essayé d'essuyer. Et elle a trouvé ceci, également. » Il tendit son paquet à Gunnar. « Je pense que nous devrions en parler à la police. » Puis il remercia le professeur, et quitta la pièce.

Gunnar se rassit, fixa une nouvelle fois l'étoile en se demandant quoi faire. Était-ce important ? Est-ce qu'en appelant la police il allait ouvrir la boîte de Pandore et risquer de relancer toute l'affaire ? C'était hors de question. Hors de question, à présent que les choses revenaient peu à peu à la normale. Hormis l'histoire de cette foutue lettre, bien sûr. Gunnar poussa un grognement et posa le minuscule objet sur son bureau. Cela pouvait bien attendre lundi. Il déplia la serviette en papier. Il lui fallut un moment pour comprendre en quoi cet objet ordinaire était lié au meurtre. Et lorsqu'il comprit, tout ce qu'il réussit à faire, c'est porter la main à sa bouche pour étouffer un cri. Il décrocha son téléphone et composa le numéro d'urgence de la police, le 112. Il n'était plus question d'attendre lundi.

26

Le voyage jusqu'à Rangá se déroula comme en rêve. La météo était restée clémente et, bien qu'il y eût de la neige partout, le temps était clair et lumineux. Thóra était assise sur le siège passager de la nouvelle Jeep de location, à admirer la vue, et elle était de très bonne humeur. Elle avait bien insisté pour que Matthew conduise lentement le long des petites routes sinueuses et pentues de Kambar, en l'abreuvant de récits spectaculaires d'accidents qui s'étaient produits là, ce qui avait pour résultat qu'ils avançaient maintenant à une allure d'escargot. Thóra perdit bientôt le compte de toutes les voitures qui les doublaient. Elle mit à profit le temps du trajet pour parcourir l'un des deux dossiers transmis par la police, qui étaient censés contenir tous les documents liés à l'affaire. En tombant sur la description du T-shirt retrouvé dans l'armoire d'Hugi, elle poussa soudain un cri.

« Hé ! »

Surpris, Matthew fit une embardée.

« Quoi ?

— Le T-shirt, répondit Thóra, tout excitée, en

martelant la page ouverte. C'est le même que celui que j'ai vu sur la photo de l'opération de la langue ! *100 % silicone.* C'est ce qui est écrit dessus !

— Et alors ? demanda Matthew, visiblement perdu.

— La photo montre un T-shirt portant l'inscription *100* et *lico,* pour ce qu'on en voit. Il est dit ici que le T-shirt retrouvé dans l'armoire d'Hugi était orné de l'expression *100 % silicone,* en grandes lettres, sur le torse. Le sang doit provenir de l'opération. »

Contente d'elle, Thóra referma le dossier d'un geste vif.

« Il devrait s'en souvenir, fit remarquer Matthew. Ce n'est pas tous les jours qu'on se fait asperger du sang de quelqu'un.

— Vous et moi, peut-être. Vous ne vous rappelez pas qu'Hugi a dit qu'on ne l'avait pas laissé voir le T-shirt ? Peut-être qu'il ne se souvenait pas de celui-là.

— Peut-être », acquiesça Matthew.

Ils continuèrent leur route en silence pendant quelques kilomètres. Au moment où ils traversaient un pont, près d'Hella, Matthew annonça soudain : « Elles arrivent demain.

— Qui ça, elles ?

— Amelia Guntlieb et sa fille Elisa, répondit-il, sans quitter la route des yeux.

— Quoi ? Elles viennent ? explosa Thóra. Mais pourquoi ?

— Vous aviez raison. Sa sœur lui a bien rendu visite, juste avant le meurtre. Elle va nous parler – d'après sa mère, j'ai compris qu'Harald avait révélé à sa sœur ce sur quoi il travaillait. Sans doute pas en détail, toutefois.

— Bien, bien. Je comprends que la sœur vienne – mais la mère ? Est-ce qu'elle compte être sur notre dos pendant qu'on discutera avec sa fille ?

— Non, elle veut s'entretenir avec vous. Seule à seule. De mère à mère – ce sont ses propres mots. Vous saviez qu'elle allait vous parler. Vous pensiez que ça se ferait par téléphone ?

— Eh bien oui. De mère à mère ? On est censées comparer nos notes sur l'éducation ? »

Rencontrer cette femme était vraiment la dernière chose que souhaitait Thóra.

Matthew haussa les épaules.

« Je n'en sais rien. Je ne suis pas mère.

— Bon sang ! » s'exclama Thóra en se reculant dans son siège. Elle réfléchit quelques secondes, pesant ses mots. « Sa sœur – est-ce qu'elle pourrait être impliquée ?

— Non. Hors de question.

— Excusez-moi, mais : pourquoi est-ce hors de question ?

— Parce que je vous le dis. Elisa n'est pas comme ça. Et puis, elle dit être rentrée vendredi. Elle a pris un vol Keflavík-Francfort.

— Et ça vous convient, de la croire sur parole ? » lâcha Thóra, surprise par sa crédulité.

Matthew lui adressa un regard, puis se concentra de nouveau sur la route.

« Pas seulement. J'ai vérifié. Et croyez-moi, elle a bien pris cet avion. »

Thóra ne sut quoi répondre. Elle décida de garder ses remarques pour le moment où elle rencontrerait cette fille et aurait l'occasion de lui parler. Peut-être Matthew avait-il raison. Peut-être fallait-il effectivement la rayer de la liste des suspects. Thóra aperçut un panneau annonçant *Hôtel Rangá.* « Là », dit-elle en indiquant à Matthew de prendre la petite route à droite. Ils la suivirent en direction de la rivière, puis remontèrent vers une grande bâtisse en bois.

« Vous savez, je ne crois pas être allée à l'hôtel depuis au moins deux ans, dit Thóra en se dirigeant vers l'entrée, son sac sur l'épaule. Pas depuis mon divorce.

— Vous plaisantez, j'espère, fit Matthew en prenant à son tour son sac.

— Non, je vous assure que non, affirma-t-elle, en savourant presque le souvenir. Nous avions fait une dernière tentative pour sauver notre mariage en partant en week-end à Paris. Et depuis cette date, je n'ai plus eu l'occasion d'aller à l'étranger ou de passer une nuit à l'hôtel. C'est bizarre.

— J'en déduis que le voyage à Paris n'a pas fait de miracle ? » répliqua Matthew en lui tenant la porte.

Thóra lâcha un petit rire ironique.

« Pas vraiment, non. Nous faisions un ultime effort pour recoller les morceaux, et au lieu de discuter tranquillement autour d'un verre de vin – pour repérer les failles que nous aurions pu combler— , il me demandait sans cesse de le photographier devant les monuments. C'est ce qui a sonné le glas de notre histoire. »

Dans le vestibule, ils tombèrent nez à nez avec un gigantesque ours polaire empaillé, dressé sur ses pattes arrière, les yeux étincelants, prêt à bondir. Matthew s'approcha pour poser devant.

« Vous voulez bien me prendre en photo ? »

Thóra lui tira la langue, avant de se diriger vers la réception. Une femme d'âge moyen, en uniforme sombre et chemisier blanc, était assise derrière un écran d'ordinateur. Elle sourit à Thóra, qui l'informa qu'ils avaient réservé deux chambres simples et lui donna leurs noms. La femme entra les informations dans son ordinateur, prit deux clefs et lui indiqua le chemin. Tandis qu'elle se baissait pour ramasser son sac, Thóra décida soudain de demander à cette femme si elle se souvenait de la visite d'Harald. Il lui avait peut-être demandé des renseignements qui pourraient leur donner une piste.

« Un de nos amis est venu ici, cet automne. Harald Guntlieb. Vous ne vous souvenez pas de lui, par hasard ? »

La femme dévisagea Thóra avec cet air patient des gens habitués aux questions les plus invraisemblables.

« Non, ce nom ne me dit rien, répondit-elle poliment.

— Vous pourriez vérifier ? Un Allemand, avec des piercings plutôt inhabituels. »

Thóra esquissa un sourire, comme si tout cela était parfaitement normal.

« Je peux toujours essayer. Vous pouvez m'épeler son nom ? » demanda-t-elle en se penchant de nouveau sur son écran d'ordinateur.

Thóra attendit. De là où elle se trouvait, elle finit par voir apparaître une liste, sur l'écran.

« Le voici, finit par annoncer la réceptionniste.

Harald Guntlieb, deux chambres simples, pour deux nuits. L'autre invité était un certain Harry Potter. C'est bien ça ? » Elle ne montra aucun signe de surprise devant le pseudonyme.

« Oui, c'est bien ça. Vous vous les rappelez, ou pas du tout ? »

Tout en fixant l'écran, la femme secoua la tête.

« Non, désolée. D'ailleurs je ne travaillais pas ici, à cette période. » Elle releva les yeux vers Thóra. « J'étais en vacances à l'étranger. Dans notre domaine, il est difficile de pouvoir partir l'été, ajouta-t-elle avec l'air de s'excuser, comme si Thóra allait lui reprocher sa paresse. Peut-être que le barman se souviendra de lui. Ólafur, ou Óli, comme on l'appelle. Il devait être là. Il sera de service ce soir. »

Thóra la remercia, puis Matthew et elle prirent le chemin de leurs chambres. Alors qu'ils tournaient au coin du couloir, l'employée les rappela.

« Je vois qu'il a emprunté une torche électrique à la réception. »

Thóra pivota vers elle.

« Une torche électrique ? Il est dit pour quoi faire ?

— Non. Il était juste noté qu'il fallait qu'il la rende en partant. Ce qu'il a fait.

— Vous avez un moyen de voir si c'était pendant la nuit ? » demanda Thóra. Peut-être Harald avait-il laissé tomber quelque chose sur le parking.

« Non, c'est l'équipe de jour qui lui a prêté la lampe. Excusez ma curiosité, mais est-ce que ce n'est pas le nom de cet étudiant étranger qui s'est fait assassiner à l'université ? »

Thóra le lui confirma et la remercia une nouvelle

fois pour son aide. Matthew et elle découvrirent que leurs chambres étaient voisines.

« Est-ce qu'on ne devrait pas prendre une demi-heure pour se reposer ? » demanda-t-elle en voyant le confort de la pièce. Ce grand lit lui faisait de l'œil, et elle ressentit une envie irrépressible de s'allonger quelques instants – l'édredon était immense et rebondi, et les draps avaient l'air impeccablement repassés. Ce n'était pas le genre de spectacle auquel Thóra assistait tous les jours. Son propre lit l'accueillait le soir dans l'état de chaos dans lequel elle l'avait laissé le matin, en pleine course.

« Bien sûr, on n'est pas à une heure près, répondit Matthew visiblement tenté par l'idée, lui aussi. Frappez quand vous serez prête. Et n'oubliez pas que vous êtes la bienvenue pour passer, à n'importe quel moment. » Il lui adressa un clin d'œil et referma la porte avant qu'elle ait eu le temps de répondre.

Après s'être débarrassée de son manteau et de sa valise, et avoir jeté un coup d'œil à la salle de bains et au contenu du minibar, Thóra se laissa tomber sur le lit. Elle étendit les bras en croix et savoura l'instant. Qui ne dura en effet qu'un instant, car la sonnerie de son téléphone résonna dans son sac à main. Elle poussa un grognement, se redressa et attrapa son portable.

« Salut, maman. » Sóley avait l'air tout à fait joyeuse.

« Salut, ma chérie, répondit Thóra, heureuse d'entendre sa voix. Comment ça se passe ?

— Oh, dit-elle avec un peu moins d'enthousiasme, on est en train d'aller aux écuries. » Puis elle se mit à chuchoter si bas que Thóra eut du mal à distinguer les mots, d'autant que sa fille semblait coller les lèvres au micro, pour ne pas être entendue. Thóra ne percevait que des fricatives étouffées. « Je veux pas y aller. Ils sont méchants, ces chevaux.

— Hé ! dit Thóra en essayant de lui remonter le moral, ils ne sont pas méchants. Les chevaux, c'est gentil, je t'assure. Tu vas t'amuser, tu vas voir. Est-ce qu'il fait beau ?

— Gylfi non plus il veut pas y aller, chuchota Sóley. Il dit que les chevaux, c'est trop ringard.

— Raconte-moi quelque chose de rigolo : qu'est-ce que tu as fait, aujourd'hui ? » enchaîna Thóra, bien consciente qu'elle n'était pas le meilleur avocat possible, en termes de chevaux.

Sa fille retrouva sa gaieté.

« On a mangé des glaces et on a regardé des dessins animés. C'était super bien. Eh, Gylfi veut te parler. »

Avant que Thóra ait pu lui dire au revoir, son fils s'était déjà emparé de l'appareil. « Salut, dit-il d'une voix morose.

— Salut, mon chéri. Comment ça va ?

— C'est trop nul. » Gylfi ne prit pas la peine de chuchoter – Thóra eut même l'impression qu'il haussait la voix.

« Oh ! C'est les chevaux ?

— Oui et non. Tout craint. » Il marqua une courte pause. « Il faut que je te parle, quand je rentrerai, demain.

— Pas de problème, chéri, répondit Thóra, sans savoir si elle devait se réjouir qu'il s'ouvre enfin à elle ou s'inquiéter de ce qu'il avait à lui dire. J'ai hâte de vous retrouver tous les deux demain soir. »

Une fois l'appel terminé, elle essaya de nouveau de faire un petit somme – en vain. Elle finit par se lever pour prendre une douche chaude.

Tandis qu'elle se séchait dans une immense serviette, moelleuse et immaculée, Thóra aperçut un guide des attractions locales. Elle y chercha des endroits susceptibles d'avoir attiré Harald. Il y avait largement le choix, mais peu de liens possibles avec l'affaire. Quelques noms retinrent cependant son attention. Le site de Skálholt avait droit à deux pages de descriptif, et le rapport avec Harald était évident, à travers l'intérêt qu'il portait aux évêques Jón Arason et Brynjólfur Sveinsson. Deux autres lieux étaient des candidats potentiels : le mont Hekla, et des grottes datant de l'époque des moines irlandais, à Aegissída, à la sortie d'Hella. Ce qui frappa le plus Thóra, c'est qu'elle était certaine de ne jamais en avoir entendu parler auparavant. Elle se demanda si le nom Hella avait un lien avec *hellir,* qui signifiait « grotte » en islandais. Elle corna les pages qui l'intéressaient. Puis elle prit soin de s'habiller chaudement, superposant les couches de vêtements, bien qu'elle eût conscience que cela ne flattait pas sa silhouette. S'ils devaient crapahuter dans des grottes, il pouvait être utile d'être équipé en conséquence. Elle imagina Matthew escaladant les rochers dans ses chaussons de danseuse. Par pur vice, elle décida de ne pas lui parler des grottes avant d'avoir quitté l'hôtel. Elle s'attacha les cheveux en queue-de-cheval, enfila son anorak et quitta sa chambre. Elle avait à peine effleuré la porte de Matthew que celle-ci s'ouvrit à la volée. Thóra ricana en voyant son accoutrement.

« Ravissant costume, commenta-t-elle d'un ton jovial. Et jolis souliers. »

À en juger par l'éclat étincelant de ses chaussures en cuir, elles avaient dû lui coûter une fortune, et Thóra étouffa une pointe de culpabilité. Sa consolation, c'est qu'il devait en avoir des tas d'autres paires.

« Ce n'est pas un costume, rectifia Matthew avec irritation. C'est une veste décontractée avec un pantalon. Ça n'est pas la même chose. Même si apparemment la nuance vous échappe.

— Oh, désolée, monsieur Kate Moss », le taquina Thóra, la conscience soudain plus légère à la perspective de maltraiter ses mocassins de luxe.

Matthew ne répondit rien, ferma la porte derrière eux et fit sauter dans sa paume les clefs de la Jeep.

« Alors, on va où ? »

Thóra sortit son portable de sa poche d'anorak pour vérifier l'heure.

« Je pense qu'on ferait mieux de commencer par Skálholt. Il est presque 4 heures. On avisera là-bas.

— Parfait, madame la guide. » Il la détailla des pieds à la tête. « Vous savez qu'il y a un restaurant, dans l'hôtel, n'est-ce pas ? Nous n'avons pas besoin de chasser notre dîner.

— Ha, ha. Je préfère avoir chaud plutôt que de me préoccuper d'avoir un look mortel. D'ailleurs, le vôtre pourrait bien se révéler mortel au sens propre, si vous sortez comme ça par ce froid. »

Le jour commençait déjà à tomber lorsqu'ils atteignirent Skálholt. L'église était ouverte ; ils s'empressèrent d'entrer et trouvèrent rapidement un jeune homme qui leur proposa son aide. Ils lui expliquèrent qu'ils cherchaient quelqu'un susceptible d'avoir vu et parlé à leur ami quelque temps auparavant, puis ils décrivirent Harald.

« Hé, s'exclama-t-il alors que Thóra décrivait les piercings dans l'arcade sourcilière d'Harald, est-ce que vous voulez parler de l'étudiant qui s'est fait assassiner ? Je l'ai rencontré !

— Vous ne vous rappelez pas pour quelle raison il était venu ici, par hasard ? demanda Thóra avec un sourire encourageant.

— Voyons voir... Si ma mémoire est bonne, il voulait parler de Jón Arason et de son exécution. Oui, et de Brynjólfur Sveinsson. » Il les regarda, et ajouta : « Ça n'a rien d'inhabituel, beaucoup de visiteurs connaissent leur existence et veulent en savoir plus. C'est tragique, mais le macabre attire les gens. Ils apprécient particulièrement l'anecdote qui dit qu'il a fallu sept coups de hache avant que la tête de Jón Arason se détache correctement de son corps.

— Est-ce qu'il s'est renseigné sur ces évêques en général ? Ou bien s'intéressait-il à un aspect particulier, les concernant ? »

Le jeune homme se tourna vers Matthew et passa à l'anglais.

« J'ignore ce que vous savez de l'histoire de Jón Arason. »

Comprenant soudain que cette remarque s'adressait à lui, Matthew répondit : « J'en sais autant sur lui que sur sa mère. Autrement dit : rien.

— Oh, je vois, répliqua le guide, presque choqué. Pour résumer, Jón Arason était le dernier évêque catholique d'Islande. Il devint évêque d'Hólar en 1524 et eut également le contrôle de Skálholt pendant un certain temps. Il a été décapité ici, à Skálholt, en 1550, treize ans après que le roi Christian III de Danemark eut aboli le catholicisme en Islande et dans d'autres régions de son royaume. Jón Arason tenta d'empêcher la Réforme et mena la révolte contre la nouvelle foi luthérienne, mais il échoua et se retrouva la tête sur le billot. L'exécution elle-même est une autre histoire, car une quinzaine de jours auparavant Jón avait obtenu l'immunité, jusqu'à ce que le nouveau parlement débatte de son cas et de celui de ses deux fils. Ils furent exécutés eux aussi. »

Matthew fronça les sourcils.

« Ses fils ? Mais est-ce qu'il n'était pas évêque catholique ? Comment pouvait-il avoir des fils ? »

Le jeune homme esquissa un sourire.

« L'Islande avait gagné une sorte de dispense – je ne sais pas exactement comment – selon laquelle les prêtres, diacres et évêques pouvaient avoir des maîtresses. Ils étaient même autorisés à signer un contrat qui était l'équivalent d'un serment de mariage. S'ils avaient des enfants, ils payaient une amende et tout le monde était content.

— C'était bien pratique ! s'exclama Matthew, éberlué.

— Oui, très, répondit joyeusement leur guide. Votre ami Harald semblait bien connaître l'histoire, visiblement il s'était informé. Bien sûr, je me suis contenté de vous la résumer, les faits sont bien plus riches. Mais quoi qu'il en soit, c'est ce qui sous-tend la question que vous vous posiez. » Il se tourna vers Thóra, qui essaya de cacher qu'elle avait depuis longtemps oublié la question. « Votre ami était surtout intéressé par une chose, quand il m'a parlé : la presse typographique que Jón Arason avait fait venir en Islande en 1534 et qu'il avait installée à Hólar. Et ce qu'il avait imprimé dessus.

— Et qu'avez-vous pu lui dire ?

— C'était une vaste question. On sait très peu de chose de la première impression. Certains prétendent que c'était un missel – une sorte de manuel à l'intention des prêtres, avec un calendrier des services, une liste des psaumes, et ainsi de suite. Les quatre Évangiles ainsi que l'Ancien Testament furent également imprimés, plus tard. Pour autant que je sache, on ne sait rien d'autre de ce qui est sorti de cette presse à l'époque de Jón Arason. Je me rappelle d'ailleurs que votre ami m'a posé des questions plutôt curieuses – par exemple, si l'évêque avait pu éditer un certain livre, très populaire à l'époque. J'ai demandé s'il voulait parler de la Bible, mais il a juste éclaté de rire. Je n'ai pas bien saisi la blague.

— Non, j'imagine, confirma Matthew en jetant un regard à Thóra. *Malleus* ? »

Elle avait eu précisément la même idée. *Malleus Maleficarum* était l'ouvrage le plus imprimé après la Bible, à cette période. Peut-être Harald cherchait-il à découvrir s'il avait pu être édité en Islande. Un exemplaire de ce genre aurait eu une valeur inestimable, sans parler de la dimension symbolique, pour un collectionneur de son gabarit.

« Et que voulait-il savoir sur Brynjólfur Sveinsson ? enchaîna Thóra.

— C'était très intéressant. Au début, il voulait seulement voir sa tombe – ce qui est impossible, car elle n'a pas encore été découverte, à l'heure actuelle.

— Pas encore été découverte ? l'interrompit Thóra. Il n'est pas enterré ici ?

— Si, mais il a demandé à être inhumé à l'extérieur de l'église, près de sa femme et de ses enfants. Il existe une description de l'endroit, mais les fouilles n'ont toujours pas été effectuées. Il voulait une tombe sans aucune inscription.

— Est-ce que ce n'était pas inhabituel ? demanda Thóra.

— Si, très. En fait, la tombe fut marquée plus tard, avec une barrière de bois qui tint pendant trente ans. Puis elle commença à se dégrader car personne ne l'entretenait, au mépris des ordres de l'Église. Personne ne sait vraiment pourquoi il n'a pas voulu d'une sépulture sous la nef, comme il était de coutume, à l'époque. On raconte qu'il avait trouvé les lieux trop exigus, lors des obsèques de l'un de ses prêtres. Peut-être souhaitait-il mettre un terme à cette tradition.

— Et ce fut le cas ? voulut savoir Matthew.

— Non, pas du tout. Mais il se peut qu'il y ait eu une autre raison. Il est mort brisé. Ce qui se comprend – mourir seul, une personnalité de cette envergure, après avoir perdu toute sa famille, et sans descendance. La plupart des gens trouvent son sort très émouvant.

— Mais vous disiez qu'Harald s'était d'abord intéressé à la tombe de Brynjólfur – est-ce qu'il est passé à autre chose, ensuite ?

— Oui, effectivement. Quand j'ai vu combien il était déçu, pour la tombe, j'ai commencé à lui parler de Brynjólfur. Je l'ai emmené dans la crypte, où nous avons une exposition archéologique. Puis je lui ai montré les fouilles, dehors. Nous en sommes arrivés au sujet de la bibliothèque de Brynjólfur – vous savez qu'il possédait une vaste collection de manuscrits islandais et étrangers ? » Thóra et Matthew secouèrent la tête – ils n'en avaient aucune idée, ni l'un ni l'autre. « Et vous savez qu'il a fait cadeau de certains des ouvrages sur vélin les plus remarquables d'Islande au roi Frédéric de Danemark ? » De nouveau, Thóra fit non de la tête. « Quand j'ai commencé à lui parler des manuscrits, votre ami était tout excité, il voulait savoir ce qu'ils étaient devenus, à la mort de Brynjólfur. Je ne pouvais pas lui donner de réponse précise, mais ce que je sais, c'est qu'il a fait don de ses ouvrages étrangers au fils nouveau-né du gouverneur d'Islande de l'époque, un Danois du nom de Johann Klein, et qu'il a distribué les textes islandais entre sa cousine Helga et sa belle-sœur Sigridúr. Pour autant que je me souvienne, certains des manuscrits islandais se sont égarés ; du moins, il en manquait, quand Johann Klein est venu les récupérer. On a soupçonné les religieux de Skálholt de les avoir dissimulés pour empêcher leur départ vers le Danemark. Ces livres et ces manuscrits n'ont jamais été retrouvés. Personne n'en connaît même les titres.

— Où ont-ils pu les cacher ? » s'interrogea Thóra en regardant autour d'elle.

Le jeune homme sourit.

« Pas ici. Ce bâtiment date de 1956. La vieille église que Brynjólfur avait fait construire en 1650-1651 s'est effondrée lors d'un tremblement de terre, en 1784.

— Et vous ne les avez pas cherchés ?

— Nous n'avons toujours pas retrouvé les tombes de Brynjólfur et de ses proches, en dépit des indications d'emplacements. Nous n'allions certainement pas nous mettre à chercher des livres qui, selon toute vraisemblance, ont été enterrés sur place, à l'époque. Et le sort des livres qu'il a légués est lui-même incertain. Apparemment, Árni Magnússon est tombé sur quelques exemplaires, lorsqu'il a commencé à collectionner les manuscrits. On reconnaît certains des livres de Brynjólfur à leur monogramme.

— B.S. ? hasarda Thóra, surtout pour dire quelque chose.

— Non. L.L., sourit le jeune homme.

— L.L. ? répéta-t-elle, hébétée.

— *Loricatus Lupus* – expression latine qui signifie “loup en armure”. C'est aussi le sens du nom Brynjólfur. »

Thóra fit claquer ses doigts, ce qui fit de nouveau sourire leur guide. *Loricatus Lupus* était inscrit sur la carte manuscrite d'Harald. À l'évidence, ils étaient sur la bonne voie, si bien sûr les notes qu'il avait prises avaient le moindre lien avec le meurtre.

Leur conversation prit rapidement fin. Matthew et Thóra le remercièrent pour sa patience.

Avant de démarrer la voiture, Matthew se tourna vers Thóra : « Loricatus Lupus, oui. Est-ce qu'on devrait attendre qu'ils soient tous rentrés chez eux, et se mettre à creuser discrètement ?

— Absolument, renchérit Thóra avec un sourire. On n'aura qu'à commencer par le cimetière.

— Dans ce cas, c'est vous qui creuserez. Vous avez la tenue adéquate. Moi je resterai assis dans la voiture, à vous éclairer avec les phares. »

Tandis qu'ils quittaient Skálholt, Thóra passa à la deuxième phase de son plan.

« Je sais où aller, maintenant, suggéra-t-elle d'un air innocent. Il y a des grottes, près d'Hella, qui ont sans doute été creusées par des moines irlandais. Peut-être trouverons-nous une explication à l'intérêt qu'Harald portait à ces ermites. J'ai comme l'intuition que c'est pour y jeter un coup d'œil qu'il avait emprunté une lampe torche à l'hôtel. »

Matthew haussa les épaules.

« Ça vaut le coup d'y faire un saut – est-ce qu'on a une lampe torche ?

— On pourra régler ça à la station-service. »

Le temps qu'ils rejoignent Hella, il faisait nuit noire. Ils commencèrent par acheter deux lampes torches. Le pompiste leur apprit qu'ils obtiendraient des renseignements sur les grottes à l'hôtel Mosfell. Comme ils étaient à deux pas, ils abandonnèrent la Jeep pour s'y rendre à pied. À l'hôtel, un gentil vieux monsieur les accompagna dehors pour leur indiquer le chemin des grottes, qu'on distinguait tout juste au-delà de la route, sur l'autre berge de la rivière. Il leur détailla également le meilleur itinéraire, puisqu'il était impossible de s'approcher du site en voiture. Après l'avoir remercié, ils retournèrent à la Jeep et traversèrent le pont, jusqu'à l'emplacement où le vieil homme leur avait recommandé de se garer. Au grand bonheur de Thóra, ils allaient devoir traverser un grand pré qui semblait dépendre de la ferme qu'on apercevait non loin. Matthew ne cessa de trébucher dans ses chaussures glissantes, mais réussit à garder coûte que coûte l'équilibre, en battant des bras comme s'il essayait de voler. Lorsqu'ils débouchèrent de l'autre côté, au bord de la descente qui menait aux grottes, Thóra était d'excellente humeur.

« Là-bas », indiqua-t-elle du doigt. Puis, avec un air faussement inquiet pour lui : « Vous pensez arriver jusque-là, Fred Astaire ? »

Matthew fronça les sourcils et choisit de crâner. Il se mit à descendre la pente centimètre par centimètre, comme un vieillard de quatre-vingt-dix ans, tandis que Thóra bondissait tel un jeune cabri.

Elle se planta face à lui, bien décidée à profiter de l'instant, et l'encouragea sur un ton malicieux : « Allez, hop ! Fissa ! »

Matthew l'ignora et finit par arriver en bas.

« Vous m'avez l'air bien pressée, fit-il remarquer en allumant sa lampe torche. Vous êtes tellement excitée à l'idée de dîner avec moi que vous ne tenez plus en place ? »

Thóra alluma sa lampe à son tour et la lui pointa en pleine figure.

« Sûrement pas. Venez. » Elle se retourna et ils pénétrèrent dans la première grotte. « Waouh ! Comment ont-ils bien pu faire ça ? » Médusée, Thóra balayait la vaste cavité avec le faisceau lumineux. À moins qu'elle ait mal compris, ces grottes avaient été creusées dans le calcaire par des moines irlandais qui ne disposaient que d'outils rudimentaires.

« À quoi servait cet endroit, d'après vous ? demanda Matthew.

— D'abri, essentiellement », répondit une voix à l'entrée de la grotte.

Thóra poussa un hurlement perçant et lâcha sa lampe. Elle roula sur le sol bosselé et le rayon vibra un instant au pied de la paroi, avant de s'immobiliser.

« Mon Dieu, vous m'avez fichu une peur bleue, dit-elle en se penchant pour la ramasser. Nous ne savions pas qu'il y avait quelqu'un.

— Désolé, je ne voulais pas vous effrayer, dit la voix, vraisemblablement celle d'un homme âgé. Nous sommes quittes, en fait. Ça faisait longtemps que je n'avais pas eu aussi peur, avec ce cri que vous avez poussé. C'est l'hôtel qui m'a appelé pour me prévenir qu'il y avait des visiteurs en route. J'ai pensé que vous auriez peut-être besoin d'un guide. Je m'appelle Grímur, je possède la ferme qui est au-dessus. Les grottes se trouvent sur mes terres.

— Oh, oui. » *Pas mal, comme propriété,* songea-t-elle. « Nous serions ravis d'avoir un guide – pour tout dire, nous ne savons pas grand-chose de ce que nous sommes en train de regarder. »

L'homme pénétra dans la grotte et entama ses explications. Il parlait islandais et Thóra traduisait l'essentiel à Matthew. Grímur leur montra l'emplacement où se trouvaient vraisemblablement les couchettes, contre les murs. Puis ils examinèrent une cheminée qui avait été creusée à travers le plafond pour laisser entrer l'air, ou sortir la fumée. Il désigna un autel et, sur le mur derrière, une croix que les moines avaient ciselée.

« Bien, bien, commenta Thóra, à la fois surprise et impressionnée. C'est vraiment incroyable.

— Oui, c'est vrai, renchérit l'homme avec de l'émotion dans la voix. C'est une terre aride, il n'a jamais été facile d'en vivre – ou même d'y vivre. Tous les efforts étaient bons, à cette époque, pour trouver un abri.

— J'imagine, acquiesça Thóra en promenant de nouveau le rayon de sa lampe autour d'elle. Est-ce qu'il y a eu des fouilles, dans ces grottes ? Je veux dire, a-t-il pu y avoir des objets de valeur dissimulés ici ?

— De valeur ? » L'homme eut un rire surpris. « Cet endroit a été utilisé comme étable jusque vers 1950. On ne pouvait pas y cacher quoi que ce soit. Il aurait fallu le camoufler avec beaucoup de soin, je peux vous l'assurer.

— Ah, fit Thóra, déçue. Alors elles ont été fouillées ?

— Non, je n'ai pas dit ça. Pour autant que je sache, les miennes n'ont été examinées qu'une seule fois.

— C'était quand ? Récemment ? »

Grímur éclata de nouveau de rire.

« Non, pas récemment. Je ne me rappelle pas exactement, mais ça fait un paquet d'années. Ça n'a pas donné grand-chose, comme on pouvait s'y attendre. Ils ont trouvé des ossements d'animaux et un trou qui servait apparemment pour la cuisine. » Il désigna une cavité dans le sol, près de l'autel. « Non, le peu qui restait à découvrir a été trouvé, croyez-moi. »

Thóra lui demanda pour finir s'il avait remarqué le passage d'Harald, lorsqu'il était venu visiter les grottes. Il ne reconnut pas la description du jeune homme, mais ajouta que cela ne signifiait pas nécessairement qu'il n'était pas venu – il n'y avait pas de barrière autour des grottes, et il était facile de les visiter sans se faire remarquer.

« Allez vous changer, Crocodile Dundee », ordonna Matthew quand ils furent de retour à l'hôtel. « Quelle chance j'ai de n'avoir qu'à jeter ma veste pour aller directement au bar. Et de regagner tout le temps que j'ai perdu sur cette fichue pente. »

Thóra lui tira la langue, mais alla quand même se changer. Elle enfila un pantalon chic et un chemisier blanc tout simple, se lava le visage et mit un peu de rouge à lèvres. *Il n'y a pas de mal à se maquiller un peu pour une invitation à dîner – ça ne veut pas forcément dire qu'on est en train de draguer.* Néanmoins, l'expression *pas forcément* lui mit la puce à l'oreille. Pas très convaincant, ce qui l'inquiéta légèrement. Elle écarta cette pensée et se rendit au bar. Matthew s'y tenait déjà, en grande conversation avec le barman – Óli, sans doute. Matthew lui sourit, visiblement heureux de sa métamorphose.

« Joli », commenta-t-il succinctement. « Voici Óli. Il me parlait justement d'Harald et d'Harry Potter. Il se les rappelle bien. Ils ont beaucoup bu, et ils détonnaient, par rapport au reste de la clientèle.

— C'est peu de le dire, acquiesça Óli, avant de demander à Thóra ce qu'elle désirait boire.

— Un verre de vin blanc, s'il vous plaît. » Elle chercha à en savoir plus.

« Eh bien... Ils buvaient tequila sur tequila – ils jouaient de l'*air guitar,* et ils faisaient toutes sortes de choses qu'on ne voit pas souvent, ici. Sans parler de l'apparence d'Harald. Les autres clients les dévisageaient bouche bée. Et ils fumaient comme des pompiers – mon stock de cigares y est passé en deux temps trois mouvements. »

Thóra balaya du regard le bar douillet, sous le toit

à pignons. Elle hocha la tête – jouer de l'*air guitar* n'était pas la première activité qui venait à l'esprit, dans ce décor. De l'air violon, à la limite, si tant est que cela existât. Elle se tourna vers Óli.

« Harry Potter – est-ce que par hasard il vous aurait dit son vrai nom ? »

Le barman sourit.

« Il s'appelait Dóri. À mesure que l'heure tournait, ils étaient tous les deux trop saouls pour se rappeler le pseudo qu'il avait choisi. Mais ils ont bien joué la comédie pendant la majeure partie de la soirée. »

Ils n'avaient rien d'autre à apprendre d'Óli. Ils prirent place sur le grand canapé en cuir, trinquèrent et discutèrent des événements de la journée. Le serveur leur apporta le menu et, après avoir commandé, Matthew décida de prendre un autre verre. À sa grande surprise, Thóra avait terminé le sien elle aussi, et elle accepta son offre. Après le dîner, ils retournèrent au bar et, arrivée à son troisième Cointreau, Thóra se sentit elle aussi capable de se lancer dans un solo d'*air guitar,* juste pour Óli le barman et Matthew. Au lieu de quoi, elle préféra se lover contre le second.

11 décembre 2005

27

Lorsque Thóra ouvrit les yeux, elle avait la tête qui palpitait si fort qu'elle crut que son cerveau essayait de s'échapper de son crâne. Elle s'agrippa le front et poussa un grognement. Du Cointreau, quelle idée. Elle aurait dû savoir, depuis le temps, que le mot « liqueur » était le terme français pour dire « gueule de bois ». Elle poussa un soupir et roula sur le côté. C'est alors que sa main heurta quelque chose, quelque chose de si chaud et moelleux qu'elle écarquilla instantanément les yeux d'horreur. Il y avait un homme dans son lit. Elle contempla le dos de Matthew. Ou bien était-ce celui d'Óli, le barman ? Elle se remémora la soirée de la veille, et poussa un soupir de soulagement en songeant que de deux maux, elle avait au moins choisi le moindre. Le brouillard qui lui embrumait la tête bloquait toute stratégie de sortie efficace – comment se glisser hors du lit sans se faire voir et, surtout, sans réveiller Matthew ? Pire encore : comment garder sa dignité ? Fallait-il faire comme si rien ne s'était passé ? Peut-être que lui non plus n'avait aucun souvenir. Voilà, c'était la solution – s'éclipser discrètement, le retrouver plus tard et prier pour qu'il ait bu quatre fois plus qu'elle.

Son plan s'écroula lorsque Matthew se tourna vers elle et lui sourit.

« Bonjour, dit-il, la bouche sèche. Comment ça va ? »

Thóra tira la couette jusque sous son menton. Elle était nue comme un ver, dessous. Si elle avait pu faire un seul vœu, ç'aurait été de se retrouver soudain habillée de pied en cap. Sa gorge produisit un étrange raclement avant que ses cordes vocales redémarrent.

« Juste une chose. Pour bien clarifier la situation. » Matthew prit un air perplexe, mais la laissa poursuivre. « Hier soir, ce n'était pas moi, c'était l'alcool. Donc tu as couché avec une bouteille de Cointreau, pas avec moi.

— Oh, je vois, fit Matthew en se redressant sur un coude. Ces grandes marques, elles ne cessent jamais de vous surprendre. Je ne savais pas qu'elles étaient capables de *ça*. Tu m'as même dit que tu adorais mes chaussures. Tu voulais que je les garde aux pieds, en fait. »

Thóra piqua un fard. Elle chercha fébrilement divers moyens de défendre sa vertu, mais rien ne lui vint. Peu à peu, la nuit ressurgit par bribes, et elle dut bien admettre qu'elle ne la regrettait pas vraiment.

« Je ne sais pas ce qui m'a pris, balbutia-t-elle en rougissant de nouveau.

— Tu te fais trop de souci, dit Matthew en posant la main sur elle à travers la couette.

— C'est que ça ne me ressemble pas du tout. Je suis une mère de deux enfants, et tu es un étranger.

— Eh bien, puisque tu as des enfants, tu devrais être au courant de la procédure. » Il sourit. « C'est à peu près la même partout, je dirais. »

Thóra sentit ses joues s'enflammer encore plus. Et sa terreur s'amplifia lorsque le nom d'Amelia Guntlieb lui traversa l'esprit.

« Tu vas en parler aux Guntlieb ? »

Matthew bascula la tête en arrière et partit d'un énorme éclat de rire. Quand il fut calmé, il la dévisagea avant de répondre calmement.

« Bien sûr. Il y a une clause dans mon contrat qui stipule que je dois soumettre un compte rendu de mes activités sexuelles à la fin de chaque mois. » Lorsqu'il se rendit compte que Thóra ignorait s'il blaguait ou pas, il ajouta : « Bien sûr que non. Comment tu peux croire une chose pareille ?

— Je ne sais pas. Je ne veux juste pas que les gens pensent que c'est dans mes habitudes de coucher avec mes collègues. Je n'avais jamais fait ça, jusqu'ici. »

Sachant qu'elle travaillait avec le vieux Bragi, Bella Lucifer et l'insipide Thór, une telle déclaration n'avait pas beaucoup de poids.

« Je ne l'ai pas pris comme ça, la rassura Matthew. Je me suis dit que tu avais envie de coucher avec moi, à ce moment-là – que tu trouvais mon sex-appeal tout simplement irrésistible. » Il lui lança un regard taquin.

Thóra leva les yeux au ciel. Elle ne voulait pas répondre car, dans une certaine mesure, il avait raison – du moins, c'est bien elle qui avait fait le premier pas, si sa mémoire était bonne.

« Cette gueule de bois me tue. Je n'arrive pas à penser clairement, pour l'instant. »

Matthew s'assit dans le lit.

« J'ai de l'Alka-Seltzer. Je t'en prépare un, tu vas tout de suite te sentir mieux. »

Avant que Thóra ait pu l'en empêcher – car à l'évidence il était aussi nu qu'elle –, Matthew s'était levé et avait rejoint la salle de bains. Qu'est-ce qui faisait que les hommes étaient beaucoup moins embarrassés par leur physique que les femmes ? Elle réfléchit à la question quelques instants, pour repousser les autres pensées de la nuit qui lui revenaient – par exemple, à quel point elle l'avait trouvé fort et svelte. Peut-être que ce n'était pas une si grosse bêtise, après tout. Elle entendit l'eau couler dans la salle de bains, et ferma les yeux.

Elle ne les rouvrit que quand elle fut certaine que Matthew était de retour sous l'édredon. Il lui tendit un verre d'eau effervescente. Thóra prit son courage à deux mains, se redressa contre son oreiller et attendit que la nausée se calme. Elle en était au même point depuis plusieurs minutes lorsqu'un doigt s'enfonça doucement dans son épaule, à travers la couverture.

« Écoute, j'ai une suggestion, proposa Matthew en se tournant vers elle.

— Quoi ? » Elle avait retrouvé une voix à peu près normale. En fait, elle se sentait déjà mieux.

« Qu'est-ce que tu dirais de reconsidérer la question, pour vérifier que c'était bien une erreur ? » Il lui sourit. « Je peux mettre mes belles chaussures, si tu veux. »

Thóra se réveilla de nouveau, cette fois au bruit de l'eau qui coulait dans la douche. Elle bondit hors du lit et enfila des vêtements à la hâte, en sautillant à travers la pièce. Elle ne retrouva pas sa deuxième chaussette, mais réussit à réunir le reste de ses affaires. À travers la porte de la salle de bains, elle cria à Matthew qu'elle le retrouverait au petit déjeuner.

Elle éprouva un immense soulagement en refermant la porte de sa propre chambre.

Une longue douche bouillante l'aida à se sentir mieux, dans le corps comme dans la tête. Avant de redescendre, elle attrapa son portable pour appeler son amie Laufey.

« Tu sais quelle heure il est ? » grogna Laufey, la voix embrumée de sommeil.

Thóra l'ignora : après tout, il était presque 10 heures. « Oh ! mon Dieu... Tu ne devineras jamais !

— Eh bien, vu ton excitation et l'heure indécente à laquelle tu appelles, ça doit mériter les gros titres. » Un bâillement suivit.

« J'ai couché avec quelqu'un ! »

La réaction ne tarda pas. À l'évidence, Laufey avait fait un bond de deux mètres dans son lit, car Thóra avait à peine fini sa phrase qu'un énorme grincement de sommier résonna dans l'appareil.

« Quoi ? Raconte ! C'est qui, c'est qui ?

— Matthew, cet Allemand dont je t'ai parlé. Je vais devoir garder le reste pour plus tard, parce que je dois aller le rejoindre pour le petit déjeuner. On est à l'hôtel.

— À l'hôtel ? Eh bien, on ne peut pas te laisser toute seule trois minutes, pas vrai ?

— Je te rappellerai plus tard. Je suis un peu inquiète. Il va falloir que je lui fasse comprendre d'une manière ou d'une autre que c'était juste pour un soir, et que je ne veux pas m'engager. »

Un rire proche du braiment de l'âne résonna à l'autre bout.

« Allô ? Mais tu sors d'où, au juste ? De chez les Bisounours, ou quoi ? Des hommes célibataires de cet âge qui cherchent une relation profonde, il n'y en a pas des masses. Ne t'inquiète pas pour ça, chérie. »

Thóra raccrocha, légèrement irritée par cette réaction à une nouvelle censée réjouir son amie. Elle se dirigea vers la salle des petits déjeuners, après avoir pris la peine de froisser ses draps pour ne pas laisser penser au personnel qu'elle avait des mœurs légères. Matthew était assis à une table pour deux, près d'une fenêtre, en train de boire son café. Thóra ne put s'empêcher de remarquer combien il était beau, ce qu'elle avait refusé de s'avouer jusqu'à la veille. Son visage avait ces traits rudes qui lui plaisaient chez un homme. Mâchoire carrée, grandes dents, pommettes saillantes et yeux enfoncés. Sans doute un héritage de ses ancêtres préhistoriques, cette attirance pour un physique qui suggérait force et détermination – le parfait chasseur. Thóra vint s'asseoir en face de lui.

« Je pense vraiment que manger quelque chose me fera un bien fou », dit-elle pour rompre la glace.

Matthew prit la cafetière en inox et remplit la tasse de Thóra.

« Tu as laissé une chaussette dans ma chambre. Elle n'est pas en laine – incroyable, mais vrai. »

Rien dans leur comportement ne semblait indiquer qu'ils étaient plus proches que la veille au dîner, sauf au moment où Matthew posa la main sur celle de Thóra, avec un clin d'œil de conspirateur. Elle lui sourit sans rien dire. Il retira rapidement sa main et poursuivit son repas. Puis ils rentrèrent dans leurs chambres respectives pour faire leur valise.

Alors que Thóra attendait Matthew à la réception, son portable se mit à sonner. C'était Gylfi. Avant de répondre, elle dut se convaincre qu'il n'avait aucune idée de ce que sa mère avait fabriqué la nuit précédente.

« Coucou, mon chéri, dit-elle avec le plus de naturel possible.

— Salut. » Il avait l'air déprimé, et il mit un moment à en venir aux faits. « Euh, tu sais, ce truc dont je voulais te parler... Tu es où ?

— À l'hôtel Rangá. Je travaillais, ce week-end. Tu n'es pas à la maison ?

— Si. » Nouveau silence. « Tu rentres quand ? »

Thóra jeta un coup d'œil à sa montre. Il était 10h55.

« Vers 13 heures, je pense.

— OK. À tout à l'heure, alors.

— Pourquoi tu n'es pas avec ton père ? Où est ta sœur ? s'empressa de demander Thóra avant qu'il raccroche.

— Elle est encore avec lui. Moi je suis parti.

— Parti ? Mais pourquoi ? Vous vous êtes disputés ?

— On peut dire ça, oui. C'est lui qui a commencé.

— Comment ça ? »

Thóra en était bouche bée. En général, Hannes

avait le chic pour éviter les conflits et, jusqu'à ce jour, il avait réussi à s'en sortir plutôt bien avec son fils, même si ce dernier ne considérait pas son père comme un amuseur-né.

Gylfi poussa un soupir.

« Il a fait genre il voulait avoir une discussion entre hommes, et au moment où je croyais qu'il avait compris et où je lui ai dit un truc, il a pété un câble. Je te jure, il a fait des petits bonds en arrière. J'ai pas pu supporter de rester là à l'écouter blablater. Je pensais qu'il comprendrait. »

Intérieurement, Thóra se mit à bouillonner. Elle savait que la description que faisait Gylfi du comportement de son père était forcément exagérée... Alors que s'était-il réellement passé ? Elle regrettait d'avoir persuadé Hannes de parler à son fils – de toute évidence, c'était une mauvaise idée.

« Gylfi, qu'est-ce qui a rendu ton père aussi fou de rage ? Est-ce que c'est ce dont tu veux me parler tout à l'heure ?

— Ouais. »

Il n'entra pas dans les explications, et il faudrait vraisemblablement attendre de le voir pour en savoir plus.

« Écoute, je suis en route. Je suis nulle en salto arrière, et je suis sûre qu'on trouvera un moyen de discuter de tout ça calmement. Ne quitte pas la maison.

— Il faut que tu sois rentrée avant 13 heures. J'ai des gens à aller voir. »

Des gens ? Quels gens ? Est-ce qu'il était entré dans une secte ? Thóra reçut un coup à la poitrine.

« Gylfi, ne va nulle part avant que je sois rentrée. Tu m'entends ?

— Alors sois rentrée avant 13 heures. » Puis il ajouta : « Papa sera là aussi. » Il lui dit au revoir et raccrocha.

Le cœur de Thóra se mit à faire des bonds dans sa cage thoracique, et elle dut fournir un effort surhumain pour ne pas lâcher un hurlement. Les mains tremblantes, elle composa le numéro d'Hannes, mais il était soit déchargé, soit coupé. Elle fixa bêtement son portable. Hannes n'éteignait jamais son téléphone – il dormait avec, posé sur la table de nuit, au cas où on aurait eu besoin de le joindre en pleine nuit. Il programmait même ses excursions à cheval pour pouvoir capter tout le long du parcours – depuis qu'il avait acheté un portable, il n'avait jamais dû se retrouver sans réseau. Elle tenta d'appeler sa ligne fixe, sans succès. Qu'avait pu faire son fils ? Se mettre à fumer ? Impossible. Est-ce qu'il se droguait et entrait en cure de désintoxication ? Non, hors de question. Elle s'en serait sans doute rendu compte. Est-ce qu'il faisait son coming out ? Est-ce qu'il préparait un char pour la Gay Pride ? La nouvelle n'aurait sans doute pas fait paniquer Hannes – il fallait admettre qu'il était plutôt large d'esprit. De plus, Thóra avait le sentiment que Gylfi avait un faible pour cette fille dont elle ne se rappelait jamais le nom. Non, ce n'était pas le problème. Une foule d'idées se bousculèrent dans sa tête, toutes plus absurdes les unes que les autres. *Que sera sera.* Elle jeta un coup d'œil dans le couloir et vit Matthew apparaître à la porte de sa chambre, en train de sortir sa valise. Dès qu'il eut payé la note, Thóra le prit par le bras et l'entraîna vers la sortie.

« Qu'est-ce qui se passe ? »

Éberlué, il dévisageait Thóra, qui le poussa sans ménagement dehors.

« Je fais face à une crise domestique et je dois être rentrée aussi vite que ce sera humainement possible. »

Il la prit au mot et, sans poser de questions, il jeta les valises dans la Jeep et sauta derrière le volant. Ils filèrent droit sur Reykjavík via Hella, Selfoss et Hveragerdi. Matthew se montra très peu disert, sur la route. Ce n'est qu'en atteignant les pentes de Kambar qu'il demanda s'il pouvait faire quelque chose, mais Thóra lui répondit qu'elle-même ne savait pas quel était le problème, encore moins comment le résoudre. Elle lui expliqua cependant que cela concernait son fils et une nouvelle qu'il devait lui annoncer. Ils dépassèrent la station de ski à bonne allure, et ils maintenaient la cadence en arrivant au restaurant routier. Au lac Raudavatn, à la sortie de la ville, un pneu éclata brusquement.

« Merde ! » s'écria Matthew en s'accrochant au volant pour éviter l'embardée. Ils ralentirent et s'arrêtèrent au bord de la route.

« Oh non, oh non », gémit Thóra. Elle consulta sa montre. 12h25. Ils pouvaient encore arriver à Seltjarnarnes pour 13 heures, s'il n'y avait pas de problème pendant la réparation.

« Foutus pneus au rabais », marmonna Matthew en se débattant pour décrocher la roue de secours du coffre. Elle finit par lâcher et ils se remontèrent tous les deux les manches pour hisser la voiture sur le cric et changer la roue. Matthew attrapa le pneu crevé et le balança par le hayon arrière ; il atterrit sur le sac de Thóra avec un son mat. Elle s'en fichait éperdument. On approchait dangereusement de 13 heures.

Ils bondirent dans la Jeep et Matthew fonça. Lorsqu'ils déboulèrent en trombe devant chez elle, Thóra sauta sur le trottoir en lançant : « Attends-moi là. » Elle courut jusqu'à la porte en sortant ses clefs pour ne pas prendre du retard en ayant à sonner. De la main gauche, elle donna un petit coup de sonnette pour prévenir Gylfi qu'elle était arrivée, tout en introduisant la clef dans la serrure de la main droite.

« Gylfi ! appela-t-elle, haletante.

— Salut, maman. » Sóley courut vers elle pour l'accueillir, tout sourire. S'il était arrivé quelque chose de grave, elle semblait être passée totalement à côté.

« Coucou, ma chérie. Où est ton frère ? » Thóra repoussa Sóley pour aller chercher son fils.

« Il est parti. Il m'a laissé un mot pour toi », annonça-t-elle en sortant de sa poche un morceau de papier plié.

Thóra le lui arracha des mains. Tout en le dépliant, elle demanda : « Quand est-ce qu'il est parti ? Et où ?

— Il vient de partir. Il y a une heure. » Sóley n'avait pas encore percé le mystère du temps. Gylfi pouvait avoir quitté les lieux n'importe quand dans les deux dernières semaines. « Il est allé là où c'est écrit, sur le papier. » Un petit doigt désigna le mot que tenait sa mère, pour bien écarter toute confusion possible.

« Viens avec moi. » Thóra vit que l'adresse indiquée se trouvait elle aussi à Seltjarnarnes : Dieu merci, c'était tout près. « On va aller faire une balade avec le gentil monsieur. » Elle jeta un anorak de Gylfi sur les épaules de la petite, la saisit sous les bras pour la planter dans ses bottes en caoutchouc et la poussa dehors. Thóra ouvrit la portière arrière de la Jeep à la volée et aida promptement sa fille à monter. Puis elle sauta sur le siège du passager et ordonna à Matthew de démarrer.

« Matthew, je te présente ma fille, Sóley. Elle ne parle qu'islandais. Sóley, voici Matthew. Il ne parle pas islandais, mais je suis sûre que vous allez très bien vous entendre. »

Matthew jeta un regard dans le rétroviseur pour accueillir la fillette d'un sourire.

« Ravissante, comme sa mère, commenta-t-il en prenant un virage, sur les indications de Thóra. Mêmes goûts vestimentaires, aussi.

— Là, puis première à droite. Je cherche le numéro 45 », lança Thóra, toujours agitée.

Ils virent bientôt apparaître la maison. Elle n'eut aucun mal à l'identifier, car Gylfi était en train de remonter l'allée qui y menait.

« Là, c'est là ! » haleta-t-elle en désignant son fils.

Matthew accéléra sur quelques mètres et se gara le long du trottoir, devant la maison – l'allée privative était déjà pleine de véhicules. Thóra reconnut la voiture d'Hannes. Elle ouvrit la portière avant même que la Jeep soit totalement à l'arrêt.

« Sóley, tu attends ici avec le gentil M. Matthew. »

Gylfi ne se retourna que lorsque sa mère l'eut appelé deux fois, tout en courant vers la maison. Il avait atteint la porte d'entrée contre laquelle il se tenait affalé, après avoir sonné.

« Salut, dit-il d'un ton morose.

— J'ai été retardée », expliqua Thóra, hors d'haleine. Elle posa la main sur l'épaule de son fils. « Qu'est-ce qui se passe, chéri ? Qui habite ici ? »

Gylfi la dévisagea avec un air de désespoir absolu. « Sigga est enceinte. Elle n'a que quinze ans. C'est moi le père. Ses parents habitent ici. »

Il venait de finir sa tirade lorsque la porte s'ouvrit. Thóra resta clouée sur place, bouche bée. Pour une raison inexplicable, elle n'arrivait pas à détacher le regard de l'iPod qui pendait autour du cou de son fils, peut-être parce que c'était ce qu'elle était en train de regarder quand le monde s'était écroulé autour d'elle. Si l'homme d'âge moyen qui ouvrit la porte n'avait pas été écarlate de rage, il aurait sans doute ri de la voir plantée devant sa porte avec un air aussi stupide.

« Bonjour », dit-il à Thóra, puis il jeta un regard à Gylfi, plissa les yeux avec mépris, et ajouta : « À toi aussi. »

Impossible de prendre un tel accueil pour des mots de bienvenue. Ce qu'il voulait dire en réalité, c'était plutôt : *Fous-moi le camp, espèce de sale voleur de vertu des filles d'honnêtes citoyens.*

La politesse l'emporta par simple habitude, et Thóra serra les dents pour tenter un sourire.

« Bonjour, je suis Thóra. La mère de Gylfi. »

L'homme poussa un grognement mais les invita à entrer. Sous sa surveillance, ils retirèrent leurs chaussures, tandis qu'il se tenait dans l'embrasure de la porte d'un air menaçant. Thóra eut l'impression qu'il s'attendait à ce que Gylfi ne s'en tienne pas à la fille de la maison, mais à ce qu'il se jette comme une brute sur sa mère, pour faire bonne mesure.

« Merci », dit-elle à personne en particulier, en passant devant lui. Elle avait posé les deux mains sur les épaules de son fils et le guidait devant elle – au cas où l'homme essaierait de lui balancer un uppercut. Ils pénétrèrent dans un grand salon double où trois personnes étaient déjà assises : Hannes, que Thóra reconnut à sa nuque ; une femme qui devait avoir à peu près son âge, et qui se leva en les voyant entrer, et enfin une jeune fille assise dans un fauteuil, la tête baissée en signe de résignation.

« Ah, quand même, vous voilà enfin ! » explosa la femme en hurlant presque.

Doux Jésus, faites que le petit hérite de mon beau timbre d'alto, pria silencieusement Thóra. Pour la deuxième fois, elle essaya de négocier un sourire. Elle ne lâcha cependant pas les épaules de son fils.

« Hannes », fit Thóra en regardant son ex-mari. Elle essaya de lui faire comprendre qu'il était temps qu'il fasse son devoir, pour lui permettre à elle de se fondre dans le décor. Mais au lieu de lui envoyer un signal du genre « message reçu », il lui adressa un regard furieux.

« Bonjour, Sigga », dit-elle avec douceur à la jeune fille, qui releva la tête. Elle avait les yeux gonflés, et de grosses larmes sur le point de couler.

Gylfi finit par se dégager de l'emprise de Thóra pour courir rejoindre sa dulcinée.

« Sigga ! » gémit-il, visiblement affecté par son état.

« Oh, magnifique ! s'exclama la mère. Roméo et Juliette. Je vais vomir. »

Thóra fit volte-face. Elle bouillonnait de rage.

Deux jeunes gens venaient de faire une terrible bêtise, et cette femme avait l'impudence de se moquer d'eux, alors qu'il s'agissait de sa propre fille. Thóra perdait rarement son calme, mais dans ces cas-là mieux valait ne pas se trouver dans les parages.

« Excusez-moi, mais c'est assez difficile comme ça – pas la peine d'aggraver les choses par des sarcasmes. »

Hannes se leva d'un bond et Thóra sentit qu'il la poussait sur le canapé ; elle n'eut pas le temps de résister. La mère de Sigga poussa un halètement d'indignation – ses yeux lançaient des éclairs de fureur.

« Je vois d'où votre fils tire ses manières », assena-t-elle avant de s'asseoir, le dos droit comme celui d'une ballerine. Son mari préféra rester debout, les dominant tous au milieu de la pièce.

« Maman ! s'exclama Sigga. La ferme ! »

Thóra ressentit une tendresse immédiate pour cette petite – sa future belle-fille.

« Qu'est-ce que c'est que cette comédie ? s'exclama le père de Sigga. Si on ne peut pas discuter de cette histoire comme des êtres humains civilisés, autant arrêter tout de suite. Nous sommes réunis pour faire face à cette terrible nouvelle, alors que chacun y mette du sien. » Il prit soin de bien insister sur la portée dramatique du terme « terrible ».

Hannes se redressa.

« Absolument, essayons de garder notre calme. Cette situation n'est facile pour personne. »

La femme renifla de manière dédaigneuse.

« Bien, quoi qu'il en soit, ajouta Hannes, l'air solennel, je devrais sans doute commencer par vous dire, en mon nom et en celui de ma famille, combien je suis attristé. Et je veux m'excuser pour le comportement de notre fils, et la douleur qu'il a pu vous causer. »

Thóra inspira profondément et attendit d'avoir digéré les paroles d'Hannes, avant de l'assassiner. Elle se tourna vers lui, parfaitement clame.

« Pour commencer, juste pour mettre les choses au clair, nous ne sommes *pas* une famille. Mon fils, ma fille et moi sommes une famille. Toi tu n'es qu'un pitoyable semblant de père un week-end de temps en temps et, contrairement à la plupart d'entre eux, tu n'es même pas capable de prendre la défense de ton fils quand c'est ce qu'on attend de toi. » Elle détourna le regard d'Hannes et remarqua que tous les autres la contemplaient, bouche bée. Elle lut de la fierté dans les yeux de son fils. « Juste pour mettre les choses au clair », répéta-t-elle.

Hannes ouvrit la bouche pour riposter, mais se fit battre au poteau par la belle-mère.

« Quelle intervention opportune. Je voudrais profiter de cette occasion pour vous rappeler que votre petit prince chéri – votre fils à tous les deux, d'après ce que j'ai compris... » Le talent théâtral était visiblement une spécialité familiale. Elle reprit, avec un geste dramatique de la main : « Ce fils sera donc bientôt lui-même, je cite, "un pitoyable semblant de père un week-end de temps en temps", tout comme votre ex-mari.

— Non ! » Tous les regards convergèrent vers Gylfi, qui ajouta fièrement : « Je... je veux dire que... nous allons rester ensemble. Nous louerons un appartement et nous nous occuperons du bébé. »

Thóra eut brusquement envie d'éclater de rire.

Gylfi, louer un appartement ? Il ne se rendait même pas compte que tout ce qu'il tenait pour acquis – le chauffage, l'électricité, la télévision, l'eau, le ramassage des ordures – coûtait de l'argent. Mais elle garda ses réflexions pour elle, par peur de décourager son fils. S'il croyait qu'il allait louer un appartement, à la bonne heure.

« Oui ! renchérit Sigga. On peut y arriver – j'ai presque seize ans.

— Un viol ! hurla sa mère. C'est évident ! Elle n'a même pas seize ans ! C'est du viol ! » Elle lança un regard noir à Gylfi et se mit à brailler : « Violeur ! »

Thóra eut du mal à imaginer comment une réaction de ce genre était censée améliorer les choses. Elle se tourna vers Sigga.

« Combien de mois, ma chérie ?

— Je ne sais pas. Peut-être trois. Je n'ai pas eu mes règles depuis trois mois, en tout cas. » Son père piqua un fard.

Gylfi avait eu seize ans un mois et demi plus tôt. Même si cela ne changeait pas grand-chose.

« Laissez-moi vous préciser que dans ce genre de cas, l'âge légal de consentement est quatorze ans, pas seize. En outre, mon fils n'avait pas seize ans lui-même, au moment de la conception de cet enfant, et la loi ne fait pas de différence de sexe, dans les cas de harcèlement sexuel, comme on l'appelle.

— C'est n'importe quoi, railla le père. Comme si une femme pouvait violer un homme ! Sans parler d'une enfant, comme c'est le cas de ma fille.

— Et de mon fils, répliqua Thóra avec un sourire triomphal.

— Puis-je souligner que votre fils est au lycée,

alors que ma fille n'est encore qu'au collège ? Voilà qui doit avoir du poids, aux yeux de la loi, lança l'homme avec arrogance.

— Absolument aucun, rétorqua Thóra. Il n'est nulle part fait mention du niveau d'études, je peux vous l'assurer. »

Il fronça les sourcils.

« La faute à ces sales pédés au parlement.

— Mais vous êtes malades ! hurla Sigga. C'est mon enfant. C'est moi qui vais devoir le porter et me retrouver avec un ventre énorme et des seins qui tombent, et qui vais rater le bal de fin d'année, en plus. » Elle éclata en sanglots, incapable de poursuivre.

Gylfi tenta ce qu'il dut prendre pour un geste romantique. D'une voix pleine d'émotion, il déclara à l'assistance : « Je m'en fiche – tu peux devenir comme une baleine avec des seins qui tombent. Je ne te quitterai pas et je n'inviterai personne d'autre au bal de fin d'année. J'irai tout seul. C'est toi que j'aime. »

Sigga se mit à pleurer de plus belle, tandis que les adultes contemplaient Gylfi, hébétés. Cette ridicule déclaration d'amour fit brusquement comprendre à tous que Mère Nature avait fait une énorme erreur de jugement – ils avaient devant eux des enfants qui allaient avoir un enfant. Identifier le coupable n'était pas vraiment le plus important.

À l'issue de cette prise de conscience collective, seul Hannes s'exprima. Les traits déformés par la fureur, il se tourna vers Thóra.

« Tout ça est ta faute. Avec ta vie débridée, à coucher avec n'importe qui du moment qu'il te montre le moindre signe d'intérêt. Jamais ce garçon ne s'est comporté de cette manière, quand j'étais encore là – il imite le seul modèle parental qu'il ait sous les yeux. »

Thora était trop sidérée pour répondre. Sa vie débridée ? Une heure de sexe – d'accord, mettons deux, en comptant la rechute – en deux ans. On pouvait difficilement appeler ça une vie débridée. Son grand-père de quatre-vingt-huit ans en personne lui avait conseillé de sortir et de s'amuser davantage – sans parler de son amie Laufey, même si elle n'était pas vraiment un parangon de vertu.

« Je le savais ! Vous êtes une salope ! éructa la belle-mère, perforant tous les tympans présents dans la pièce. Une droguée du sexe – c'est de famille. » Elle fixa Thora d'un air triomphant.

C'est alors qu'un allié inattendu pour Thora entra en scène en la personne du père de Sigga, qui se joignit à la curée. « Eh bien, chérie, tu peux au moins te réjouir que ta fille ne soit pas frigide comme sa mère ! »

Brusquement, Thóra décida qu'elle n'en pouvait plus. Elle en avait déjà beaucoup trop appris à son goût sur les beaux-parents potentiels de son fils. Elle vit se dessiner un baptême, une série d'anniversaires, sans parler de la communion et de Dieu sait quoi d'autre. Elle n'avait aucune envie de se remémorer les secrets intimes de ces gens dans toutes ces occasions. Elle se leva.

« Vous voulez que je vous dise ? Je ne sais pas qui a eu la brillante idée de cette rencontre. » Elle pointa le doigt vers Hannes. « N'hésitez pas à parler au père de Gylfi, toute la nuit s'il le faut. Quant à moi, j'en ai assez. »

Elle pivota et se dirigea vers la sortie, mais fut bien obligée de revenir, n'ayant pas l'intention de laisser son fils dans ce nid de vipères.

« Gylfi, on y va. » Puis elle se tourna vers Sigga, qui pleurait toujours, tête baissée. « Sigga, ce bébé sera toujours le bienvenu chez moi – de même que vous deux, si vous voulez vivre ensemble sous mon toit. Au revoir à tous. »

Elle sortit, Gylfi sur ses talons. Elle se sentait complètement vidée. Ils claquèrent la porte derrière eux et se dirigèrent vers la Jeep de Matthew, qui heureusement n'avait pas bougé. Sans un mot, Thóra s'assit à l'avant, et Gylfi prit place à côté de sa sœur.

« Hannes-ar-dóttir », lança Sóley avec emphase – elle apprenait visiblement à Matthew à prononcer son nom de famille.

« Allons-y », dit Thóra en se prenant la tête dans les mains. Elle se tourna vers Matthew – soulagée que son fils ne soit capable d'aligner que trois mots d'allemand, et sa fille aucun. « Tu ne devineras jamais. Je me suis fait déclasser. Tu viens de coucher avec une grand-mère. »

À sa grande surprise, Matthew éclata de rire.

« Je dois avouer que les grands-mères islandaises sont très différentes de celles qu'on trouve en Allemagne. »

Il lança un regard vers la banquette arrière, où Gylfi sombrait déjà dans les doutes concernant son avenir. La seule corde à laquelle il pouvait désormais se raccrocher était sa mère, qui avait piqué une crise, en partie parce qu'elle n'avait pas tout à fait récupéré de sa gueule de bois.

« Salut, fils de Thóra. Je suis Matthew. » Il adressa un clin d'œil à Thóra. En regardant Matthew, elle se sentit prête à se montrer honnête elle aussi, et à dire à son fils qu'il était plus qu'un simple collègue. Puis elle aperçut de nouveau l'iPod autour du cou de Gylfi, et elle se ravisa.

« Gylfi, je te présente Matthew, qui travaille avec moi. Je l'ai invité à dîner. Nous discuterons de tout ça calmement quand il sera parti. »

Elle ravala la boule qui lui serra soudain la gorge. Elle allait se retrouver grand-mère à trente-six ans. *Au nom du Père, du Fils et du Saint-Esprit, et de tous les autres de la Sainte Trinité dont j'ai oublié le nom – faites que l'enfant soit en bonne santé et que les parents aient une vie de bonheur, en dépit de leur grosse bêtise.* Elle refoula les larmes qui montaient. Elle se sentait submergée par tous les signes qu'elle n'avait pas su décoder. *C'est pas drôle d'être toute seule avec Gylfi. Il reste tout le temps dans sa chambre à sauter sur son lit et à hurler...*

« Thóra. » Matthew la sortit de ses pensées. « Je viens de recevoir un appel du musée de la sorcellerie. Il semblerait qu'il y ait une explication à l'état dans lequel le corps d'Harald a été retrouvé. »

28

Thóra était déterminée à ne pas annuler son invitation à dîner. Dans une sorte de transe, elle sortit du réfrigérateur tout ce qui lui tombait sous la main et le jeta dans une casserole, sans vraiment vérifier ce qu'elle faisait.

« Le dîner est servi », annonça-t-elle d'une voix qu'elle espérait joviale.

Matthew vint s'asseoir sur-le-champ à la cuisine et contempla avec des yeux comme des soucoupes la valse des plats qui arrivaient. Lorsque la table fut prête, il put voir que le repas se composait de petits pois, de chips, de riz, de couscous, de soupe, de jambon et de pain plat traditionnel islandais.

« Ça m'a l'air délicieux », dit-il poliment en attrapant une boîte de petits pois, une fois qu'ils furent tous assis.

Thóra balaya la table du regard avant de pousser un grognement.

« J'ai oublié le plat principal, dit-elle avec résignation. Je savais bien qu'il y avait quelque chose qui clochait. » Elle se leva pour essayer de trouver n'importe quoi qui pourrait rattraper le coup : des lasagnes surgelées, des pâtes, de la viande ou du poisson. Mais elle savait qu'elle n'avait rien – elle avait prévu d'aller faire des courses, mais les événements l'avaient prise de court. Matthew lui attrapa le bras et la força doucement à se rasseoir.

« C'est très bien. C'est un dîner non conventionnel, mais la journée l'a été aussi, alors tout va bien. » Il sourit en voyant l'air perplexe des enfants devant le contenu de leur assiette.

En jetant un coup d'œil à la pendule, Thóra se rendit compte qu'il n'était que 15 heures – elle était vraiment complètement déboussolée. Elle eut un sourire forcé.

« Je suis encore en état de choc. Je t'inviterai à nouveau à dîner l'année prochaine, si je suis remise.

— Pas besoin. Je pensais plutôt t'inviter dehors, suggéra Matthew en prenant une bouchée de pain plat nature. Exquis », commenta-t-il avec un large sourire.

Personne ne vida son assiette, et à la fin du repas la poubelle se retrouva remplie de restes. Sóley demanda à sortir voir son amie Kristin et Thóra l'y autorisa. Gylfi disparut dans sa chambre, en annonçant qu'il allait sur Internet. Thóra espéra qu'il n'allait pas visiter des sites pour jeunes parents. S'il voyait noir sur blanc ce qui l'attendait, nul doute qu'il jetterait tout de suite l'éponge. Lorsqu'ils se retrouvèrent seuls, Thóra et Matthew s'installèrent dans le salon. Elle avait fait du café, et ils emportèrent leurs tasses avec eux.

« Bien, bien, dit-il sur un ton maladroit. Je ne vais pas rester longtemps, étant donné les circonstances.

Est-ce que les grands-mères ne sont pas censées faire une petite sieste, après le repas ? »

Thóra gloussa.

« Ce qu'il faudrait à la grand-mère à laquelle tu parles, c'est un gin tonic. » Cependant elle se contenta du café. « Mais nous connaissons tous les deux les conséquences de ce genre de substances, donc je vais m'en passer pour l'instant. » Elle lui sourit, en rougissant légèrement. « En tout cas, je suis prête à entendre ce qu'a dit le type du musée de la sorcellerie. » Elle se recula dans le canapé et replia ses jambes sous elle.

Matthew sortit un morceau de papier de sa poche et le déplia sur la table basse. « Thorgrímur m'a appelé. Il était entré en contact avec l'encyclopédie sur pied, Páll, qui a su me déballer absolument tous les détails concernant ce symbole. Et tu sais pourquoi ? »

Thóra secoua la tête. Matthew s'attendait visiblement à ce qu'elle se montre plus curieuse, aussi se jeta-t-elle à l'eau.

« Je ne sais pas – parce qu'il est une encyclopédie sur pied, peut-être ?

— Non. Ou si, en fait. Mais la raison pour laquelle il savait tout de ce symbole, c'est parce qu'il s'est rappelé combien Harald était surexcité, en l'entendant en parler.

— Tu veux dire qu'Harald a discuté avec lui de ce symbole particulier ?

— Oui et non. Au départ, Harald avait contacté Páll par rapport aux symboles magiques en général, et pour l'interroger sur certains qui ne figuraient pas dans les livres de référence standard. Puis il a posé des questions sur le livre des sortilèges islandais que nous avons vu à l'exposition. Páll lui a décrit les principaux sorts qu'il contenait, et il dit que l'un d'eux en particulier a suscité l'intérêt d'Harald – un sort plutôt vicieux, bien qu'il appartienne à un cycle de charmes amoureux. Apparemment, Páll a demandé à Thorgrímur si nous l'avions remarqué. La page que nous avons vue, à l'expo. Eh bien, il semble que l'essentiel soit sur la page de derrière. Devine ce que le sortilège exige.

— De retirer les yeux d'un homme mort pour en faire quelque chose ? hasarda Thóra.

— Non, mais c'est tout aussi important. Si j'ai bien compris, cet envoûtement est censé permettre d'obtenir l'amour d'une femme. Il faut creuser un trou dans le sol, pour faire en sorte que cette femme l'enjambe. Dans le trou, il faut verser du venin de serpent et écrire le nom de la femme avec des symboles magiques. Enfin, il faut réciter une incantation – celle-là même qui a été envoyée à la mère d'Harald, conclut Matthew avec un sourire de fierté.

— Le poème, tu veux dire ?

— Tout juste. Et ce n'est pas tout. Páll dit qu'Harald s'intéressait profondément à ce sortilège et qu'ils en ont parlé longuement – pour déterminer par exemple s'il fonctionnait seulement dans le cas d'une maîtresse, ou bien s'il pouvait s'appliquer à une forme différente d'amour, et aussi s'il fallait que le trou soit creusé dans le sol, *et cœtera.* Puis ils ont abordé le symbole griffonné en marge de la page.

— Et... ? demanda Thóra, impatiente.

— Il semble que ce symbole soit inconnu, mais il en rappelle un autre, nordique celui-là, apparaissant dans un sortilège de vengeance. La seule différence est une branche manquante, dans la partie supérieure. Le sortilège nordique se retrouve dans un fragment de manuscrit, sans le poème. Tout ce qui a été préservé de ce document, c'est la description du déroulement du sortilège, et la première rime de l'incantation, qui est : "Je te regarde", c'est-à-dire le même début que le sortilège amoureux. Páll en déduit que le propriétaire du livre a dessiné ce symbole à côté du sortilège car le même poème s'appliquait aux deux; ou bien il le savait avec certitude, ou bien il l'a seulement supposé, à partir de ce début identique. Ce grimoire était apparemment l'ouvrage de quatre personnes, trois Islandais et un Danois, et le dernier scribe a pu dessiner ce symbole à côté du sortilège pour cette même raison. Il dit également que ce rituel nordique est beaucoup plus sombre que les autres, et d'origine incertaine, même si le texte qui l'accompagne est en danois. Le manuscrit fait partie d'une collection privée et remonte à la fin du XVIe siècle, tandis qu'on pense que le livre des sortilèges islandais date de 1650 environ.

— Qu'est-ce que tu entends par "beaucoup plus sombre" ?

— Disons plutôt qu'il dépend de la magie noire. Plus morbide. Ce que voulait dire Páll, c'est que ce sortilège était clairement destiné à faire du mal. Celui qui se le fait graver sur le corps après sa mort peut hanter une autre personne qui l'a déçu dans la vie, la regarder depuis la tombe et lui faire regretter à tout jamais la façon dont elle l'a traité. Et, pour finir, ce regret amène le mauvais sort. Et écoute ça :

pour accomplir ce sortilège, il faut une certaine partie du corps du défunt, et devine laquelle c'est.

— Les yeux », répondit Thóra avec conviction.

Matthew hocha la tête.

« Mais attends un peu. Lorsque Páll a décrit le sortilège à Harald, ce dernier était tellement emballé qu'il en a exigé un mode d'emploi détaillé. Páll lui a donc tout expliqué par téléphone, et lui a ensuite envoyé les pages scannées du livre et du manuscrit.

— Oui, et ? marmonna Thóra, n'y tenant plus.

— Eh bien, le sort peut fonctionner à condition que celui qui réclame vengeance passe un pacte avec quelqu'un d'autre, pour exécuter le rituel requis, après sa mort. Un peu comme avec les culottes de cadavres. Ils dessinent le symbole ensemble sur un fragment de peau animale en utilisant leur propre sang mélangé à celui d'un corbeau. Et quelques gouttes ne suffisent pas, car en dessous du symbole, ils sont censés écrire que X promet d'exécuter le rituel pour Y, puis X et Y confirment leur engagement en signant de leur nom. » Matthew avala une gorgée de café avant de poursuivre. « Et voici le meilleur. Quand Y meurt, X lui grave le symbole sur le corps et prélève suffisamment de sang pour pouvoir écrire tout le poème avec, sans oublier – merci beaucoup – de lui retirer les yeux.

— Mon Dieu, frissonna Thóra. Pourquoi diable... Ça ne leur suffit donc pas, d'écrire avec du sang et de mutiler le cadavre ? »

Matthew sourit.

« Il faut croire que non. Páll dit que le symbole doit être gravé dans le corps pour rappeler au mort qu'on lui a retiré les yeux à sa propre demande. Dans le cas contraire, il risque de revenir d'outre-tombe pour chercher ses yeux – et probablement de tuer l'ami qui les aura prélevés. Mais le sang est utilisé pour écrire la malédiction aujourd'hui perdue qui va avec le symbole. Là encore, il faut le mélanger à du sang de corbeau.

— Ce qui explique l'ADN de passereau découvert dans le sang d'Harald, au cours des analyses ! s'exclama Thóra. Le corbeau est le plus gros passereau présent en Islande. » Ses cours de biologie lui étaient toujours utiles, en cas d'urgence.

« Quoi qu'il en soit, le survivant n'a pas besoin d'ajouter son propre sang. Il enveloppe les yeux dans la peau sur laquelle est inscrit le sort, et le tout est remis à la personne qui a déçu le défunt, c'est-à-dire l'objet de sa vengeance. Après quoi la victime n'est plus jamais en sécurité. Le mort la hantera toute sa vie pour lui rappeler constamment ses méfaits, jusqu'à ce que la personne s'effondre et succombe à une fin atroce.

— Et cette malédiction a été envoyée à la mère d'Harald », constata Thóra avec tristesse. Quelle horreur. Qu'est-ce qui avait pu inspirer à Harald une haine aussi profonde envers sa mère ? Qu'avait-elle pu lui faire, pour provoquer une réaction pareille ? Peut-être que ce n'était que le fruit de son imagination ; peut-être était-il fou, et en tenait-il sa mère pour responsable. « Attends une minute – est-ce qu'elle a reçu les yeux ?

— Non. Ils n'étaient pas dans le paquet. Je ne sais absolument pas pourquoi. Ils ont peut-être été égarés, ou endommagés. Je n'en sais vraiment rien. »

Thóra resta assise sans bouger, perdue dans ses pensées.

« Halldór, l'étudiant en médecine. C'est lui qui a dû s'occuper du cadavre. C'est donc lui qui a tué Harald.

— On dirait bien, oui. Sauf si Harald a provoqué sa propre mort, et qu'Halldór a pris le relais.

— Comment ? demanda Thóra. Harald a été étranglé.

— Peut-être s'est-il étranglé par asphyxie érotique ? C'est une possibilité qu'il nous faut au moins envisager. Ou bien que l'un des autres membres du groupe ait tué Harald ou conclu ce pacte avec lui. Ils avaient tous l'air particulièrement penauds, quand on leur a montré le symbole magique. Donc il se peut tout aussi bien qu'Hugi soit impliqué, finalement.

— On doit reparler à Halldór – il le faut. Et à tous les autres, sans doute. Je nous souhaite bonne chance, pour arranger un nouveau rendez-vous. »

Un sourire se dessina sur les lèvres de Matthew.

« On dirait donc que nous ne sommes pas de parfaits idiots. Nous avons beaucoup progressé. La seule inconnue de cette équation, c'est l'argent. Où est passée cette fichue fortune ? »

Thóra haussa les épaules.

« Peut-être Harald a-t-il finalement réussi à acheter cet horrible manuscrit de sorcellerie. Ça collerait bien avec le reste. »

Matthew réfléchit à cette suggestion.

« Peut-être. Mais j'en doute, car Páll dit qu'il se trouvait à la Bibliothèque nationale de Norvège. C'est aussi pour cette raison que la police n'a pu identifier le symbole – il est très inhabituel, il n'y a personne en Islande qui soit capable de le reconnaître, en dehors de Páll, qui d'ailleurs étudie à l'étranger. Jamais on ne l'a consulté sur l'origine de ce signe.

— Harald a pu transférer l'argent ici afin de rémunérer Páll pour l'information qu'il lui avait fournie, et ensuite acheter le manuscrit, et il a été tué entretemps par un de ses pseudo-amis justement pour ce manuscrit. Ils ont pu prendre l'argent, n'est-ce pas ? On a déjà tué pour moins que ça. »

Matthew acquiesça. Il consulta la pendule, puis se tourna vers Thóra d'un air songeur. « L'avion en provenance de Francfort a atterri à 15 h 30.

— Merde ! s'exclama Thóra. Je ne peux pas parler à sa mère tout de suite – je ne peux pas, c'est tout. Et si elle me pose des questions sur mes enfants ? Je suis censée répondre quoi ? Oui, *Frau,* mon fils est très précoce... Je ne vous ai pas dit ? Il va être papa.

— Crois-moi, elle ne prêtera pas grand intérêt à tes enfants, répondit Matthew avec le plus grand calme.

— Parler de son fils à elle ne sera pas plus concluant. Comment la regarder en face et lui annoncer qu'Harald avait conclu un pacte avec le diable, ou l'équivalent, pour faire de sa vie à elle un pur enfer et, à terme, la tuer ? » Thóra planta son regard dans celui de Matthew, espérant une réponse constructive.

— Je lui apprendrai la nouvelle, ne t'inquiète pas pour ça. Mais tu n'échapperas pas à cette conversation avec elle. Si tu ne le fais pas aujourd'hui, il faudra que ce soit demain. Elle a fait tout ce chemin dans le seul but de te parler, rappelle-toi. Quand elle m'a dit qu'elle souhaitait te rencontrer en personne, et seule à seule, elle avait l'air plus détendue que jamais depuis que je la connais. Tu n'as rien à craindre. »

Mais Matthew ne se montra pas assez convaincant pour Thóra. « Elles vont appeler ? C'est quoi, l'arrangement ?

— Elles appelleront en arrivant à leur hôtel. » Il consulta sa montre. « Ce qui ne devrait plus tarder, je suppose. Je peux aussi les appeler, si tu veux. »

Aïe. Le piège parfait. Impossible pour Thóra de trancher.

« Oui, appelle-les », ordonna-t-elle subitement, avant de s'écrier : « Non, ne les appelle pas ! »

Avant qu'elle change de nouveau d'avis, le portable de Matthew se mit à sonner. Thóra poussa un grognement en le voyant sortir l'appareil de sa poche, vérifier le nom sur l'écran et annoncer :

« C'est elle. » Il appuya sur la touche de réponse. « Allô ? Matthew à l'appareil. »

Thóra n'assista qu'à un côté de la conversation, mais crut vaguement distinguer la voix féminine à l'autre bout du fil. L'échange paraissait très superficiel. « Le voyage s'est bien passé ? Quel dommage. Vous avez bien le nom de l'hôtel, n'est-ce pas ? » et ainsi de suite. Puis il la salua. « *Auf Wiedersehen.* Au revoir. » Il se tourna vers Thóra, tout sourire. « Tu es en veine, mamie.

— Quoi ? s'exclama-t-elle, tout excitée. Elle n'est pas venue, finalement ?

— Oh si, elle est bien là. Mais elle a la migraine et elle veut repousser votre entrevue à demain. C'est Elisa qui a appelé – elles sont dans un taxi qui les emmène à l'hôtel Borg. Elle demande qu'on l'y retrouve dans une demi-heure. »

29

La jeune femme ne ressemblait pas à sa mère, mais était néanmoins belle. Elle avait le teint mat comme son père et devait tenir surtout de lui, à en juger par les photographies familiales que Thóra avait vues. Aucune prétention dans son attitude, des cheveux longs et raides attachés en queue-de-cheval, et une tenue de goût – un pantalon noir chic et un chemisier noir vraisemblablement en soie. Le seul bijou visible était une bague ornée d'un diamant qu'elle portait à l'annulaire droit, celle-là même que Thóra avait remarquée sur un des clichés pris dans la cuisine. Elle fut frappée de voir combien cette femme était mince et, lorsqu'elle lui serra la main, elle se dit en sentant ses articulations qu'elle devait être encore plus maigre qu'il n'y paraissait. Matthew reçut un accueil des plus chaleureux – Elisa le prit dans ses bras et ils s'embrassèrent sur les joues.

« Comment vas-tu ? » demanda-t-il en posant brièvement la main sur l'épaule d'Elisa. Thóra remarqua qu'il ne s'adressait pas à elle de manière formelle, comme on aurait pu s'y attendre dans une relation d'employé à employeur. À l'évidence, Matthew était proche de cette famille, ou bien occupait une position plus élevée qu'elle ne l'avait cru.

Elisa haussa les épaules avec un petit sourire forcé. « Pas très bien. C'est difficile. » Elle se tourna vers Thóra. « Je serais venue beaucoup plus tôt, si j'avais su que vous souhaitiez me parler. Je n'avais pas soupçonné que ma visite à Harald pouvait avoir de l'importance. »

Thóra jugea la remarque étrange, sachant que cette femme s'était trouvée en présence de son frère quelques heures avant le meurtre de ce dernier, mais elle se contenta de répondre : « Eh bien, vous êtes là, maintenant. C'est tout ce qui compte.

— Oui, j'ai pris un billet dès que Matthew a appelé. Je voulais être utile. » Elle avait l'air sincère. « Et mère le veut aussi.

— Bien », dit Matthew plus fort que nécessaire. Thóra se demanda s'il craignait qu'elle fasse une réponse déplacée.

« Oui, bien, répéta Thóra, pour lui prouver qu'elle n'avait pas l'intention de le mettre dans l'embarras.

— Et si on s'asseyait ? proposa Elisa. Je peux vous offrir un café, ou un verre de vin ? »

Thóra avait décidé de ne plus boire une goutte d'alcool de son vivant, aussi commanda-t-elle un café, mais les deux autres optèrent pour un verre de vin blanc.

« Bon, fit Matthew en s'installant dans un fauteuil. Que peux-tu nous dire au sujet de ta visite, alors ?

— Pourrait-on attendre le vin ? J'ai besoin de commencer par un verre, suggéra Elisa avec un regard suppliant à l'intention de Matthew.

— Bien sûr. » Il se pencha pour lui tapoter la main, qu'elle avait posée sur l'accoudoir du canapé.

Elisa se tourna vers Thóra, avec l'air de s'excuser. « Je serais incapable d'expliquer pourquoi, mais je trouve très difficile de me remémorer ce séjour. Mes sentiments sont toujours mitigés ; rétrospectivement, je me dis que j'étais complètement centrée sur moi et que je ne lui ai parlé que de mes petites histoires. Si seulement j'avais su que c'était la dernière fois que je le voyais, je lui aurais beaucoup plus confié ce que je ressentais pour lui. » Elle se mordit la lèvre inférieure. « Mais je ne l'ai pas fait, et je ne pourrai jamais plus réparer cette erreur. »

Le serveur apporta les verres, et ils trinquèrent, à rien en particulier. Thóra regretta rapidement d'avoir abandonné la boisson, en les voyant siroter leur vin blanc. Elle décida de s'y remettre à la première occasion – mais se sentit gênée à l'idée de commander un verre.

« Peut-être devrais-je vous dire pourquoi je suis venue rendre visite à Harald », commença Elisa, en reposant son verre. Thóra et Matthew opinèrent. « Comme tu le sais, Matthew, je traverse en ce moment une crise, avec mère et père. Ils veulent que je fasse une école de commerce et que je rejoigne la banque, et c'est ce que souhaitent la plupart des gens que je connais, d'ailleurs. Harald est le seul à m'avoir toujours dit de faire ce que je voulais vraiment – jouer du violoncelle. Tout le monde pense que je devrais me mettre aux affaires et garder le violoncelle comme passe-temps. Mais, bien que n'étant pas musicien lui-même, Harald savait que ce n'est pas ainsi que cela fonctionne. Il comprenait qu'une fois que l'on a atteint un certain niveau de compétences et de potentiel, il faut faire un choix.

— Je comprends, acquiesça Thóra, pourtant un peu perdue.

— C'est pourquoi nous avons surtout parlé de moi, lors de mon séjour. Je suis venue le trouver pour recevoir des encouragements, et c'est exactement ce qu'il m'a donné. Il m'a dit de leur tenir tête, et de continuer à jouer. Il a ajouté que les costumes-cravates sans âme capables de diriger une banque étaient légion, alors que les musiciens brillants étaient tellement rares. » Elle s'empressa d'ajouter : « Les costumes-cravates sans âme, c'est de lui – ce sont ses mots.

— Si je puis me permettre, qu'avez-vous décidé de faire ? demanda Thóra, par curiosité.

— De continuer à jouer, répondit Elisa avec un sourire amer. Mais je me suis inscrite en section commerce, et les cours commencent très bientôt. On décide une chose et on en fait finalement une autre, c'est la vie.

— Et votre père n'est pas satisfait ?

— Si. Mais ils sont surtout soulagés. C'est difficile d'être heureux, dans cette famille. Surtout maintenant.

— Elisa, je sais qu'il n'est pas facile de discuter des histoires de sa propre famille, mais nous avons vu certains des e-mails qu'ont échangés Harald et votre père. Ils ne semblaient pas particulièrement proches, pour un père et un fils. » Thóra marqua une pause. « De même que nous avons des raisons de croire qu'Harald n'entretenait pas une relation sans nuages avec votre mère. »

Avant de répondre, Elisa but une gorgée de vin. Puis elle regarda Thóra droit dans les yeux.

« Harald était le meilleur frère dont on puisse rêver. Il était non conventionnel, soit. Surtout ces derniers temps. » Elle sortit le bout de sa langue et la pinça entre ses dents, pour faire allusion au piercing d'Harald. « Mais je l'aurais soutenu en toutes circonstances. Il avait un caractère noble, et pas seulement envers moi – il a pris fait et cause pour notre sœur ; je n'ai jamais vu personne s'occuper d'un handicapé avec une telle douceur. » Elle fixa un moment son verre sur la table d'un air triste. « Mère et père, ils sont... je ne sais vraiment pas quoi dire. Ils n'ont jamais donné son dû à Harald. Les premiers souvenirs que j'aie d'eux, ce sont des câlins incessants, de l'amour et de la proximité, mais jamais je ne les ai vus prêter grande attention à Harald. On aurait dit que... qu'ils ne l'aimaient pas, voilà. » Elle interrompit les pensées qui l'envahissaient par une vague de paroles. « Non pas qu'ils l'aient jamais maltraité. C'est simplement qu'ils ne l'aimaient pas. Je ne sais pas pourquoi, ni même s'il y avait une raison particulière. »

Thóra essaya de dissimuler la piètre opinion qu'elle se faisait des Guntlieb. Il devenait décidément primordial pour elle de découvrir qui avait tué ce pauvre garçon. Elle n'envisageait pas de destin plus malheureux que de grandir sans amour. Les enfants ont un besoin tangible d'affection, et il était totalement criminel de les en priver. Pas étonnant qu'Harald ait été aussi étrange. Elle ressentit soudain une grande hâte de rencontrer sa mère, le lendemain.

« Oui, dit-elle pour rompre le silence. Voilà qui n'est pas réjouissant, je dois l'admettre. Peut-être n'y a-t-il pas de rapport avec nos recherches, mais je pense que ça explique beaucoup de choses sur son caractère. Mais je suis sûre que vous préférez ne pas en discuter avec une inconnue, alors peut-être pourrions-nous nous concentrer sur ce qui s'est passé entre vous. »

Elisa sourit, soulagée.

« Comme je vous le disais, nous avons surtout parlé de moi et de mes problèmes. Harald a été parfait, et en réalité nous n'avons rien fait de particulier. Il m'a emmenée au Lagon Bleu, et aussi voir un geyser. Le reste du temps, nous nous sommes promenés en ville et nous sommes restés à la maison à regarder un DVD, à cuisiner et à nous détendre. »

Thóra tenta de visualiser Harald en train de nager au spa géothermal du Lagon Bleu, mais ne parvint pas à se le représenter.

« Qu'avez-vous regardé, comme film ?

— *Le Roi Lion,* aussi étonnant que cela puisse paraître », répondit Elisa avec un grand sourire.

Matthew adressa un clin d'œil à Thóra. Ainsi, il n'avait pas menti, au sujet du DVD dans le lecteur.

« Est-ce qu'il vous a confié quoi que ce soit sur ses activités, ses projets ?

— Pas vraiment. À vrai dire, je l'ai trouvé en très grande forme, et j'ai pensé que cet endroit lui réussissait. Je l'avais rarement vu d'humeur aussi joyeuse. C'était peut-être le fait d'être éloigné de père et de mère. Ou peut-être grâce à ce livre qu'il avait trouvé.

— Un livre ? s'exclamèrent-ils tous deux en chœur.

— Quel livre ? » répéta Matthew.

Elisa les dévisagea d'un air alarmé.

« Ce vieux livre. *Malleus Maleficarum.* Il n'est pas chez lui ?

— Je ne sais pas, dit Matthew. Je ne sais même pas de quel livre tu parles. Est-ce qu'il te l'a montré ? »

Elisa secoua la tête. « Non, il ne l'avait pas encore reçu. » Elle marqua une pause. « Peut-être n'a-t-il pas réussi à l'avoir avant d'être assassiné. C'était juste avant.

— Est-ce que tu sais si c'était pour sa collection ? Il te l'a dit ?

— Non. Pour tout dire, je n'ai pas posé de questions. J'aurais peut-être dû.

— Ça ne change rien. Mais est-ce qu'il t'a dit quelque chose sur ce livre ? »

Le visage d'Elisa s'éclaira.

« Oui. C'était une histoire incroyable. Voyons... Attendez que je me souvienne. » Elle prit le temps de réfléchir. « Tu te rappelles les vieilles lettres de notre grand-père, n'est-ce pas ? » Matthew acquiesça. Thóra ne voulut pas les interrompre en demandant des détails et supposa qu'il s'agissait des missives en provenance d'Innsbruck qu'ils avaient retrouvées dans le portefeuille en cuir. « Harald était comme grand-père, poursuivit Elisa. Il était fasciné, il les relisait sans arrêt. Il était convaincu que leur auteur avait fait quelque chose d'horrible à Kramer, pour se venger du traitement que ce dernier avait infligé à sa femme. » Elle se tourna vers Thóra. « Vous voyez qui est Kramer, n'est-ce pas ? »

Ce fut au tour de Thóra de hocher la tête.

« Oui, j'ai eu le malheur de lire son chef-d'œuvre, si l'on peut appeler ainsi le *Marteau des sorcières.*

— Je n'ai pas pu aller jusque-là, mais je connais l'histoire par cœur. Impossible d'y échapper, dans ma famille. Harald n'avait plus qu'une obsession : découvrir ce qui s'était passé. J'ai bien essayé de lui faire entendre que tout cela remontait à cinq cents ans et qu'il n'y avait aucune chance de découvrir quoi que ce soit aujourd'hui. Mais il répétait toujours qu'on ne pouvait négliger aucun détail. L'Église était impliquée, et la plupart de ses archives ont été préservées. Quoi qu'il en soit, il n'a pas baissé les bras – il s'est inscrit en histoire pour avoir accès aux archives. Puis il a choisi la chasse aux sorcières pour donner plus de crédibilité à ses recherches. Bien entendu, c'était une promenade de santé, pour lui, avec la collection de notre grand-père sous la main, et cette même passion qui lui courait dans les veines.

— Alors votre grand-père était gentil avec lui ? demanda Thóra, s'attendant à une réponse positive, mais désirant l'entendre clairement.

— Oh, oui. Ils passaient des heures ensemble. Harald recherchait beaucoup sa compagnie, même quand grand-père s'est retrouvé à l'hôpital, et sur son lit de mort. On peut comprendre que grand-père ait été bien plus proche de lui que de ses autres petits-enfants. Peut-être aussi sentait-il qu'Harald était délaissé par nos parents. Harald a hérité de son intérêt pour l'histoire. Ils étaient capables d'en parler indéfiniment.

— Et ses recherches l'ont-elles mené quelque part ? Est-ce qu'il a découvert quelque chose ?

— Oui. En tout cas, c'est ce qu'il prétendait. Par l'université de Berlin, il avait eu accès aux archives du

Vatican et s'était même rendu à Rome, à la fin de sa deuxième année. Il y avait passé un long moment, la plus grande partie de l'été, je crois. Il disait avoir trouvé un document provenant de Kramer demandant la permission de lancer une deuxième chasse aux sorcières – il proclamait qu'elles avaient volé un exemplaire d'un livre qu'il avait écrit. Kramer ajoutait, semble-t-il, que ce livre avait une grande valeur pour lui, qu'il s'agissait d'un manuel expliquant comment dénicher et persécuter les sorcières. Il s'inquiétait qu'on puisse utiliser ce livre pour jeter une malédiction sur lui et voulait le récupérer, quel que fût le coût. Harald n'avait pas trouvé la réponse du Vatican à cette requête, mais Kramer n'était apparemment pas retourné à Innsbruck, elle avait donc dû être rejetée. Toujours est-il qu'Harald est devenu complètement survolté, et qu'il pensait avoir découvert ce qui avait été volé à Kramer et envoyé en enfer : son brouillon du *Marteau des sorcières,* la version existante la plus ancienne du livre. Elle n'était pas identique à celle qui a finalement été publiée un an plus tard, m'a dit Harald; elle devait être manuscrite, et illustrée. Le coauteur de Kramer, Sprenger, n'avait pas encore ajouté sa contribution, et c'était l'une des raisons principales de l'intérêt d'Harald pour cette version. L'original du manuscrit de Kramer aurait dissipé tout doute concernant la participation relative de chacun. D'aucuns prétendent que Sprenger n'en a pas écrit une ligne.

— Mais le voleur n'a-t-il pas envoyé le manuscrit directement en enfer? Est-ce que ce n'était pas l'expression employée? demanda Thóra. La conclusion la plus probable est qu'il a été brûlé. »

Elisa lui adressa un sourire.

« La dernière lettre à l'évêque de Bressanone faisait mention d'un émissaire sur le chemin de l'enfer et demandait à l'Église de lui porter assistance dans son périple. Donc le livre n'a pas été brûlé, du moins pas immédiatement. »

Thóra haussa les sourcils.

« Un émissaire en chemin pour l'enfer, oui. La routine, en quelque sorte. »

Matthew sourit à son tour.

« Absolument, conclut-il en avalant une gorgée de vin.

— À l'époque, ce n'était pas si absurde, rectifia Elisa avec sérieux. On considérait l'enfer comme un lieu réel – dans les entrailles de la terre. Il était même censé y avoir un trou qui y menait, en Islande. Dans un volcan dont j'ai oublié le nom.

— L'Hekla », répondit Thóra, en voyant que Matthew n'arriverait pas à le prononcer. C'était donc ça qui avait incité Harald à venir en Islande. Il cherchait l'enfer, comme Hugi prétendait qu'il le lui avait chuchoté à l'oreille.

« Oui, c'est bien ce nom, confirma Elisa. C'est là que le manuscrit était censé atterrir. Enfin, c'est ce que prétendait Harald, je le répète.

— Et ensuite ? Est-il jamais arrivé ?

— Harald disait qu'il avait cherché des sources concernant le voyage de cet émissaire et qu'il avait trouvé une référence dans une chronique paroissiale de Kiel, en 1486 – du moins pensait-il qu'il s'agissait du même homme. La chronique mentionne un messager en route vers l'Islande, porteur d'une lettre de l'évêque de Bressanone demandant qu'on lui offre le gîte et le couvert au cours de son périple. Il serait arrivé à cheval, avec pour bagage un objet sur lequel il veillait jalousement. Il ne pouvait recevoir les sacrements car ledit objet ne pouvait pénétrer dans l'église, et il ne l'abandonnait jamais hors de sa vue. Il est dit qu'il est resté deux nuits, puis qu'il a repris la route vers le nord.

— Harald a-t-il découvert des indices sur la fin de ce voyage ? demanda Matthew.

— Non. Pas tout de suite, en tout cas. Harald est venu en Islande après avoir perdu sa trace sur le continent. Au départ, il n'a pas beaucoup avancé, puis il a mis la main sur une lettre ancienne en provenance du Danemark, qui mentionnait un jeune homme mort de la rougeole chez un évêque dont le nom m'échappe – et ce jeune homme était en route pour l'Islande. Il était arrivé à l'archevêché de nuit, en titubant de fièvre, et avait succombé quelques jours plus tard. Mais avant de mourir, il avait réussi à confier à l'évêque un paquet qu'il était censé emporter en Islande et jeter dans l'Hekla – avec la bénédiction de l'évêque de Bressanone. Des années plus tard, un évêque danois a écrit aux autorités catholiques d'Islande afin d'achever cette mission. Il disait qu'il confierait le paquet à un homme en route pour l'Islande, si je me rappelle bien, pour y vendre des indulgences pour le pape, afin de financer la construction de Saint-Pierre de Rome.

— Et quand était-ce ? voulut savoir Thóra.

— Je crois qu'Harald disait que c'était bien plus tard, probablement autour de 1505. L'évêque était âgé et il voulait clore les affaires inachevées – il avait gardé le paquet pendant près de vingt ans, sans le transmettre.

— Le paquet est donc venu en Islande...

— En tout cas, Harald était catégorique, à ce sujet. » De l'index, Elisa décrivit des cercles sur le bord de son verre à vin.

« Mais n'ont-ils pas jeté le manuscrit dans le volcan, dans ce cas ? s'étonna Matthew.

— Harald dit que c'était impossible, car personne n'osait escalader la montagne, à cette époque. La première ascension est bien plus proche de nous, dans le temps. Ensuite il y a eu une éruption, quelques années plus tard. Harald disait que tout candidat potentiel aurait immédiatement et définitivement été découragé.

— Alors où ce manuscrit a-t-il fini ?

— Dans un évêché, un nom commençant par S, selon Harald.

— Skálholt ? hasarda Thóra.

— Oui, il me semble que c'est cela. Du moins, c'est là que le porteur d'indulgences s'est rendu, avec l'argent qu'il avait collecté.

— Et ensuite ? Aucun manuscrit du *Marteau des sorcières* n'a été découvert à Skálholt, affirma Thóra en se resservant du café.

— Pour Harald, il a été stocké là jusqu'à l'arrivée sur le territoire de la première presse typographique, puis il a été envoyé dans un autre évêché. Qui commence par un P, celui-là, je crois.

— Hólar », lança Thóra, bien qu'il n'y eût pas de *p* dans le nom. L'Islande ne comptait que deux évêchés, aussi le choix était-il réduit.

« Je ne me rappelle pas, avoua Elisa. Mais c'est tout à fait possible.

— Et Harald pensait qu'ils avaient l'intention de l'imprimer là-bas ?

— Oui, c'est ce que j'ai cru comprendre. C'était l'un des livres les plus lus en Europe, à l'époque, avec la Bible, donc ils ont dû l'envisager.

— Il est probable que quelqu'un ait ouvert le paquet et vu ce qu'il contenait. Ils ont forcément été tentés d'y jeter un coup d'œil, suggéra Matthew. Mais qu'est-il arrivé au livre ? Il n'a jamais été publié ici, n'est-ce pas ? » Il se tourna vers Thóra.

« Non. Pas que je sache.

— Harald disait avoir retrouvé sa trace, précisa Elisa. Il a d'abord pensé que l'évêque avait envoyé le livre ailleurs avant son exécution, puis il s'est persuadé qu'il n'avait jamais quitté l'évêché – celui en S.

— Skálholt, souffla Thóra.

— Si vous le dites. Quoi qu'il en soit, en commençant à creuser cette piste, il a localisé le livre – il avait été caché, pour éviter qu'il ne quitte l'Islande.

— Et où se trouvait-il ? »

Avant de répondre à Thóra, Elisa reprit une gorgée de vin.

« Je l'ignore. Il n'a pas voulu me le dire. Il voulait garder la fin de l'histoire pour le moment où il pourrait me montrer son trophée. »

Thóra et Matthew ne cherchèrent pas à camoufler leur frustration.

« Et vous n'avez pas posé d'autres questions ? Et lui n'a pas fait de sous-entendus ? » L'impatience perçait dans la voix de Thóra.

« Non. Il était tard et il était tellement heureux de toute cette aventure que je n'ai pas voulu gâcher son plaisir en l'asticotant, s'excusa Elisa avec un sourire.

Le lendemain, nous avons parlé de tout autre chose. Vous pensez que c'est lié au meurtre ?

— Pour vous dire la vérité, je n'en sais rien », répondit Thóra, déçue.

Soudain, Mal traversa son esprit. Peut-être Elisa connaissait-elle les amis d'Harald et en savait-elle plus sur ce mystérieux correspondant. Ils semblaient proches, à en juger par son récit. Ce Mal détenait peut-être l'information qui leur manquait.

« Elisa, savez-vous qui est Mal ? Harald avait reçu un e-mail de lui suggérant que Mal était au courant de sa recherche.

— Mal, oh, oui, sourit Elisa. Je connais Mal. Son nom est en fait Malcolm, et ils se sont rencontrés à Rome. C'est un historien, lui aussi. Il m'a appelée, l'autre jour – pour me dire qu'il avait reçu un mail bizarre d'Harald. Je lui ai dit qu'il avait été assassiné.

— Vous pensez qu'il sait quelque chose de plus ? Vous pourriez nous mettre en contact avec lui ?

— Non, il ne sait rien. Il m'a bombardée de questions sur le livre, il m'a dit qu'Harald lui avait dit l'avoir trouvé, mais sans lui donner aucun détail. Malcolm a toujours cru qu'Harald faisait fausse route, aussi l'issue de cette aventure l'intéressait-elle tout particulièrement. »

La sonnerie du portable de Thóra les interrompit. C'était la police.

Elle échangea quelques mots avec le policier, raccrocha et se tourna vers Matthew. « Halldór vient d'être arrêté, en relation avec le meurtre d'Harald. Il veut que je sois son avocate. »

30

Thóra ne se sentait pas à l'aise, dans ce commissariat. Elle se demandait si elle pouvait se faire radier, pour abus de pouvoir grave et conflit patent d'intérêts. En fait, elle n'était même pas certaine que le cas existait, dans les textes ; à l'évidence, un amendement ne serait pas du luxe. La situation était la suivante : elle travaillait pour le compte de la famille d'un homme assassiné, et elle était sur le point de devenir l'avocate du tueur présumé. Elle s'était décidée sur un coup de tête et avait bondi hors de l'hôtel pour héler un taxi. Matthew était resté avec Elisa et avait pris sur lui d'annoncer à Frau Guntlieb la nouvelle, ainsi que les raisons de leur décision subite. Il allait sans doute arguer que cela donnerait à Thóra une chance de parler au meurtrier en personne, et d'obtenir des réponses à leurs ultimes questions. *Bonne chance, mon grand,* songea Thóra. Elle ne lui enviait pas du tout sa soirée. Les migraineux n'étaient pas réputés pour être très compréhensifs.

« Bonjour. Il est prêt. »

Thóra n'avait pas vu entrer le policier.

« Oui, merci, répondit-elle en se levant. Je peux le

voir seul, ou bien je suis seulement censée être présente lors de son interrogatoire ?

— Il a déjà fait une déposition. À ce moment-là, il a refusé d'avoir un avocat. C'était une situation plutôt embarrassante – on n'a pas l'habitude d'interroger les gens sans avocat pour des chefs d'accusation aussi graves. Mais il a insisté, et on a bien dû le laisser décider. Ce n'est qu'après avoir fait sa déposition qu'il a demandé à se faire assister – par vous.

— Est-ce que Markús Helgason est là ? Je me demandais si je pourrais lui dire un mot, avant de voir Halldór », demanda-t-elle le plus humblement possible.

Le policier la conduisit à son collègue. Markús était assis à son bureau, sa tasse de Manchester United devant lui.

« Je ne veux pas vous déranger longtemps, annonça Thóra en le saluant. Je voulais juste m'entretenir avec vous un instant, avant de voir Halldór.

— Bien sûr, répondit Markús, dont la voix ne trahissait pas un enthousiasme débordant.

— Vous n'êtes pas sans savoir que je travaille pour la famille Guntlieb ? » Le policier hocha pensivement la tête. « Je me trouve dans une situation plutôt inconfortable, puisque je suis pour ainsi dire assise des deux côtés de la table.

— Oui, on peut le dire. Soyez bien consciente que nous avons recommandé à Halldór de ne pas vous choisir, exactement pour cette raison. Il n'a rien voulu entendre. Pour lui, vous êtes une sorte de Robin des Bois. Il n'a pas avoué le meurtre. J'imagine qu'il croit que vous pourrez le sortir de ce bazar. » Markús lui lança un sourire méprisant. « Ce qui n'est pas en votre pouvoir. »

Thóra préféra ne pas relever.

« Vous croyez donc qu'il est coupable ?

— Oh oui. D'autres preuves ont fait leur apparition qui confirment son implication. J'en suis sûr et certain – aucun doute. Ils ont fait ça ensemble, les deux amis d'enfance. Le plus drôle, si l'on peut dire, c'est que les preuves sont venues de deux sources différentes, mais le même jour. J'ai toujours aimé les coïncidences, dit-il en souriant de nouveau de toutes ses dents.

— Et ça vient de se produire ?

— Hier après-midi. Nous avons reçu des appels téléphoniques de deux personnes reliées à la victime. Toutes deux avaient obtenu des informations qui non seulement prouvaient la culpabilité d'Halldór, mais qui désignaient probablement aussi le lieu du crime.

— Et qui sont ces gens, si je puis me permettre ?

— Peu importe que vous l'appreniez maintenant ou plus tard. » Thóra haussa les épaules. « Un carton contenant des objets répugnants a été retrouvé là où vivait Harald – dans les parties communes qu'il partageait avec les autres locataires. Cette boîte contenait un morceau de peau sur lequel était inscrit un contr...

— Un contrat qui parlait d'extraire ses yeux, l'interrompit Thóra d'une voix posée. Je suis au courant. »

Le visage du policier vira à l'écarlate.

« Et ça ne vous a pas traversé l'esprit de me

prévenir ? Est-ce que vous savez autre chose que vous nous cachez ? »

Thóra esquiva la seconde question en ne répondant qu'à la première.

« Pour tout vous dire, Matthew et moi ne l'avons découvert qu'aujourd'hui, et ce n'était qu'un soupçon. Nous ne disposions pas de la preuve que vous semblez avoir.

— Quoi qu'il en soit, vous étiez dans l'obligation légale de nous en informer, aboya Markús, encore excédé.

— Ce que nous n'aurions pas manqué de faire, riposta Thóra, elle-même sur les nerfs. Nous sommes dimanche – nous n'allions pas vous harceler pendant votre jour de repos pour un simple soupçon. Nous avions l'intention de venir vous trouver demain. » Elle conclut ses propos par un sourire le plus aimable possible.

« Bien, j'espère que c'est vrai. » Il lui jeta un regard sceptique.

« Quels autres "objets répugnants" avez-vous trouvés ?

— Deux doigts, une main entière, un pied et une oreille. » Il la dévisagea d'un air de défi, comme s'il s'attendait à ce qu'elle affirme être au courant aussi. Il vit à son expression qu'il se trompait. « Venant de propriétaires différents, d'après nos suppositions. » Il guetta sa réaction.

« Quoi ? » Thóra était abasourdie. Gunnar ne les avait informés que de l'existence d'un doigt. Celui qui avait été trouvé dans les locaux de la faculté, mais sans lien avec Harald. Qu'est-ce que c'était que cette histoire ? « Vous parlez de meurtres en série ? D'un criminel qui collectionne des parties du corps de ses victimes ?

— Impossible de le dire, pour l'instant. Votre client affirme ne rien savoir. Mais il ment. Je le sens, quand les gens mentent.

— Alors quelles preuves avez-vous ? Seulement ce contrat, dont j'imagine qu'il est signé par Halldór ?

— Oui. Et une étoile en métal provenant des chaussures qu'Harald portait le soir du meurtre – retrouvée sous la barre de seuil du foyer des étudiants. Ce qui suggère qu'on a traîné le corps hors de la pièce, et il est intéressant de noter qu'Halldór avait accès à cette salle. C'est donc là que le meurtre a dû être commis. Vous voyez, on a aussi trouvé une petite cuillère dans cette pièce. Tachée de sang. Nous avons relevé les empreintes, et ce sont celles d'Halldór. Le sang est celui d'Harald ; du moins, c'est ce que révèlent les tests préliminaires.

— Une petite cuillère, répéta Thóra, surprise. Une cuillère tachée de sang. Quel lien faites-vous avec le meurtre ? »

Markús éluda toute réponse directe.

« Le concierge, qui dirige également l'équipe d'entretien, l'a remise à un professeur, qui nous l'a apportée immédiatement. » Il adressa à Thóra un regard lourd de reproche. « Contrairement à certains, il a décidé de ne pas attendre jusqu'à lundi.

— Mais une petite cuillère tachée de sang ? Je ne vois pas vraiment ce qu'elle viendrait faire là-dedans, ni pourquoi elle apparaît subitement aujourd'hui. Est-ce que le bâtiment n'a pas été intégralement fouillé, après la découverte du cadavre ?

— On pense que cette cuillère a servi à déloger

les yeux de la victime. D'après le concierge... » Markús hésita, et Thóra comprit qu'elle avait touché un point faible. « Bien sûr que le bâtiment a été fouillé. Nous ne savons pas encore comment cette cuillère a pu nous échapper. Mais nous trouverons la réponse.

— Vous avez donc un contrat et une cuillère tachée de sang », résuma Thóra en regardant Markus se balancer sur sa chaise. Il lui cachait quelque chose. « Pour tout vous dire, je ne pense pas que cela suffise à établir la culpabilité d'Halldór. Pour autant que je m'en souvienne, il a un alibi.

— Ce barman, vous voulez dire ? ironisa le policier. Il faut qu'on l'interroge de nouveau. Ne vous évanouissez pas si son témoignage commence à vaciller, sous la pression. » Il la dévisagea d'un air dédaigneux. « Nous avons une autre preuve contre votre client. Deux, même.

— Deux ? s'étonna Thóra.

— Oui. Disons une paire, pour être plus précis. On les a retrouvés lors d'une fouille chez Halldór, ce matin. Je ne doute pas qu'ils suffiront à convaincre même sa propre mère de sa culpabilité. »

Il arborait une telle expression de suffisance que Thóra aurait rêvé de pouvoir bâiller et le planter là. Mais c'est sa curiosité qui l'emporta.

« Qu'est-ce que vous avez trouvé ?

— Les yeux d'Harald. »

31

Thóra fixait Halldór en silence. Il était assis en face d'elle, tête baissée, le menton contre la poitrine – il n'avait pas prononcé un mot depuis qu'elle était entrée dans la salle d'interrogatoire. Il avait brièvement relevé la tête, puis s'était de nouveau concentré sur le sol, comme s'il essayait d'y percer un trou au laser, avec ses yeux.

« Halldór, l'interpella-t-elle avec une pointe d'impatience. Je ne vais pas pouvoir rester longtemps. Si tu ne veux pas me parler, j'ai autre chose à faire de mon temps. »

Il releva la tête.

« Je veux une cigarette.

— Impossible. Il est interdit de fumer ici. Si tu es venu pour ça, tu as dix ans de retard.

— Ça n'empêche que je veux une cigarette.

— La police te laissera peut-être fumer ailleurs, plus tard. Ici tu n'as pas le droit, alors venons-en aux faits. C'est d'accord ? » Il hocha la tête d'un air las. « Tu sais pourquoi tu es ici, n'est-ce pas ?

— Oui. Plus ou moins.

— Dans ce cas, tu mesures que tu as des ennuis. De gros ennuis.

— Je ne l'ai pas tué », affirma Halldór en la regardant droit dans les yeux, sans ciller. Elle ne répondit rien, et il se mit à jouer avec un trou au genou de son jean – trou qui devait être déjà là quand il l'avait acheté et avait justifié un prix exorbitant.

« Mettons les choses bien au point, avant de poursuivre. » Thóra attendit d'avoir toute son attention et ne reprit la parole qu'une fois qu'il eut relevé les yeux. « Je travaille pour la famille d'Harald. Ce qui signifie que tes intérêts et les leurs ne sont pas nécessairement identiques. Surtout maintenant. Je te conseille de prendre un autre avocat sur-le-champ. La seule chose que je puisse faire pour toi, c'est cette entrevue. Je peux te donner le nom de gens de confiance, capables de t'apporter toute l'aide dont tu as besoin. »

Halldór plissa les yeux et réfléchit un moment.

« Ne partez pas. Je dois vous parler. Aucun de ces foutus flics ne veut me croire.

— Tu t'es demandé si ça n'était pas par hasard parce que tu leur mentais ? suggéra Thóra d'un ton sec.

— Je ne mens pas. Du moins, pas sur l'essentiel.

— Et j'imagine que c'est toi qui décides ce qui est essentiel et ce qui est secondaire ? »

Un voile de colère passa dans le regard du jeune homme.

« Vous savez parfaitement ce que je veux dire. L'essentiel, c'est que je ne l'ai pas tué.

— Et le secondaire ? Qu'est-ce que c'est ?

— Diverses choses. » Il baissa de nouveau la tête.

« Si je suis censée t'être d'une quelconque utilité, je veux que tu fasses une chose pour moi, lança Thóra en se penchant en travers de la grosse table qui les séparait. Ne me mens pas. Je le sens, quand les gens mentent. » Elle espérait avoir fait preuve de la même conviction que le policier, un quart d'heure plus tôt.

Halldór acquiesça d'un mouvement de tête, l'air toujours maussade.

« D'accord. Mais ce que je vous dis est confidentiel - OK ?

— Plus ou moins. Je t'ai prévenu que je ne pourrai pas te défendre si tu vas au tribunal, donc tu peux me dire à peu près tout ce que tu veux – sauf bien entendu les crimes que tu commettras plus tard. Ne m'en parle pas. » Elle lui sourit.

« Je n'ai pas l'intention de commettre le moindre crime, rétorqua-t-il d'une voix lugubre. Vous me promettez que ce que je vous dirai ne sortira pas d'ici ?

— Je te promets que ce ne sera pas répété à la police – même si ça ne pourrait qu'arranger ton cas, vis-à-vis d'eux. Tu es déjà pris au piège, ça ne peut pas franchement être pire. Mais si ça te sécurise, on peut décider de ne parler que des circonstances atténuantes. Ça te va ? Comme ça tu pourras recevoir de l'aide sans avoir à dire quoi que ce soit.

— OK », accepta-t-il, une pointe de doute dans la voix. Puis il ajouta avec mauvaise humeur : « Eh bien, interrogez-moi, alors.

— On a retrouvé les yeux d'Harald dans ton appartement. Comment l'expliques-tu ? »

Les bras d'Halldór se mirent à trembler. Il se

gratta nerveusement le dos de la main gauche. Thóra attendit calmement qu'il décide s'il allait dire la vérité ou bien nier savoir quoi que ce soit à propos de ces yeux. S'il choisissait la seconde option, elle était déterminée à sortir de cette pièce.

« Je suis... je...

— Nous savons tous les deux qui tu es, intervint Thóra avec impatience. Réponds ou je m'en vais.

— Je n'ai pas pu les envoyer, éructa-t-il soudain. Je n'ai pas osé. Le corps avait été découvert et j'avais peur qu'on les détecte dans le courrier. J'allais le faire plus tard, quand tout se serait un peu calmé. J'ai utilisé le sang pour écrire la malédiction, puis j'ai mis la lettre sous enveloppe, le dimanche. Je l'ai postée plus tard, dans une boîte en ville. » Il inspira profondément, puis pinça fort les lèvres, comme s'il n'avait plus l'intention de dire un mot.

« C'était à cause du contrat ? Tu essayais vraiment d'honorer ce contrat de vengeance ridicule ? »

Halldór lui lança un regard plein de fureur.

« Oui. J'ai juré de le faire, et je voulais tenir ma parole auprès d'Harald. C'était tellement important, pour lui, lâcha-t-il, écarlate. Sa mère n'était qu'une ordure.

— Tu te rends compte que c'est de la folie pure et simple ? demanda Thóra, hébétée. Comment as-tu pu ne serait-ce qu'envisager cette idée ?

— Eh bien, je l'ai fait, répondit-il d'un ton penaud. Mais je ne l'ai pas tué.

— Attends, on n'en est pas encore là. » Ce type lui tapait sur les nerfs. « Tu as retiré les yeux – j'ai bien compris ? »

Halldór hocha la tête d'un air réticent.

« Et tu les as emportés chez toi ? »

Nouveau hochement de tête.

« Je peux te demander où tu les as conservés ?

— Au congélateur. À l'intérieur d'une miche de pain. Je les ai fourrés dans le pain et j'ai mis le tout au congélo. »

Thóra se recula sur sa chaise. « Bien sûr. Dans une miche de pain. Où avais-je la tête ? » Avec un effort considérable, elle essaya d'effacer cette image de son esprit. « Comment as-tu réussi à la faire ? L'opération elle-même, je veux dire. »

Halldór haussa les épaules.

« Ce n'était pas grand-chose. Je me suis servi d'une petite cuillère. C'est graver le symbole qui a été plus dur. Ça ne s'est pas très bien passé. J'étais vraiment défoncé... J'allais à la fenêtre toutes les cinq minutes, pour respirer l'air frais.

— Pas grand-chose, répéta Thóra, perplexe. Permets-moi d'en douter. »

Il lui lança un regard noir.

« J'ai vu des choses bien plus repoussantes. Et j'ai fait des choses bien plus repoussantes. Quel effet vous croyez que ça fait, de couper la langue d'un de ses amis en deux ? Ou bien d'assister à des interventions chirurgicales ? »

Thóra ne pouvait l'imaginer, mais elle avait toujours du mal à croire que ce puisse être aussi répugnant que d'énucléer ce même ami avec une petite cuillère. À l'avenir, elle touillerait son café avec une cuillère à soupe.

« Quoi qu'il en soit, ne me fais pas croire que c'était agréable.

— Bien sûr que non ! s'écria Halldór. On était complètement défoncés. Je vous l'ai dit.

— On ? » Thóra sursauta. « Alors tu n'étais pas seul ? »

Halldór marqua une pause avant de répondre. Il se remit à tirer sur les fils de son jean et à se gratter le dos de la main. Thóra dut répéter sa question.

« Non, je n'étais pas seul. On était tous là : moi, Marta Mist, Bríet, Andri et Brjánn. On rentrait du centre-ville. On retournait à la fête... Marta voulait de la dope et Bríet a dit qu'Harald avait planqué des ecstas dans le foyer des étudiants.

— Et Hugi, il n'était pas avec vous ?

— Non. Je n'ai pas recroisé Hugi, ce soir-là. Il a quitté la fête avec Harald et on ne l'a pas revu. Ni lui ni Harald. Vivant, je veux dire.

— Alors vous êtes tous allés dans le bâtiment de la fac ? en déduisit Thóra, éberluée. Comment êtes-vous entrés ? Le système de sécurité n'a enregistré aucun mouvement.

— Il était hors service – et je crois qu'il l'est toujours. Et d'après vous, qui est prêt à se faire chier à faire le tour de tout le bâtiment pour vérifier qu'il ne reste personne à l'intérieur ? Pas grand monde.

— Thorbjörn Ólafsson, le directeur de maîtrise d'Harald, persiste à dire qu'il a lui-même branché l'alarme. Il est catégorique.

— Elle était éteinte quand on est arrivés. Le meurtrier d'Harald avait dû s'en charger.

— Mais le bâtiment était toujours verrouillé, et il faut un code d'accès pour entrer. Tout passe par un ordinateur et le relevé montre que personne n'est entré par cette porte. »

Ce relevé de l'activité du système de sécurité faisait partie des preuves que la police avait envoyées, et Thóra l'avait vu de ses yeux.

« On est entrés par une fenêtre, à l'arrière du bâtiment. Elle est toujours ouverte, d'ailleurs – un pauvre con qui a une chambre là-bas oublie tout le temps de la refermer. En tout cas, c'est ce que prétend Bríet. C'est aussi par là qu'on est ressortis. Elle n'avait pas sa clef, et Brjánn non plus.

— Et... ? Harald était là ? Évanoui ? Mort ? Quoi ?

— Je vous ai dit que je ne l'avais pas tué. Il n'était pas en train de roupiller, quand on est arrivés. Il était dans le foyer. Par terre. Mort. Putain de mort. Le visage bleu, et la langue pendante. Pas besoin d'être pathologiste pour comprendre qu'il avait été étranglé. » Le tremblement dans la voix d'Halldór démentait son attitude désinvolte.

« Est-ce qu'il aurait pu s'étrangler pendant un acte sexuel ? Est-ce que vous avez retiré quoi que ce soit qui aurait pu impliquer ce genre d'événement ?

— Non. Rien. Il n'avait rien autour du cou – en dehors d'un vilain bleu. »

Thóra réfléchit pendant quelques secondes. Bien sûr, il était peut-être en train de lui raconter un tissu de mensonges, mais dans ce cas il faisait un menteur surdoué.

« Et c'était à quelle heure ?

— Autour de 5 heures. Ou la demie. Ou 6 heures, peut-être. Je ne sais pas. Je me rappelle avoir quitté le bar vers 4 heures. Combien de temps on a traîné, ensuite ? Aucune idée. On ne se préoccupait pas de l'heure. »

Thóra inspira profondément.

« Et ensuite, quoi ? Tu t'es tout simplement mis à lui retirer les yeux et tout le reste, comme ça, au milieu de la pièce ? Et comment a-t-il atterri dans la salle de l'imprimante ?

— Bien sûr que non, ça n'est pas la première chose que j'ai faite. On était plantés là comme des cons. On savait pas quoi faire. Même Marta Mist a viré hystérique, pourtant c'est la pro du self-control. On était complètement paumés, désespérés, défoncés et bourrés. Et tout à coup, Bríet s'est mise à parler du contrat, elle s'en est prise à moi en disant que je devais l'honorer, que sinon Harald reviendrait me hanter pour toujours. Nous avions signé le contrat pendant une de nos réunions, devant les autres – surtout pour le spectacle –, mais Harald était déterminé. Hugi était le seul à ne pas être au courant de notre accord. Harald disait toujours qu'il ne prenait pas la sorcellerie au sérieux.

— Le contrat ne contenait que le sortilège de vengeance ?

— Oui – le contrat écrit. En fait, on en a conclu un deuxième. C'était un sortilège amoureux, pour renforcer l'effet du premier, en suscitant l'amour de la mère d'Harald pour son fils, afin que son deuil soit encore plus douloureux. Ce contrat-là était oral. Je devais faire un trou au bout de la tombe d'Harald et dessiner des symboles dedans, et écrire le nom de sa mère. Puis je devais ajouter du sang de serpent. Harald en avait même acheté un, exprès. Une semaine avant sa mort, il m'a demandé de m'en occuper, et j'ai toujours cette saloperie. Il me rend dingue. Il faut le nourrir avec des hamsters vivants, et ça me file la gerbe. »

Harald avait donc acheté des hamsters pour nourrir le serpent. Bien sûr.

« Ainsi, il s'attendait à mourir ? » demanda Thóra.

Halldór haussa les épaules, laissant la question ouverte.

« J'ai simplement fait ce que j'avais à faire. Je me rappelle que Marta Mist et Brjánn ont vomi tout ce qu'ils pouvaient, pendant ce temps-là. Ensuite Andri a dit qu'il fallait sortir Harald de là, que sinon on serait sur la liste des suspects. C'est nous qui fréquentons le plus le foyer. On a pensé que c'était la meilleure idée, et on l'a traîné jusqu'à cette petite pièce. On a dû le coincer dans le placard, parce qu'il n'y avait pas assez de place pour l'allonger par terre. Ça a fait un sacré bazar, on a eu un mal de chien. Ensuite on est ressortis – on est rentrés chez Andri, il habite à côté. Marta Mist a encore vomi, dans ses toilettes, tôt ce matin-là. Tous les autres, on est restés assis dans le salon, paralysés, jusqu'au moment où on s'est écroulés.

— Où as-tu trouvé le sang de corbeau avec lequel tu as écrit ? »

La honte voila le visage d'Halldór.

« On l'a descendu. Au bord de la mer, à Grótta. Il n'y avait pas d'autre moyen. On était allés à la ferme du zoo, pour demander si quelqu'un voudrait bien nous donner ou nous vendre un corbeau, et on a aussi fait le tour des animaleries. Mais ça n'a pas marché. Il fallait qu'on écrive ce contrat avec du sang.

— Et où avez-vous trouvé le fusil ?

— J'ai volé la carabine de mon père. Il est chasseur. Il a rien capté. »

Thóra ne savait plus quoi dire. Puis elle se rappela le carton rempli de fragments humains.

« Halldór, dit-elle d'un ton calme, et ces morceaux de corps retrouvés dans un carton, chez Harald ? Vous aviez des projets avec, ou bien ils lui appartenaient ? » Elle se fit la remarque que le terme « appartenaient » n'était pas exactement approprié.

Halldór toussa, puis s'essuya le nez d'un revers de la main.

« Hum, oui, reconnut-il, penaud. On ne les a pas prélevés sur des cadavres, si c'est ce que vous pensez.

— Ce que je pense ? Mais je ne *pense* plus rien, répliqua sèchement Thóra. Là tout de suite, je m'attends à ce que tu me répondes n'importe quelle aberration. Tu pourrais me raconter que vous êtes allés déterrer des cercueils, je l'accepterais sans sourciller...

— Ils viennent du boulot, l'interrompit Halldór. Ils étaient censés aller à la poubelle. »

Thóra ne put s'empêcher d'éclater de rire.

« Alors là, ça sera sans doute la seule fois, mais permets-moi d'en douter. Censés aller à la poubelle ! » Elle fit semblant de soulever quelque chose devant son nez pour l'examiner, l'air mauvais. « Qu'est-ce que c'est que ce pied ? Bon sang, on en retrouve partout, dans le coin. Balancez-moi ça à la poubelle. » Elle jeta le pied imaginaire par-dessus son épaule. « Arrête de faire l'imbécile. D'où venait-il ? »

Halldór la dévisagea, puis vira au cramoisi.

« Je ne suis pas un imbécile. Ces trucs étaient censés partir à la poubelle – pas une vraie poubelle, un incinérateur. Si la police fait une enquête, elle découvrira que ce sont tous des membres abîmés, qui ont dû être amputés chirurgicalement. Ça fait partie de mon travail, entre autres, d'envoyer ce genre de déchets à l'incinérateur. Au lieu de ça, je les ai emportés chez moi.

— Je pense qu'il serait plus juste de dire que ça *faisait* partie de ton travail, mon pote. Je doute qu'on te rappelle pour faire des gardes. » Thóra s'efforça de se ressaisir et de faire le tri dans les milliers de pensées et de questions qui défilaient à toute allure dans sa tête. « Comment fait-on pour conserver un pied ou un doigt pendant... combien de temps, déjà ? Je croyais que la chair humaine moisissait ? Tu les as mis au congélo, aussi ?

— Non, je les ai fait cuire », répondit Halldór le plus naturellement du monde.

Thóra lâcha de nouveau un rire nerveux.

« Tu as fait cuire des morceaux de corps humains. Tu te prends pour qui ? Sweeney Todd ? Doux Jésus, tout ce que je peux dire, c'est que je plains ton avocat.

— Ha, ha. Très drôle. Je ne les ai pas *vraiment* fait cuire, se renfrogna Halldór. Je les ai fait sécher à basse température, dans un four. Comme ça, ils ne pourrissent pas. Ou du moins beaucoup moins vite. Au passage, on dit de la chair humaine qu'elle se décompose, pas qu'elle "moisit". » Dans un mouvement d'humeur, il recula contre le dossier de sa chaise. « On en avait besoin, pour nos sortilèges – ça rendait le truc beaucoup plus marrant.

— Et le doigt qui a été retrouvé dans les locaux de la fac ? Il venait de tes cours de cuisine, aussi ?

— C'était le tout premier. Je voulais taquiner Bríet, et je l'ai mis dans la capuche de son anorak. Je pensais qu'il allait lui glisser dans le cou et lui filer une trouille bleue, mais il est tombé sans qu'elle s'en rende compte. Heureusement, ils n'ont pas pu remonter jusqu'à nous. Après ça, j'ai arrêté de faire des blagues avec des morceaux humains, parce qu'on est passés très près des ennuis. »

Thóra resta assise là, à absorber le choc de tout ce qu'elle venait d'apprendre. Elle décida de changer légèrement de tactique – elle avait assez parlé sang et tripailles pour le moment.

« Pourquoi nous as-tu menti, au sujet de ton voyage à Strandir et à Rangá ? Nous savons que tu es allé là-bas avec Harald. »

Halldór baissa les yeux.

« Je ne voulais pas qu'on puisse faire le lien entre cette exposition sur la sorcellerie et moi. C'est là qu'Harald a trouvé le sortilège, pour notre contrat. Il ne s'est rien passé, là-bas. J'ai attendu dehors sur un banc pendant qu'Harald discutait avec le conservateur. Ils se sont bien entendus, c'est tout ce que je peux vous dire, et ils se sont serré la main chaleureusement quand on est repartis. J'avais une gueule de bois monstrueuse, je me sentais comme une merde, c'est pour ça que je n'ai pas voulu entrer. Un gentil corbeau m'a tenu compagnie.

— Et Harald ne t'a rien raconté, sur le chemin du retour ?

— Non, il y avait le pilote avec nous.

— Et Rangá ? Qu'est-ce qu'il est allé faire là-bas ? Je sais que tu y étais aussi. »

Le rouge monta de nouveau aux joues du jeune homme.

« Je ne sais pas ce qu'il a fait. Mais une chose est

certaine, il n'est pas allé chasser. Je ne sais rien d'autre. On est restés à l'hôtel, puis Harald est parti faire un tour, pendant que je lisais dans ma chambre.

— Pourquoi tu ne l'as pas accompagné ?

— Il ne voulait pas. Il m'a emmené parce que je lui ai dit que j'étais grave dans la merde avec un de mes cours ; il m'a répondu qu'il connaissait un endroit où il n'y avait rien d'autre à faire, et qu'il m'enfermerait tout le week-end avec mes bouquins. Il a tenu parole – pas littéralement, mais il a refusé de me laisser l'accompagner dans ses excursions. Je ne sais pas ce qu'il a fait exactement, mais Skálholt est tout près.

— Vous avez aussi dû passer du temps ensemble, pendant ce week-end. Il ne t'a pas parlé de ses sorties ? s'étonna Thóra.

— Bien sûr, on se retrouvait le soir – pour le dîner, et ensuite on allait au bar, confirma Halldór avec un sourire. On parlait de complètement autre chose, vous voyez.

— Alors pourquoi avoir nié y être allé ? demanda Thóra, surprise. Et pourquoi diable avoir réservé une chambre sous le nom d'Harry Potter ?

— Pour rigoler, répliqua Halldór, irrité. C'est Harald qui m'a enregistré sous ce nom. Les surnoms, ça le faisait marrer, et cette fois-là il a fait sa petite blague sur mon dos. » Il marqua une pause. « Pourquoi je ne vous ai rien dit ? Je ne sais pas – disons que j'ai menti pour le simple plaisir de mentir, OK ?

— Malheureusement, je ne pense pas que la police se trompe. Je pense que c'est bien Hugi qui a tué Harald et toi qui as pris le relais, sans doute sans le savoir. Peut-être qu'il était rentré chez lui, c'est plausible. Mais toi, tu as visiblement une personnalité pervertie – et Hugi est probablement aussi fou que toi. Sans doute a-t-il tué Harald pour une raison stupide qu'il est le seul à connaître.

— Non ! » La colère d'Halldór avait cédé la place au désespoir. « Hugi n'a pas tué Harald. C'est impossible.

— Un T-shirt imprégné du sang d'Harald a été retrouvé dans son armoire. Hugi a été dans l'incapacité d'expliquer comment il était arrivé là. La police pense qu'il s'en est servi pour éponger le sang d'Harald. » Thóra fixa Halldór. « Ce T-shirt est le même que celui que portait l'un des spectateurs de l'opération de la langue d'Harald. Il est écrit *100 % silicone* dessus. Ça te rappelle quelque chose ? »

Halldór hocha fébrilement la tête.

« C'est bien le T-shirt que portait Hugi. Il a été éclaboussé de sang, et il l'a retiré. Je l'ai utilisé pour nettoyer le sol, après l'opération. » Il ajouta, piteux : « Je n'ai pas voulu le dire à Hugi. J'ai simplement balancé le T-shirt dans son armoire. Hugi n'a pas tué Harald.

— Qui l'a tué, alors, mon pote ? Parce que quelqu'un l'a fait, et je te prédis que c'est Hugi qui va être reconnu coupable, et toi et tes amis allez être inculpés pour mutilation de cadavre, dans le meilleur des cas.

— Bríet, s'exclama soudain Halldór. Je pense que c'est Bríet qui l'a tué. »

Thóra réfléchit à l'hypothèse. Bríet. C'était la petite blonde à gros seins.

« Qu'est-ce qui te fait penser ça ? demanda-t-elle avec calme.

— Je le pense, c'est tout, répondit-il d'une petite voix.

— Non, dis-moi. Tu dois avoir des éléments pour la désigner elle en particulier. Pourquoi elle ? insista Thóra avec fermeté.

— Parce que. Elle s'est éclipsée du bar, quand on était en ville. Elle a dit qu'elle nous avait perdus, mais nous on n'a pas bougé – pas tous, en tout cas.

— Ça ne suffit pas. »

Thóra ne prit pas la peine de lui demander pourquoi il n'avait pas mentionné ce petit détail à la police. À en croire leurs témoignages, ils étaient tous restés plus ou moins ensemble.

« La cuillère, expliqua Halldór à voix basse. Elle était censée s'en débarrasser, et elle ne l'a pas fait. Je ne peux pas croire qu'elle ait été assez stupide pour la mettre dans le tiroir où la police dit qu'elle a été retrouvée. C'est Marta Mist qui s'est chargée du couteau, et au moins il a disparu. Mais tout à coup, voilà que la cuillère se matérialise. Ça ne colle pas.

— Pourquoi l'aurait-elle remise là ? Ça ne me paraît pas très logique.

— Elle voulait me causer des ennuis. Elle n'a pas tenu la cuillère à mains nues comme moi. Elle portait des gants en laine. Elle est folle de rage que je l'aie larguée. Je ne sais pas. » Halldór se balança sur sa chaise. « Elle agissait de manière étrange, ce soir-là. Quand on a découvert le cadavre d'Harald, c'est la seule qui n'ait pas flippé et poussé des hurlements. C'est la seule à avoir gardé son calme. Elle l'a juste fixé sans dire un mot, alors qu'on était tous en train de piquer une crise. Pas un mot, sauf quand elle s'est mise à me reparler du contrat. Elle voulait me piéger.

Demandez aux autres, si vous ne me croyez pas. » Il se pencha en travers de la table pour attraper le bras de Thóra. « Elle était au courant, pour la fenêtre – peut-être qu'elle était déjà passée plus tôt dans la soirée, qu'est-ce que j'en sais ? Elle était en colère contre Harald parce qu'il ne lui avait pas parlé de toute la semaine – il n'a parlé à aucun de nous, mais peu importe. Peut-être qu'elle a pété un plomb, je ne sais pas ; ou alors elle avait rendez-vous avec lui, et il lui a posé un lapin. Tout est possible. Croyez-moi, j'y ai beaucoup réfléchi, et je sais ce que je dis. Vérifiez par vous-même – parlez-lui, au moins pour m'aider. »

Thóra dégagea son bras.

« Il y a différentes manières de réagir aux chocs, selon les gens. Elle fait peut-être partie de ceux qui entrent en transe. Je ne veux pas lui parler. Laissons ça à la police.

— Si vous ne me croyez pas, quand je vous dis qu'elle est folle, demandez à la fac. Elle a fait foirer un projet sur lequel elle travaillait avec Harald. Demandez-leur. » Il l'implora du regard.

« Quel projet ? Et qu'est-ce qui a mal tourné ? demanda Thóra sans s'emballer.

— Je crois que l'idée, c'était de recenser et de consigner tous les documents liés à Brynjólfur Sveinsson dans les archives de l'époque. Elle a prétendu que certains documents avaient été volés, elle en a fait une vraie fixation. Ça a causé une scène incroyable. Et au bout du compte, c'étaient des conneries. Elle est complètement barjo, je ne m'en rends compte que maintenant. Parlez à la fac – faites ça, au moins.

— Qui dirigeait ce projet ? »

Thóra regretta instantanément sa question. Elle avait l'air de commencer à accepter sa théorie loufoque.

« Je ne sais pas. Thorbjörn, sûrement. Ils sauront, à la fac. Allez leur demander. Je vous promets que vous ne le regretterez pas. »

Elle se leva.

« À plus tard, l'apprenti sorcier. Je te trouverai un avocat, si tu veux. »

Il secoua la tête en regardant ses genoux.

« Je croyais que vous comprendriez – vous vouliez aider Hugi, et je pensais que vous accepteriez de m'aider, moi aussi. »

Brusquement, Thóra éprouva de la pitié pour lui. Son instinct maternel prit le dessus. Ou était-ce son instinct grand-maternel ?

« Qui a dit que je refusais de t'aider ? Voyons déjà ce que je peux découvrir. Je ne me frotterai pas à ta défense, mais je serai au tribunal. Je ne raterais ce procès pour rien au monde. »

Il leva les yeux vers elle, un faible sourire aux lèvres. Thóra frappa un coup à la porte, et un policier la laissa sortir. Cette affaire tirait à sa fin, elle le sentait.

12 décembre 2005

32

Thóra tambourinait sur le bord de son bureau avec un crayon, sous le regard silencieux de Matthew.

« J'ai entendu dire que les Rolling Stones cherchait un batteur. Ton nouveau statut de grand-mère devrait te faire sélectionner d'office. »

Thóra interrompit le martèlement et reposa le crayon.

« Très drôle. Ça m'aide à réfléchir.

— À réfléchir ? À quoi tu as besoin de réfléchir ? »

La veille, Thóra avait raconté à Matthew son entrevue avec Halldór et la tentative désespérée de ce dernier de déplacer l'attention sur Bríet, et il avait trouvé le procédé grotesque. Pour Thóra aussi, c'était vraiment tiré par les cheveux, mais maintenant elle n'en était plus si sûre.

« Les pièces du puzzle s'assemblent, hormis quelques petits détails, reprit Matthew. Crois-moi, quand la police creusera la piste Halldór, l'argent ressurgira comme par magie. Et même le manuscrit, s'il existe. » Il se tourna vers la fenêtre. « Allons au restaurant, c'est encore l'heure du petit déjeuner. »

Matthew venait d'arriver au bureau de Thóra, après une grasse matinée.

« Impossible. Aujourd'hui c'est la fête du syndicat des restaurateurs, mentit Thóra. Ils n'ouvrent qu'à midi. » Matthew poussa un grognement. « Tu survivras. Il y a des biscuits dans la cuisine », le consola-t-elle en attrapant le téléphone pour appeler le standard. « Bella, vous pourriez apporter le paquet de biscuits qui se trouve près de la machine à café ? » Sentant se profiler un « non », elle s'empressa d'ajouter : « C'est pour Matthew, pas pour moi. Merci. » Elle se tourna vers lui. « Tu ne penses pas que ça vaudrait la peine de vérifier ce qu'il raconte, au sujet de Bríet ? Il y a peut-être quelque chose derrière tout ça. »

Matthew bascula la tête en arrière et observa le plafond quelques instants avant de répondre.

« Tu te rends bien compte qu'Halldór est pris au piège, n'est-ce pas ? » Thóra hocha la tête. « Rien dans ce que nous avons vu ou entendu ne suggère que Bríet soit impliquée, hormis le fait qu'elle soit un peu folle et qu'elle participe à des rituels étranges, nécessitant notamment de faire cuire des membres humains.

— Peut-être qu'on a tout simplement négligé un détail, hasarda Thóra sans grande conviction.

— Comme quoi ? Malheureusement, Thóra, on dirait que c'est finalement bien Hugi qui a tué Harald, et qu'ensuite son ami a pris le relais. Tout ce qui reste à établir, c'est s'ils ont agi ensemble pour empocher l'argent. Il y a une très forte probabilité pour qu'ils aient raconté n'importe quoi à Harald, à propos de ce manuscrit, et qu'ils aient prétendu savoir où il se trouvait. Reconnais qu'Halldór se trouvait dans une position idéale pour inventer une histoire, en aidant Harald à traduire ces documents. Ils ont pu faire semblant de conclure un marché, et lui soutirer de l'argent. Au moment où il a fallu remettre le manuscrit, ils ont dû prendre des mesures pour s'assurer du silence d'Harald. L'explication qu'Halldór donne du T-shirt ensanglanté doit être une fiction.

— Mais... »

Au même instant, Bella surgit en trombe dans la pièce, sans frapper. Elle avait joliment disposé les biscuits sur une soucoupe et avait servi une tasse de café. Une seule. Thóra eut comme l'impression que si les biscuits avaient été pour elle, Bella lui aurait balancé le paquet entier par la porte, en visant bien la tête.

« Merci beaucoup, dit Matthew en lui prenant la tasse et l'assiette des mains. Certaines personnes ne comprennent pas l'importance d'un bon petit déjeuner. » Il désigna Thóra d'un signe du menton et adressa un clin d'œil à Bella. Cette dernière envoya un froncement de sourcils réprobateur à sa patronne, puis sourit de toutes ses dents à Matthew avant de quitter la pièce.

« Tu lui as fait un clin d'œil », articula Thóra, hébétée.

Matthew lui en envoya deux.

« En voilà deux pour toi. Heureuse ? » Puis il engouffra un biscuit d'un geste théâtral.

Thóra leva les yeux au ciel.

« Fais attention, elle est célibataire, et le nom de ton hôtel pourrait m'échapper malencontreusement. »

La sonnerie de son portable vint écourter ses menaces.

« Allô ? C'est bien Thóra Gudmundsdóttir ? demanda une voix de femme qu'elle reconnut vaguement.

— Oui. Bonjour.

— C'est Gúdrun à l'appareil, la propriétaire d'Harald.

— Ah oui, bonjour. » Thóra griffonna son nom sur un Post-it, se rappela qui elle était et tendit le papier à Matthew. Elle ajouta deux points d'interrogation pour lui signifier que la raison de l'appel n'était pas claire.

« Je ne sais pas si j'appelle au bon endroit, mais j'avais votre carte et... bref, j'ai trouvé un carton appartenant à Harald, ce week-end, avec toutes sortes de choses dedans. » Elle se tut.

« Oui, nous savons de quoi il s'agit, s'empressa de répondre Thóra, pour lui éviter d'avoir à détailler les différents membres rôtis.

— Vraiment ? » Le soulagement était audible dans sa voix. « J'étais terriblement secouée, comme vous pouvez l'imaginer, et je viens juste de me rendre compte que j'ai emporté un morceau de papier, en m'enfuyant de la buanderie.

— Et vous l'avez toujours ? » Son interlocutrice avait visiblement besoin d'aide, pour retrouver ses esprits.

« Euh, oui. Je l'ai emporté en allant téléphoner à la police, et je viens de le retrouver dans ma cuisine. Près du téléphone.

— Est-ce que ce papier appartenait à Harald ?

— Eh bien, pour tout vous dire, je n'en sais rien.

C'est une vieille lettre. Vraiment ancienne. Je me suis rappelé que c'était vous qui passiez ses affaires en revue, alors j'ai préféré vous prévenir, plutôt que la police. » Thóra entendit la femme inspirer profondément avant de poursuivre : « Ils ont déjà assez de pain sur la planche. Je ne vois pas quel lien il pourrait y avoir avec le meurtre. »

Thóra écrivit sur son Post-it *lettre ancienne ??* et Matthew haussa les sourcils, tout en reprenant un biscuit.

« Nous aimerions au moins y jeter un coup d'œil. Pouvons-nous passer vous voir maintenant ? demanda Thóra.

— Euh, oui. Je suis à la maison. Juste une chose.

— Quoi ?

— J'ai peur d'avoir chiffonné la lettre. J'étais en état de choc. Mais elle n'est pas fichue. C'est pour cette raison que je n'en ai pas parlé à la police, ajouta-t-elle précipitamment. Je ne voulais pas qu'ils fassent toute une histoire en voyant que je l'avais abîmée. J'espère que vous comprenez comment ça s'est passé.

— Sans problème. Nous arrivons. » Thóra raccrocha et se leva. « Tu vas devoir emporter les biscuits, parce que nous sortons. Il se peut que nous ayons retrouvé la lettre danoise égarée. »

Matthew attrapa deux gâteaux secs et avala une dernière gorgée de café.

« Celle que le professeur cherchait ?

— Oui, du moins espérons-le, dit Thóra en passant la bandoulière de son sac sur son épaule et en se dirigeant vers la porte. Si c'est la bonne, on pourra toujours la rapporter à Gunnar, et essayer de lui soutirer des détails sur cette histoire qu'Halldór m'a racontée, au sujet de Bríet. » Enchantée par ce coup de chance, elle laissa échapper un sourire triomphal. « Et même si ce n'est pas la lettre en question, on pourra faire semblant de le croire.

— Tu vas rouler ce vieux singe ? Ce n'est pas très gentil de ta part – vu ce que le pauvre bougre a déjà traversé. »

Dans le couloir, Thóra lui jeta un regard pardessus son épaule, puis lui sourit.

« Le seul moyen de découvrir si c'est la bonne lettre, c'est de l'apporter à Gunnar. Il sera tellement soulagé de la voir qu'il sera prêt à faire n'importe quoi pour nous. Deux ou trois questions sur Bríet ne peuvent pas faire de mal. »

Le sourire de Thóra ne fit pas long feu lorsqu'elle se retrouva assise à la table de la cuisine de Gudrún, à contempler la lettre. Il y avait peu de chances que Gunnar soit heureux de la récupérer, dans cet état. Il regretterait même sans doute qu'elle ait été retrouvée. « Vous êtes certaine qu'elle n'était pas déchirée, quand vous l'avez sortie du carton ? » D'un mouvement lent de la main, Thóra essayait de lisser précautionneusement la partie de l'épais parchemin qui avait presque été arrachée.

Gudrún lança un regard coupable vers la lettre.

« J'en suis certaine. Elle était intacte. J'ai dû la déchirer dans mon agitation. » Elle s'excusa d'un sourire. « Ils doivent pouvoir la recoller – non ? Ou même la repasser un petit peu ?

— Oh oui. Je suis sûre qu'ils trouveront », affirma Thóra, tout en soupçonnant que la procédure de restauration serait beaucoup plus compliquée, pour ne pas dire impossible. « Merci beaucoup de nous avoir contactés. Vous avez fait ce qu'il fallait – c'est sans doute le document que nous recherchions, et en effet il n'a rien à voir avec l'enquête de la police. Nous allons le rendre à ses propriétaires légitimes.

— Bien. Plus vite je serai débarrassée de tout ce qui est lié à Harald, plus vite je pourrai laisser toute cette affaire derrière moi, mieux ce sera. Depuis le meurtre, ça n'a pas été facile, pour mon mari et pour moi. Et j'insiste pour que vous disiez à sa famille de vider l'appartement dans les plus brefs délais. Je veux oublier tout ça le plus rapidement possible, et tourner la page. » Elle posa ses mains fines à plat sur la table et contempla ses doigts ornés de bagues. « Ce n'est pas que je n'aimais pas Harald. Ne vous méprenez pas.

— Oh non, la rassura Thóra d'une voix amicale. J'imagine que tout ça a été très déplaisant. » Elle laissa s'écouler quelques secondes. « Une dernière question. Je voudrais savoir si vous avez fait connaissance avec les amis d'Harald – si vous les avez vus, ou entendus ?

— C'est une plaisanterie, c'est ça ? rétorqua la femme, perdant soudain son amabilité. Si je les ai entendus ? Il y avait des moments où on aurait cru qu'ils étaient dans la pièce, tellement ils faisaient de bruit.

— Quel genre de bruit ? » Thóra se fit prudente. « Des disputes ? Des cris ? »

Gudrún lâcha un grognement sarcastique.

« C'était surtout la musique à fond. Si on peut appeler ça de la musique. Et des coups sourds, comme s'ils tapaient des pieds, ou quelque chose comme ça. Et parfois aussi des hurlements, des mugissements. J'aurais aussi bien pu louer l'appartement à des dresseurs d'ours.

— Pourquoi avoir continué, dans ce cas ? demanda Matthew, qui s'était fait discret depuis le début de la conversation. Si ma mémoire est bonne, le bail contenait une clause de bonne conduite, avec droit de mettre fin au contrat, en cas de violation. »

Pour une raison quelconque, Gudrún rougit.

« Je l'aimais bien, malgré tout, j'imagine que c'est pour cette raison. Il payait le loyer rubis sur l'ongle et lui-même était un bon locataire.

— Donc c'étaient essentiellement ses amis qui faisaient du vacarme ?

— Oui, on peut dire ça. Du moins, ça s'intensifiait quand ils étaient là. Harald mettait parfois la musique fort, et il lui arrivait de sauter sur le parquet – mais quand ses amis se joignaient à lui, c'était beaucoup plus violent.

— Avez-vous jamais été témoin de disputes ou de désaccords entre Harald et ses amis ? insista Thóra.

— Non, je ne peux pas dire ça. La police m'a posé la même question. Tout ce dont je me souvienne, c'est d'un échange musclé entre Harald et une fille, dans la buanderie. Je ne m'en suis pas mêlée, j'étais occupée à cuisiner pour Noël. Je n'étais même pas dans la pièce. C'est par hasard que je les ai entendus, en passant devant. » Elle rougit de nouveau. Un peu plus tôt, Gudrún leur avait montré la buanderie pour leur expliquer où et comment elle avait trouvé le carton. La pièce se situait au bout du couloir, et il était peu plausible qu'elle soit « passée devant », sauf si elle venait de rentrer de l'extérieur. De toute évidence, elle avait espionné Harald, et Thóra cherchait comment lui faire dire ce qu'elle avait entendu sans qu'elle ait à avouer qu'elle avait collé l'oreille à la porte.

« Je connais ça, soupira-t-elle d'un air compatissant. J'ai vécu autrefois dans un appartement où la buanderie était juste à côté de ma porte. On entendait tout comme si on y était. Je trouvais ça très gênant.

— Oui, acquiesça Gudrún d'un air hésitant. En général, Harald était tout seul dans la buanderie – heureusement. Je ne sais pas si cette fille l'aidait à faire sa lessive ou bien si elle l'avait simplement suivi, mais en tout cas, ça chauffait. C'était à propos d'une lettre disparue, je crois. Celle-ci, j'imagine. » Du menton, elle désigna la table. « Harald lui répétait d'oublier quelque chose ; d'abord calmement, puis il s'est énervé très fort quand elle a voulu savoir pourquoi il refusait de la soutenir. Elle n'arrêtait pas de dire qu'elle aurait ainsi un moyen de pression – allez comprendre ce qu'elle voulait dire. C'est tout ce que j'ai entendu, car je ne faisais que passer, comme je vous le disais.

— Avez-vous reconnu la voix de la fille ? Est-ce que c'était par exemple cette petite blonde de son groupe d'amis ?

— Non, je ne l'ai pas reconnue, répliqua Gudrún sur un ton sarcastique. Il y avait surtout deux filles qui venaient ici, une grande rousse et une blonde comme celle que vous décrivez. On aurait dit des prostituées qui se seraient fait enrôler dans l'armée – couvertes de peintures de guerre, avec ces horribles treillis qui godaillent. Atrocement laides et grossières, toutes les deux. Je les croisais souvent, pourtant je ne crois pas qu'elles m'aient dit une seule fois bonjour. Alors je ne pouvais pas reconnaître la voix. »

Thóra voulait bien admettre que Bríet et Marta Mist étaient grossières, mais certainement pas laides. Elle commençait à soupçonner cette femme d'avoir eu le béguin pour Harald, et donc une dent contre ses amies. On avait déjà vu plus surprenant. Elle essaya de n'en rien laisser paraître.

« Eh bien, ça n'a pas d'importance, de toute manière. Je suis certaine que ça n'a rien à voir avec notre affaire. » Elle se leva et prit la lettre. « Merci encore, et je transmettrai votre message, concernant l'appartement. »

Matthew se leva à son tour et serra la main à Gudrún. Elle lui adressa un sourire lourd de sens, et il en fit autant.

« Pourquoi vous ne prendriez pas l'appartement vous-même ? suggéra-t-elle en posant chaleureusement l'autre main sur celle de Matthew.

— Oui, non, je ne pense pas vivre en Islande dans un avenir proche, bégaya-t-il en cherchant un moyen de dégager sa main.

— Dommage, tu aurais pu t'y installer avec Bella », ironisa Thóra avec un sourire innocent.

Matthew lui lança un regard noir, puis son expression s'adoucit légèrement lorsque Gudrún le relâcha enfin.

« Tu te charges de la lui rendre », ordonna Thóra en tentant d'obliger Matthew à prendre la grande enveloppe. C'est Gudrún qui la leur avait dégottée alors qu'ils partaient, afin de préserver la lettre de dommages ultérieurs. Comme si c'était encore nécessaire.

« C'est hors de question. » Matthew croisa les bras avec détermination. « C'était ton idée, alors moi je vais rester sagement assis à te regarder – au besoin, je lui tendrai un mouchoir, s'il explose en larmes en comprenant qu'elle est en miettes.

— Je ne me suis pas sentie aussi mal depuis le jour où en rentrant d'avoir décroché mon permis, j'ai fait marche arrière droit dans la voiture des voisins », expliqua Thóra tandis qu'ils attendaient Gunnar. On les avait fait asseoir pour patienter jusqu'à l'arrivée du professeur, après ses cours. Il n'y avait personne dans les parages, aussi Thóra prit-elle ses aises en s'allongeant presque dans le fauteuil. « Ce n'est pas comme si c'était moi qui l'avais déchirée, cette lettre.

— Mais c'est toi qui vas devoir lui annoncer la nouvelle, répliqua Matthew en consultant la pendule. Mais qu'est-ce qu'il fabrique ? Il faut absolument que je fasse un repas correct avant qu'on aille retrouver Amelia. Tu es sûre que cette fête des restaurateurs ne dure que jusqu'à midi ?

— On ne sera pas longs, ne t'inquiète pas. En moins de deux, tu seras à table. » Elle leva les yeux en entendant des pas à l'autre bout du couloir. Gunnar avançait vers eux, une pile de documents et de livres entre les bras. Il eut l'air surpris de les voir.

« Bonjour, dit-il en essayant de repêcher la clef de son bureau dans sa poche, c'est moi que vous venez voir ? »

Ils se levèrent tous deux.

« Bonjour. Oui », confirma Thóra. Elle agita l'enveloppe devant lui. « Nous voulions vous demander si une lettre qui a été retrouvée ce week-end pouvait être celle que vous recherchez. »

Le visage de Gunnar s'illumina.

« Vraiment ? » Il ouvrit la porte. « Entrez, je vous en prie. Quelle nouvelle merveilleuse. » Il alla déposer son chargement sur son bureau. Puis il s'assit et les invita à faire de même. « Où a-t-elle été retrouvée ? »

Thóra prit place de l'autre côté de la table et y posa l'enveloppe.

« Chez Harald, dans un carton rempli d'objets... insolites. Je dois vous prévenir que la lettre n'est pas en bon état. » Elle lui adressa un sourire désolé. « La personne qui l'a trouvée a eu une drôle de réaction.

— Une drôle de réaction ? » répéta Gunnar, distrait. Il prit l'enveloppe et l'ouvrit avec précaution. Il en sortit lentement la lettre, et son visage se décomposa à mesure qu'il découvrait l'état dans lequel elle était. « Mais que diable s'est-il passé ? » Il reposa la lettre sur la table et la contempla, bouche bée.

« Hum, cette femme a aussi trouvé toutes sortes de choses qui l'ont terrorisée, et à raison, vous pouvez me croire. Elle nous a demandé de vous la rendre car elle était sincèrement désolée et espérait que le document pourrait être réparé. » Elle composa un sourire encore plus contrit.

Gunnar ne dit mot. Il contemplait la lettre, comme hypnotisé. Et soudain, il se mit à rire – un rire dérangeant, dans lequel ne perçait aucune joie. « Mon Dieu, soupira-t-il, une fois l'hystérie passée. María va être furieuse. » Un petit spasme lui traversa le corps, au moment où il prononçait ce nom. Il caressa la lettre, puis la souleva à hauteur de ses yeux pour l'examiner. « Mais c'est bien la lettre, j'imagine que nous devrions nous en réjouir. » Il gloussa.

« María ? répéta Thóra. Qui est María ?

— La directrice de l'Institut des manuscrits, répondit Gunnar d'une petite voix. C'est elle qui s'est inquiétée de la disparition de cette lettre.

— Peut-être pourriez-vous lui transmettre le message de la personne qui l'a retrouvée. Lui dire qu'elle est vraiment désolée. »

Gunnar leva les yeux vers elle. Il était clair à son expression que ce serait peine perdue.

« Oui, je le ferai.

— Gunnar, je voulais profiter de cette occasion pour vous poser quelques questions sur l'une de vos étudiantes en histoire – Bríet, l'amie d'Harald. »

Gunnar plissa les yeux.

« Eh bien ?

— On nous a dit qu'elle s'était disputée avec Harald, en relation avec leur projet commun sur Brynjólfur Sveinsson. Ils se sont affrontés au sujet d'un document égaré. Vous savez quoi que ce soit ? » Sur le mur derrière Gunnar, Thóra remarqua un tableau qui, d'après ce qu'elle en connaissait, représentait justement l'évêque. « C'est lui, non ? » demanda-t-elle en désignant le cadre du doigt.

Perdu dans ses pensées, Gunnar ne répondit pas. Il ne prit pas la peine de se retourner, sachant parfaitement ce qui était accroché sur son mur. « Ce n'est pas Brynjólfur Sveinsson, non. C'est mon arrière-grand-père, le révérend Gunnar Hardarson. C'est de lui que je tiens mon prénom. Il porte le vêtement sacerdotal, pas la robe d'un évêque du XVIIe siècle. »

Thóra rosit, et décida de ne pas l'interroger sur un des autres cadres qui recouvraient son mur, une photographie de Gunnar avec le fermier que Matthew et elle avaient rencontré à Hella, en allant visiter les grottes. Son embarras sembla redonner de l'énergie à Gunnar, qui se pencha vers elle pour siffler entre ses dents : « Vous deux, vous êtes bien les visiteurs les plus désagréables que j'aie eus à recevoir de ma vie. »

Thóra eut un mouvement de recul. « Eh bien, je suis désolée, mais je vais vous demander de faire preuve d'un peu de patience – nous essayons simplement d'éclaircir quelques zones d'ombre, et Bríet est l'une d'elles. Si vous préférez ne pas en parler, vous pourrez peut-être nous donner le nom de l'enseignant qui dirigeait ce projet.

— Non, non. Je peux tout vous expliquer moi-même – ce ne devrait pas être trop difficile pour moi. Je voulais seulement dire que vous aviez le chic pour exhumer les sujets internes les plus sensibles. C'est l'un d'eux.

— Vraiment ? » Thóra ne cacha pas sa surprise. « Je pensais que c'était pour Bríet que ce serait le plus sensible. Nous avons cru comprendre qu'elle s'était comportée de manière étrange, c'est pourquoi nous nous interrogeons.

— Bríet, oui. Vous avez raison, son comportement était des plus étranges. C'est vraiment grâce à Harald que nous avons réussi à l'arrêter avant que le département ne se retrouve dans une situation très embarrassante. » Gunnar desserra sa cravate.

« Que s'est-il passé, exactement ? » L'œil de Thóra fut irrésistiblement attiré par l'épingle de cravate de Gunnar, sans qu'elle réussisse à savoir pourquoi.

Il vit son regard et s'empressa d'inspecter sa cravate. Il la lissa de la main pour vérifier qu'il ne l'avait pas tachée au déjeuner. Il s'égratigna sur l'épingle et retira prestement la main.

« Que s'est-il passé, dites-vous ? Voyons voir. Si ma mémoire est bonne, Harald et Bríet ont décidé de compiler un registre de tous les documents connus concernant Brynjólfur Sveinsson, pour un cours auquel ils assistaient. Je pense que c'est Harald, et pas Bríet, qui l'avait proposé. Elle a simplement suivi le mouvement ; elle avait pour coutume de se raccrocher aux autres, pour ce genre de devoirs.

— Cette recherche avait-elle un lien avec le mémoire d'Harald ? » Thóra soupçonnait que la cause réelle de ce projet était d'enquêter sur un éventuel exemplaire de *Malleus Maleficarum* qu'aurait possédé l'évêque.

« Non, pas du tout, lui confirma Gunnar. Nous trouvions qu'il s'éparpillait, comme je vous l'ai déjà dit. Au lieu de se servir du tronc commun de ses cours pour préparer son mémoire, il élargissait sans cesse son champ de recherche – il se passionnait pour des sujets qui n'avaient parfois rien à voir avec l'histoire de la sorcellerie. Et c'était tout particulièrement le cas avec Brynjólfur Sveinsson – qui a vécu au XVIIe siècle, comme vous le savez peut-être.

— Était-ce vous qui supervisiez ce projet ?

— Non. Je crois que c'était Thorbjörn Ólafsson. Je peux vérifier, si vous voulez. » D'un geste de la main, il désigna son ordinateur.

Thóra déclina son offre.

« Non, j'imagine que ce ne sera pas nécessaire. Si vous pouviez simplement nous dire ce qui s'est passé, nous nous en contenterons parfaitement. Nous ne demandons rien d'autre pour l'instant. Nous sommes à court de temps. »

Gunnar consulta sa montre.

« Moi aussi, pour tout vous dire – je dois aller rendre cette lettre à María. » À en juger par son expression, l'idée ne le réjouissait pas particulièrement. « Pour résumer, ils se sont rendus aux archives centrales de Reykjavík, les Archives nationales, qui se situent au département des manuscrits de la Bibliothèque nationale, et partout où ils ont pu compulser les lettres et documents mentionnant Brynjólfur Sveinsson. Ils ont bien progressé, d'après ce que j'ai compris, jusqu'au moment où Bríet a prétendu avoir découvert que certaines lettres manquaient, aux archives.

— N'est-ce pas concevable ? demanda Thóra en jetant un coup d'œil à la lettre déchiquetée posée sur le bureau. Je veux dire, ce sont des choses qui arrivent.

— Peut-être bien, mais dans ce cas précis, il s'agissait d'une simple erreur administrative. Il est vrai que la localisation de la lettre était incertaine, mais elle a accusé du vol un universitaire totalement au-dessus de tout soupçon.

— Qui donc ?

— Votre serviteur », annonça Gunnar. Il les dévisagea, les défiant de douter une seconde de son innocence.

« Je vois, répondit Thóra en regardant Gunnar

droit dans les yeux. Excusez-moi, mais quelles raisons avait-elle de vous soupçonner, vous ?

— Comme je viens de le dire, il y a eu une erreur administrative. Selon le fichier, j'étais le dernier à avoir consulté cette lettre, mais je ne l'ai jamais touchée. Ou bien quelqu'un s'est servi de mon nom, ou bien les numéros de référence ont été mélangés. Brynjólfur Sveinsson ne m'intéresse pas et il ne m'est jamais venu à l'esprit de consulter le moindre document le concernant. Ce qui a rendu la situation encore plus fâcheuse, c'est que cette malheureuse a tenté de tirer profit de ce qu'elle croyait avoir découvert pour m'extorquer de l'aide dans ses cours. Elle m'a annoncé de but en blanc qu'elle garderait le silence si je lui filais un coup de main, pour reprendre son vocabulaire fleuri. J'en ai parlé à Harald, qui a promis de la faire revenir à la raison. J'ai contacté mes amis aux archives et fait ouvrir une enquête. Je ne voulais pas qu'une pauvre idiote s'imagine qu'elle pouvait me faire chanter. Mais ils n'ont rien trouvé, car l'histoire était trop ancienne, une dizaine d'années. Ils ont fini par admettre que l'erreur devait venir d'eux, que cette lettre avait probablement été référencée avec une autre, et que tout finirait par rentrer dans l'ordre. Bríet a eu le bon sens de ne plus jamais m'en reparler.

— Que contenait cette lettre ? De quoi parlait-elle, je veux dire ?

— Elle avait été écrite en 1702 par l'un des moines à Skálholt, et adressée à Árni Magnússon. C'était vraisemblablement une réponse à son enquête sur ce qu'il était advenu d'une partie de la collection de manuscrits étrangers appartenant à l'évêque

Brynjólfur, qui était mort quelque temps auparavant, en 1675. Aussi ne fait-il aucun doute que cette lettre se trouvait bien dans les archives. Beaucoup de gens se la rappellent, d'ailleurs. On la considérait comme une vieillerie loufoque.

— Rien d'autre ? persista Thóra. Rien sur des manuscrits cachés ou des tentatives de les faire sortir de Skálholt ? »

Gunnar étudia attentivement le visage de Thóra.

« Pourquoi posez-vous la question, si vous connaissez déjà la réponse ?

— Que voulez-vous dire ? s'exclama-t-elle. Tout ce que je sais de cette lettre, c'est ce que vous venez de me raconter. » Son regard se porta de nouveau sur l'épingle de cravate de Gunnar. Pourquoi diable cette épingle la tracassait-elle autant ? Et où cet homme voulait-il en venir ?

« Eh bien, c'est ce qu'on appelle une coïncidence troublante », rétorqua-t-il sèchement. À l'évidence, il suspectait Matthew et Thóra d'en savoir plus qu'ils ne l'admettaient. « Nous pouvons continuer à tourner autour du pot, si c'est ce que vous voulez. La lettre contient un message énigmatique qui traite de la sauvegarde d'objets de valeur contre les autorités coloniales danoises et qui suggère de les cacher à côté de l'ancienne croix. Il est communément admis que c'est une référence à la sainte croix dans l'église de Kadlanes, qui a été ôtée lors de la Réforme, lorsque les lieux de culte ont été dépouillés de leurs icônes.

— Vous avez l'air de savoir un tas de choses, sur cette lettre, fit remarquer Matthew, qui se manifestait pour la première fois. Si on considère que vous ne l'avez jamais vue de votre vie.

— Il est évident que je me suis informé, lorsque ces accusations ont été proférées contre moi, aboya Gunnar. Cette lettre est bien connue dans le milieu des historiens, et d'excellents articles ont été écrits à son sujet. »

Thóra continuait à fixer son épingle de cravate, comme en transe. Elle était singulière, de forme irrégulière et apparemment en argent.

« Où avez-vous trouvé cette épingle ? » lui demanda-t-elle subitement, en montrant du doigt sa cravate bleue à rayures diagonales.

Gunnar et Matthew se tournèrent tous deux vers elle, abasourdis. Gunnar attrapa sa cravate pour examiner le bijou. Puis il releva les yeux vers Thóra.

« Je dois avouer que je ne comprends pas bien le tour que prend cette conversation. Mais puisque vous semblez si intéressée, c'est un cadeau, pour mon cinquantième anniversaire. » Il se leva. « Je ne pense pas qu'il y ait quoi que ce soit à ajouter – je ne tiens pas particulièrement à discuter de mon apparence. J'ai une réunion tout à fait déplaisante qui m'attend avec la directrice de l'Institut des manuscrits, et je n'ai plus de temps à perdre avec ces absurdités. Je vous souhaite sincèrement le meilleur pour votre enquête, mais je suggère que vous vous en teniez au présent, car le passé n'a rien à voir avec le meurtre d'Harald. »

Sur ces mots, il les raccompagna à la porte.

33

Matthew se tourna vers Thóra et secoua la tête. Ils étaient tous deux plantés dans le hall du bâtiment des professeurs.

« Tu as vraiment assuré, avec lui.

— Tu n'as pas remarqué son épingle de cravate ? siffla Thóra. C'était une épée. Un socle en argent avec une épée dessus, en travers de la cravate. Tu ne l'as pas remarquée ?

— Si. Et alors ?

— Tu ne te rappelles pas les photos du cou d'Harald ? Cette marque qui ressemblait à un poignard ou à une croix ? Qu'a dit le médecin ? *En regardant de près, vous constaterez que cela ressemble à un petit poignard.*

— Ah oui, je vois où tu veux en venir. Mais je ne suis pas certain qu'il s'agisse du même objet. Les photos n'étaient pas si précises, Thóra. » Il poussa un soupir. « Ce type est un historien. Cette épée viking sur sa cravate est visiblement liée à son domaine de spécialité, l'invasion de l'Islande. Je n'en tirerais pas trop de conclusions, si j'étais toi. La marque sur le cou d'Harald me faisait plutôt penser à une croix. » Il sourit. « Peut-être a-t-il été tué par un prêtre fou. »

Thóra hésita, puis attrapa son portable.

« Je veux parler à Bríet. Il y a quelque chose qui cloche, dans tout ça. »

Matthew eut beau secouer la tête, Thóra ne se laissa pas décourager. À la quatrième sonnerie, Bríet répondit, d'une voix maussade. Lorsque Thóra lui annonça l'arrestation d'Halldór, la fille se détendit un peu et accepta de les retrouver à la librairie étudiante, un quart d'heure plus tard. Matthew protesta pour la forme, puis céda quand Thóra l'informa qu'il pourrait s'acheter quelque chose à manger. Lorsque Bríet apparut, il dévorait déjà une pizza.

« Qu'est-ce que Dóri a dit à la police ? s'inquiéta la jeune fille d'une voix tremblante, à peine assise à leur table.

— Rien, la rassura Thóra. Mais à moi, il a raconté des bribes de ce qui s'est passé, cette nuit-là, et le rôle que tu as joué. Je ne serais pas surprise qu'il ne tarde pas à le raconter à d'autres. Il pense que c'est toi qui as tué Harald. »

En un instant, Bríet blêmit.

« Moi ? s'écria-t-elle, sous le choc. Je n'ai rien à voir avec sa mort.

— Il dit que tu as disparu un moment, ce soir-là, et que tu t'es comportée bizarrement quand vous avez tous trouvé le corps – que tu n'étais pas toi-même. »

Bríet dévisagea Thóra bouche bée et mit une minute entière à réussir à parler.

« Je me suis éclipsée vingt minutes, maximum. Et j'étais complètement sous le choc quand on est tombés sur le corps. J'étais incapable de réfléchir, sans parler d'aligner une phrase.

— Où es-tu allée ? » demanda Matthew.

Elle lui répondit d'un sourire évocateur.

« Moi ? Aux toilettes, avec un vieil ami à moi. Il pourra confirmer.

— Pendant vingt minutes ? insista Matthew, dubitatif.

— Oui. Et alors ? Vous voulez savoir ce qu'on était en train de faire ?

— Non, merci, intervint Thóra. On peut deviner tout seuls.

— Qu'est-ce que vous me voulez, alors ? Je n'ai pas tué Harald. Je me suis juste tenue à côté de Dóri pendant qu'il s'occupait du corps. Le seul qui sera vraiment dans la merde, si Dóri dit tout aux flics, c'est Andri. Lui, il a participé. Il a même touché le cadavre. » Bríet essayait visiblement de se rassurer, sans grand succès.

« Je voudrais te poser quelques questions sur un projet que tu avais en commun avec Harald, sur l'évêque Brynjólfur Sveinsson, et cette lettre manquante. Dóri m'a dit qu'Harald et toi vous étiez disputés à ce sujet. Est-ce que c'est vrai ? »

Bríet prit un air ahuri.

« Qu'est-ce que ces conneries viennent faire là-dedans ?

— Je ne sais pas, c'est pourquoi je te pose la question, répondit Thóra.

— Harald a été pitoyable, lâcha soudain Bríet. Je tenais Gunnar par les couilles. Quand je suis allée le trouver pour lui dire que je savais que c'était lui qui avait volé la lettre aux Archives nationales, il est devenu tout nerveux. C'est lui, c'est certain, quoi qu'en dise tout le monde.

— En quoi Harald a-t-il été pitoyable ? voulut savoir Matthew.

— D'abord il a trouvé ça drôle, et il m'a carrément défiée d'aller faire chanter Gunnar. On s'est même glissés dans son bureau pour jeter un coup d'œil, après que ce vieux salopard m'a fichue dehors. C'était franchement bizarre. On était dans le bureau et, tout à coup, Harald a changé d'avis. Il est tombé sur un vieil article sur les moines irlandais et il a flippé comme jamais je l'avais vu flipper.

— Comment ça ? » demanda Thóra.

Bríet haussa les épaules.

« C'était un papier écrit par Gunnar, dans un de ses tiroirs. Harald l'a trouvé et il m'a obligée à lui traduire les légendes. C'est surtout deux des illustrations qui l'ont mis dans tous ses états. Sur l'une, il y avait une croix, et sur l'autre, un putain de trou. Ensuite il a voulu tout savoir sur un autre dessin. Je chiais dans mon froc tellement j'avais peur que Gunnar nous surprenne. Je voulais pas traîner là, à faire de la traduction pour Harald. Il a fini par fourrer l'article dans sa poche et on a arrêté nos recherches. On s'est enfuis.

— Qu'a-t-il dit exactement ? Tu t'en souviens ? demanda Thóra.

— Pas *exactement.* On est allés au foyer et il a insisté pour que je lui dise ce que c'était que ce trou, sur la photo. C'était une cheminée, qui se trouvait dans une grotte. La croix aussi. Elle avait été gravée dans un mur. Une sorte d'autel.

— Et le dessin ? ajouta Matthew. Tu t'en souviens ?

— C'était le plan d'une grotte, avec des symboles comme légendes. Si je me souviens bien, il y en avait un près de la croix, et un autre près d'un trou dans le toit – je pense que c'était un conduit de cheminée – et le troisième symbole près du trou censé être l'âtre. » Bríet se tourna vers Matthew. « Je me rappelle qu'il l'a montré du doigt, tout excité, en me demandant si je pensais que les moines pouvaient cuisiner sur l'autel. J'ai dit que j'en avais aucune idée. Ensuite il a voulu savoir si, d'après moi, ils avaient au moins mis l'âtre sous le trou de cheminée. Sur le dessin, c'était pas du tout comme ça. L'âtre était près de l'autel, mais le trou de cheminée se situait près de l'entrée. C'était super chiant et vraiment pas dans les habitudes d'Harald, de s'exciter pour ce genre de conneries.

— Et ensuite, que s'est-il passé ? la pressa Matthew.

— Il est allé parler à Gunnar. Après ça, il m'a ordonné de ne rien faire d'autre, au sujet de la lettre. » Elle leur lança un regard furieux. « Pourtant c'est lui qui m'avait dit d'aller le harceler, au départ – ce putain de Gastbucht, comme il l'appelait.

— Gastbucht ? » s'exclama Thóra. N'était-ce pas ce qu'elle avait lu sur la carte d'Harald ? *Gastbucht ?* Et non pas « livre d'or », *Gastbuch,* comme elle l'avait cru – au bout, ce n'était pas une croix mais la lettre *t* ! Et Gastbucht était le surnom littéral qu'Harald avait donné à Gunnar, tiré de son nom de famille, Gestvík : la « baie du visiteur ».

Thóra et Matthew retournèrent directement au bâtiment des professeurs. Tandis qu'ils pressaient le pas le long des couloirs, Thóra appela Markús pour lui faire part de l'idée qu'ils avaient tous les deux, concernant Gunnar. Il prit la nouvelle avec des pincettes. Néanmoins, après un gros travail de persuasion, il accepta de vérifier les transactions bancaires du professeur.

À leur arrivée, le bureau de Gunnar était vide. Au lieu d'attendre devant, ils prirent la liberté de s'installer à l'intérieur, supposant que Gunnar était allé trouver la directrice de l'Institut des manuscrits pour lui rendre la lettre, comme il le leur avait annoncé.

Matthew jeta un coup d'œil à la pendule.

« Il ne devrait pas tarder. »

Au même instant, la porte s'ouvrit et Gunnar pénétra dans la pièce.

Il fut sidéré de les voir.

« Qui vous a laissés entrer ?

— Personne, c'était ouvert », répondit Thóra avec calme.

Gunnar se dirigea vers son bureau.

« Je croyais que nous nous étions dit au revoir tout à l'heure. » Il s'assit derrière la large table et leur lança un regard furieux. « Je ne suis pas d'humeur joyeuse. María n'était pas exactement ravie de récupérer la lettre dans cet état.

— Nous ne vous retiendrons pas longtemps, intervint Matthew. Nous n'avons pas réussi à clore cette discussion avec vous.

— Vraiment ? répliqua Gunnar d'un ton cassant. Je ne crois pas avoir quoi que ce soit de plus à vous dire.

— Nous voudrions vous interroger sur un certain nombre de détails non résolus », expliqua Thóra.

Gunnar bascula la tête en arrière et se mit à contempler le plafond. Il poussa un grognement et daigna poser de nouveau les yeux sur eux.

« Très bien. Que voudriez-vous savoir ? »

Thóra commença par consulter Matthew du regard, puis se tourna vers Gunnar.

« L'ancienne croix mentionnée dans cette lettre à Árni Magnússon – serait-il possible que ce soit la croix dans la grotte des moines irlandais, à Hella ? Vous êtes censé être un expert de cette période, n'est-ce pas ? Du moins, cette croix était en Islande avant le début de la colonisation proprement dite. »

Gunnar vira à l'écarlate.

« Comment voulez-vous que je le sache ? » bégaya-t-il.

Thóra haussa les épaules.

« Eh bien, je pense que vous savez absolument tout, sur ce sujet. N'est-ce pas une photographie de vous avec le fermier qui possède la terre où se trouvent ces grottes, que je vois justement derrière vous ? » Elle montra du doigt un des cadres suspendus au mur. « Les grottes des moines ?

— Il se trouve que si. Mais je ne vois pas le rapport. Je trouve vos questions déplacées, et je ne comprends pas votre intérêt pour l'histoire. Si vous désirez vous inscrire dans ce département, il y a des formulaires au secrétariat. »

Thóra ne se laissa pas déstabiliser.

« Moi, je pense que vous le voyez parfaitement, le rapport. Vous étiez à la fête qui a duré jusqu'à minuit, le soir du meurtre d'Harald. » Voyant que

Gunnar ne pipait mot, elle poursuivit : « Est-il possible que vous ayez croisé Harald ce soir-là ?

— Mais enfin, qu'est-ce que vous racontez ? Je ne compte plus les dépositions que j'ai faites à la police, concernant la mort prématurée d'Harald. J'ai eu la malchance de trouver le corps, mais en dehors de cela, je n'ai rien à voir avec cette affaire. Vous devriez partir. » D'un doigt tremblant, il désigna la porte.

« Je ne doute pas que la police passera au crible chacune de vos dépositions, maintenant qu'il y a une explication aux marques retrouvées sur le corps d'Harald, insinua Thóra avec un sourire vicieux.

— Que voulez-vous dire ? » L'agitation gagnait Gunnar.

« Ils ont trouvé la personne qui a retiré les yeux et gravé ce symbole sur le cadavre. Votre réaction à la vue du corps ne garantit en rien que la police prendra des gants avec vous. Tout apparaît désormais sous un jour totalement différent, depuis le témoignage de cet homme. »

Gunnar montra des signes de difficultés respiratoires.

« Vous êtes des gens occupés. Moi aussi. Je ne veux surtout pas vous retarder. Restons-en là.

— Vous l'avez étranglé avec votre cravate, poursuivit Thóra. Votre épingle le confirmera. » Elle se leva. « Le mobile reste à établir, mais c'est secondaire, pour le moment. C'est vous qui l'avez tué. Pas Hugi, pas Halldór, pas Bríet. Vous. » Elle le regarda droit dans les yeux, partagée entre la répulsion et la pitié. Gunnar frissonna et Matthew se leva lentement, repoussant doucement Thóra d'une main en direction de la porte, comme s'il craignait que Gunnar bondisse par-dessus le bureau, cravate en main, pour l'étrangler elle aussi.

« Vous êtes folle ! » hurla Gunnar en fixant Thóra. Il se mit maladroitement debout. « Comment pouvez-vous imaginer une chose pareille ? Je vous conseille de vous faire aider au plus vite.

— Je ne suis pas folle – c'est vous qui l'avez tué, répliqua Thóra, sans flancher. Nous avons plusieurs preuves attestant votre culpabilité. Croyez-moi. Quand la police les aura entre les mains et se penchera de nouveau sur votre dossier, vous aurez du mal à monter une défense crédible.

— C'est ridicule. Je ne l'ai pas tué. » Gunnar adressa un regard suppliant à Matthew, espérant son soutien.

« La police sera peut-être intéressée par vos dénégations – mais pas nous, lança-t-il, impassible. Peut-être ce département pourra-t-il prêter main-forte à une enquête sur vous. Et cette enquête pourrait mettre au jour d'autres preuves, si l'épingle de cravate ne suffit pas. »

Une sonnerie de portable résonna. Celui de Thóra. Elle décrocha, sans quitter Gunnar des yeux. Il écouta avidement sa conversation, sans savoir à quoi s'en tenir. Thóra rangea lentement son téléphone dans sa poche.

« C'était la police, Gunnar.

— Et alors ? » fulmina-t-il. Sa pomme d'Adam fit un bond.

« Ils me demandent de venir au commissariat. Ils ont découvert des transactions intéressantes, sur votre compte bancaire, et ils veulent que Matthew et moi leur expliquions notre théorie plus en détail. D'après ce que je comprends, l'étau se resserre. » Elle se tut et le dévisagea en silence.

Gunnar les fixait, en pleine confusion. Puis il souleva sa cravate d'une main et inspecta l'épingle. Il ouvrit plusieurs fois la bouche pour dire quelque chose, avant de se raviser. Il finit par baisser la tête, résigné.

« C'est l'argent que vous cherchez ? » Il avait toutes les peines du monde à articuler. « Je n'ai presque rien dépensé. » Il attendit une réponse, qui ne vint pas. « J'ai le livre, aussi, mais j'aimerais mieux ne pas le donner. Il est à moi. C'est moi qui l'ai trouvé. » Il serra son front entre ses mains en un geste de désespoir. « Je n'ai rien d'autre qui ait de la valeur, qui soit unique. Harald avait tout, du moins tout l'argent qu'il voulait. Comment pouvait-il convoiter quoi que ce soit d'autre ?

— Gunnar, je pense que nous devrions appeler la police, proposa Thóra d'une voix douce. Vous n'avez pas à nous en dire plus — gardez vos forces. » Elle vit Matthew sortir son portable, prêt à composer le numéro. « 112 », lui indiqua-t-elle à voix basse, sans que Gunnar l'entende. Il sortit de la pièce pour passer son appel.

« Quand ils m'ont interrogé, après que j'ai découvert le corps, j'étais certain qu'ils allaient m'accuser du meurtre. J'étais sûr qu'ils jouaient la comédie, qu'ils mettaient mes nerfs à l'épreuve, en faisant semblant d'ignorer que je l'avais tué. Et puis il s'est avéré que je ne faisais même pas partie des suspects. » Il releva les yeux et sourit faiblement. « Il m'aurait été impossible de feindre le sentiment d'horreur que j'ai ressenti quand ce cadavre m'est littéralement tombé dessus. La dernière fois que je l'avais vu, c'était allongé par terre, dans le foyer. Pendant un instant, j'ai cru qu'il s'était relevé d'entre les morts pour se venger. Vous devez me croire, je n'ai rien fait à ses yeux. Je l'ai simplement étranglé.

— C'est déjà beaucoup, répliqua Thóra. Mais pourquoi ? Parce qu'il voulait vous acheter le manuscrit du *Marteau des sorcières* ? Est-ce que vous l'aviez en votre possession ? »

Gunnar hocha la tête.

« Je l'ai trouvé dans la grotte. J'étais en congé sabbatique, complètement absorbé par les moines irlandais. J'ai obtenu l'autorisation du fermier de creuser, dans l'espoir de trouver des vestiges de présence humaine, afin de prouver ou de réfuter que ces grottes avaient bien été creusées par les moines. Elles n'avaient jamais été fouillées – cela fait vingt ans que je suis ici. C'est moi qui ai donné le premier coup de pelle dans cette terre, même si quelques autres grottes avaient été inspectées il y a très longtemps. On y gardait du bétail jusqu'au milieu du siècle dernier, aussi personne n'avait-il pensé à creuser. Mais, au lieu de trouver des vestiges d'occupation précoloniale, j'ai déniché un petit coffre, complètement enfoui dans un trou, près de l'autel. Il contenait le manuscrit, et quelques autres ouvrages. Une bible manuscrite en danois, un livre de cantiques et deux beaux livres de sciences naturelles, en norvégien. » Il planta son regard dans celui de Thóra. « Je n'ai pas pu résister. J'ai foncé cacher le coffre dans ma voiture avant que le fermier ne me surprenne et je n'en ai rien dit à personne. J'ai peu à peu mesuré sur quels trésors j'avais mis la main : le butin perdu de Skálholt. Deux des livres portaient les initiales de Brynjólfur Sveinsson – L.L. Mais ce n'est que quand Harald a débarqué que j'ai reçu une explication sur la présence de cette édition bizarre du *Marteau des sorcières* dans ce lieu insolite.

— Mais comment a-t-il compris, lui ? Vous n'êtes pas forcé de me le dire, si vous n'y tenez pas. »

Gunnar ignora sa dernière remarque.

« La chance du débutant. En fait, je n'appellerais pas cela de la chance, mais plutôt de la malchance. Harald est venu ici spécifiquement pour rechercher ce manuscrit, comme vous le savez, j'en suis sûr. Il a passé au peigne fin toutes les sources possibles jusqu'à découvrir une piste, ou du moins le croyait-il. Il était persuadé que l'évêque Jón Arason avait pris le manuscrit pour l'imprimer, mais qu'il l'avait caché quand son bastion avait commencé à s'écrouler, lors de la conversion au luthéranisme. À l'époque, je ne me rendais pas compte du projet d'Harald, et je n'ai rien fait pour le décourager. Il s'est rendu à Skálholt pour inspecter le site de l'exécution de Jón Arason. C'est là qu'il a trouvé la piste du manuscrit, par pur hasard – quelqu'un lui a parlé de la collection de Brynjólfur Sveinsson, et il a épluché les archives dans l'espoir d'identifier ce qui manquait. Ce n'est que lorsqu'il est venu me voir, après que Bríet eut découvert la disparition de la lettre des Archives nationales... »

Il baissa les yeux, puis fixa de nouveau Thóra bien en face.

« Évidemment, après avoir compris ce que j'avais trouvé, j'ai conservé la lettre. J'étais pétrifié à l'idée qu'elle pourrait mener d'autres personnes à la grotte – à l'idée que quelqu'un en arriverait à la même conclusion que vous, au sujet de l'ancienne croix. Grossière erreur. Bríet n'a pas été difficile à mater, mais c'est alors qu'Harald a fait son entrée en scène. Il avait étudié le contenu de la lettre. Il est allé droit au but, m'a dit qu'il savait que j'avais découvert le *Marteau des sorcières* de Kramer, et qu'il le voulait. Il avait volé dans mon bureau un article sur les moines irlandais et les grottes – un vieux papier que j'avais bien été forcé d'écrire, à la fin de mon congé sabbatique. Je devais rendre compte de ce que j'avais fait, et j'ai publié cet article dans une obscure revue qui a disparu depuis. J'ai fait l'erreur d'y inclure une photographie du trou duquel j'avais sorti le coffre. J'ai dit qu'il s'agissait d'un ancien foyer. Personne n'a contredit cette déclaration – en fait, je pense que personne ne s'est jamais donné la peine de lire ce texte. Harald n'avait plus qu'à tirer ses conclusions. J'ai cru que c'était la femme de ménage qui avait volé cet article. »

Gunnar marqua une pause. « Il voulait le *Marteau des sorcières*. Il a dit qu'il se moquait du reste de ce que j'avais trouvé, mais qu'il lui fallait ce livre. Puis il a proposé de me l'acheter. Il a cité une somme inimaginable, bien plus que ce que j'aurais pu en obtenir au marché noir, si j'avais eu la moindre idée de l'endroit où trouver ce marché. Au lieu de me contenter de refuser et de le mettre dehors, j'ai baissé la garde. L'argent me tentait. À l'époque, je n'avais pas encore conscience de la valeur inestimable de cet ouvrage. Harald ne m'avait pas tout dit, jusqu'au moment de me donner l'argent. Et son récit m'a fait changer d'avis. Mais je ne pouvais pas le lui dire, bien sûr. » Gunnar soupira. « Évidemment, vous ne pouvez pas comprendre, mais quand on passe toute sa vie à travailler dans l'histoire, on devient littéralement envoûté par ce qui a réussi à survivre à travers les siècles. J'avais mis la main sur un trésor incroyable. Absolument unique.

— Alors vous avez tué Harald pour garder ce manuscrit – sans essayer au préalable de rendre l'argent et de voir s'il n'était pas disposé à se retirer ? demanda Thóra. Peut-être aurait-il choisi de vivre sans, plutôt que de mourir. »

Un rire sans joie accueillit sa remarque.

« Bien sûr que si, j'ai essayé. Il m'a tout simplement ri au nez et il a ajouté que je ferais mieux de faire affaire avec lui plutôt qu'avec les autorités, car il n'hésiterait pas à me dénoncer, si je tentais de le court-circuiter. » Il soupira de nouveau. « Je l'ai vu. Il arrivait sur le campus à vélo, alors que je rentrais chez moi en voiture. J'ai fait demi-tour et je l'ai rattrapé à l'entrée. Il a jeté son vélo par terre et nous sommes entrés ensemble. L'une de ses mains était couverte de sang, parce qu'il avait saigné du nez. C'était répugnant. » Gunnar ferma les yeux. « Il a utilisé sa clef et son code pour ouvrir la porte. Il était ivre, et à l'évidence il avait aussi pris de la drogue. J'ai de nouveau tenté de lui parler, je lui ai demandé de faire preuve d'un peu de compréhension. Il s'est moqué de moi. Je l'ai suivi dans le foyer ; il a fouillé dans un placard, où il a trouvé un petit cachet blanc, qu'il a avalé. Bientôt, il est devenu encore plus bizarre. Il s'est affalé dans un fauteuil, dos à moi, et il m'a demandé de lui masser les épaules. J'ai pensé qu'il était devenu fou, mais j'ai appris plus tard qu'il avait pris de l'ecstasy, qui semble-t-il accroît le besoin de contact physique. Je me suis approché, pensant qu'il écouterait ma requête si je lui obéissais. Soudain, j'ai été pris d'une telle fureur que, sans même m'en apercevoir, j'ai dénoué ma cravate et je la lui ai enroulée autour du cou. J'ai serré. Il a opposé une résistance. Mais nous ne nous sommes pas battus. Et puis il est mort. Il a glissé lentement du fauteuil et s'est écroulé par terre. Et je suis parti. »

Gunnar se tourna vers Thóra, jaugeant sa réaction.

Il semblait avoir complètement oublié Matthew.

Le hurlement des sirènes résonna dehors, de plus en plus strident.

« Ils viennent vous chercher. »

Gunnar détourna le regard et le porta vers la fenêtre.

« J'allais me présenter au poste de président de l'université, dit-il d'une voix triste.

— Je pense que vous pouvez oublier ça. »

13 décembre 2005

Épilogue

Muette comme une tombe, Amelia Guntlieb fixait le plateau de la table. Thóra soupçonnait qu'elle n'avait aucune envie de parler. Dans sa position, elle-même n'aurait pas trouvé grand-chose à dire. Matthew venait de lui faire un compte rendu des événements. Il était peu probable que des détails déterminants se fissent jour, désormais. Thóra admira sa manière de présenter les choses, notamment la partie susceptible de heurter la mère d'Harald. Ce n'en fut pas moins un récit ignoble, difficile à entendre – même pour Thóra, qui le connaissait pourtant déjà dans les moindres détails.

« On a retrouvé le *Marteau des sorcières,* ainsi que d'autres ouvrages déterrés par Gunnar dans la grotte, expliqua calmement Matthew. Ainsi que l'argent. Il n'en avait dépensé que très peu. Tout se trouvait dans un coffre à la banque. »

Après l'arrestation de Gunnar, la veille, les projets de dîner en tête à tête de Thóra et Matthew avaient été contrariés par l'interrogatoire. Thóra ne s'était pas sentie en état de rencontrer Amelia Guntlieb en sortant du commissariat. Elle avait préféré rentrer chez elle. Avant de prendre le taureau par les cornes et de discuter avec Gylfi de son enfant à naître, elle avait eu une longue conversation avec son amie Laufey. Cette dernière avait conseillé à Thóra de bien clarifier la situation auprès de Gylfi, en faisant quelque chose pour lui rendre le bébé plus réel. Selon elle, cela l'aiderait à mieux mesurer ce qui se passait. Par exemple, elle pouvait l'encourager à réfléchir à des prénoms.

Il avait néanmoins fallu honorer le rendez-vous avec la mère d'Harald, c'est pourquoi ils se retrouvaient assis tous les quatre dans la cafétéria déserte de l'hôtel de ville. Elisa avait versé quelques larmes pendant le récit de Matthew, mais sa mère paraissait fossilisée. Son regard faisait des allées et venues entre ses genoux et le dessus de la table. Elle finit par relever la tête et inspira profondément. Personne ne souffla mot. Ils attendirent qu'elle se manifeste, en pleurant ou en exprimant ses sentiments d'une manière ou d'une autre, mais rien ne se produisit. Au lieu de les regarder, elle se concentra sur le grand mur en verre donnant sur le lac, et contempla la valse des canards qui glissaient sur l'eau au milieu de quelques oies. Le vent faisait friser la surface et les oiseaux se balançaient mollement sur les vaguelettes. Une mouette descendit soudain en piqué au milieu du groupe éparpillé. « Tu veux venir voir la carte de l'Islande ? proposa soudain Matthew à Elisa. Elle est juste à l'entrée. » Elisa hocha distraitement la tête et ils se levèrent pour rejoindre la petite salle non loin de la cafétéria. Thóra se retrouva seule avec la mère d'Harald.

La femme assise en face d'elle ne semblait même

pas avoir remarqué que quelqu'un s'était levé de table. Thóra se racla poliment la gorge, sans aucun résultat. Elle attendit un moment, puis comprit que si elle voulait attirer l'attention d'Amelia Guntlieb, elle devait employer les grands moyens.

« Je n'ai pas l'habitude de ce genre de situations, et je ne sais pas comment vous exprimer combien je suis désolée. Je voulais simplement vous dire que votre famille et vous-même pouvez compter sur ma compassion la plus sincère. »

La femme eut un petit rire ironique.

« Je ne mérite aucune compassion – ni de vous, ni de qui que ce soit d'autre. » Elle s'arracha à la contemplation du lac pour regarder enfin Thóra. Son visage exprima d'abord de la colère, puis elle parut se radoucir. « Je vous demande pardon. Je ne suis pas dans mon état normal. » Elle posa les mains sur la table et se mit à jouer avec ses bagues. « Je ne sais pas pourquoi je ressens une telle nécessité de vous parler. » Elle leva de nouveau les yeux vers Thóra. « Peut-être parce que je ne vous reverrai plus jamais. Peut-être pour avoir une chance de justifier mes actes, à présent que mon comportement a eu des conséquences aussi tragiques. »

Thóra supposa que les « conséquences tragiques » en question faisaient référence à la mort d'Harald.

« Vous n'avez pas à m'expliquer quoi que ce soit. Je ne suis pas née d'hier, et je sais que les choses ne sont jamais aussi simples qu'elles en ont l'air. »

La femme eut un sourire vague. Thóra remarqua combien elle était bien conservée. Elle commençait à faire son âge, mais elle était toujours superbe, même si sa beauté glissait désormais vers l'élégance.

Sa tenue renforçait cette impression. Thóra imagina sans peine que son tailleur sombre et son manteau devaient coûter à eux seuls plus d'un an de son propre budget vestimentaire. « Harald était un enfant merveilleux, se rappela sa mère d'une voix rêveuse. À sa naissance, nous étions au comble du bonheur. Nous avions déjà Bernd, il venait d'avoir deux ans, et voilà que naissait notre splendide petit bébé. Le souvenir que je garde des années qui suivirent, jusqu'à la naissance d'Amelia, c'est celui du paradis sur terre. Sans aucun nuage, jamais.

— Amelia était malade, n'est-ce pas ? demanda Thóra. N'était-elle pas atteinte d'une affection congénitale ? »

Le sourire d'Amelia Guntlieb disparut aussi subitement qu'il était apparu.

« Non. Elle n'était pas née comme cela. Elle était en parfaite santé. Elle était mon portrait craché, d'après les photos que j'ai de moi, bébé. Elle était merveilleuse, comme l'ont été tous nos enfants – elle faisait ses nuits et ne pleurait que rarement. Aucun d'entre eux n'a eu de problèmes gastriques, ou d'otites. Des bébés adorables. » Thóra se contenta de hocher la tête, ne sachant pas quelle réponse était attendue d'elle. Elle vit une larme perler au coin de l'œil d'Amelia. « Harald... » Sa voix se brisa. Elle marqua une pause pour se ressaisir, et s'essuya furtivement la joue. « Je n'ai jamais parlé de cette histoire avec qui que ce soit, en dehors de mon mari et des médecins. Mon mari y a fait allusion devant ses parents, mais c'est tout. Nous ne sommes pas une famille ouverte, et il nous est difficile de parler des choses – accepter la compassion des autres n'est pas notre point fort. Enfin, je pense que c'est pour cette raison.

— C'est parfois difficile », répondit Thóra, sans avoir aucune idée de ce que cette femme avait traversé. Elle avait la chance de ne pas avoir eu trop besoin de compassion dans sa vie, jusqu'ici.

« Harald était très attaché à sa petite sœur, mais il en était aussi jaloux. Depuis plus de trois ans, il était mon petit bébé chéri, et il avait parfois du mal à accepter le nouveau membre de la famille. Nous n'avons pas pris cela au sérieux. Nous pensions que cela passerait. » Les larmes roulèrent sur ses joues. « Il l'a lâchée, il l'a jetée par terre. » Elle se tut et se remit à contempler les oiseaux.

« Il a jeté le bébé par terre ? » Thóra fit un effort pour ne pas paraître perturbée par la nouvelle. Un frisson lui parcourut l'échine.

« Elle avait quatre mois, elle dormait dans son couffin. Nous revenions juste de faire des courses. Je suis allée accrocher mon manteau et, quand je suis revenue, Harald avait pris la petite dans ses bras. Pas exactement dans ses bras, en fait. Il la tenait par les jambes, comme une poupée de chiffon. Ce qui l'a bien sûr réveillée, et elle s'est mise à pleurnicher. Il lui a ordonné de se taire, en la secouant. Je me suis précipitée vers lui, mais trop tard. Il m'a regardée, et il a souri. Puis il l'a lâchée. Sur le sol carrelé. »

Les larmes coulaient en un flot continu, parsemant ses joues de paillettes humides. « Jamais je ne pourrai effacer ce souvenir. Chaque fois que je posais les yeux sur Harald, je revoyais l'expression sur son visage, au moment de la lâcher. » Elle s'interrompit pour reprendre des forces. « Elle a eu une fracture du crâne. Elle est tombée dans le coma à l'hôpital et a développé une encéphalopathie. À son réveil, elle n'était plus la même. Elle ne l'a plus jamais été. Mon petit ange.

— On a dû vous soupçonner de maltraitance. Ici, on vous aurait retiré l'enfant, le temps de faire une enquête sur les circonstances de l'accident. »

À l'expression qu'elle lut sur le visage de la femme, Thóra mesura la naïveté de sa remarque.

« Nous n'avons pas eu à subir tout cela. Le médecin de famille nous a aidés, ainsi que les autres médecins qui se sont occupés d'elle. Tous ont fait preuve d'une compréhension hors du commun. On a envoyé Harald chez un psychiatre, sans aucun résultat. Il ne montrait aucun signe de troubles psychiques. Il n'était qu'un petit enfant jaloux, qui avait fait une énorme bêtise. »

Thóra ne lui dit pas qu'elle doutait qu'un tel incident pût être qualifié de comportement normal chez un enfant. Mais qu'en savait-elle ?

« Harald avait-il conscience de ce qu'il avait fait, ou bien a-t-il oublié ?

— Franchement, je n'en sais rien. Je pense qu'il savait – du moins, il s'est montré particulièrement gentil avec Amelia Maria, jusqu'à ce qu'elle trouve la paix et s'éteigne. Mon impression, c'est qu'il essayait constamment de rattraper ce qu'il avait fait.

— Ainsi, cet événement a influencé votre relation pendant toutes ces années ?

— Il n'y a pas eu de relation. J'avais du mal à le regarder, sans parler de me trouver en sa compagnie. J'ai tout simplement évité mon fils, dès que je le pouvais. Son père a fait de même. Harald a d'abord eu du mal à l'accepter, il ne comprenait pas pourquoi sa mère ne voulait plus le voir. Puis il s'y est habitué. » Elle avait cessé de pleurer, et son expression s'était endurcie. « Bien sûr, j'aurais dû lui pardonner – mais je ne pouvais pas. J'aurais sans doute dû voir un psychiatre moi-même, peut-être que tout aurait été différent ? Harald ne serait pas devenu le même homme.

— Est-ce que ce n'était pas un bon garçon ? demanda Thóra, en se remémorant les paroles de la sœur qui lui restait. Elisa semble se souvenir de lui comme d'une bonne personne.

— Il était du genre opiniâtre. Disons les choses comme cela. Il essayait sans cesse de gagner l'affection de son père – il n'y est jamais parvenu. Avec moi, il a vite abandonné. Ce qui l'a sauvé, c'est la gentillesse dont son grand-père a fait preuve à son égard. Mais, à sa mort, Harald a perdu pied. Il était étudiant à Berlin, et il est vite tombé dans la drogue, il s'est mis à jouer avec la mort. Un de ses amis a péri dans un de leurs jeux stupides. C'est comme ça que nous l'avons appris.

— Vous n'avez jamais essayé de revenir sur votre position et de réparer votre relation ? » Mais Thóra connaissait déjà la réponse à sa question.

« Non, répliqua Amelia d'un ton sec. Par la suite, il a développé cette passion pour la magie noire ; c'est son grand-père qui l'avait en quelque sorte initié. Lorsque Amelia Maria est morte, il s'est engagé dans l'armée. Nous n'avons rien fait pour l'en dissuader. Il s'est trouvé que ce n'était pas une très bonne décision – je n'entrerai pas dans les détails, mais il a été renvoyé chez lui après moins d'un an. Il avait beaucoup d'argent, hérité de son grand-père, et on ne le voyait pas beaucoup. Mais il nous a contactés pour nous informer de son intention de venir ici ; il nous a appelés, pour nous prévenir. »

Thóra considéra Amelia d'un air pensif.

« Si vous me demandez de comprendre, je ne le pourrai pas. Mais je compatis. Je ne sais pas comment j'aurais réagi moi-même – peut-être exactement de la même manière. Mais j'espère que non.

— J'aurais tellement aimé être le genre de personne capable de revenir en arrière, et pouvoir reconstruire ma relation avec Harald. Maintenant il est trop tard, et je dois l'assumer. »

L'ironie de la situation n'échappa pas à Thóra. Peut-être le sortilège de vengeance avait-il fonctionné, finalement ?

« Ne croyez pas que je cherche à accroître votre souffrance, mais je dois vous signaler que cette histoire a aussi touché d'autres personnes. Il y a en ce moment même un jeune homme en prison, un étudiant en médecine qui était ami avec Harald. Il n'aura plus aucune chance d'être accepté dans la société, et c'est le prix qu'il devra payer pour cette amitié. »

Amelia tourna de nouveau le regard vers la fenêtre.

« Que va-t-il lui arriver ? »

Thóra haussa les épaules.

« Il sera sans doute inculpé pour non-dénonciation de crime et mutilation de cadavre. Il fera de la prison. Il y a fort à parier qu'on ne le laissera pas réintégrer la faculté de médecine. Mon intuition me dit qu'il prendra tout sur lui, pour éviter à ses autres amis d'être impliqués – mais on ne sait jamais. En fait, je crois qu'Harald l'a mentionné dans son testament. Ce sera une compensation.

— A-t-il été un bon ami pour Harald, d'après vous ? demanda Amelia en se tournant vers Thóra.

— Oui, je le crois. Du moins, il a tenu parole envers lui – aussi stupide et répugnante que cette promesse ait pu être. On ne peut pas dire que votre fils choisissait ses amis pour leur degré élevé de normalité.

— Je m'occuperai de lui, murmura Amelia. C'est le moins que je puisse faire. Il pourra étudier la médecine à l'étranger. Nous n'aurons aucun problème à arranger cela, même s'il est condamné pour ce qu'il a fait. » Elle étira les doigts puis serra les poings, comme saisie par une soudaine douleur d'arthrite. « Je me sentirais mieux si j'étais en mesure de faire quelque chose. Cela soulagerait un peu ma peine.

— Matthew pourra arranger cela, si votre offre est sincère. » Thóra s'apprêta à se lever. « Je suppose que c'est tout », conclut-elle en espérant vivement que c'était le cas. Elle en avait assez entendu.

Amelia décrocha son sac à main du dossier de sa chaise et le mit à son épaule. Elle se leva, boutonna son manteau, puis tendit la main à Thóra.

« Merci, dit-elle en ayant l'air de le penser. Envoyez-nous la facture – elle sera réglée à l'instant où nous la recevrons. »

Elles se dirent au revoir et Thóra se dirigea vers la sortie d'un pas vif. Elle n'avait qu'une envie, se retrouver à l'air frais.

En sortant, elle passa devant la salle où la carte

d'Islande était exposée. Elle s'arrêta pour regarder Matthew et Elisa déambuler devant les courbes. Lorsqu'il l'aperçut du coin de l'œil, Matthew prit doucement Elisa par le bras et montra Thóra du doigt. Ils échangèrent quelques mots, et Matthew monta prestement les marches pour rejoindre Thóra.

« Comment ça s'est passé ? demanda-t-il alors qu'ils traversaient le vestibule au poème gravé dans le mur en verre.

— Bien. Mal. Honnêtement, je n'en sais rien.

— Tu me dois un déjeuner, annonça-t-il en lui ouvrant la porte. Mais comme je suis quelqu'un d'intègre et que je n'ai pas faim du tout, je suis tout disposé à l'accepter en nature.

— Comment ça ? » s'indigna Thóra, alors qu'elle avait une idée très claire du scénario à venir.

Ils se dirigèrent vers l'hôtel Borg.

Deux heures plus tard, Thóra se glissa hors du lit et s'habilla. Matthew ne bougea pas. Elle trouva un morceau de papier et un stylo sur le bureau et lui écrivit un petit mot, qu'elle déposa sur la table de nuit.

Elle quitta la chambre sans le réveiller et pressa le pas dans la rue pour rejoindre Skólavördustígur et récupérer sa voiture aux couleurs du « Garage de Bibbi ». Elle avait bien mérité de prendre son après-midi.

Elle entendit son portable sonner dans sa poche de manteau et décrocha.

« Salut, m'man, lança son fils d'une voix joviale.

— Salut, mon chéri. Comment ça va ? Tu es rentré à la maison ?

— Oui, j'y suis, avec Sigga, répondit-il, un peu embarrassé. On discute des prénoms, comme tu m'as dit. Et on se demandait : Pepsi, c'est un nom de fille ou de garçon ? »

Photocomposition *CMB* Graphic
44800 Saint-Herblain

Achevé d'imprimer par N.I.I.A.G.
en octobre 2011
pour le compte de France Loisirs, Paris

N° d'éditeur : 65424
Dépôt légal : novembre 2011
Imprimé en Italie